PRICELESS

INESTIMABLE

Callie J.Deroy

L.S.Ange

ÉDITIONS
Élixyria

PRICELESS

INESTIMABLE

L.S.Ange

Callie J.Deroy

Mentions légales

Éditions Élixyria

http://www.editionselixyria.com

https://www.facebook.com/Editions.Elixyria/

ISBN : 978-2-37961-472-9

Photo de couverture : Tverdokhlib

CHAPITRE 1

Stephen

Complètement épuisé, je rentre chez moi. Je ferme la porte à clé, on n'est jamais assez prudent, ce quartier est de plus en plus délabré, c'est devenu un repaire pour drogués et prostituées. Qu'est-ce que je ne donnerais pas pour me barrer de ce trou miteux qui me sert d'appartement, si on peut appeler ça un appartement… Les chiens sont mieux logés à la SPA !

Je vis dans vingt-cinq mètres carrés, avec pour seule fenêtre, une lucarne qui donne sur une petite rue sombre, dégueulasse, où viennent uriner tous les toxicos du coin. Un minuscule salon/chambre, une salle de bains à peine plus large que mes épaules, où trônent d'antiques chiottes ébréchées en plein milieu, entre la douche et le lavabo. *Remarque, il n'y a pas bien la place pour les mettre ailleurs !* pensé-je en balançant la veste de mon costume sur le clic-clac qui me fait office de lit. Je remonte les manches de ma chemise et me dirige vers la kitchenette pour me passer la tête sous le robinet. Punaise, j'ai cru que cette journée n'en finirait pas. Je ne peux plus l'encadrer, cette cliente ! Elle m'a exhibé pendant des heures devant ses copines botoxées jusqu'à la racine des cheveux. Elles ont le visage si déformé par la chirurgie esthétique abusive, la peau tendue à l'extrême, qu'on a l'impression qu'elles se marrent en permanence ! C'en est pitoyable...

J'ai de plus en plus de mal à supporter ces vieilles bourgeoises pleines aux as qui se croient tout permis parce qu'elles me payent bien. C'est tellement flatteur, à leurs âges, de se promener avec un bel homme à leurs bras, comme si la société ne se doutait pas un seul instant que je suis rémunéré pour ça ! Voilà où ça mène d'enchaîner les erreurs. Un Gigolo, c'est tout ce que je suis. Non, je n'ai pas honte, j'assume. Cependant, certains jours, je me demande où tout ceci me conduira. Je ne crois plus en l'amour depuis bien longtemps, je collectionne les conquêtes depuis toujours ou presque...

Je plais aux femmes, c'est incontestable. La nature m'a doté de beaux atouts, je sais m'en servir. Paradoxalement, le fait d'être abaissé au rang d'accessoire, de n'être qu'un jouet, m'a complètement écœuré de la gent féminine. Pour moi, elles ne sont rien d'autre qu'une bande de salopes malveillantes. Pourtant, dans ma jeunesse, j'ai connu l'amour, le grand, le beau... le vrai. Mais il m'a été arraché par la vie. Julie... En repensant à elle, ma poitrine se serre. Je revis régulièrement en cauchemar cette triste journée qui m'a démoli. Je revois son petit visage s'éteindre sans que je ne puisse rien y faire. Putain de leucémie ! Elle ne méritait pas ça ! Toutes ces vieilles salopes que je baise, oui, mais pas elle !

Je sors la bouteille de whisky du placard, m'en sers un verre. J'en ai bien besoin, ce soir. Je l'avale cul sec et me laisse tomber tout habillé sur mon canapé-lit. Je suis trop las pour enlever mes fringues. Mon regard fait le tour de la pièce pour observer les murs gris à la peinture effritée, le plafond jauni constellé de tâches, les antiques rideaux à fleurs, sûrement là, depuis un siècle. Je loue cet appart pour une bouchée de pain, mais je n'ai pas touché la déco. Je n'ai pas le cœur à m'installer dans un trou à rats. De toute façon, je ne compte pas m'éterniser ici. J'aurai bientôt assez d'argent pour me tirer et réaliser mon rêve : ouvrir un modeste café en bord de mer. Ça peut paraître dérisoire, voire ridicule comme rêve, mais pour moi, c'est important.

Les plus beaux moments de ma vie, je les ai passés à *La Marine,* un petit troquet qui a bercé mon enfance. Je me revois aux côtés de mes parents, servant les touristes du monde entier. Le soir, je rejoignais Julie sur la plage, nous restions de longues heures, à parler, à rire.

Elle me manque tellement... Nous nous étions juré de vieillir ensemble, mais cette chienne de vie en a décidé autrement. Je me passe une main sur le visage pour effacer les larmes qui dévalent mes joues. Je pleure comme une gonzesse. Fait chier ! Je chope mon paquet de clopes dans la poche avant de mon pantalon. J'en allume une, contemple les volutes de fumée s'enrouler autour de l'unique ampoule. Je me jure intérieurement, que dans une année, douze putains de mois, je serai loin de cette merde !

Je sursaute en sentant vibrer mon téléphone dans ma poche. C'est un appel de Greg. Qu'est-ce qu'il me veut encore, cet emmerdeur ? Je mets un siècle à me dépatouiller de ses embrouilles à chaque fois qu'il pointe le bout de son nez.

Je lâche un soupir et décroche :

– Salut, dis-je d'une voix lasse.

– Steph, ça fait un bail ! braille-t-il dans l'appareil, à la limite de me percer les tympans.

– Ne m'appelle pas comme ça, je te l'ai déjà dit ! Mon prénom, c'est Stephen !

– Ouais, excuse, mec ! Ça va ? On te voit plus au *Star-pub*.

– J'ai plus le temps. Je suis débordé en ce moment, rétorqué-je, me retenant de lui lancer que je n'en ai rien à foutre de lui et de son bar à putes.

– Ah... Débordé comment ? Repose-toi quand même, elles vont finir par te l'user, mon pote ! plaisante-t-il.

– T'es sérieusement en train de me parler de ma queue, là ? aboyé-je, à bout de patience. Pourquoi tu m'appelles ? J'ai pas de temps à perdre, je sais que tu ne me contactes jamais sans raison, alors balance !

– OK. Je... j'ai besoin d'un coup de main.

– Le contraire m'aurait étonné ! ironisé-je, en m'allumant une autre cigarette.

– Tu te souviens que tu me dois un service ?

– Putain, Greg ! Arrête de me faire perdre mon temps et crache le morceau !

– Euh... Très bien, voilà... C'est une nana, elle s'appelle Vanessa, c'est une de mes plus grosses clientes. Elle cherche un gigolo...

– Tu ne lui suffis pas ? me moqué-je, en recrachant un nuage de fumée.

– C'est pas pour Vanessa, mec. C'est pour une amie à elle...

– Pourquoi tu ne t'en charges pas ? Je ne comprends pas bien.

– Ben... Vanessa me traite d'idiot et dit que ça ne marchera jamais avec moi.

– Tu m'étonnes ! Toi, un idiot ?

– C'est bien payé ! Elle cherche un homme grand, musclé, brun, les yeux clairs. C'est tout toi, ça !

– Comme je te l'ai dit, je n'ai pas le temps, mon planning est chargé.

– Tu me dois un service, tu ne peux pas me planter ! s'affole-t-il.

– Tu fais chier, Greg !

– Ça veut dire que tu acceptes ?

– Ouais, mais c'est la dernière fois, je ne te devrai plus rien.

– Merci, mon pote.

– Donne les détails. C'est qui ? Je la rencontre où et à quelle heure ?

– Elle s'appelle Émy. Tu as rendez-vous avec elle demain à midi, au *Steampunk café*.

– Demain ? Tu te fous de ma gueule ? J'ai un rencard avec une cliente ! m'écrié-je, à bout de nerfs.

Je ne peux vraiment plus me l'encadrer, ce mec !

– Désolé, mon pote, ce n'est pas moi qui choisis, c'est Vanessa, bafouille-t-il, l'air ennuyé.

– J'espère pour toi que ce n'est pas un coup foireux, sinon, je te jure que demain, je fais un détour par le *Star-pub* pour te démonter le portrait !

– T'inquiète, c'est du sérieux !

– Admettons, je la reconnais comment la gonzesse ? Et elle, comment elle saura que c'est moi ?

– Tout ce que j'ai comme renseignements, c'est qu'elle est blonde et qu'elle t'attendra assise sur un tabouret au bar...

– Donc Émy, blonde, assise sur un tabouret ? C'est ça tes infos ? T'es sérieux, là ?

– Ben, ouais... Je sais rien de plus...

– T'es vraiment encore plus con que je le pensais ! lancé-je, désespéré. Autre chose, tu lui as dit que mes services se payent rubis sur l'ongle ?

– Euh... non.

Il se racle la gorge et coasse :

– Il faut que tu saches autre chose...

– Je t'écoute ! Au point où j'en suis...

– Elle n'est pas au courant...

– Comment ça ? Qu'est-ce que tu me chantes ?

– En fait, c'est Vanessa qui te paye pour séduire Émy...

– QUOI ? hurlé-je. Je dois emballer une femme qui ignore que je suis gigolo ? Tu me prends vraiment pour le dernier des connards ou quoi ? Et pourquoi dois-je faire ça ?

– Je ne sais pas... Tu dois tout faire pour l'éblouir et coucher avec... Sans lui avouer qui tu es. Ne me dis pas que tu as peur de relever le défi ? me provoque cet imbécile.

– Je veux l'argent avant de commencer pour être sûr de ne pas me faire avoir !

– OK, mon pote, je te l'apporte ce soir.

– Je n'ai pas envie de voir ta sale gueule chez moi, glisse l'enveloppe sous ma porte !

– Super, je fais ça. Merci, tu ne sais pas comme tu me rends service, là ! pleurniche-t-il à l'autre bout du fil.

– Ouais, c'est ça ! L'enveloppe, sous ma porte, ce soir !

Je lui raccroche au nez. J'ignore dans quoi je m'embarque, mais ne la sens pas du tout cette histoire. Je vais régler cette affaire vite fait bien fait. J'emballe la blonde, je la mets dans mon lit, basta ! Je me redresse pour me déshabiller. Il m'a tellement énervé que j'ai même plus sommeil. J'allume mon ordi, jette un œil aux petites annonces, comme à mon habitude. Tous les jours, je regarde les fonds de commerce en vente sur le bord de mer, à la recherche de celui de mes rêves. Une heure plus tard, j'entends du bruit derrière ma porte, je me lève pour aller voir et trouve l'enveloppe sur la moquette. Je la ramasse, l'ouvre et écarquille les yeux en découvrant la liasse de billets violets. J'en compte vingt. Putain, dix mille euros ! J'ignore qui est cette Vanessa, mais elle semble bien décidée à foutre sa copine dans mon lit ! Je planque l'enveloppe avec mes économies, me couche la tête pleine de questions. Pourquoi me demander de séduire cette femme ? Est-elle jeune ? Belle ? Avec la chance que j'ai, c'est sûrement une vieille peau décolorée en blonde… Une fille trop moche pour se trouver un mec, qui fait tellement pitié, que sa copine lui paye un Jules ! Je finis par m'endormir sur ces questions plus tortueuses les unes que les autres.

Ce matin, je suis d'une humeur de chien. Je viens de me prendre la tête pendant vingt minutes au téléphone avec la cliente que j'ai dû annuler. Du coup, j'ai accepté de la voir ce soir, je déteste cette bonne femme ! Elle a vraiment de la chance de me laisser de gros pourboires, parce qu'elle représente tout ce qui me répugne chez le sexe opposé. Je vais devoir prendre la petite pilule bleue pour me la farcir. Ce n'est pas que je ne bande plus, mais quand tu vois ces vieilles rombières sans leurs gaines, eh bien, c'est une autre histoire… Faut y aller à la mine...

J'avale rapidement un café noir sans sucre, file sous la douche. Un moment plus tard, devant le miroir, j'hésite à me raser, et décide de garder ma barbe de trois jours. Je sais que ça plaît aux femmes. Je me parfume et retourne dans mon salon pour choisir mon costume. J'opte pour le gris avec une chemise blanche. Je prends ma cravate, puis la repose avant de laisser les deux boutons du col ouverts, ça fait plus décontracté. Je vais dans la salle de bains pour me regarder et me mettre un peu de gel dans les cheveux que je garde toujours très courts. Content du résultat, je ramasse mon portefeuille, mes clés de voiture pour filer à ce rendez-vous qui ne m'inspire rien de bon.

Je prends place dans ma 207 noire, pars en direction de l'autoroute. Je situe à peu près ce bar, j'en ai entendu parler à plusieurs reprises. Vingt-cinq minutes plus tard, je me gare dans une rue adjacente, descends de mon véhicule dans un état d'excitation inhabituel. Une fois la colère disparue, je reconnais que ça m'amuse de devoir séduire cette femme. Je prends ça comme un jeu, me dis que dans quelques heures, je la baiserai dans un petit hôtel du coin. Certes, on pourrait penser que je suis le pire des salauds, pourtant, je n'étais pas comme ça avant. Mon chemin a croisé trop de femmes démoniaques, du coup, je ne crois plus du tout en la nature humaine, encore moins en l'amour...

Je m'immobilise devant l'entrée du *Steampunk* pour prendre une grande inspiration, puis je me jette dans la fosse aux lions. Je franchis les portes d'un pas assuré, observe la déco d'un autre monde. Les murs sont couverts de bibliothèques en bois vernis sur lesquelles sont entassés de vieux bouquins, des bibelots sans utilité apparente. Des fauteuils et des banquettes recouverts d'un cuir marron usé sont disposés un peu partout. Des affiches retraçant les grandes inventions du dix-neuvième siècle tapissent les murs et un gigantesque bar en cuivre traverse la salle. Je me passe une main nerveuse dans les cheveux et pars à la recherche de ma proie. En voyant une petite blonde mal fagotée assise sur le tabouret le plus proche de moi, je lâche un juron. Mon Dieu, faites que ce ne soit pas elle… Son visage est bouffi, ses yeux cernés sont globuleux... Je fais un pas en arrière, me promets intérieurement de tuer Greg en sortant d'ici.

Je jette un œil à ma montre, j'ai déjà vingt minutes de retard. Qu'est-ce que je fais ? Si je me barre, je perds l'argent... Je me déplace sur la gauche, fais le tour du bar du regard. Elle s'est peut-être assise ailleurs, mais rien, pas d'autres blondes. Je suis dans la merde. Juste quand je décide de partir, j'aperçois une fine silhouette au bout du comptoir. Je ne l'avais pas remarquée au milieu de ce bordel qui recouvre le bar. Je l'étudie et lâche un soupir de soulagement : elle est blonde. Ses longs cheveux sont relevés sur un côté, révélant un visage d'une grande finesse. Elle semble attendre quelqu'un, elle regarde sa montre toutes les cinq secondes. J'avance tel un fauve sur sa proie, la détaille de la tête aux pieds. Elle porte une jupe noire avec un chemisier en soie couleur ivoire qui dévoile la naissance de sa poitrine. Un frisson me parcourt la colonne vertébrale.

Je croise les doigts pour que ce soit elle... *Ma proie*. Je m'installe à ses côtés, remarque qu'elle me jauge de son regard bleu topaze, plus froid qu'un iceberg au milieu de l'océan. En cet instant, je perds un peu de mon assurance, j'ai l'impression d'être un p'tit pingouin égaré sur la banquise. Elle est juste magnifique, je n'ai pas d'autres mots pour la décrire. Vu le regard de tueuse à gages qu'elle me lance, j'en déduis que la tâche ne va pas être aussi facile que je le pensais. Si c'est *elle* bien sûr...

CHAPITRE 2

Émy

Joli café. L'ambiance rappelle l'univers *Steampunk* de Jules Verne, avec un bar paré de métal cuivré ouvragé, une salle décorée dans une déclinaison de tons marron et crème très agréables. Ça a un côté suranné, décalé, que j'adore.

Pourtant, je le sens venir, le coup foireux. Gros comme une maison.

J'ignore d'où exactement me vient ce pressentiment, mais je suis persuadée que je ne vais pas tarder à le savoir. Déjà, elle est en retard. Vanessa n'est jamais en retard. Elle a beaucoup de défauts, mais elle est plus ponctuelle qu'une horloge suisse. Or, cela fait dix minutes qu'elle devrait être là et pas l'ombre d'une brunette haute comme trois pommes à l'horizon. Dix minutes, ce n'est pas grand-chose, mais c'est déjà bien assez pour me mettre la puce à l'oreille. Je connais ma meilleure amie mieux que je ne me connais moi-même.

Je mettrais ma main à couper qu'elle me prépare un nouveau plan fumeux, du genre de ceux qu'elle n'a de cesse de comploter depuis quatre mois, depuis que je me suis fiancée... Car cette imbécile s'est mis en tête que je suis sur le point de commettre la plus grosse erreur de ma vie et que je regretterai amèrement d'avoir épousé Nicolas Dambres-Villiers. Du coup, elle essaye de me faire « ouvrir les yeux », de toutes les façons qu'est capable d'imaginer son petit esprit tordu et maléfique. Je vous prie de croire qu'elle a de la ressource... Malheureusement pour elle, je suis à cent pour cent certaine de mon choix et aucune de ses tentatives de sabordage n'y changera quoi que ce soit.

Oui, Nicolas (ne l'appelez surtout pas Nick, ça l'insupporte) est un homme froid, autoritaire et mégalo, qui n'aimera jamais personne autant qu'il s'aime lui-même. Oui, il me considère comme un joli trophée qu'il sera fier de balader dans les soirées mondaines. Et non, il n'est ni gentil ni même juste agréable la plupart du temps. Mais il est stable, sérieux, et d'accord pour prendre soin de ma maman et de moi. Voilà tout ce dont j'ai besoin.

Car si maintenant je gagne ma vie et ne m'en sors pas trop mal, vivre à deux sur un seul salaire reste très difficile, les fins de mois sont toujours chaotiques. Nous en avons trop bavé. Plus jamais je ne veux me retrouver dans la misère que nous avons connue, à ne plus avoir rien d'autre à manger que des pâtes à l'eau pendant des jours, ou à ne plus pouvoir se servir de la voiture, car plus assez d'argent pour faire le plein d'essence. Certes, ces temps-là sont révolus, mais la vie est précaire, j'en sais quelque chose. Quand on a tout perdu du jour au lendemain, qu'on est passé d'une enfance dorée à une jeunesse en HLM, on sait à quel point tout peut changer en une fraction de seconde. Personne ne sait de quoi demain sera fait, à moins... À moins d'épouser Nicolas Dambre-Villiers dans deux mois. Ce mariage sera notre sécurité, à maman et à moi, notre rempart contre un nouveau plongeon vers le bas.

« Et l'amour, dans tout ça ? », vous demandez-vous peut-être. L'amour ? C'est de la merde, une cochonnerie inventée par des écrivains, des réalisateurs affabulateurs et sadiques, dans l'unique but de vous vendre du rêve. Ça marche dans les bouquins, dans les films et les chansons, mais dans la réalité, ça se termine toujours dans la souffrance, ou pire, dans l'indifférence. Je n'ai que vingt-huit ans, mais suffisamment d'expérience pour en avoir acquis la certitude inébranlable. Cynisme ? Non, réalisme. Et si ma pathétique vie amoureuse a fini de m'en convaincre, celle de ma mère avait déjà bien entamé ce long processus d'écœurement.

Il est certain que jamais je n'aimerai Nicolas de cette façon-là, ce qui est une excellente chose. Jamais il n'aura le pouvoir de me faire souffrir, jamais il n'aura la capacité de me briser le cœur. Pas comme tous ces hommes avant lui à qui j'ai eu la bêtise de faire confiance, de qui j'ai eu l'imbécillité de tomber amoureuse. Notre mariage sera ancré sur des fondements bien plus stables que de fugaces et inconsistants sentiments, notre « entente » ne s'envolera pas en même temps que la jupe légère de la première jolie fille qui croisera notre route. Il s'agit d'un contrat dicté par la raison, établi sur la réalité de l'existence. Pas de place pour le hasard, et c'est tant mieux, j'ai déjà eu ma dose.

Nicolas partage cette vision de la vie, je vous rassure. Il n'y a pas tromperie sur la marchandise. Il considère que je lui appartiens comme lui appartiennent les différentes voitures qu'il possède, sans y voir plus de romantisme que cela. Il ne me demande qu'une chose : être la parfaite petite fiancée, avant de devenir la parfaite petite épouse. C'est-à-dire : ne jamais faire de vagues, être jolie, sourire poliment en présence d'autres personnes, écarter les cuisses une ou deux fois par semaine et être capable de l'écouter parler sans l'interrompre parce qu'il n'aime pas ça... Rien de bien difficile, en somme.

Voilà pourquoi je suis prête à me laisser passer la corde au cou et pourquoi tous les plans de Vanessa pour me faire changer d'avis sont aussi inutiles que vains. Malheureusement pour moi, ça ne l'empêche pas de continuer à essayer avec une obstination remarquable et tout à fait exaspérante.

Ce n'est pas vrai, mais qu'est-ce qu'elle fiche ?

Il est midi quinze, j'ai rendez-vous avec un client dans quarante-cinq minutes à l'ouest de Paris ! Monsieur de La Fresnaye n'est pas vraiment du genre très conciliant, je ne peux pas me permettre de perdre ce contrat. Il faut que je sois pile à l'heure, impeccable de la tête aux pieds et prête à écouter, sans sourcilier, ses requêtes les plus extravagantes. Être organisatrice d'événements, même si je me suis spécialisée dans les galas de charité, a ce genre d'inconvénients.

On ne demande pas à des gens fortunés de sortir leur carnet de chèques sur des chaises inconfortables ou devant des compositions florales inadaptées, voyons ! Il ne faudrait pas qu'ils abîment leur postérieur délicat sur de faux Louis XV, ou leurs yeux fragiles en les laissant se poser sur une nappe tissée à la main couleur « écru moyen » au lieu de « écru moyen/clair »...

Parfois, mon travail m'agace, je le reconnais.

Quand je pense aux gens à qui ira l'argent récolté lors des soirées huppées que j'organise, je me dis qu'ils aimeraient certainement avoir pour principale préoccupation la provenance du cristal dans lequel ils boiront leur Dom Pérignon... Mais je ne vais pas non plus cracher dans la soupe. Ce job, je l'ai choisi parce qu'il me permet de gagner ma vie. Si la fête est réussie et que beaucoup d'argent est récolté, peut-être mon temps n'est-il pas complètement gaspillé. Et puis, c'est comme ça que j'ai rencontré Nicolas, alors...

Bon, si dans cinq minutes elle n'est pas là, je m'en vais ! Qu'est-ce qu'elle mijote, cette chipie ? Vingt minutes de retard, c'est vraiment très étrange, tout de même. J'espère qu'il ne lui est rien arrivé... Peut-être devrais-je lui envoyer un texto ? Pour être sûre. Après un dernier coup d'œil lancé à travers la vitrine du café, pour m'assurer qu'elle n'est pas en train d'arriver, j'attrape mon téléphone dans mon sac. Ce faisant, une silhouette d'un gris clair entre dans mon champ de vision, je constate qu'elle appartient à un homme en costume lorsque celui-ci vient prendre place sur le tabouret juste à côté du mien. Le café n'est pas bondé, il y a au moins — quoi ? — six autres sièges inoccupés. Pourquoi diable faut-il qu'il se colle à moi comme ça ? Pourvu que ce ne soit pas encore un de ces dragueurs du dimanche ! Si c'est le cas, il va se souvenir du voyage...

Je lance un regard fugace vers lui, histoire d'essayer de voir de quoi il retourne exactement et à qui j'ai à faire.

OK. Je vois le style : grand, de carrure très athlétique, cheveux bruns, bien coupés, yeux clairs, barbe de trois jours, genre « je suis le baroudeur de vos cœurs ». Il porte costume chic sur une chemise dont il a ouvert les deux premiers boutons, pour le côté faussement décontracté, beau gosse et fier de l'être. Bref, la définition exacte du connard, la description parfaite du style de mecs que je fuis comme la peste. Je les connais, ces types-là. « Trop canon, trop con ! », telle est ma devise.

Et cet homme-là doit être vraiment très très con...

– Une Guinness, s'il vous plaît, commande-t-il alors à la serveuse.

Il a la voix qui va avec, évidemment ! Chaude, très légèrement voilée. Je me retiens de lever les yeux au ciel. Ce mec doit être un aimant à nanas trop crédules...

Bref, peu importe. Avec tout ça, je ne sais toujours pas où est Vanessa ! Je commence à pianoter sur mon écran de téléphone, quand le type se tourne légèrement vers moi. Je l'ignore, mais après une poignée de secondes, il me demande :

– Vous attendez quelqu'un ?

Voilà, c'est parti. J'en étais sûre ! C'est fou ce que les hommes sont prévisibles !

Je prends le temps de rendre mes yeux plus froids que les plaines désertiques de Sibérie et, lorsque c'est fait, relève la tête vers lui. Je le fixe en silence, un sourcil levé, les lèvres pincées, mon expression qui veut dire : « ne me casse pas les pieds, mon grand, où je te plante mon talon dans l'œil ».

Ça a l'air de fonctionner, car même s'il persiste à me dévisager, il a perdu un peu son attitude de Don Juan de pacotille.

– Je vous dérange, peut-être ? insiste-t-il.

Bon... Il va falloir mettre les points sur les I.

– Alors, est-ce que vous attendez quelqu'un ?

Après un soupir, je réplique durement :

– Excellent esprit de déduction, mon grand, mais à moins que vous ayez mangé ma copine, ce quelqu'un, ce n'est pas vous. Vous pouvez donc retourner à votre palpitante petite existence et oublier la mienne.

Voilà qui devrait mettre les choses au clair...

– Très bien, je ne voulais pas vous déranger, lance-t-il avec un brin d'agacement dans la voix. J'essayais simplement d'être poli.

– *Poli*... Mais oui, bien sûr...

Il se redresse un peu sur son tabouret, piqué au vif, hésitant visiblement à me répondre.

Malheureusement pour moi et ma tranquillité, il ne se retient pas longtemps :

– Je ne suis pas votre copine, mais rien ne vous empêche d'être plus sympathique.

– Je vous demande pardon ?

– Vous croyez être la seule femme séduisante dans ce bar ?

Mais... Il parle à qui, là ? C'est une blague ou quoi ? Il commence à m'agacer sérieusement, celui-là !

– Je n'ai aucune raison de me montrer sympathique avec vous, Monsieur « j'essayais simplement d'être poli ! », mon œil !

– Je disais juste que... rien, s'interrompt-il, ne sachant visiblement pas quoi dire.

– Bien. Voilà la première chose un tant soit peu intéressante qui sort de votre bouche : le silence.

Là, je tape dans le mille. Il prend une grande inspiration, peut-être pour s'inciter à garder son sang-froid, mais ses mâchoires se contractent si fortement qu'il doit être à deux doigts de se casser les dents.

Tu voulais jouer, mon petit gars, non ?

– Pour qui vous prenez-vous ? me lance-t-il. Vous n'êtes pas possible ! Je viens ici pour boire une bière tranquillement, parler sans arrière-pensées, et je me fais agresser, c'est incroyable !

J'ouvre de grands yeux.

– *Sans arrière-pensées* ? *Agresser* ? Vous plaisantez, j'espère ! C'est vous qui venez m'aborder, et c'est moi qui vous agresse !

– Vous, vous avez un problème avec les hommes, je me trompe ? ironise-t-il avant d'avaler une longue gorgée de bière.

– Absolument pas !

Pour lui prouver ce que j'avance, j'agite sous le nez de cet homme sans gêne et horripilant, la bague de fiançailles que Nicolas m'a offerte. Il l'a choisie énorme et tape à l'œil, ce qui à cet instant, m'arrange plutôt bien. J'accompagne mon geste d'un sourire forcé. Il jette un rapide regard à mon caillou et avale une nouvelle lampée de

Guinness.

– Jolie bague. Et alors ?

– Et alors je n'ai aucun problème avec les hommes, puisque je me marie dans deux mois !

– Ah, le pauvre... Eh bien... mes félicitations ! Donc je peux vous offrir un verre pour fêter l'événement ?

Est-ce qu'il essaye de me mettre hors de moi ? Il semblerait bien... Son petit sourire me donne envie de lui renverser sa bière sur son beau costume !

– Je parle quoi, au juste ? Chinois, bulgare, austro-hongrois ? NON !

Plusieurs clients tournent leur visage vers moi, apparemment interpellés par mon très léger haussement de ton.

– C'est assez clair pour vous ou vous avez besoin de sous-titres pour comprendre ? continué-je.

– Quelle tête de mule ! Jolie tête, mais de mule quand même ! Je lui souhaite bon courage à votre futur mari ! Vous l'avez payé pour qu'il vous épouse, ou est-il sourd et muet ?

Alors là... Alors là ! Ma bouche s'ouvre tout rond, je ne sais même plus quoi répondre à ce mufle !

– Ça doit être ça, il est sourd et muet ! insiste-t-il.

– Il... il est... Non, mais ça va peut-être aller, maintenant ! Je ne vous ai rien demandé, moi !

– Moi, non plus ! Je voulais juste boire un verre avec vous, mais je pense que c'était une mauvaise idée ! Et qu'un chien enragé serait de bien meilleure compagnie !

Notre échange de moins en moins cordial commence à attirer l'attention. Le barman, un homme d'une bonne cinquantaine d'années à la moustache impressionnante, s'approche de nous, un verre à la main. Sans quitter le type infect des yeux, je lève le bras vers lui pour lui faire comprendre que je me débrouille très bien toute seule.

– Allez plutôt trouver une fille assez conne pour gober votre baratin de beau gosse bas du plafond, et foutez-moi la paix !

– Ah ben, tiens ! Ça vous arrangerait, que je change de place ! Mais je suis très bien ici !

En prenant un air arrogant, il fait mine de s'installer plus confortablement sur son tabouret, allant même jusqu'à commander une deuxième bière d'un signe de tête à la serveuse. Celle-ci nous regarde l'un et l'autre, dubitative, se demande de toute évidence ce qu'elle est supposée faire.

– Bien ! Très bien ! Mais ne comptez pas non plus sur moi pour m'en aller, j'étais là la première !

À mon tour, je prends mes aises et porte ma tasse vide jusqu'à mes lèvres, histoire de me donner une contenance. Il ne reste dedans qu'une goutte de café froid, que j'avale sans broncher pour ne pas perdre la face.

Un silence tendu et électrique s'installe, durant lequel, chacun s'applique à ignorer la présence de l'autre. Les curieux, croyant le spectacle terminé, s'en retournent à leurs conversations ou consommations respectives.

– Et votre amie imaginaire, elle est où ? se moque-t-il en entamant sa deuxième bière que la serveuse a finalement décidé de lui apporter.

– Je ne vois absolument pas en quoi ça vous concerne, dis-je entre mes dents.

– Vous êtes toujours aussi odieuse, ou c'est seulement avec moi ?

Je crois que je vais assassiner ce mec, l'étrangler avec la lanière de mon sac à main, lui planter mon talon en plein cœur ou l'étouffer avec le Spéculoos qui traîne sur ma soucoupe.

– Uniquement avec les dragueurs ratés dans votre genre, mon p'tit bonhomme.

Il me lance un regard en coin, qu'il assortit d'un sourire condescendant.

– Je peux avoir dans mon lit toutes les femmes que je désire, alors redescendez sur Terre !

Sa réplique me fait rire.

Comment peut-on être aussi imbu de sa personne ?

– Dans vos rêves, oui...

– Vous pouvez vous marrer ! Des Bimbo dans votre genre, j'en emballe tous les jours de la semaine, si je veux !

Attendez... Il vient de lorgner dans mon décolleté ou j'ai rêvé ?

– Ôtez-moi d'un doute, vous savez que je vous parle avec ma bouche, là, pas avec mes seins ?

– Quoi ? Ils sont faux, de toute façon ! J'ai bien mieux à regarder !

– Ils ne sont pas faux ! Pas comme vos airs de baroudeur du dimanche et votre assurance à deux balles !

– Je préfère le naturel, moi, alors ne fantasmez pas trop, ma p'tite dame ! lance-t-il en regardant une fois de plus mon décolleté.

Je m'étouffe d'indignation. Vraiment. L'oxygène me manque. Mais c'est quoi, ce mec ?

– Vous êtes... vous êtes un grand malade ! Il faut vous faire soigner !

– Vous n'êtes pas fatiguée d'être agressive comme ça ?

Je lui réponds du tac au tac :

– Et vous d'être aussi con ?

Il me fixe sans rien dire, quelques secondes, j'ai l'impression de voir des flammes danser dans ses yeux verts.

– Vous n'êtes... qu'une pétasse arrogante !

– Et vous un pauvre type !

– Espèce de tarée ! réplique-t-il en me fusillant du regard.

Il se lève d'un coup, fait durement racler les pieds de son tabouret sur le sol. Tout comme le reste de sa personne, ce son strident me hérisse. Il balance un billet de vingt euros sur le comptoir et, sans me jeter un regard, dirige sa haute silhouette vers la sortie.

– C'est ça ! crié-je dans son dos. Retournez donc dans votre caverne ! Vous y trouverez bien une pauvre idiote à traîner par les cheveux !

Je le regarde disparaître, essoufflée, folle de rage, en imaginant voir son corps de macho débile voler dans les airs après qu'il se soit violemment fait renverser par une très grosse voiture. Ça n'arrive pas, bien sûr, mais cette pensée me tire un sourire machiavélique, peut-être un peu étrange si j'en crois la façon dont les clients du café me dévisagent. Je me rends compte que je suis le centre de l'attention, je me redresse et lève le menton, pour tenter de retrouver un soupçon de dignité. Pas facile...

Non, mais vraiment, je n'en reviens pas ! Il faut toujours que ça tombe sur moi, ce genre de trucs ! À croire que j'attire les cons comme la lumière attire les papillons ! Il est complètement fou, ce type. Au sens médical du terme. Et Vanessa qui n'est pas encore là ! Il faut que je parte, je n'ai plus que trente minutes pour rejoindre monsieur de La Fresnaye à son hôtel particulier...

Quelle journée de merde !

CHAPITRE 3

Stephen

Je sors du bar fou de rage. C'est quoi cette gonzesse ? Ce n'est pas Dieu possible d'être aussi agressive et prétentieuse ! Comme si le monde tournait autour de sa petite personne ! Quelle garce ! Je vais rentrer chercher l'enveloppe et filer au *Star-pub* pour démolir la gueule de Greg !

Je monte dans ma voiture à bout de nerfs, démarre en trombe. J'arrive chez moi en sueur et fonce dans la salle de bains pour prendre une douche glacée. Il me faut bien vingt minutes sous les jets d'eau pour me calmer. Le visage de cette blonde me revient en mémoire, dommage qu'elle soit si conne, j'en aurais bien fait mon affaire. Un p'tit coup vite fait pour lui rabaisser le caquet.

Elle se marie dans deux mois, m'a-t-elle dit ? Je me demande bien quel genre d'imbécile peut supporter une femme pareille.

Je regarde l'heure sur mon portable, il faut que je me bouge si je veux passer voir Greg avant mon rencard. À dix-neuf heures, j'ai rendez-vous avec Julia Roche, une de mes plus importantes clientes, dans tous les sens du terme. Gros compte en banque, gros connard de mari, gros débit de conneries à la minute et j'en passe... À soixante ans révolus, elle s'habille comme une poupée Barbie.

Je remets mon costume gris, récupère le fric dans ma planque, puis file au *Star-pub*. Je ne prends pas ma voiture, c'est à deux pâtés de maisons, ça me fera le plus grand bien de faire un peu de marche pour calmer l'envie de meurtre qui me démange. Quand j'arrive au bar, je fais le tour de la salle du regard et repère immédiatement Greg assis à une table dans le fond, une pute sur les genoux. Ce bar est réputé pour la prostitution et le trafic de drogue, c'est pour cette raison que je n'y viens plus. Les descentes de flics sont devenues trop régulières. Et ce n'est pas en traînant dans ce trou que tu trouves des proies pleines aux as. J'ai quelques contacts dans la haute société qui me donnent de bons tuyaux sur les soirées mondaines et les clientes potentielles contre quelques billets.

En arrivant devant Greg, je chope la rousse par le bras et lui dis d'aller voir ailleurs, avant de m'asseoir sur la banquette crasseuse aux côtés de mon « pote ».

– Oh, Steph, qu'est-ce que tu fous là ? questionne-t-il en reculant au maximum sur son siège pour s'éloigner de moi, sûrement effrayé par mon air furax.

– Arrête de m'appeler comme ça ou je t'en colle une ! grogné-je en commandant un whisky.

– Tu ne devrais pas être avec Émy, là ?

– Ôte-moi d'un doute, ton Émy, elle ressemble à quoi ? Plutôt belle ? Ou plutôt très moche ?

– Ben, si j'en crois Vanessa, sa copine est très belle... Pourquoi ?

Je serre mes poings et prends une grande respiration pour ne pas lui en envoyer un dans la tronche. Je ne me suis donc pas trompé, cette blonde hystérique était bien Émy... Qu'est-ce que j'ai bien pu foirer pour la rendre dingue comme ça ? En général, c'est moi qui repousse les femmes trop insistantes, pas l'inverse !

– Tu me demandes sérieusement pourquoi ?

– Ben, ouais... bafouille-t-il en se recroquevillant sur lui-même, avec sur le visage, cet air idiot qui ne le quitte jamais.

– Eh bien, je vais te dire pourquoi j'ai envie de te mettre mon pied au cul ! J'ai été voir ta foutue Émy et je me suis pris le pire râteau de toute ma vie ! Elle est complètement... siphonnée, timbrée, elle... elle... elle est possédée par le diable en personne ! m'emporté-je en sortant l'enveloppe de ma veste pour la balancer sur la table.

– Quoi ? TOI, t'as foiré ? questionne-t-il, l'air de ne pas y croire, un brin de moquerie dans la voix.

– J'ai pas foiré ! Cette fille est complètement dingue... Je suis à cent pour cent sûr qu'elle est frigide ou... lesbienne ! me défends-je, un peu honteux d'admettre ma défaite.

– Putain, t'as foiré, je n'y crois pas ! Même moi, je n'aurais pas échoué sur un plan comme ça, insiste-t-il en ricanant.

Là, c'est plus fort que moi, je craque. Je me lève, l'attrape à la gorge et le renverse de sa chaise pour le clouer au sol en hurlant :

– Ferme-la ou je fais en sorte que ta putain de tronche ressemble à un Picasso !

– OK… ça va, mec... Je ne dis plus rien ! bégaye-t-il en levant les mains en signe de capitulation.

Je le lâche, reprends ma place, et fais tourner nerveusement mon verre entre mes doigts. Je perds très rarement le contrôle, mais cette fille m'a aiguisé les nerfs.

– Je vais raconter quoi maintenant à Vanessa ?

– Ce que tu veux, j'en n'ai rien à foutre ! Qu'elle s'estime heureuse que je lui rende son fric après le temps et la patience qu'elle m'a fait perdre !

– Ouais... Mais donc, tu me dois toujours un service ? Tente-t-il en fuyant mon regard.

– T'as le culot de me demander ça, après l'enfer que j'ai vécu aujourd'hui à cause de toi et tes plans foireux ?

– OK, je t'en fais cadeau !

Je saute de mon siège, balance un billet sur la table, me dirige vers la sortie avant de péter un câble et de l'encastrer dans le mur entre deux bouteilles de whisky. Je n'en reviens pas ! Il a le toupet de me dire *je t'en fais cadeau* ? Quel con, ce type !

Je repars en direction de mon appartement pour récupérer ma voiture. Dire que maintenant, j'ai rendez-vous avec Julia... Il me manquait que ça pour finir ma journée ! J'espère qu'elle ne va pas être trop chiante ou exigeante ce soir, je suis au bout du rouleau. Étant mariée, elle me rejoint toujours dans un petit hôtel discret en banlieue. Elle me paye pour assouvir ses fantasmes, lui faire tout ce que son époux ne lui fait plus. J'en ai pour deux heures maxi et je pourrai rentrer. Je suis complètement crevé. J'arrive devant la chambre dix-huit, une demi-heure plus tard. La main sur la poignée, je suis à deux doigts de m'enfuir en courant. Je ne sais pas pourquoi j'ai de plus en plus de mal à exercer ma profession. Si on peut appeler ça une profession... Quand j'ai commencé, je prenais mon pied, je baisais, me remplissais les poches, qu'espérer de mieux ? Mais ces derniers mois, je suis arrivé à un stade où ces femmes me dégoûtent, où je suis obligé d'avaler la petite pilule magique pour bander. J'en suis à me demander si je suis capable d'avoir une érection sans en prendre. Depuis quand n'ai-je pas désiré une femme ? C'est tellement loin que je ne m'en rappelle même plus, à croire que je n'ai plus de fantasmes, plus d'envies, que je ne ressens plus aucune émotion... Je suis devenu une machine à sexe, un robot, une marionnette entre les mains de ces menteuses, ces manipulatrices vicieuses... Comment ne pas être profondément dégoûté ?

Je me demande si mon cœur n'est pas mort quand celui de Julie s'est arrêté de battre... Mon âme sœur n'étant plus de ce monde, j'ai perdu ma lumière, cette petite étincelle qui faisait que chaque jour était plus beau que le précédent. Je me retrouve plus seul que jamais, la mort dans l'âme, à me demander si un jour, mon chemin croisera celui d'une autre Julie... Qu'est-ce que je ne donnerais pas pour ressentir ces sensations, cette excitation des premiers instants partagés avec une femme que l'on désire plus que tout. Je dois arrêter de rêver, je ne suis apparemment pas destiné à aimer, pire, à être aimé...

Je tourne la poignée, pénètre dans la chambre. Les lumières sont tamisées, je ne distingue pas grand-chose, si ce n'est sa silhouette allongée sur le lit. Elle est nue, m'attend en silence. Ce n'est pas dans ses habitudes de la fermer, elle vient pour le sexe et se barre dès qu'elle a eu ce qu'elle voulait. Je me rends dans la salle de bains, retire mes vêtements, avant d'avaler discrètement une petite pilule. Je prends dans le creux de ma main quelques préservatifs, ma cravate, puis je me dirige vers le lit :

– Couchez-vous sur le ventre, ordonné-je d'un ton sec.

Elle aime se faire dominer. Moi, ça ne me dérange pas, je dirais même que ça m'arrange.

– Tendez les bras vers le haut, dis-je en prenant tout mon temps pour laisser le petit comprimé agir.

J'attache ses poignets aux montants du lit avec ma cravate. Pendant un moment, je la caresse, quand je sens mon entrejambe se dresser comme un mât, je déroule le préservatif sur mon sexe. Je lui relève le bassin pour la mettre à genoux, me positionne derrière elle. Je glisse une main entre ses cuisses pour caresser ses replis humides, insérer un doigt, puis deux. Elle gémit quand de mon pouce, je frôle son clitoris. Toutes les mêmes ! C'est toujours la même chose, la même routine, le même point sensible. Je retire mes doigts pour les remplacer par mon outil de travail qui semble tendu à l'extrême, prêt à exploser sous l'effet du petit comprimé bleu. J'empoigne ses fesses et la pilonne comme un malade, en fermant les yeux pour ne plus voir son corps flasque s'agiter dans tous les sens.

Putain… Devinez quelle image vient se graver sous mes paupières ! Quel foutu visage vient me hanter alors que je baise ma cliente ! Les traits délicats d'Émy, sa bouche joliment dessinée, ses yeux furibonds quand elle m'insultait. Tous ces détails me donnent un coup de fouet. Alors que Julia pousse un cri, jouit sous mes assauts, un truc inespéré se produit : je jouis à mon tour. Je m'écroule à ses côtés, la détache avant de m'allumer une cigarette. Elle se colle à moi, laisse sa main se promener sur mes abdos couverts de sueur.

Je n'en reviens pas !

Comment cette petite garce prétentieuse a-t-elle pu me faire prendre mon pied à distance ? Quel con, je suis ! J'aurais dû insister un peu plus. J'en ai maté des biens plus terribles qu'elle ! Pourquoi j'ai fui comme une gonzesse ? Qu'est-ce qui m'a réellement le plus agacé chez elle ? Son fichu caractère ou le fait que je la trouvais belle, que quelque part en moi, mon cœur s'est éveillé d'un long sommeil ? Non, je divague ! Je ne ressens plus ce genre de choses depuis longtemps... J'écrase ma cigarette et je remets le couvert avec ma cliente.

Deux heures plus tard, j'arrive chez moi, fonce sous la douche pour retirer de mon corps toute trace de mon mal-être... Puis je me couche avec les idées en vrac, tout s'embrouille dans ma tête.

Cette Émy m'a envoûté, ou plutôt, jeté un mauvais sort.

Les jours suivants, j'enchaîne les rendez-vous, les sorties dans des soirées plus désespérantes les unes que les autres. Elles veulent ma mort, ce n'est pas possible autrement. Lorsque samedi arrive, que Victoria Besney me contacte pour que je l'accompagne le soir même à un gala destiné à collecter des fonds pour construire des puits en Afrique, je suis à deux doigts de refuser. Quelle hypocrisie ! Comme s'ils en avaient quelque chose à faire de la misère du monde, quand on voit la manière dont ils se vautrent dans le luxe ! Mais je dois accepter, c'est ma plus grosse cliente, elle paye grassement. Ce qui m'agace prodigieusement chez elle, c'est qu'elle ne se promène jamais sans son Chihuahua qu'elle surnomme *Princesse*... Heureusement, le ridicule ne tue pas !

Je passe la journée à tourner en rond dans mon appart, à essayer d'oublier ces yeux bleus azur qui m'obsèdent depuis quelques jours. J'hésite à plusieurs reprises à téléphoner à l'autre abruti pour qu'il me remette en contact avec la fameuse Émy, mais me fais violence. Je ne suis pas ce genre de type qui galope aux culs des femmes pour assouvir leurs plus vils fantasmes. Je ne m'abaisserai pas devant une petite garce frigide ! Hors de question !

En fin d'après-midi, je me prépare. Je sors mon smoking noir du placard, ma chemise blanche, mon nœud papillon. Je déteste ça, mais dans ces soirées, je n'ai pas le choix. Je dois suivre le mouvement. Je me regarde dans le miroir fendu suspendu, au-dessus du lavabo et me dis que c'est pas mal. Je suis rasé de près, mes cheveux sont impeccablement coiffés. Je dois être parfait. Une touche de parfum, le tour est joué. Je mets quelques préservatifs dans ma poche, on ne sait jamais, et m'installe devant mon ordi. Je n'ai plus qu'à attendre le signal.

Quinze minutes plus tard, je reçois un message pour m'indiquer que la limousine est en bas de mon immeuble. Je descends, fixe un sourire forcé sur mes lèvres. Le chauffeur m'ouvre la portière de la voiture de luxe, je m'y engouffre le plus dignement possible. Victoria est là, assise, les jambes croisées. Je repère son Chihuahua couché sur la banquette, à ses côtés, près de la fenêtre. Je n'ai pas besoin de voir ses yeux pour savoir qu'il me bouffe, que ses petites babines sont retroussées. *Sale clébard !* J'observe ensuite Victoria, elle porte un fourreau pailleté d'un rouge presque aveuglant. Qu'est-ce qui lui a pris de mettre une horreur pareille ? On va nous repérer à dix kilomètres à la ronde avec cette robe ! On dirait un sapin de Noël. Ses cheveux roux sont remontés en un chignon sophistiqué, son visage est couvert d'une couche impressionnante de maquillage. Elle me sourit de sa bouche gonflée au botox qui lui dévore la face. Certains diraient que c'est une bouche à pipe, moi je ne sais pas trop quoi en penser. C'est juste hideux...

– Bonsoir, Stephen, dit-elle d'une voix rocailleuse, usée par les années.

– Vous êtes sublime, Victoria, comme d'habitude…

Je sais, le mensonge est un vilain défaut. Je m'installe à ses côtés.

– Oh, vous me flattez, mon garçon, répond-elle, en posant sa main toute ridée sur ma cuisse.

Les mains... C'est la partie des femmes que je préfère, elles dévoilent leur âge. Elles ont beau user de la chirurgie à outrance, leurs mains les trahissent. À voir celles de Victoria, je dirais qu'elle a plus de soixante ans, c'est sûr ! Ses doigts caressent l'intérieur de ma cuisse. Je me raidis, mais pas vraiment là où elle le souhaiterait. Je me force à poser les miens sur son genou et les remonte sous sa robe. C'est mon rôle, je suis payé pour ça. Leur faire croire qu'elles sont désirables... Même si le dégoût me noue la gorge, je fais bonne figure, me penche pour frôler ses lèvres couvertes de gloss rouge sang. *À tous les coups, elle va m'en tartiner la gueule...*

La limousine s'immobilise. Je suis soulagé de sortir à l'air libre. Je passe discrètement un mouchoir sur mon visage pour effacer toutes traces de Victoria. Nous voilà sous les feux des projecteurs.

Nous remontons le tapis rouge, aveuglés par les flashs, en n'oubliant pas, bien sûr, de prendre quelques poses sexy pour les photographes. Je déteste ça, mais je n'ai pas le choix. Je suis la marionnette de ma cliente, l'espace d'une soirée, je dois assouvir tous ses désirs. J'ai vendu mon âme au diable, il y a bien longtemps, mon cœur s'est éteint, il y a des années de cela. Je ne suis plus qu'une coquille vide ; un tas de muscles, de chair, d'os. C'est ma vie, mon quotidien...

Arrivés en haut des marches, Victoria donne nos invitations au service de sécurité qui nous laisse passer quelques secondes plus tard, sans sourciller. Nous pénétrons dans un autre monde. La décoration de la salle est spectaculaire. Des lustres spectaculaires l'éclairent de leurs douces lumières. Les tables dressées autour de la piste de danse sont magnifiques. Je dois reconnaître qu'ils ont mis le paquet pour séduire les donateurs. Victoria glisse son bras sous le mien pour m'entraîner vers un serveur tandis qu'elle porte *Princesse* de l'autre. Nous prenons chacun une coupe de champagne, parlons de je ne sais quoi, je ne l'écoute pas vraiment. Je laisse mes yeux se promener. J'observe la foule en tenue de gala, ça brille de mille feux. Une silhouette accroche mon regard. Mon sang ne fait qu'un tour, mon cœur s'arrête de battre, mon souffle se coupe... Oui, rien que ça... Le tout à cause de mon pire cauchemar. Elle se tient à l'autre bout de la salle. Elle ne m'a pas vu. J'en profite pour la détailler de la tête aux pieds. Elle est juste magnifique dans une robe bustier en satin couleur champagne, courte devant, longue derrière, qui dévoile ses interminables jambes fuselées dont je n'arrive pas à détourner le regard. C'est incroyable l'effet que cette femme insupportable a sur moi.

Je fais volte-face pour reprendre mes esprits. Que fait-elle là ? Je ne comprends pas. Jamais de la vie, je n'aurais pensé la revoir. C'est un sale coup du destin. Une occasion de plus pour elle de m'humilier ! Que va-t-elle penser en découvrant que ma cavalière n'est autre qu'un vieux sapin de Noël défraîchi ? Que va-t-elle en déduire ? Merde, ce n'est pas de chance !

CHAPITRE 4

Émy

– Ça m'est égal, Karl ! Et à monsieur de La Fresnaye aussi, vous pouvez en être sûr ! Alors, débrouillez-vous comme vous voulez, il faut impérativement que le véhicule soit dégagé dans les minutes qui suivent ! Me suis-je bien fait comprendre ?

Après avoir entendu mon interlocuteur me répondre par l'affirmative, je raccroche et pousse un soupir inquiet. L'heure qui précède l'arrivée des convives est la plus stressante. C'est là que surgissent tous les petits soucis qui, s'ils ne sont pas résolus dans la seconde, peuvent se transformer en énorme problème. Par exemple : une voiture garée juste devant la porte de service, qui empêche la fleuriste de décharger les dernières compositions. Je dois avoir les yeux partout, penser à tout, prévoir l'imprévisible, prévenir la moindre anicroche.

– Non, pas par là ! m'exclamé-je en voyant un employé passer devant moi avec un projecteur de sol. Celui-ci va près de la scène, par ici.

Le jeune garçon fait demi-tour et prend la direction de la salle principale, au moment où monsieur Savornin, l'intendant du Salon Foch où se déroule le gala de ce soir, se présente devant moi. Cet homme de cinquante ans, toujours tiré à quatre épingles, à la diction très soignée, me donne l'impression qu'il se balade en permanence avec quelque chose de coincé là où il ne faudrait pas. Mais sous des abords froids se cache une personne très dévouée, pas si coincée qu'il y paraît. Le Salon Foch étant l'une des salles de réception les plus courues et chères de Paris, beaucoup de mes clients veulent y organiser leurs événements. J'ai donc déjà eu à faire à son intendant un certain nombre de fois et à force de le côtoyer, j'ai pu me rendre compte qu'il est davantage qu'un vieux bourgeois endimanché. Il lui arrive même de faire des petites blagues, quand il est de très bonne humeur.

– Mademoiselle Bressac, je voulais...

– Non ! beuglé-je à l'intention d'une jeune femme, coupant mon interlocuteur en plein élan. Ce sont les chevalets qui vont à l'accueil ! À l'accueil !

Monsieur Savornin grimace légèrement, porte une main délicate à son oreille, façon élégante de me faire comprendre que le volume sonore de ma voix l'incommode. Le voyant faire, je lui adresse un petit sourire contrit.

– Désolée... Donc ?

– Donc, je voulais vous faire savoir que les serveurs...

– Quoi ? L'un d'eux est en retard ? Malade ? Mon Dieu, s'il manque un serveur, je n'aurai jamais le temps de le remplacer ! À moins que vous ayez un plan de secours ? Alexandre, je vous en conjure, dites-moi que vous avez un plan de secours !

L'intendant soupire de façon fugace, puis lève un sourcil que je soupçonne fortement d'être épilé.

– Mademoiselle Bressac, si vous appreniez à ne pas si grossièrement couper la parole, peut-être vous éviteriez-vous quelques montées d'adrénaline superflues.

– Oui, désolée, désolée. Alors ? Les serveurs ? demandé-je avec appréhension.

– Les serveurs du Salon Foch, en professionnels aguerris, sont prêts pour le service, mademoiselle. Je tenais simplement à vous en informer moi-même.

Là, tout de suite, je lui sauterais au cou ! Voilà enfin une bonne nouvelle ! Monsieur Savornin m'adresse une ébauche de sourire amusé, et part de sa démarche altière vaquer à ses occupations. C'est à cet instant qu'un bruit d'aspiration des plus élégants se fait entendre derrière moi. Je me retourne et, sans surprise, vois mon amie Vanessa reposer son verre sur un des plans de travail en inox de l'immense cuisine. Étant invitée au gala, elle a décidé d'arriver en avance pour « m'aider » avec les derniers réglages. Apparemment, elle vient d'aller vérifier les compétences du barman...

– Pourriez-vous m'apporter une autre Tequila fizz, s'il vous plaît ? demande-t-elle à un commis.

Puis, à mon intention :

– Détends-toi un peu, Émy, tu vas nous faire une crise cardiaque avant d'avoir eu ton prochain orgasme !

– Le bar est prêt pour le coup de feu ?

– Oui, c'est impec.

– Bien. Très bien.

– Allez, souris, bois un verre ! Ça te détendra !

– Je n'ai pas besoin de me détendre, Vaness. J'ai besoin de garder les événements sous contrôle. Il faut que j'aille vérifier dans la salle principale que tout est prêt pour l'arrivée des convives.

– Hum. C'est pas hyper marrant, comme plan...

Je lui adresse une moue fataliste, genre « c'est la dure réalité de la vie », puis m'approche d'elle et passe un bras autour de ses épaules joliment dénudées.

– Tout le monde n'a pas la chance d'être une riche héritière, ma vieille. Il y en a qui doivent se bouger les fesses pour gagner leur croûte !

Là, elle me tire la langue, ce qui me fait rire. C'est tout elle ! Insouciante et facétieuse, ce que je ne suis plus. Mais c'est aussi pour ça que je l'adore.

Nous nous connaissons depuis maintenant cinq ans, depuis que la toute jeune assistante-organisatrice que j'étais à l'époque l'a croisée à l'un de ses premiers galas. Alors que j'étais en pleine crise de panique, tétanisée par le trac et la peur de faire quelque chose de travers, une petite brunette a débarqué avec un sourire amical et un verre de liqueur qu'elle m'a obligée à avaler cul sec. Nous ne nous sommes plus quittées depuis, même si nous sommes extrêmement différentes. Peut-être est-ce dû au fait que si ma vie avait continué comme elle avait commencé, j'aurais pu être son double parfait, avec des cheveux blonds.

Elle est la fille du marchand d'art le plus couru de Paris et n'a jamais eu à se soucier de rien. Vanessa est le genre de femme qui croque l'existence — et les hommes — à pleines dents, avec une légèreté et un enthousiasme que je lui envie parfois. Elle a tendance à être un peu tranchée dans ses opinions, à ne jamais rien prendre au sérieux, surtout pas la vie, mais elle est adorable et parvient toujours à me faire rire. Alors le reste, je m'en accommode, même si, souvent, elle me tape sur le système. Surtout quand arrive sur le tapis le sujet de mon mariage imminent avec Nicolas...

– Je vais bosser, dis-je, en lui plantant un bisou sur la joue.

– Oui, va. Moi je vais me repoudrer et refaire mon entrée, mais par la grande porte, cette fois !

Elle s'éloigne en trottinant, non sans avoir attrapé, au passage, la Tequila fizz apportée par le commis.

– Et pas d'entourloupe ce soir, hein ! lancé-je en secouant la tête.

– Non, non !

– Promis ?

Pas de réponse.

– Vanessa, promets-le ! crié-je, tout à coup passablement inquiète.

Elle se retourne, me lance un grand sourire et pousse la porte de service d'un coup de fesses. Puis sa courte robe en soie bleu nuit et son visage malicieux disparaissent, sans qu'elle m'ait promis quoi que ce soit.

Bon sang, qu'est-ce qu'elle est *encore* en train de mijoter ? Je n'ai absolument pas le temps de gérer une énième tentative de me faire renoncer à mon mariage ce soir. Mais on verra ça plus tard. Pour l'instant, j'ai du travail. C'est le plus gros contrat qu'on m'ait jamais confié, je me dois d'être à la hauteur. Je veux que cette soirée atteigne la perfection, je ne laisserai pas le moindre détail écorner le travail acharné fourni ces dernières semaines !

La salle se remplit au son du quintette à cordes engagé par mes soins, dans la valse chatoyante et pailletée des robes de soirée de ces dames.

Les élégants convives déjà présents discutent entre eux, tout sourire, en buvant une coupe de champagne offerte par des serveurs en chemise blanche immaculée. Le personnel du vestiaire gère impeccablement le flux des arrivées, les tables, magnifiquement dressées, sont du meilleur effet sous les lumières tamisées. Toutes les compositions florales sont à leur place exacte, le pupitre est prêt pour le discours de monsieur de La Fresnaye, présentement occupé à accueillir ses invités. Ma vigilance reste à son maximum, mais tout semble rouler comme il faut.

Juste après que monsieur Savornin soit discrètement venu m'informer du bon avancement de la préparation du dîner, j'aperçois une Vanessa rayonnante au bras d'un jeune homme que je ne connais pas. Encore un ! Elle me fait un clin d'œil, auquel je réponds par un sourire amusé, en levant les yeux au ciel. Contrairement à moi, la gent masculine semble avoir pour elle un intérêt illimité, même si en général, celui-ci ne dure jamais plus d'une nuit...

Puis, tout à coup, le ciel me tombe sur la tête. Ou peut-être un des gigantesques lustres suspendus au plafond, je ne sais pas.

C'est une plaisanterie ?

Un nouveau coup pendable de l'univers, pour me faire payer une faute commise dans une vie antérieure ?

De quel dictateur abominable ou tueur en série suis-je la réincarnation pour mériter une telle punition ? Hein ?

Il y a deux cents invités prévus ce soir. Deux cents ! COMMENT est-il possible que sur les millions d'habitants que compte la capitale, je me retrouve par hasard en présence de l'être le plus exécrable qui soit, une des seules personnes que je ne souhaite croiser sous AUCUN prétexte ? La vie en a après moi, ce n'est pas possible autrement !

Je me retourne brusquement, les joues brûlantes, une colère irrépressible au creux du ventre. Il faut que je me calme, que je retrouve mon sang-froid immédiatement. Rien ne doit venir gâcher cette soirée ! Rien !

Respire, Émelyne, respire...

Ce n'est pas grave, ça va aller. Je vais faire comme si ce type odieux n'était pas là, comme si le souvenir de notre rencontre désastreuse et le comportement infect dont il a fait preuve ne faisaient pas naître en moi une exaspération virulente.

Inspire... Expire... Inspire... Expire... Voilà. Zen. Calme. Tout va bien.

– Ben, qu'est-ce qui t'arrive, Émy ? T'es toute rouge...

Je sursaute en entendant la voix de Vanessa et me tourne brusquement vers elle, une main sur le cœur.

– Je... Rien. Ça va. Je vais très bien. Très très bien.

Elle me dévisage quelques secondes, sceptique, avec son air « on ne me la fait pas à moi ». Je soupire, la prends par le bras pour l'attirer un peu plus à l'écart. Puis, sur un ton de conspiratrice :

– Tu te souviens de ce mec trop con dont je t'ai parlé ?

– Euh... Lequel ?

– Celui qui est venu m'aborder au *Steam'*, le jour où tu m'as posé un lapin. Le taré avec lequel je me suis engueulée.

– Ah. Hum ! Oui, je me souviens, oui...

– Il est là !

– Quoi ? *Là* où ?

– Ben *là* ! Ici !

– Non, ça, c'est impossible, dit-elle, en ricanant.

– Je t'assure que si !

Pour lui prouver que je ne suis pas devenue complètement folle, je donne un coup de tête en direction du con en question. Contrairement à la dernière fois, il est rasé de près et habillé d'un smoking noir très élégant.

– C'est lequel ? me demande Vanessa après s'être retournée.

– Le grand baraqué, là, avec son visage de play-boy et...

Ben ça alors ! Elle est bien bonne, celle-là !

–... avec la vieille en rouge accrochée à son bras. Celle qui porte... un rat habillé en rose sous le bras ? Mais qu'est-ce que...

– Merde ! me coupe Vanessa.

– Oui, comme tu dis !

– Bon, écoute, ça va aller. T'en fais pas. Ignore-le et tout se passera bien. Je... euh... je reviens, OK ?

– Hein ? Tu vas où ?

Elle me fait un sourire que je qualifierais de légèrement crispé.

– Je vais... aux toilettes ! Voilà, aux toilettes. Les Anglais qui débarquent et tout et tout... Enfin, tu sais ce que c'est...

Elle s'éclipse, me laisse seule au milieu de la salle de réception. Qu'est-ce qui lui arrive ?

Bon. Pas de panique. Elle a raison, je ne devrais pas me faire de souci pour un truc aussi insignifiant. Il suffit que je continue à vaquer à mes occupations sans me soucier de ce type. Je n'ai même pas besoin de lui adresser la parole, après tout !

Dix minutes plus tard, je vérifie auprès du barman en chef que la provision de champagne est suffisante. Mais c'est quand même bizarre, tout ça... Qui est cette vieille toute refaite avec qui *il* est venu ? Elle est horrible. Son visage est tellement tiré qu'elle donne l'impression de cligner des paupières à la verticale... J'ai vérifié sur la liste des invités, il s'agit de Victoria Besney. Elle lui a mis la main aux fesses, tout à l'heure, je l'ai vue faire. La main aux fesses ! Non pas que je regarde, notez bien. Enfin, bon, j'ai juste jeté un ou deux coups d'œil dans leur direction... Et puis elle est vulgaire, cette femme, c'est fou ! On dirait une enseigne de boîte de nuit, avec sa robe rouge pétant qui donne mal aux yeux, et son chien rachitique… Je me demande ce qu'il fait avec elle, même si ça ne m'intéresse pas vraiment, hein. C'est juste que je me pose la question, c'est tout. Par simple curiosité. Elle ne le lâche pas d'un poil, en plus. Comme si elle était collée à lui ! C'est quand même...

– Vous avez eu une autorisation de sortie, ce soir ? Le psychiatre a décidé de refaire un essai ?

Interrompue dans mes pensées, je fais un quart de tour sur la gauche, espérant sans trop y croire que la personne qui vient de m'envoyer cette pique n'est pas celle à laquelle je pense. Mais qui d'autre pourrait se montrer aussi désagréable ? C'est bien *lui* qui se tient à côté de moi.

– Essayez de ne pas mordre un des invités, ça ferait tache, ajoute-t-il sans me regarder, en tendant deux coupes vides au barman.

Je prends une profonde inspiration. Je ne peux pas laisser se reproduire les événements de la dernière fois sur mon lieu de travail, ce serait la faillite assurée. Il faut à tout prix que je me contienne un minimum, quels que soient les efforts que cela me demande. C'est donc en affichant un sourire faussement avenant que je lui réponds, à mi-voix pour une parfaite discrétion :

– C'est gentil à vous, de sortir votre mamie. Faites quand même attention à ce que sa hanche artificielle tienne le choc...

Ses mâchoires se contractent, mais lui aussi garde sur les lèvres un sourire de façade très convaincant.

– Victoria est... ma compagne, pas ma grand-mère. Et je vous assure que ses hanches fonctionnent très bien. En toutes circonstances…

– Votre compagne ? C'est ça, oui !

– Un Bloody Mary et un Whisky, s'il vous plaît, commande-t-il.

– Je préfère les femmes mûres aux gamines insupportables dans votre genre. Elles, au moins, ont l'expérience des hommes et ne se prennent pas pour des reines juste parce qu'elles ont un joli cul.

Respire, Émelyne, respire.

– Vous êtes sérieux, là ?

Il sourit, ce con.

– On ne peut plus sérieux. De toute façon, je ne vois pas en quoi ça vous pose un problème.

– Mais ça ne me pose aucun problème, rétorqué-je sèchement. Votre compagne, par contre, n'apprécierait certainement pas de savoir que vous essayez de draguer les inconnues dans les cafés. Non pas que vous arriviez à grand-chose, ceci étant dit.

– Ça doit être dur à encaisser pour une pétasse arrogante dans votre style, mais je ne vous draguais pas.

– Ah, oui ? Vous me prenez vraiment pour une conne...

– Oui, j'ai toujours été très perspicace.

Je vais le tuer... lentement, après l'avoir torturé des heures durant avec un économe et de l'huile brûlante.

Sans crier gare, il se penche vers moi et plante ses yeux verts dans les miens. Il est si près que je sens son parfum me chatouiller les narines. De surprise, sans doute, mon cœur se met à battre à cent à l'heure et le rouge me monte aux joues. Mais je ne me démonte pas et ne détourne pas le regard.

– Jamais vous n'arriverez à la cheville de Victoria, alors arrêtez d'imaginer que vous pourriez m'intéresser, continue-t-il.

– Oui, vous aimez l'archéologie. Moi, je ne suis pas encore suffisamment fossilisée...

– C'est moche, la jalousie. Ça rend aigri. Faites attention, vous allez faire fuir le taré qui a proposé de vous épouser. Toute œuvre de charité a quand même ses limites...

– À l'inverse des monceaux de conneries qui sortent de votre bouche, apparemment.

Je lève un sourcil, l'air de dire « Alors ? Qu'est-ce que tu as à répondre à ça, sale connard détestable ? », mais il n'a pas le temps d'ajouter quoi que ce soit, car le barman dépose sa commande sur le comptoir en marbre, juste devant lui. La diversion est excellente, elle me permet de me reprendre. Les choses sont encore en train de dégénérer, il faut y mettre un terme avant de perdre tout contrôle.

– Puisque tout est dit, je vous souhaite une agréable soirée, dis-je avec un sourire qui me coûte horriblement. Pour ma part, je retourne travailler.

– Parce que dépenser les sous de papa dans une robe hors de prix en sirotant du champagne, pour vous, c'est du travail ? ricane-t-il en attrapant les verres. Je comprends d'où vient votre côté petite bourgeoise crâneuse...

– « Perspicace », hein ? Vous m'en direz tant... Sauf que je ne suis pas ici en tant qu'invitée, Sherlock, mais en tant qu'organisatrice.

Maintenant, ça suffit, j'ai mieux à faire que de perdre mon temps avec vous.

Sans attendre une réaction, je le plante là, pour me diriger vers... n'importe où ailleurs, d'un pas moins calme et mesuré que je ne l'aurais souhaité.

Nom d'un chien, il a encore réussi à me mettre hors de moi. Quel... quel enfoiré ! Qu'il retourne dans les jupes de sa maîtresse botoxée jusqu'aux replis de ses vieilles fesses flasques et qu'il me foute la paix ! Pourquoi a-t-il fallu qu'il vienne me parler, d'abord ? Il n'avait qu'à rester auprès de sa si chère Victoria, puisqu'il l'aime tant que ça ! Merde, à la fin !

Je débarque finalement dans les cuisines, où l'effervescence est à son comble puisque le dîner devrait être servi d'ici une petite demi-heure.

– Bon, est-ce que tout est prêt, ici ? aboyé-je à la ronde, toujours très énervée.

– Tout va pour le mieux, mademoiselle Bressac, me répond le sous-chef. Nous serons prêts dans les temps.

– Bien ! Alors... alors, continuez comme ça !

Plusieurs commis lèvent la tête, surpris par mon ton autoritaire et cassant tout à fait injustifié.

Me rendant compte que mon comportement est inapproprié, je fais demi-tour et gagne le grand couloir, pour y respirer un peu. J'ai besoin d'un moment de solitude. Là, je fais les cent pas sur le marbre brillant, en essayant de retrouver mon calme (et mon professionnalisme). Mais la porte de la salle s'ouvre une seconde, pour laisser passer la petite silhouette de Vanessa.

– Je t'ai vue parler avec le mec du *Steam'*, ça va ?

– Non. Je le hais, ce type ! Il a encore réussi à me faire sortir de mes gonds ! Sur mon lieu de travail, tu te rends compte ?

– Ah, et... qu'est-ce qu'il t'a dit ?

– Des conneries à propos de sa maîtresse toute moche, toute vieille et toute refaite ! Elle serait cent fois mieux que moi, à l'entendre ! Pff ! Je me demande bien ce qu'il lui trouve à sa mémé !

Vanessa me dévisage en silence, un moment, avant de se pincer les lèvres. Je jurerais qu'elle essaye de se retenir de sourire.

– On peut savoir ce qui t'amuse ?

– Moi ? Rien.

Je soupire rageusement, croise les bras sur la poitrine. J'ai décidément bien du mal à me calmer.

– En tout cas, même s'il est con, il est vraiment canon, non ? commente mon amie, en me regardant du coin de l'œil. Tu ne trouves pas ?

– Absolument pas ! Ce n'est pas du tout, mais alors, pas du tout, mon genre !

– Hum...

– Quoi « hum » ? la questionné-je avec humeur.

– Non, non, rien... Bon, tu es de mauvais poil, si j'ai bien compris ?

– Tu as bien compris, oui.

– Mince... Du coup, ce n'est pas la peine que je te ramène le mec mignon que je voulais te présenter ce soir ? Il est dans la grande salle.

Je lui lance un regard noir.

– T'as pas encore fini, avec ça ? Je me marierai dans deux mois, que ça te plaise ou non. Alors, s'il te plaît, Vaness, arrête avec tes plans foireux...

– OK, OK ! Rien ne te détournera de ton idée débile d'épouser un mec froid et ennuyeux dont tu n'es même pas amoureuse, j'ai compris... Ni un week-end passé chez mon oncle et ma tante, toujours aussi heureux après quarante ans de mariage, ni un centième visionnage du film *Love Actually*, ni une soirée de folie dans un club de striptease masculin...

– Ah, merci ! Tu te décides enfin à entendre ce que je te dis !

Elle me gratifie d'un nouveau regard en coin dont je ne comprends pas vraiment la cause, mais je suis encore trop excédée pour m'en soucier. Puis elle ajoute :

– Aucun beau gosse ne te fera craquer contre ta volonté non plus, donc.

– Aucun. Les mecs sont des enflures, j'ai eu ma dose !

– Oui, oui...

– Quoi ? Pourquoi tu dis ça comme ça ?

– Pour rien. Bon, excuse, mais j'ai un coup de fil à passer !

– Oui, et moi, je retourne bosser. À plus tard ?

– À plus tard !

Nous partons chacune de notre côté.

Bon sang, cette soirée a été atroce ! Pas sur un plan professionnel, de ce côté-là, j'ai atteint mes objectifs. Monsieur de La Fresnaye était ravi, les convives également, beaucoup d'argent a été récolté en faveur de l'association *Water for Africa*. Aucun souci majeur n'est venu troubler la fête qui s'est déroulée sans accroc. C'est juste la présence de ce type qui a gâché mon plaisir ! Lui et à sa vieille copine vulgaire, qu'il a tripotée sans arrêt et pas très discrètement. Mais quelle horreur, franchement ! En plus d'être con, il est incapable de se comporter correctement. Je me demande même si à un moment, ils n'ont pas été faire des trucs dans les toilettes. Beurk ! Comment est-ce qu'il peut avoir envie de coucher avec un engin pareil ?

Les mecs me dégoûtent... Tous les mêmes, tous des obsédés dégueulasses ! C'est sûrement pour son argent qu'il est avec, de toute façon.

Merde ! Même maintenant, à quatre heures du matin, alors que j'ai bossé toute la nuit et que j'arrive chez Nicolas, il parvient encore à me manger les nerfs !

Garée dans le parking souterrain de l'immeuble de mon fiancé, je souffle en coupant le contact de ma Mini. Pour être tout à fait honnête, je n'ai pas envie d'être là. Après cette soirée stressante, j'aurais préféré retrouver la tranquillité de mon petit deux-pièces de banlieue. Mais Nicolas m'a expressément demandé de venir, je n'ai pas le choix. Je dois effectuer mon dernier travail de la journée.

Je sors de ma voiture et rejoins l'ascenseur, qui me conduit jusqu'au dernier étage de cette somptueuse construction haussmannienne. Il n'y a qu'une seule porte sur ce palier, celle de l'immense appartement de deux cents mètres carrés de mon fiancé. J'ai la clé, j'entre en essayant de ne pas faire trop de bruit, même si je sais pourquoi il m'a demandé de venir et qu'il attend justement que je le réveille. Il a signé un gros contrat dans l'après-midi, il aime fêter ça à sa façon.

Mes escarpins à la main, je traverse le long couloir plongé dans l'obscurité, en faisant doucement grincer le parquet ancien parfaitement lustré sous mon poids. Tout au fond, derrière la dernière porte, se trouve la chambre de Nicolas. Comme je le pensais, il est endormi. Je retire ma robe, qui tombe sur le sol dans un bruit soyeux de mousseline froissée, et avance vers le lit king size dans lequel dort l'homme que je vais épouser. Alors que je glisse un genou sur l'épaisse couette en plume, deux yeux gris s'ouvrent et se posent sur moi, puis leur propriétaire se redresse sur un coude. Ses cheveux sombres, qu'il coiffe d'une raie sur le côté, ne sont qu'un peu ébouriffés, comme si le sommeil lui-même s'était soumis à la rigueur permanente de monsieur Dambres-Villiers.

– Enfin... me dit-il pour toute salutation, d'une voix sans chaleur.

– Désolée. J'ai aidé monsieur Savornin à superviser le rangement et vérifier que mes prestataires ne laissaient pas de bazar derrière eux.

La main chaude de Nicolas se pose sur ma cuisse nue, preuve superflue du fait qu'il se moque de ce que je peux lui raconter.

– J'ai signé un contrat à plusieurs millions d'euros, aujourd'hui, dit-il en fixant son regard sur ma poitrine découverte.

– Félicitations.

– Ce n'est pas comme ça qu'on félicite son futur mari, Émelyne...

Je sais, ai-je envie de lui répondre, mais je garde le silence. À la place, je fais ce qu'il attend de moi et retire ma culotte en dentelle transparente. Nicolas aime la dentelle. Lorsque je suis débarrassée du dernier morceau de tissu qui me couvrait, je m'allonge et attends qu'il fasse ce qu'il a à faire. Sa bouche se pose sur ma poitrine une poignée de secondes, ses doigts volent sur ma peau quelques instants, puis il vient déjà entre mes jambes. Il me pénètre brusquement, en haletant dans le creux de mon cou. Il est brutal, comme toujours, mais après tout, il ne fait que prendre ce qui lui est dû. Moi, ça m'est égal, de toute façon je ne sens rien. Je ne suis ni écœurée, ni fâchée, ni même attristée par son manque d'égards envers moi. Mon corps et mon cœur sont morts depuis longtemps. Chaque épreuve, chaque trahison et chaque blessure ont tué un petit morceau de moi.

Aujourd'hui, il ne me reste plus rien à offrir qu'une coquille vide, une enveloppe inanimée. Mais c'est tout ce que demande Nicolas. Pour ma sécurité et celle de ma mère, pour ne plus jamais avoir à la regarder trimer comme une malheureuse à ramener quelques pièces à la maison et ne plus être terrorisée par demain, je suis prête à donner ce qu'il reste de moi.

Les choses auraient pu être différentes sans ce maudit accident. J'aurais pu rester la princesse à son papa, la petite dernière trop gâtée, une enfant choyée avec une mère certes fragile, mais protégée et soutenue par un mari aimant. Être à l'abri du besoin, sans ces horribles cicatrices cachées à l'intérieur. J'aurais pu être heureuse. Mais la vie n'est pas un conte de fées, tout ce qui est beau finit par être abîmé, détruit, réduit à l'état de cendres.

Plus jamais, jamais, je ne tomberai dans le piège cruel de l'espoir.

CHAPITRE 5

Stephen

J'aime *l'archéologie* m'a-t-elle dit ? Pourquoi je pense à ça maintenant ? Je suis dans une chambre luxueuse d'un palace en train de baiser Victoria, et tout ce qui me vient à l'esprit, ce sont les paroles de cette vipère ! Je chasse ces pensées de ma tête tandis que je chevauche... *mamie.* Et voilà, ça recommence ! Cette femme est mon pire cauchemar ! Elle s'insinue dans ma tête à tout bout de champ ! Mes yeux se posent sur le postérieur dressé devant moi et je reconnais qu'elle n'a pas tort.

Putain, fait chier !

Pense à autre chose... Pense à autre chose... Sinon tu vas débander malgré la petite pilule magique !

Quand Victoria jouit en criant à tue-tête, je simule mon orgasme et me précipite dans la salle de bains pour jeter la capote vide dans les chiottes. Je prends ensuite une douche, tandis que les jets d'eau bouillante martèlent ma peau, je n'ai qu'un visage en tête. Elle m'obsède littéralement, ça me rend dingue. Cette salope me pourrit la vie ! Émy... Émy...

Je ne voulais pas aller à ce gala de charité, j'étais à deux doigts d'annuler, je devais pressentir que quelque chose me tomberait dessus. Je vais rentrer chez moi, je ne peux pas finir la nuit ici avec mon *fossile...* ironisé-je, en me regardant dans le grand miroir qui surplombe la double vasque en marbre gris. Je remets de l'ordre dans mes cheveux, ignore le sourire amer qui étire mes lèvres. Je retourne dans la chambre, ramasse mes vêtements pour les enfiler. Victoria se redresse pour s'adosser à la tête du lit et me fixe. Son maquillage a coulé, ses cheveux sont ébouriffés, elle n'a plus rien d'une femme sophistiquée. Elle ressemble plutôt... à une vieille tenancière de bordel.

– Alors, tu pars... Tu ne passes pas la nuit avec moi, Stephen ? demande-t-elle.

Elle a l'air d'être déçue ou agacée, je ne saurais dire, je m'en moque complètement.

– Oui, Victoria, je m'en vais ! lancé-je sans même la regarder.

– Tu sais que je pourrais t'offrir tout ce que tu désires, si tu acceptais ma proposition.

– Quelle proposition ? Celle de venir vivre chez vous et d'être à votre disposition nuit et jour ? Non, merci !

Je me redresse pour lui faire face. La colère monte en moi. Je veux bien vendre mon corps pour quelques heures, mais vendre ma vie ? Hors de question !

– Je tiens à toi, avoue-t-elle, en s'enroulant dans le drap pour me rejoindre. Je pourrais te rendre heureux...

– Victoria... Soyons réalistes, j'ai trente-deux ans et vous, vous avez quoi ? Le double de mon âge ?

Son visage se décompose, s'il est possible qu'il se décompose plus qu'il ne l'est déjà. Ses yeux se voilent. Je croise les doigts pour qu'elle ne se mette pas à me pleurer dans les bras. Il ne manquerait que ça pour finir cette journée de merde ! Que je console une femme parce que je refuse d'être son jouet à plein temps...

– Excusez-moi, Victoria, je ne voulais pas dire ça, lancé-je pour essayer d'arranger la situation.

Je ne veux pas la perdre, elle me paye bien plus que la plupart de mes clientes.

– Oh, que si, tu voulais le dire... Je sais bien que je suis moins désirable, moins sexy que la jeune femme que tu n'as eu de cesse d'épier toute la soirée ! crie-t-elle de sa voix rocailleuse emplie de tristesse.

– Je ne comprends pas de quoi vous parlez...

Je mens, en essayant de me voiler la face par la même occasion. Moi, j'ai passé la soirée à la regarder ? Impossible, je la hais trop pour ça ! Je me fous complètement de cette blondasse sans cervelle !

– Si. Tu sais très bien de quoi je parle. Je le vois dans ton regard... Je ne t'en veux pas, et comprends que cette jeune femme puisse te faire de l'effet, mais dis-toi une chose : elle ne te payera jamais autant que moi !

Voilà, le ton monte, la jalousie s'installe. Qu'est-ce qu'elles ont ces bonnes femmes, avec ça ! Pourquoi veulent-elles toujours se convaincre qu'elles valent mieux qu'une autre ?

– Écoutez, Victoria, on se connaît depuis longtemps, mais je ne vous ai jamais rien promis.

– Oui, nous nous connaissons depuis plus de vingt ans. Je connaissais tes parents bien avant toi.

– Ne mêlez pas ma famille à tout ça. Ils se retourneraient dans leurs tombes s'ils savaient ce que nous faisons ensemble !

– Ce que je voulais dire, c'est qu'il est normal que j'éprouve des sentiments pour toi, ça fait si longtemps...

– Non, ce n'est pas normal ! Les choses sont claires depuis le début. Vous payez pour mes services, point final ! Ça ne va pas plus loin.

Je n'en reviens pas que la situation dérape à ce point. Comment ai-je fait pour ne pas m'apercevoir qu'elle avait des sentiments pour moi ? Elle s'approche, les yeux pleins de larmes, m'enlace en murmurant :

– Tu ne penses pas ce que tu dis. Je... je sais que je compte pour toi... Je le vois bien dans la façon dont tu me fais l'amour.

– Quoi ? Non... Non, je ne vous fais pas l'amour, je vous baise, ça s'arrête là ! Vous n'êtes qu'une cliente, Victoria, lancé-je d'une voix glaciale.

Un peu trop brusquement, je la repousse, mais je ne peux pas contenir le dégoût, la rage qui m'envahissent. Comment cette vieille peau refaite de la tête aux pieds peut-elle penser que je l'aime ?

– Tu es fatigué, Stephen, c'est pour ça que tu es en colère... Tu ne te rends pas compte de ce qui se passe entre nous parce que tu as peur, cafouille-t-elle entre deux sanglots.

Elle s'accroche à nouveau à moi. Je suis exaspéré, au bord de la crise de nerfs. Mais qu'est-ce que j'ai bien pu faire dans ma putain de vie pour mériter ça ? Tout ce bordel parce qu'elle m'a vu mater la blonde. C'est encore à cause de cette chieuse que je me retrouve dans ce merdier ! Si un jour j'ai le malheur de recroiser sa route, je me fais la promesse de lui pourrir la vie ! En attendant, j'ai un autre gros problème scotché à moi comme une sangsue.

– Je vais partir, Victoria, et pense qu'il vaudrait mieux ne plus se revoir !

J'aurais lâché une bombe en plein milieu de la chambre que ça aurait eu moins d'effet. Victoria devient livide, recule, me fusille de ses petits yeux mesquins. Plus de larmes, plus de supplications, non, plus rien de tout ça ! À la place, une attitude hautaine et dédaigneuse. Elle me toise, un instant, avant de me hurler dessus comme si je n'étais qu'un gamin de dix ans qui venait de faire une grosse bêtise.

– Pour qui te prends-tu ? Tu crois que tu peux me jeter de cette manière ? Tu ne sais pas de quoi je suis capable, Stephen... Si tu penses que je vais te regarder foutre en l'air notre relation, tu te trompes !

Elle a perdu la raison. Elle est complètement cinglée, ma parole ! Je lutte pour décrocher ses doigts, ou devrais-je dire ses griffes, de mes bras. Elle est hystérique, ses yeux lui sortent limite de la tête.

– Adieu, Victoria, grogné-je en la repoussant pour me diriger vers la porte.

– Tu le regretteras ! Cette fille te brisera le cœur et tu reviendras vers moi ! C'est comme ça que ça va se passer, Stephen... Tu reviendras en rampant à mes pieds !

– T'as raison, vieille folle !

Je sors précipitamment hors de la chambre avant qu'elle ne s'agrippe à nouveau à moi. Je prends l'ascenseur dans un état second, à la limite de tout défoncer. Elle m'a rendu fou de rage, des sueurs froides coulent le long de mon dos. Quand j'arrive dans la rue, je lâche un juron en me rappelant que je n'ai pas de voiture. Je dois prendre un taxi… Je cherche mon portefeuille dans la poche intérieure de mon costume et me rends compte que j'ai oublié l'enveloppe sur la table de nuit, dans la chambre de la timbrée. Je suis coincé sur le trottoir à presque quatre heures du matin, sans une thune, et les transports en commun ne fonctionnent que dans deux heures. Je fixe l'entrée du palace, me demande si je dois remonter chercher mon dû, mais décide que non. Il est hors de question que je retourne là-haut. Je n'ai pas le choix, je ne vois qu'une personne assez débile pour venir me récupérer à cette heure. Je sors mon portable, fouille dans mes contacts. Une minute plus tard, une voix ensommeillée me répond :

– Mec, t'as vu l'heure qu'il est ? J'pionce, moi ! se plaint-il.

– Me fais pas chier, Greg ! Ce n'est pas le moment ! J'ai un service à te demander, je suis dans la merde !

– *Monsieur* a un service à me demander ? Ben voyons... Et qui est-ce qui m'a planté avec ma cliente, la dernière fois ? Qui voulait me coller son poing dans la gueule ?

Putain, je suis à deux doigts de me jeter sous la première voiture qui passe et de crever dans le caniveau ! J'en peux plus... Je suis épuisé, au bord de l'explosion...

– Greg, viens me chercher ou je te jure que...

– Que quoi ? me coupe-t-il avec un brin de malice dans la voix. Je vais venir, mais en échange, tu me devras un service ! finit-il, très content de lui.

Quel abruti ce mec !

– OK, je te devrai un service ! me résigné-je.

– Super ! Ça tombe bien parce que justement, je vais avoir besoin de toi samedi soir...

Pas la peine de le dire : je me suis fait rouler dans la farine ! Mais ai-je vraiment le choix ?

– Grouille-toi, je suis devant *Le Palace*, rue de Berri !

Avec un goût amer dans la bouche, je raccroche. Je ne sais pas ce que me prépare cet imbécile, mais ça ne présage rien de bon.

Une demi-heure plus tard, il se gare devant moi. J'ouvre la

portière, me laisse tomber sur le siège passager et marmonne :

– Ta caisse est aussi déglinguée que toi ! Tu ne peux pas te payer un truc qui ne sort pas des années 70 ?

– Tu préfères peut-être rentrer à pied ?

– Roule !

– Je te signale que c'est une voiture de collection. Et toi, qu'est-ce que tu fous à cette heure dans la rue ?

– Rien qui t'intéresse ! réponds-je en me passant les mains sur le visage.

Je jette un coup d'œil à Greg, retiens un sourire en voyant sa tronche et ses cheveux ébouriffés.

– Je rêve ou t'es en pyjama ? Qui porte encore ce genre de trucs à notre époque ? me moqué-je.

Il y a bien que lui qui est capable de me donner l'envie de rire après les moments de merde que je viens de passer.

– Quoi ? J'ai froid la nuit !

– T'as froid la nuit... Tu m'en diras tant !

– Au lieu de te foutre de ma gueule, parlons de samedi soir. Il faut que tu me rejoignes au *Saint James café*, à vingt heures.

– Tu as besoin de moi pour quoi exactement ?

– Oh... Pas grand-chose...

Je le dévisage un instant, et n'aime pas vraiment sa façon de dire : *pas grand-chose.* Avec lui, je me méfie toujours, quelque chose d'insignifiant peut prendre des proportions démesurées.

– Crache le morceau !

– Très bien, j'ai besoin... de quelqu'un pour couvrir mes arrières.

– Dis-moi pas que c'est une histoire avec un dealer parce que tu sais que c'est non d'office !

– Mais non, Steph ! Il y a longtemps que je ne touche plus à ces cochonneries !

– Alors pourquoi as-tu besoin d'un garde du corps ? demandé-je, agacé de comprendre qu'il me mène en bateau.

– J'ai... j'ai rendez-vous avec le mari d'une de mes clientes... Il a découvert le pot aux roses et désire me rencontrer. Je suppose qu'il veut me parler de sa femme ou de je ne sais quoi...

– Ah ouais ? C'est bizarre ton histoire...

– Peu importe, de toute façon, tu me dois un service !

– Très bien ! Mais à la moindre entourloupe, je me casse !

– N'y aura pas d'entourloupe. Tu me connais ! répond-il en me lançant un sourire hypocrite à souhait.

– Justement, oui, je te connais...

J'arrive chez moi un moment plus tard, me déshabille pour me laisser tomber sur mon clic-clac. Je ne trouve pas le sommeil tout de suite, étant bien trop sous tension après les événements passés. Je pense à Victoria, me dis que dès demain, je la raye de ma liste de clientes. Puis le visage d'Émy vient me hanter. Pourquoi ? Pourquoi faut-il que ses grands yeux bleus, que sa bouche charnue, que sa poitrine généreuse moulée dans le bustier de cette robe viennent s'imprimer sous mes paupières comme ça ?

La semaine s'écoule tranquillement, j'ai repris ma petite routine. Les rendez-vous avec mes clientes, le pressing pour récupérer les costumes propres et déposer les sales, les courses, le ménage... Enfin rien de bien passionnant.

Samedi arrive. Une boule d'angoisse s'installe dans ma gorge. J'ai un mauvais pressentiment, cette soirée m'inquiète. Greg m'a menti, j'en suis sûr. Je le connais depuis longtemps, il puait le mensonge à plein nez. Je ne sais pas ce qu'il me réserve pour ce soir, mais rien de bon, j'en suis certain !

En fin d'après-midi, je me détends un moment sous la douche, puis je me prépare. J'enfile un jean noir, un tee-shirt gris, je récupère quelques billets dans mes économies. Je descends chercher ma voiture sur le parking au coin de la rue et pars en direction du *Saint James café.*

J'arrive à vingt heures pétantes, pénètre dans ce lieu que je connais déjà, j'y suis venu à plusieurs reprises parce que l'ambiance est sympa. Le long bar en bois brut éclairé par des spots encastrés, le vieux plancher et la déco façon pub irlandais, j'aime beaucoup. Sans compter qu'ils passent de la bonne musique.

Il y a du monde, je mets quelques secondes à repérer Greg. Il est assis à une table avec une petite brune. Il ne perd pas de temps, celui-là ! Je m'approche, détaille la demoiselle, ma foi, elle est plutôt canon ; les cheveux noirs, courts, un visage bien dessiné, un regard malicieux et un corps à se damner. Qu'est-ce qu'elle fabrique avec cet idiot ? En l'observant de plus près, je me rends compte que son visage me dit quelque chose, mais je n'en suis pas sûr.

– Salut, mon pote ! s'exclame l'idiot en question en me voyant approcher.

– Salut, lancé-je en saluant la belle brune. Je croyais qu'on avait rendez-vous avec un mari jaloux ?

– Il y a un p'tit changement de… de programme, bafouille Greg en fuyant mon regard meurtrier.

– Ce changement consiste en quoi ? Je dois vous tenir la chandelle ?

– Non, pas du tout ! me répond la jolie bouche de la brune. Je ne me suis pas présentée, je suis Vanessa, lance-t-elle en me faisant un sourire des plus charmeurs.

Je me raidis sur mon siège, ma mâchoire se crispe, je lui demande :

– *La* Vanessa qui m'a fait vivre un enfer pas *une,* mais *deux* fois *?* Celle qui m'a foutu la pire peste de la planète dans les pattes ? Eh bien, je vous souhaite une bonne soirée à tous les deux ! ironisé-je en me levant pour partir.

– Attendez, s'il vous plaît... me supplie-t-elle.

Intrigué, je reprends ma place, soude mon regard au sien.

– Vous avez deux minutes, dis-je d'une voix glaciale.

– Tu m'as promis, Steph, tu me dois un service ! s'écrie l'autre abruti.

– Ferme ta gueule, Greg ! grogné-je sans même le regarder.

Mes yeux sont toujours plongés dans ceux de Vanessa.

– Bon, si on parlait entre adultes, les enfants ? commence-t-elle en redressant les épaules, avant de boire une gorgée de bière.

Je ne la connais pas depuis cinq minutes qu'elle m'agace déjà. Elle a dû faire la même école de la connerie que sa copine !

– Je vous écoute !

Je commande un whisky au serveur.

– Pour commencer, tutoyons-nous, ce sera plus simple.

– OK, je t'écoute !

Je m'impatiente en la voyant minauder avec son p'tit air faussement intelligent sur la figure.

– Voilà. Il se trouve que mon amie va se marier avec un gros enfoiré, je refuse que ça arrive !

– En quoi est-ce que ça me concerne ? questionné-je, sentant monter la colère.

– Je suis sûre que tu peux la dévier de la ligne de bonne conduite qu'elle s'est fixée.

– Non, mais je rêve ! Et c'est toi qui nous traites d'enfants ? De quel droit tu te mêles de sa vie de cette façon ? Attends... percuté-je, fais comme si je ne t'avais pas posé ces questions, comme si nous n'avions jamais eu cette conversation ! Si ton amie, c'est Émy, oublie-moi tout de suite ! Je ne veux plus en entendre parler, je ne veux plus voir sa tronche de ma vie !

Agacé, je bois mon verre cul sec.

– Sauf qu'en fait, tu ne vas pas trop avoir le choix. Elle arrive dans peu de temps... Écoute, je double la mise. Si tu parviens à la mettre dans ton lit, je te donne vingt mille euros.

– Vingt mille euros pour briser la vie de ta copine ? Et tu dis être son amie ?

– Pense ce que tu veux ! Tu ne sais rien de sa vie, tu ne connais pas l'homme qu'elle doit épouser ! Alors, partant pour vingt mille ?

– Ça ne m'intéresse pas ! Je n'ai pas de temps à perdre avec ces conneries ! grommelé-je en commandant un autre verre.

– Tu te dégonfles parce que tu as peur de ne pas y arriver ! me provoque-t-elle. Trouillard !

Quelle salope, cette femme ! Je pense qu'elle est pire que sa copine !

– Ma pauvre fille ! J'emballe qui je veux, quand je veux ! Tiens, même toi, je t'emballe en deux minutes si j'en ai envie, mais t'es pas mon style... Trop grande gueule ! la rembarré-je.

– Quand Émy dit que t'es un gros con, elle tape vraiment dans le mille ! Elle ne pouvait pas trouver plus représentatif pour te décrire !

– C'est la manipulatrice, la menteuse, qui veut bousiller le mariage de sa copine qui parle ? lancé-je en souriant devant son air faussement blessé.

– OK, beau gosse. Si tu acceptes, je rajouterai un petit bonus dans l'enveloppe.

– Enfin, nous parlons le même langage... Bon, OK !

Je me demande intérieurement pourquoi je me lance dans cette aventure.

– Escroc ! s'écrie-t-elle.

– Salope !

Je me retiens d'éclater de rire. En fait, je sais pourquoi j'accepte. J'ai perdu ma plus grosse cliente et cet argent va bien m'arranger.

– Elle va bientôt arriver, alors je te demanderai une dernière chose : ne lui parle pas de notre petit arrangement.

– Ouais, mais change de table, sinon ça ne marchera pas ! ordonné-je en sentant monter la pression.

Je dois y arriver, c'est une question d'honneur ! Aucune femme ne m'a jamais repoussé, ce n'est pas maintenant que ça va commencer !

Je regarde la petite brune se lever et s'asseoir à la table voisine. Un rire m'échappe avant que je ne m'adresse à elle sur un ton ironique :

– Très subtile ! C'est vrai qu'elle ne trouvera absolument pas bizarre que l'on soit assis côte à côte...

– On n'est pas côte à côte. Et puis, de toute façon, toutes les tables sont prises ! Je ne vous connais pas, vous ne me connaissez pas, basta ! lance-t-elle en changeant de place pour me tourner le dos. Mais comme Émy sait que je connais ton visage, je vais faire comme si je ne t'avais pas vu !

– Ah... Et comment connais-tu mon visage ? demandé-je intrigué.

– Au gala de charité. Elle... elle voulait me faire voir le gros con qui la harcelait, finit-elle un sourire dans la voix.

– OK, super ! C'est rassurant, tout ça...

Je suis figé sur ma chaise et n'ose pas me retourner. Je sens que je vais encore en prendre plein la gueule, ce soir. Pour vingt mille euros, je suis prêt à encaisser toutes les vacheries qui sortiront de la jolie petite bouche d'Émy ! Je dois avouer que, d'un certain côté, ça m'excite au possible.

Dix minutes plus tard, je la vois s'installer face à sa copine, donc face à moi. Je perds un peu de mon assurance. Elle ne m'a pas encore vu, j'en profite pour l'observer discrètement. Elle est sexy en diable ce soir, avec sa petite jupe en cuir sous une blouse blanche sans manches. Elle croise ses longues jambes, je remarque qu'elle porte des sandales à hauts talons. Je l'avoue, ça me chauffe. Je ne sais pas pourquoi, mais les femmes qui portent des talons m'ont toujours fait de l'effet. Je remonte mes yeux sur son visage et reste paralysé par le sourire qui illumine ses traits. Je ne l'avais jamais vu, ce sourire-là... Bien évidemment que non. À moi, elle me réserve sa pire grimace diabolique, son pire regard de tueuse à gages et ses mimiques de sorcière ! Un petit rire m'échappe, ce qui attire l'attention d'Émy sur moi. Ses yeux s'agrandissent comme des soucoupes, tandis que son si joli sourire se déforme.

Voilà, c'est bien ce que je disais. Moi je n'ai droit qu'à ça...

– Bonne chance, mon pote, marmonne Greg à mes côtés en voyant la tête de la blonde furibonde prête à me sauter à la gorge.

CHAPITRE 6

Émy

Je traverse le *Saint James*, plein à craquer en ce samedi soir, et m'assieds en face de Vanessa. La journée a été longue, je suis vraiment heureuse de voir un visage amical ! J'ai rencontré une nouvelle cliente aujourd'hui, et le moins que l'on puisse dire, c'est que mademoiselle Rochecault est du genre exigeant... J'ai pratiquement passé l'après-midi à noter les points « incontournables » de la grandiose réception qu'elle désire organiser, j'ai une liste grande comme le bras de requêtes toutes plus aberrantes les unes que les autres. Je suis presque sûre que la moitié d'entre elles nous mettrait la Mairie de Paris et/ou la Protection des animaux et/ou des droits de l'homme sur le dos... Bref, j'ai désespérément besoin d'un Apple Mojito bien corsé et de ma meilleure amie. Nous allons passer la soirée à papoter, ça va nous faire du bien à toutes les deux. Je lui souris, heureuse de la voir, mais alors que je m'apprête à entamer la conversation, un bref éclat de rire lancé par quelqu'un se trouvant sur ma droite m'interpelle, je tourne la tête. Quand je vois qui est assis là, à la table d'à côté, mon sourire enjoué meurt sur mes lèvres et mes yeux s'ouvrent tout rond sous le coup de la stupeur.

RHÂÂÂÂÂÂ ! Non, mais, je rêve ! JE RÊVE ! Pincez-moi, mordez-moi, allez-y à coups de marteau ou à la tronçonneuse même, mais par pitié, réveillez-moi !

Je prends une profonde inspiration pour juguler mon exaspération, mais rien que de voir le visage de ce play-boy de pacotille fait monter en moi des envies de meurtres bien sanglants.

– OK ! Là, c'est bon, j'appelle les flics ! Vous allez arrêter de me suivre partout, maintenant ! C'est carrément flippant d'être obsédé à ce point !

– Hey, du calme, la greluche ! J'étais là avant vous, donc, techniquement, je ne risque pas de vous avoir suivie ! C'est plutôt moi qui devrais appeler les flics !

– Vous êtes... vous êtes...

Je suis tellement excédée, tellement stupéfaite par cette situation ubuesque que je ne trouve plus mes mots. Bon sang, je vais faire une attaque ! Puis, soudainement, je me tourne vers Vanessa.

– Et tu n'aurais pas pu me prévenir qu'il était là, toi ?

– Désolée, je ne l'avais pas reconnu ! plaide-t-elle en me regardant avec de grands yeux innocents.

Il y a quelque chose dans son regard qui me fait froncer les sourcils. Aurait-elle quelque chose à voir avec tout ça ? La coïncidence est bien trop grosse pour en être vraiment une. Tomber deux fois en quinze jours sur le même type infect, passe encore. Mais trois ?

Je scrute le visage de mon amie, à la recherche d'un quelconque indice de culpabilité, mais abandonne rapidement. Vanessa n'a certainement rien à voir là-dedans. Quel intérêt aurait-elle à faire ça ? Elle sait à quel point il s'est montré odieux envers moi, à quel point je le déteste. Jamais elle ne me ferait un truc pareil. Je soupire et décide de reporter mon animosité sur la personne qui la mérite vraiment. Ce n'est pas après elle que j'en ai, c'est après l'autre, là, avec son tee-shirt gris moulant et ses bras tout pleins de muscles...

Le type avec qui il est, un autre pseudo beau gosse qui ne semble pas particulièrement fin, se met à ricaner en voyant la mine furibonde que j'adresse à son copain. Je lui jette un regard assassin qui le fait stopper net. J'attends pour le lâcher des yeux qu'il ait baissé la tête et pris un air penaud.

Voilà. C'est mieux comme ça.

– Bon. Très bien, dis-je avec raideur. J'ai envie, *besoin*, de passer une bonne soirée avec ma copine. Alors Ken et Ken, vous êtes gentils, vous déplacez vos culs en plastique jusqu'à un autre bar ! Merci, au revoir... et à jamais !

– Et au nom de quoi ? me demande cet abruti. Si t'es pas contente, t'as qu'à partir toi-même !

Ah, parce qu'en plus, il se met à me tutoyer ? Mais allons-y gaiement ! C'est la fête, là !

– Déjà, on n'a pas gardé les cochons ensemble, mon p'tit gars ! Donc je t'interdis de me tutoyer ! Ensuite, non, je n'ai aucune envie de traîner des heures dehors pour trouver une table libre ailleurs !

– Bien ! On est deux, TU vois !

Purée, mais au secours ! N'y a-t-il aucune limite à l'imbécillité de ce mec ?

– Sinon, commence Vanessa d'une voix prudente, tout le monde reste là, on fait comme si on ne se connaissait pas et on passe une bonne soirée, chacun de notre côté. C'est bien, ça, non ?

J'inspire, prête à lui démontrer pourquoi cette idée n'est pas réalisable, mais l'autre est plus rapide que moi sur ce coup-là.

– Elle est incapable de se tenir ! Ça ne marchera jamais ! Pire qu'un putain de roquet !

Je suis à deux doigts, vraiment, et même à un quart d'auriculaire, de lui hurler dessus pour lui dire ce que je pense du fait qu'il ose me traiter de roquet. Mais, tout à coup, je me rends compte que ce serait lui donner raison, je refuse catégoriquement de lui faire ce plaisir. Pour me forcer à garder la bouche fermée et me donner le temps de faire redescendre la pression, je me mords l'intérieur de la lèvre, si fort qu'une goutte de sang se répand sur ma langue.

– Je trouve que c'est une bonne idée, lâché-je d'un ton un peu rêche, mais parfaitement mesuré.

– Ah, ouais ? Genre...

– Mais tout à fait. Tous les deux, là, vous faites votre soirée de votre côté, et Vanessa et moi on fait la même chose du nôtre, comme... comme les adultes matures et civilisés que nous sommes...

Le type se cale contre le dossier de sa chaise, me dévisage un instant, me donnant l'impression qu'il soupèse ma proposition. Puis un léger sourire étire ses lèvres, je commence à me demander si la situation ne l'amuse pas un peu...

– Stephen ? s'enquiert son copain, en levant les sourcils.

Alors c'est ça, le nom du mec le plus haïssable de la Terre ? Je me rends compte que je ne le connaissais même pas. Non pas que cela représente un quelconque intérêt, ceci dit.

Stephen.

– Moi, ça me va, commente Vanessa en glissant un regard vers les deux garçons.

– Bon, alors on fait comme ça, tranché-je.

Je me tourne vers mon amie, même si je n'ai aucune idée de ce que je vais bien pouvoir lui raconter après tout ça, surtout en sachant que les oreilles de l'autre con traînent juste à côté...

J'ai l'impression d'avoir remporté une petite victoire, ce qui me rend plutôt fière.

Alors, grosse crotte de nez ? C'est qui la plus mature ici, hein ? Ah, ah !

Une demi-heure s'écoule, durant laquelle, je parviens presque à faire abstraction des deux nuls assis à côté. Presque, car je n'arrive pas à ignorer totalement leur conversation affligeante. Si j'étais parano, je pourrais croire qu'ils parlent plus fort que nécessaire juste pour qu'on les entende. Je ne loupe pas un mot de leur discussion pourrie. Mais même si c'était le cas, je ne dirais rien, car je perdrais notre partie de « je suis plus adulte et intelligent que toi ». Et ça, c'est tout simplement hors de question, même si l'envie d'intervenir me démange furieusement...

« Et Victoria par-ci, et Victoria par-là »... « On a été faire ci, on a été faire mi »... « On part tous les deux à l'Île-Maurice en septembre »... « Et gnagnagni et gnagnagna »...

Si, bien sûr que j'écoute Vanessa ! Mais c'est l'autre, qui n'arrête pas de parler trop fort de sa vieille tatie préhistorique !

– Et là, tu vois, elle m'a dit qu'en fait elle ne l'aimait pas ! s'exclame Vanessa en face de moi. J'ai carrément halluciné !

– Dimanche dernier, avec Victoria, on a passé la journée au lit, mon pote, raconte Stephen à l'autre table. Elle est infatigable, c'est dingue !

– Émy, tu m'écoutes ?

– On a fait de ces trucs ! Je te jure, je n'ai jamais connu une femme comme elle...

– Émy ?

– Et cette pipe, putain... Mé-mo-rable ! Le miel, mec, ça vaut vraiment le coup d'essayer.

OK. Là, c'est bon, j'ai ma dose. Si j'entends encore une seule fois le nom de Victoria franchir ses lèvres, je lui balance ma chaise dans les gencives ! On verra s'il a toujours une si belle gueule, ce con, avec deux dents en moins !

– Émy, ça va ? me questionne Vanessa. T'es toute crispée, on dirait...

Non, ça ne va pas. J'ai envie de casser de la mémé botoxée.

– Oui. Super. J'ai juste envie... d'aller danser.

Je repousse ma chaise un peu brusquement et me lève.

– Tu viens ? demandé-je à mon amie.

– Euh, non. Je vais finir mon verre avant. Mais vas-y, j'arrive dans pas longtemps...

– OK.

Ouf, enfin ! Libérée des élucubrations de l'autre obsédé !

Je rejoins la piste de danse, avec l'envie de me défouler. J'ai vraiment besoin de me calmer les nerfs, je ne connais pas de meilleur moyen pour ça que de se bouger les fesses sur de la bonne musique !

Après quelques minutes, Vanessa fait son apparition et se met à danser en rythme à côté de moi. Je suis beaucoup plus détendue et ris quand elle mime la chorégraphie de Pulp Fiction. Sur Pharrell Williams, je vous assure que ça vaut le coup d'œil...

– Pfiouuu, je suis fatiguée ! crie-t-elle à mon oreille après deux malheureuses chansons.

– Déjà ?

– Oui, je retourne m'asseoir ! Mais reste là, si tu veux !

Et comment ! Hors de question de revenir à notre table et d'entendre l'autre continuer à nous faire le récit détaillé de ses fouilles archéologiques. Je suis bien mieux ici ! Oh, en plus le DJ joue *Animals*, de Maroon 5 ! J'adore cette chanson !

– OK ! Je te rejoins plus tard !

Elle me lance un grand sourire et quitte la piste. Je ferme les yeux, me laisse emporter par la musique. Que ça fait du bien ! Ça faisait trop longtemps que je n'avais pas dansé. Nicolas a horreur des bars et des boîtes, je n'ai donc plus souvent l'occasion d'y aller...

Aïe ! Quelqu'un vient de me rentrer dedans !

Je fais demi-tour sur moi-même et... tombe nez à nez avec Stephen.

– C'est une blague ? crié-je, horripilée au-delà du possible. Tu vas me faire croire que ça aussi, c'est une coïncidence ?

– Ce n'est pas de ma faute si tu danses comme un pied !

– N'importe quoi ! C'est toi qui ne sais pas bouger, pauvre con !

Il me lance un regard de défi.

– Ah, ouais ? C'est ce qu'on va voir ! Viens par-là...

Il m'attrape par la taille, me ramène contre lui, le tout sans quitter mes yeux. Je lâche une exclamation stupéfaite, sorte de protestation qu'il ne prend pas en considération. Je me retrouve donc plus ou moins dans les bras du type que je déteste le plus au monde, si proche de lui que la chaleur de sa peau se répand sur la mienne. Il est grand, mais je porte des talons, mon visage arrive juste dans le creux de son cou.

Merde, je viens de penser qu'il sent bon.

Une autre chanson débute, je me dis que tout ceci ne peut qu'être une machination orchestrée par le Diable lui-même. Il s'agit de *Crazy in love*, de Beyonce, dans sa version la plus sensuelle... Mais Stephen, même si je le sens tendu, ne se démonte pas, alors moi non plus. Il commence à bouger contre moi, doucement, je suis le mouvement pour ne pas être en reste. Tant que je serai en vie, jamais, je ne lui laisserai avoir le dernier mot. Vous entendez ? Jamais !

Ses gestes sont lents et, je suis bien obligée de le reconnaître, en parfaite harmonie avec le rythme haletant de la chanson de *50 nuances de Grey*. Lorsque je pose une main sur sa nuque, dans le seul but de lui prouver qu'il a tort, que je danse très bien, évidemment, les battements de mon cœur doublent d'intensité. Je ne comprends pas cette réaction de mon corps, j'ai l'impression dérangeante qu'il me trahit. Stephen, lui, laisse glisser ses doigts un peu plus bas, juste au-dessus de mes fesses, à la limite de ce qui est acceptable. Je devrais arrêter tout ça. Maintenant. Je déteste ce mec ! Mais... je ne le fais pas. Mon Apple Mojito doit m'être monté à la tête, sinon comment expliquer le fait que je ne le repousse pas ? Pire, que je n'ai aucune envie de le faire... À chaque seconde de plus passée dans ses bras, mes réticences s'essoufflent, pour finir par disparaître complètement et être remplacées par quelque chose de beaucoup plus fort, quelque chose que je ne devrais pas ressentir.

Son corps athlétique me frôle à chaque mouvement, ses hanches et les miennes bougent à l'unisson. Le temps s'écoule avec lenteur, j'ai le sentiment de m'éloigner du *Saint James*. Je n'ai plus conscience du bruit, de la lumière, des gens... Tout disparaît autour de nous. D'une légère pression dans le creux de mes reins, il me rapproche encore, je ferme les yeux, prise malgré moi par la vague de chaleur qui irradie depuis l'endroit exact où il a posé sa main. Un centimètre plus près et nous serions totalement collés l'un à l'autre.

Stephen respire trop vite, son souffle irrégulier caresse mes cheveux à chaque nouvelle expiration. Mais tout ça n'est qu'un jeu pour lui, je le sais. Un jeu destiné à déterminer qui est le plus fort de nous deux. Seulement, à cet instant, je n'arrive pas à garder ça en considération.

Ma poitrine, lorsqu'elle se soulève, vient se poser contre son torse, je me mords la lèvre sous l'intensité de la sensation que cela me procure. Je ne sais plus où je suis, j'ai la tête qui tourne, le corps en ébullition. Je n'avais pas ressenti ça depuis tellement longtemps...

Sans réfléchir, emportée par mon émoi, je vais chercher sa main libre et entremêle mes doigts aux siens pour les caresser doucement. Il répond à mon geste par un soupir involontaire et un frisson le parcourt. J'aime cette réaction de son corps. Je ne sais pas pourquoi, mais j'adore ça. Mes paupières sont toujours closes, de toute façon le monde s'est effacé. Il ne reste que la musique, et lui. Stephen. Je n'ai plus conscience que de son extrême proximité, de son bras autour de moi, des mouvements presque indécents qu'il imprime avec ses hanches. J'ai envie de le sentir encore plus près. Je ne pense plus qu'à ça, son odeur, la chaleur de sa peau, sa main sur le haut de mes fesses, son souffle court sur mes cheveux... J'en tremble, j'ai chaud. Tellement, tellement chaud... Je n'en peux plus. C'est moi qui réduis le peu d'espace qui nous sépare et viens me plaquer contre lui. Ce que je sens contre mon ventre me procure une sorte de décharge électrique délicieuse entre les jambes. Il bande à mort.

Alors que je le devrais, je ne fuis pas ce contact intime qui affole tous mes sens. La main de Stephen se crispe sur mes reins, en même temps qu'un nouveau soupir lui échappe. La seconde qui suit, ses doigts descendent, franchissent cette fois les limites de la décence. Puis ses lèvres se pressent contre ma tempe, façon implicite de me demander quelque chose. Je relève la tête pour lui donner ce qu'il a réclamé : ma bouche. Parce que j'en ai maladivement envie moi aussi, jusqu'à avoir l'impression de sentir mes veines prendre feu.

Il m'embrasse. D'abord doucement, mais sa tempérance ne dure pas. J'accueille sa langue dans ma bouche et lui offre la mienne, en oubliant complètement que nous ne sommes pas seuls, mais au beau milieu d'un bar bondé. Toujours tout contre son corps puissant, je partage avec lui le baiser le plus ardent et langoureux qui soit, un baiser qui m'enflamme et me donne l'impression de n'avoir jamais été embrassée avant ça.

CHAPITRE 7

Stephen

Mes doigts remontent sur ses hanches, s'enfoncent dans sa chair pour la rapprocher le plus étroitement possible de mon corps. Je sais qu'elle sent l'effet qu'elle a sur moi. Comment ne pas sentir la monumentale érection qui déforme mon pantalon ? Ça ne m'est pas arrivé depuis si longtemps de désirer une femme à ce point, que c'en est presque douloureux. Nos langues se frôlent, se découvrent, puis nos bouches se dévorent, comme si nos vies en dépendaient. Cette attraction irrationnelle qui nous unit est effrayante. Son délicieux parfum emplit mes poumons, me donne le vertige. J'ouvre les yeux pour essayer de reprendre le contrôle, mais rien n'y fait... Je la serre encore plus fort, remonte une main dans ses cheveux pour les tirer légèrement en arrière. J'abandonne sa bouche pour, de ma langue, tracer un sillon humide le long de sa mâchoire. Un gémissement s'échappe de ses lèvres. Ses doigts tremblants descendent sur mon torse. Mon Dieu, faites qu'elle s'arrête, sinon je ne réponds plus de rien !

Tout à coup, elle me repousse sans ménagement.

– T'es vraiment qu'un pauvre con ! me crie-t-elle, hors d'elle.

Je reste sans voix, les bras ballants, la bouche entrouverte. Je la fixe en me demandant pourquoi ma prière a si vite été exaucée. J'ai supplié Dieu de me venir en aide un millier de fois, il ne m'a jamais entendu... Et là, boum, tout d'un coup, j'existe ! On m'arrache des bras cette petite chose qui ébranle toutes mes barrières en un regard, qui me fait bander comme un taureau, alors que je ne désirais plus aucune femme depuis bien longtemps.

– Pourquoi tu profites de moi de cette façon ? Tout ça parce... parce que j'ai trop bu ! lance-t-elle en me jetant un regard furieux, comme si je venais d'essayer d'abuser d'elle.

– T'as même pas bu la moitié de ton cocktail ! me défends-je, excédé.

– Oui, ben... je ne supporte pas l'alcool ! Et... tu profites de la situation ! s'exclame-t-elle, en croisant les bras sur la poitrine.

– Tu m'as allumé, presque violé sur la piste de danse, et c'est moi le coupable ? T'es folle ou quoi ? Il n'y a pas la lumière à tous les étages, dans ta petite tête ! rétorqué-je, agacé et blessé en prenant la direction de la table.

Elle me suit, ramasse précipitamment ses affaires, et demande à Vanessa de partir avec elle. En passant devant moi, elle me balance un « connard » avec son p'tit air pincé, puis se dirige vers la sortie. Je reste le cul sur mon siège, incapable de répondre. En colère après cette tarée, mais aussi contre moi. Pourquoi suis-je si faible face à elle ? Il est hors de question que ça se reproduise, qu'elle me repousse encore comme une merde ! Je la mettrai dans mon lit, d'une manière ou d'une autre, et si je dois la porter sur mon épaule ou la tirer par les cheveux pour y parvenir, je le ferai sans hésitation !

– Eh ben, ce n'est pas gagné ! Elle est coriace, la p'tite ! ricane Greg à mes côtés.

– Ouais, mais ça ne va pas durer ! Tu me donneras son adresse, numéro de téléphone, lieu de travail. Je vais m'atteler à la tâche dès demain et voir ce qu'elle nous cache. Je veux connaître ses points faibles, pour mieux savoir sous quel angle l'attaquer. Je peux te faire une promesse : avant la fin du mois, elle sera dans mon lit à couiner comme une lapine ! affirmé-je avant de me lever pour régler la note au comptoir et partir.

Pendant le trajet en direction de mon appartement, je repasse la scène en boucle dans ma tête, je ne comprends vraiment pas ce qui a déraillé. Qu'est-ce que j'ai fait ? Elle était à ma merci et tout d'un coup, elle m'a repoussé sans raison. Ai-je été trop vite ? Mais bon sang, c'est elle qui m'a presque sauté dessus ! Elle en avait autant envie que moi, j'en suis sûr ! Je connais trop les femmes pour m'être imaginé qu'elle me désirait.

J'arrive devant chez moi et trouve une place près de l'entrée de mon immeuble, ce qui je l'avoue m'arrange bien. Je ne veux pas perdre une minute, je suis crevé ! Je n'ai pas le temps de verrouiller ma voiture qu'une longue limousine noire s'arrête à ma hauteur. Un juron m'échappe, je sais très bien qui se trouve dans cette voiture de luxe.

Je regarde le chauffeur descendre et ouvrir la portière arrière. Victoria apparaît, *Princesse* sous le bras, et me dévisage avec un air de reproche.

– Que faites-vous à cette heure avancée devant chez moi, Victoria ? demandé-je, à bout de nerfs.

– Je viens te voir, quelle question stupide ! rétorque-t-elle en s'approchant de moi.

– Je pensais avoir été clair, la dernière fois. Il vaut mieux ne plus nous voir.

– Ça, c'est impossible, tu le sais bien ! Tu étais avec elle... Je t'ai vu !

– Ne me dites pas que vous m'avez suivi ? Là, ça devient de la violation de vie privée, Victoria !

Je passe une main nerveuse dans mes cheveux, avant de planter mon regard glacial dans le sien. Qu'est-ce qui lui prend de faire une fixation sur moi à ce point ?

– Oui, je t'ai suivi, tu ne m'as pas laissé le choix ! C'est cette fille qui te fait perdre la raison, Stephen, c'est elle ! Tu es aveuglé et ne te rends même pas compte qu'elle se moque de toi ! Mais moi, je suis là, je suis prête à tout t'offrir pour que tu l'oublies...

– Ce n'est qu'une cliente, je me fous complètement de cette femme ! Vous vous trompez, Victoria. Il n'y a rien entre elle et moi, elle n'a aucune importance à mes yeux !

– Alors, prouve-le-moi et recommençons nos petits rendez-vous. Je t'attends samedi, comme d'habitude.

– Non, je pense qu'il vaut mieux en rester là !

Je fais volte-face et me dirige vers la porte d'entrée, mais elle me stoppe en attrapant mon bras. Je me retourne pour lui jeter un regard d'avertissement et lui faire comprendre qu'elle a intérêt à arrêter tout de suite sa comédie, mais elle me coupe dans mon élan en me suppliant :

– S'il te plaît, je te payerai le double et ferai tout ce que tu veux !

Ah, là, j'avoue qu'elle m'intéresse... On peut penser que je suis le pire des salauds, mais, entre nous, a-t-elle plus de fierté, de respect, ou de quoi que ce soit d'autre que moi ? Non, elle est pire. Alors, je n'ai aucun scrupule à lui répondre :

– Même endroit, même heure, samedi prochain.

Je tourne les talons en ignorant le sourire de satisfaction qui étire sa grosse bouche. Je me couche après une bonne douche froide pour faire baisser la température de mon corps, Émy m'a mené la vie dure, ce soir ! En parlant de *dur*, mon sexe se dresse rien qu'en repensant à ce court instant où elle s'est donnée à moi sans retenue sur la piste de danse. Mon érection est telle qu'elle en est douloureuse, mais tout aussi appréciable. Je me caresse pour soulager cet extrême engourdissement qui remonte le long de ma colonne. J'accélère le mouvement de mes doigts. Mes hanches s'agitent avant de se calmer, puis de recommencer. Quand j'atteins le point de non-retour et qu'un violent orgasme me traverse, je m'égare en râlant ma délivrance. À ce moment précis, je n'ai qu'un visage en tête : celui d'Émy. Puis je m'endors, apaisé.

Je me réveille en sursaut, mon portable m'annonce un message. Je me redresse, l'attrape. C'est Greg, il me donne toutes les infos dont j'ai besoin pour suivre Émy : son adresse, celle de son boulot, même ses horaires de travail et son numéro de portable. Je ne sais pas pourquoi j'ai demandé son numéro, mais j'avais envie de l'avoir. Je l'enregistre dans mes contacts, sous le p'tit nom de « Sorcière », ça me fait sourire bêtement. Je me lève et prépare mon café. Aujourd'hui, elle commence à huit heures, c'est trop tard, il est déjà neuf heures trente-cinq. Je vais la suivre à partir de cet aprèm. Elle reprend à quatorze heures, je serai devant son agence à cette heure précise, je ne vais plus la lâcher d'une semelle ! Cette idée me ravit. De pouvoir l'observer sans qu'elle le sache, d'épier ses moindres mouvements à son insu me réjouit !

Je me prépare tranquillement, quand l'heure fatidique approche, je me mets en route pour son agence. Après une trentaine de minutes, j'arrive devant le bâtiment chic qui accueille cette société qui organise les événements grandioses de tous ces bourgeois. Je me gare à distance, pour ne pas me faire remarquer, éteins le moteur. Je n'ai pas à patienter très longtemps avant de voir ma petite sorcière pointer le bout de son nez, au volant de sa Mini noire. Elle est sublime, dans son tailleur beige, les cheveux relevés en chignon. Très professionnelle, mais très sexy. Mon cœur s'emballe un peu trop à cette apparition. C'est sûrement la chaleur qui me donne des palpitations ! Certainement pas cette diablesse ! Il ne manquerait plus que ça, qu'il me trahisse pour une histoire qui n'en est même pas une... C'est ma queue, qui la réclame, pas mon cœur. J'ai juste envie de la mettre dans mon lit...

Elle pénètre dans le bâtiment et en ressort quatre longues heures plus tard. Je suis à bout de patience quand elle reprend sa Mini et roule en direction de la banlieue. Ce n'est pas vraiment du même côté que son appartement... Je me demande bien ce qu'elle vient foutre dans ce coin. Je la suis à distance et suis très surpris de la voir se garer devant une maisonnette toute simple, dans un lotissement plutôt calme. Peut-être vient-elle visiter quelqu'un de sa famille ? Une heure trente plus tard, elle ressort, reprend la route, rentre tranquillement chez elle.

Le soir venu, je fais le bilan de la journée, et me rends compte que je n'en sais pas davantage sur elle. Il va falloir que je creuse un peu plus.

Dès le lendemain matin, je me retrouve à huit heures pétantes devant chez elle. Je la suis jusqu'à son travail, et à midi, je la vois traverser l'avenue à pied en direction de la rue marchande. Je sors précipitamment de mon véhicule pour la prendre en chasse. Elle entre dans un restaurant plutôt chic et s'installe, toute seule, à une table au centre de la salle. Je décide de prendre le risque de m'asseoir à proximité d'elle. Deux grosses plantes vertes nous séparent, elle me tourne le dos, mais je distingue ses fines épaules à travers le feuillage. Mes doigts me démangent. Qu'est-ce que je ne donnerais pas pour les poser sur la peau sensible de sa nuque si gracieuse ?

Mon fantasme est vite interrompu par l'arrivée d'un homme en costume trois-pièces. C'est qui ce rigolo, avec ses cheveux gominés ? Il l'embrasse rapidement sur la bouche, comme s'il risquait de se brûler les lèvres. Ma gorge se serre à cette vision. Je suppose que c'est son futur mari. Qu'est-ce qu'elle lui trouve ?

Je suis choqué, moi qui l'imaginais avec un bel homme, je la découvre avec un bloc de glace. Je commande rapidement une salade au nom compliqué à la serveuse et tends l'oreille pour écouter leur conversation, les yeux fixés sur le visage de ce mec qui m'agace déjà profondément.

– Souris, Émelyne, dit l'homme d'un ton autoritaire. Tu pourrais au moins avoir la décence de te comporter comme il faut en ma présence.

– Je suis venue, répond-elle d'un ton calme, mais un peu las. Comme tu me l'as demandé.

– Et c'est un minimum. Tu te dois d'être disponible pour moi, tu es ma fiancée.

– Oui, c'est juste que j'avais promis à Vanessa de manger avec elle... Je n'aime pas la planter comme ça, à la dernière minute.

– Mais ce n'est pas Vanessa que tu vas épouser, répond-il d'un ton froid et sec. Ni elle qui va payer le loyer de ta mère durant les vingt prochaines années...

Émy ne dit rien, mais je sens une profonde mélancolie dans la façon dont elle se tient.

– Tu t'es occupée du menu, pour le mariage ? s'enquiert-il, sans regarder autre chose que sa carte.

– Oui, mais je voulais voir avec toi. Est-ce que tu préfères le...

– Comme tu veux. Je m'assurais juste que tu étais dans les temps, mais les détails m'importent peu. J'ai déjà trop de problèmes en tête.

– Très bien. Je m'en occupe, alors.

– Voilà.

Il lève finalement les yeux de sa carte, et soupire lorsqu'il regarde Émy.

– Pour l'amour de Dieu, Émelyne, souris ! Nous sommes dans un des meilleurs restaurants de Paris ! Tu devrais être ravie d'avoir la chance d'y déjeuner, et en compagnie de ton futur mari, qui plus est !

Je suppose qu'elle obéit à voir l'air satisfait sur le visage du type. Puis il baisse la tête, se met à pianoter sur l'écran de son téléphone. C'est plus que je ne peux en supporter, une envie violente de lui sauter à la gorge s'empare de moi. Comment peut-il la traiter ainsi ? Et elle, si agressive et grande gueule, comment peut-elle se rabaisser comme ça devant lui ? Je suis stupéfait par cette scène d'un autre monde qui se déroule sous mes yeux. Je m'agite sur ma chaise, il faut que je parte avant de foutre mon poing dans la gueule de ce mec exécrable ! Je fais signe à la serveuse de m'apporter l'addition, en repensant à ces mots qu'il a prononcés : *ni elle qui va payer le loyer de ta mère durant les vingt prochaines années...*

Serait-il possible qu'elle l'épouse pour son argent ? Non... Elle n'a pas l'air d'être ce genre de femme. Quelque chose m'échappe... Elle est si pleine de vie, comment peut-elle se marier avec cet homme froid et odieux ?

Je jette un œil sur l'addition que la serveuse vient de poser sur ma table et étouffe un cri en voyant le montant. Soixante euros pour une salade agrémentée de trois petits machins que je n'ai même pas réussi à identifier ? C'est une blague ? Une caméra cachée ? Putain de merde, je n'en crois pas mes yeux ! Je balance l'appoint dans la coupelle et me barre rapidement de ce restaurant avant de tout casser.

J'arrive à ma voiture, transpire, tremble, je ne supporte pas l'idée que cet imbécile pose la main sur Émy ou la traite de cette façon. Ce n'est pas normal, qu'est-ce qui cloche chez moi ? Je n'en ai rien à foutre de cette greluche ! Je m'écroule sur mon siège, laisse ma tête partir en arrière, ferme les yeux. Il faut que je me calme, que je reprenne mes esprits. Cette femme a un tel pouvoir sur mon corps, sur mes émotions, c'en est déstabilisant. Je me passe une main sur le visage pour essayer de chasser le souvenir de la petite voix mélancolique d'Émy, en me disant que je la préfère largement quand elle m'insulte ou me hurle dessus !

Un moment plus tard, je la vois réapparaître. Elle traverse l'avenue, tête baissée, le dos voûté comme si toute la misère du monde pesait sur ses frêles épaules. Un nœud se forme dans mon estomac.

Elle ne va pas bien, je le remarque dans son attitude, dans sa façon de se tenir. Elle monte directement dans sa voiture au lieu de retourner sur son lieu de travail. Je la prends en filature et me rends compte qu'on va dans la même direction que la veille. Elle se gare à nouveau devant cette petite maison en banlieue. Qu'est-ce qu'elle vient encore faire ici, en plein après-midi ? Vient-elle là pour se faire consoler ? Est-ce... un homme qu'elle rejoint ? Je ne vois malheureusement pas d'autre explication.

Ce n'est pas vrai ! Je suis complètement chamboulé pour elle, alors qu'elle trompe déjà son futur mari ! Quelle ironie ! Cette salope s'envoie en l'air deux mois avant son mariage ! De rage, je donne un coup de poing dans le volant, démarre ma 207 et pars rapidement avant de faire une connerie.

Je suis le roi des cons !

Qu'est-ce que je m'imaginais ? Qu'elle était différente ? Pff... Toutes les mêmes ! Je ne la pensais pas comme les autres parce qu'elle repoussait mes avances, je m'étais aussi imaginé, au plus profond de moi-même, qu'il s'était passé quelque chose lors de notre baiser. Même si je refuse de l'admettre, je suis irrémédiablement attiré par elle... En sentant cette douleur traverser mon torse, je commence à avoir peur que le sexe n'en soit pas l'unique raison. Je suis accro à cette nana, c'est la seule explication logique à mon comportement. Non, impossible ! Je me fous complètement de cette femme, tout ce que je veux c'est juste la baiser !

J'arrive chez moi le cœur lourd, je suis à deux doigts de me retirer de ce plan foireux. Je me prépare un sandwich, me pose devant mon ordinateur pour regarder les petites annonces, comme à mon habitude, pour essayer de me changer les idées. Mon téléphone sonne, je me demande si un jour j'aurai un peu de répit !

Je décroche en grognant :

– Allô.

– Salut, Stephen, c'est Vanessa, commence une voix mielleuse. J'espère que je ne te dérange pas ?

– Si, tu me déranges, justement !

– Toujours aussi charmant, à ce que je vois !

– Qu'est-ce que tu veux, Vanessa ? questionné-je, sentant qu'elle me prépare encore un sale coup.

– Eh bien, t'inviter à ma fête de samedi soir.

Surpris, j'en lâche mon sandwich, qui échoue lamentablement sur le clavier de mon ordinateur.

– Pourquoi cette soudaine invitation ? demandé-je en essayant de retirer les petites miettes de pain glissées entre les touches.

– Je me disais que ça pourrait t'aider un peu avec Émy, si tu es toujours partant pour gagner une belle somme d'argent, bien sûr...

Je prends deux secondes de réflexion. Ai-je vraiment envie de continuer, au risque de perdre mon âme en route ? Putain, oui, je meurs d'envie de la revoir, même si je suis toujours en colère. Je veux aller jusqu'au bout et avoir le fin mot de cette histoire !

– À quelle heure et à quelle adresse ? Au fait, comment tu vas justifier ma présence ?

– Oh, je vais faire semblant de sortir avec Greg, c'est déjà tout organisé avec lui. Et comme tu es son ami, c'est normal que tu sois là aussi ! Facile ! conclut-elle, très fière d'elle.

– Je ne sais pas si la petite sorcière appréciera de me voir. Mais, ça me tente bien, de la faire rager un peu... rétorqué-je en retrouvant le sourire.

– La quoi ? Si tu parles d'elle comme ça, je ne suis pas sûr que tu arrives à tes fins !

– T'inquiète pas pour ça.

– Si, je m'inquiète, justement ! Jusqu'à présent, tu n'as pas eu beaucoup de succès dans tes tentatives, et le mariage approche à grands pas.

– Je n'ai pas eu beaucoup de succès ? Qui avait sa langue dans la bouche de la peste, samedi soir ?

– Et qui s'est fait traiter de « connard », juste après ?

– Je ne sais même pas pourquoi je perds mon temps à discuter avec toi !

– Ça, c'est parce que tu craques sur ma copine ! rétorque-t-elle, un brin de malice dans la voix.

Je lâche un soupir, en tapant du pied. Pourquoi tout le monde me sort la même connerie ? Est-ce si évident que ça, ma légère faiblesse pour Émy ? Il faut vraiment que je dissimule un peu mieux mes émotions ! Si émotion il y a, car pour moi, ce n'est qu'une simple attirance.

Je raccroche trois minutes plus tard, après avoir noté toutes les indications, et me souviens avoir rendez-vous avec Victoria ce samedi... Il faut que je la prévienne, j'espère qu'elle ne va pas encore péter un plomb !

Je compose son numéro. Quand elle décroche, j'attaque directement sans lui laisser le temps de parler :

– Victoria, bonsoir, excusez-moi de vous déranger à cette heure, mais j'ai un problème. Je ne pourrai pas vous rejoindre samedi, j'ai un imprévu. Il faut repousser à la semaine prochaine.

– Stephen... Pourquoi ne suis-je pas surprise ? Ce petit imprévu a les cheveux blonds, je suppose ! ironise-t-elle, la voix chargée d'émotion.

– Peu importe, je n'ai pas de comptes à vous rendre. Soit vous acceptez de repousser le rendez-vous, soit on en reste là.

Le ton monte, je n'en peux plus de ses crises de jalousie. Je ne vais pas me faire emmerder par cette vieille chouette !

– Eh bien, puisque tu ne me laisses pas le choix ! On se voit samedi prochain, rétorque-t-elle, avant de me raccrocher au nez.

Voilà une bonne chose de faite. Je me couche en ayant hâte d'être à samedi soir. Je souris en imaginant la tête que va faire l'autre en me voyant ! À mon avis, ça vaudra le détour.

La semaine n'en finit plus, je suis si impatient d'être au week-end que quand le grand jour arrive, je suis surexcité. Je ne tiens pas en place et retourne toute mon armoire à la recherche de mon jean bleu délavé que j'adore. Je prends une douche pour dénouer mes muscles tendus par l'excitation et le stress de la soirée à venir. Je me parfume, mets du gel dans mes cheveux. Je ne me rase pas, je sais qu'elle aimera ma barbe de trois jours. J'enfile mon jean, mon polo noir.

Quand vingt et une heures trente s'affichent sur la pendule, je suis prêt à partir. Angoissé, mais prêt ! Je récupère la feuille où j'ai noté les indications et file chercher ma voiture au coin de la rue. Sur la route, mon pouls s'accélère à chaque kilomètre franchi. J'ai chaud, j'ai froid, j'ai mal au ventre, je suis nerveux comme pas deux. C'est incroyable l'effet que cette petite teigne sexy a sur moi.

J'arrive à la fameuse adresse, écarquille les yeux en voyant la somptueuse propriété qui se dresse devant moi. « Petite fête » m'a-t-elle dit ? Des voitures sont garées dans tous les sens, je mets quinze minutes avant de trouver une place où stationner.

Je descends enfin du véhicule, admire les lieux quelques secondes, puis avance vers l'entrée. Je ne sais pas ce que fait cette Vanessa, mais ça doit rapporter ! Je me demande si je ne vais pas la rajouter sur la liste de mes clientes potentielles ! À cette idée, ma gorge se serre. Mes pensées se dirigent vers Émy et la colère s'infiltre dans chaque particule de mon corps, à l'idée qu'elle ait un amant. Ça ne me regarde pas, je sais... Et je suis très mal placé pour la juger, mais c'est plus fort que moi, ça me ronge. Je suis... je suis jaloux. Mais juste parce qu'un autre a réussi là où j'ai jusqu'à maintenant échoué...

– Salut, mon pote ! m'interpelle une voix que je me serais bien passée d'entendre.

– Salut, Greg. Qu'est-ce que tu fabriques planqué derrière ce buisson ?

Je le regarde, intrigué, sortir de sa cachette. Il se positionne devant moi, murmure :

– Je t'attendais. Vanessa m'a dit qu'il fallait qu'on arrive ensemble, pour que ce soit moins suspect !

– Pourquoi tu chuchotes, y a personne d'autre que nous deux ici ?!

– Je sais pas...

Quel abruti, ce mec ! Je me demande bien ce que lui trouve Vanessa ! Il doit très certainement être doué dans un domaine, et je pense savoir lequel... Mes poils se hérissent rien qu'à cette pensée !

– On y va, je n'ai pas de temps à perdre, grommelé-je en l'entraînant vers l'intérieur de la somptueuse maison.

CHAPITRE 8

Émy

Maman était fatiguée, hier. En fait, c'est comme si elle était fatiguée depuis dix-neuf ans. Le jour de l'accident, une ombre est apparue dans ses yeux et ne les a plus jamais quittés. Longtemps, j'ai attendu de retrouver la petite lumière qui illuminait son regard avant ça, même pour un instant, pour une seconde, mais elle n'est jamais réapparu. Alors, j'ai arrêté d'espérer. Pour ça, et pour tout le reste aussi. Mais il y a des jours où je la trouve plus lasse que d'autres. Elle sourit, parle avec moi, comme si tout allait bien, mais ces jours-là, j'ai l'impression de la voir porter un poids trop lourd pour elle partout où elle va. «*Ne te fais donc pas tant de souci*», me dit-elle souvent. Si seulement je pouvais... Des fois, j'aimerais arrêter de m'inquiéter, même un court instant.

Peut-être pourrait-elle déménager, se rapprocher un peu de la capitale. Nicolas a voulu que je rende mon appartement pour habiter chez lui après le mariage, ce qui est normal. J'ai d'ailleurs déjà donné mon préavis. Mais une fois installée dans le 9ème, je serai encore plus loin d'elle, lui rendre visite deviendra compliqué.

Je parlerai à mon fiancé de cette idée, un de ces jours, quand il sera de bonne humeur. Donc après m'avoir écarté les jambes...

Plus qu'un mois avant le jour de mon mariage. J'ai hâte. Après ça, je serai certaine de pouvoir prendre soin de maman. Je serai enfin rassurée. Certaine de pouvoir payer son loyer et tout ce dont elle a besoin, comme elle l'a fait pour moi lorsque je n'étais pas en âge d'assumer. Elle s'est donné tant de mal, est allée de petits boulots en petits boulots pour nous donner le minimum vital... C'est à mon tour, maintenant.

Oui, dans un mois, je serai une femme mariée. Respectable et... intouchable. Pas comme cette fille qui s'est laissée embrasser par un gros con dans un bar... Mais je ne veux pas y repenser. Pour rien au monde. Je ne sais même pas ce qui m'a pris, c'était une erreur colossale.

Assise sur mon canapé, seule dans mon petit appartement, j'essaye de chasser le souvenir de cette soirée. Comme très souvent depuis que c'est arrivé, il y a presque une semaine. J'ai juste eu un instant d'égarement, ça arrive. Mais ça ne voulait rien dire. Rien du tout. Je ne me laisse plus prendre au jeu idiot du désir, de l'amour, cela n'apporte que douleur et chagrin.

Quand je pense au nombre de fois où maman a eu le cœur brisé ! Elle a toujours été tellement naïve, ma mère ! À chaque nouvel homme qu'elle a ramené à la maison après papa, elle a cru avoir trouvé le grand amour ! Elle était si sûre que les mots doux et les promesses de ses amants venaient du cœur... Combien de fois ai-je dû la consoler, la remettre sur pied, réparer les pots cassés par ces connards qui ne faisaient que profiter de sa crédulité ? Trop pour que je puisse les compter. Alors ce n'est pas moi qui vais me laisser avoir comme ça, vous pouvez me croire. Mon cœur est mort et il le restera. Toujours, même lorsque je prétendrai l'offrir à Nicolas, le vingt-sept juin prochain.

Il ne s'est rien passé, samedi dernier. C'est ce qu'il faut que je me dise. Je dois oublier tout ça. Je le dois.

Je me lève et pars en direction de la salle de bains, afin de m'y préparer. Il serait temps, la fête d'anniversaire de Vanessa commence dans moins d'une heure. Après quelques secondes d'hésitation, je choisis d'enfiler un pantalon en cuir noir, un cache-cœur rouge et une paire d'escarpins à hauts talons. Je rassemble mes cheveux en un chignon flou, me maquille rapidement, me voilà déjà prête à partir. En attrapant le cadeau d'anniversaire de Vanessa, je jette un œil sur mon petit chez-moi en me disant que son côté douillet va me manquer, lorsque j'aurai déménagé chez Nicolas. Mon salon est si petit que mon gros canapé couleur lin, couvert de plaids moelleux, mange presque la moitié de la pièce. Mais je suis bien, ici, loin du monde... Mieux que dans l'immense appartement de Nicolas à la décoration ultra moderne, froide, où tout est parfaitement ordonné, où pas un magazine ne dépasse de ses meubles de designers.

Bref, peu importe, me dis-je, en fermant derrière moi. *Tout ça n'a aucune importance comparé à ce que je vais gagner.*

Devant la porte d'entrée de la magnifique maison de Vanessa, je colle sur mes lèvres un grand sourire joyeux. Je ne suis pas en forme, mais elle mérite de passer une bonne soirée, je ne veux pas la lui gâcher. Je vais rire, danser et me montrer enjouée, parce que c'est ce qu'une vraie amie ferait. Même si au fond j'ai juste envie de rentrer chez moi, de me pelotonner sur mon canapé trop imposant...

À l'intérieur, la fête commence tout juste, mais il y a déjà beaucoup de monde. Alors que je dépose mon paquet sur la pile, quelqu'un me saute dessus et me prend dans ses bras, avec tant d'enthousiasme que je manque de tomber. Vanessa, évidemment !

– Tu es là ! s'exclame-t-elle, ravie.

– Bien sûr que oui ! Joyeux anniversaire !

– Merci ! J'adooooore mon anniversaire !

Je lui souris, heureuse de la voir si exaltée. Mais son expression extatique disparaît déjà et elle me prend par le bras, l'air à présent plus ennuyé qu'autre chose.

– Écoute, Émy, il faut que je te dise un truc...

– Quoi ? Ça ne va pas ?

– Si, si... C'est juste que...

Se montrer si hésitante ne lui ressemble pas du tout. Elle commence à m'inquiéter... Je ne dis rien et attends qu'elle poursuive, les sourcils levés en guise d'encouragement.

– Bon, voilà, finit-elle par se lancer. Je sors avec Greg.

– Greg ? C'est qui, Greg ?

Elle soupire nerveusement.

– On l'a vu au *Saint James*, tu te souviens ? C'est... c'est le copain de Stephen...

Là, elle me regarde en grimaçant, comme si elle avait peur que je lui tape dessus. À l'évocation de ce prénom, un frisson désagréable me parcourt.

– Oh...

De dire que la nouvelle me surprend serait encore très loin du compte ! Vanessa n'est pas du genre à « sortir » avec des hommes, elle est du genre à les croquer pour le petit déjeuner.

– Et tu... *sors* vraiment avec lui ? Je veux dire... comme dans *avoir une relation suivie* ?

Elle opine, pendant que je tente d'intégrer la nouvelle. Parmi tous les mecs que j'ai vus à son bras, c'est avec celui-là qu'elle décide de franchir un cap ? Il est mignon, certes, mais je n'ai pas l'impression qu'il a inventé la machine à dénoyauter les olives.

– Et donc, Greg est là, ce soir...

– OK.

Pourquoi semble-t-elle encore plus mal à l'aise, tout à coup ? Est-ce que... non. Non, elle ne va pas me dire *ça*, n'est-ce pas ? Pitié, elle ne va pas le dire.

– Mais du coup, étant donné que c'est son meilleur pote...

Non, non, non, non, non. Ne le dis pas...

– Il se pourrait bien que... enfin... Il se pourrait que Stephen vienne aussi...

Je déglutis, j'ai l'impression d'avoir quelque chose coincé dans la gorge. Là, tout de suite, j'ai envie de partir en courant. Le mec que j'ai embrassé et insulté juste après pourrait être là ce soir.

Merveilleux.

– Tu n'es pas fâchée, hein ? s'enquiert Vanessa, la voix et les yeux pleins d'espoir. Je sais qu'avec tout ce qui s'est passé, ce n'est pas vraiment le meilleur des scénarios. Mais c'est mon anniversaire...

Et là, elle me fait le sourire le plus adorable qui soit, en joignant les mains devant pour me supplier de ne pas me mettre en colère. Ce serait mentir de dire que je n'ai pas envie de casser violemment le premier truc qui me passerait sous la main et d'en écraser vigoureusement les miettes avec mes talons de dix centimètres. Mais... c'est son anniversaire et elle est la meilleure amie que je n'ai jamais eue. Alors au lieu de m'en prendre à sa déco hors de prix, je lui rends son sourire et dis, avec sincérité :

– Non, ne t'inquiète pas. C'est ta soirée, je sais que c'est très important pour toi. Le reste ne compte pas.

– C'est vrai ?

J'acquiesce, elle me saute encore dessus, pour me gratifier d'un câlin qui me coupe la respiration.

– Hey, Vanessa ! l'interpelle un jeune homme qui vient de faire son apparition dans l'entrée. C'est où que tu ranges les bouteilles ?

– Ah, attends, je vais te montrer.

En me lançant un dernier sourire, elle part chercher de quoi ravitailler ses invités. Dès qu'elle a disparu, j'arrête de faire comme si je n'étais pas en pleine crise d'angoisse et me prends la tête entre les mains. Il va falloir que je prenne sur moi, je ne veux pas gâcher la fête de Vanessa en me disputant, encore, avec l'autre énergumène ! D'autant qu'il ne doit pas avoir apprécié la façon dont s'est terminée notre dernière entrevue. Bon, j'ai peut-être été de mauvaise foi, très légèrement, en reportant toutes les fautes sur lui, mais ça n'empêche que ce type est détestable...

Une grosse boule d'appréhension au creux du ventre, je prends une profonde inspiration et jette un œil vers le salon, qui à cet instant, me fait plus penser à un nid de guêpes qu'à un endroit pour faire la fête. Mon cœur bat trop vite, mes mains sont moites... Oh là, là ! Je sens que la soirée va être longue !

Pourvu qu'il ne vienne pas... Pourvu qu'il ne vienne pas...

Les gens dansent, boivent, s'amusent, et moi, je fais semblant de faire pareil. En réalité, je n'arrive pas à m'empêcher de regarder vers la porte toutes les cinq secondes. Pour l'instant, pas de bellâtre exécrable à l'horizon, mais on ne sait jamais...

– Émy, tu sais où Vanessa a rangé les affaires ? me demande Clarissa, une fille avec qui on fait du step quand on est motivées, c'est-à-dire à peu près deux fois par an. J'ai oublié mon paquet de clopes dans mon sac.

– Oui, viens.

Je l'emmène jusqu'à l'entrée, afin de lui montrer où se trouve la porte du bureau/vestiaire d'un soir. C'est là que je vois Greg, tout sourire, occupé à retirer sa veste.

Quand je reconnais la silhouette de celui qui l'accompagne, mon sang se fige dans mes veines. Voyant le visage de son copain changer d'expression, Stephen se retourne et m'aperçoit à son tour.

Je relève le menton, serre les poings, prête à recevoir la pique qu'il doit être sur le point de me lancer. Les yeux verts du salopard que j'ai eu le malheur d'embrasser deviennent plus acérés que la lame d'une épée, il se met à avancer vers moi. J'attends l'attaque, la remarque désobligeante destinée à me faire sortir de mes gonds... mais elle ne vient pas. Stephen passe à côté de moi sans m'adresser la parole, comme si nous ne nous connaissions pas, et part rejoindre le salon. Greg le suit, en me lançant un petit sourire gêné.

Je reste sans bouger quelques secondes, un peu décontenancée. Bien... Il a l'air décidé à se montrer enfin mature. C'est une bonne chose. Et non, je ne suis pas vexée du tout. Il m'a ignorée comme on ignore un vieux sac poubelle abandonné dans une ruelle, mais ce n'est pas comme si j'avais quelque chose à faire de l'attention de ce gros nul. Donc tout va bien. Voilà. Tout va bien. Ça ne m'énerve pas du tout. Même pas un tout petit peu.

La soirée se poursuit, dans une ambiance survoltée. La dernière fois que j'ai croisé Vanessa remonte à une bonne demi-heure, mais puisque Greg aussi manque à l'appel, je ne me demande pas ce qu'elle est partie faire...

De grosses enceintes déversent dans le salon des flots de musique pop, pendant que les invités picorent les délicieux amuse-bouches du buffet préparé par un prestataire avec qui j'ai l'habitude de travailler. Enfin, certains sont plus occupés à vider le bar qu'à déguster les exquis canapés au saumon... Surtout un, dont le prénom commence par un « S » et se finit pas un « tephen ». Non pas que je le surveille, hein, mais il parle et rit de plus en plus fort, difficile de ne pas le remarquer. Et la nuée de nanas qui lui colle aux basques comme des mouches sur un gros caca de chien manquent elles aussi de discrétion. Et de classe, si vous voulez mon opinion. Mais quelle bande de débiles ! Elles ne voient donc pas que ce type est un enfoiré de première ? Qu'est-ce qu'elles ont à la place de la cervelle, franchement ? De la semoule trop cuite, probablement. Et bien marinée dans les hormones...

La bonne nouvelle, c'est qu'elles l'occupent. Il ne m'a pas adressé la parole depuis son arrivée deux heures plus tôt ni même jeté un seul regard. Pas un. C'est parfait. Mais je me demande tout de même ce que penserait sa vieille tatie si elle le voyait comme ça... vautré sur le canapé, en train de vider sa douzième bière, une pétasse même pas jolie à moitié sur les genoux. Et dire qu'il a osé me balancer que je n'arriverai jamais à la cheville de sa chère Victoria ! Il m'a rabattu les oreilles avec sa super mamie et ses fameuses pipes au miel, mais là, ça ne lui pose aucun problème de laisser la première gourdasse venue lui...

Attendez, elle vient de l'embrasser dans le cou, ou j'ai rêvé ? Alors là, c'est le pompon !

D'un geste brusque, je tends le bras pour attraper mon cocktail, mais j'embarque sans le vouloir un autre verre en même temps. Ce dernier tombe sur le sol dans un fracas de tous les diables et plusieurs regards se tournent vers moi, dont celui de Stephen.

– Il y a vraiment des gens qui ne savent pas se tenir ! balance-t-il, bien assez fort pour que je l'entende.

La traînée qui le colle comme une sangsue se met à glousser, j'ai soudainement envie de planter un truc bien pointu dans ses seins trop gros et trop refaits. Je devrais la fermer, ignorer la provocation, je le sais. Mais c'est plus fort que moi, je ne peux pas m'empêcher de répondre :

– C'est vrai que toi, tu es le savoir-vivre personnifié, sifflé-je en lançant un regard appuyé vers la fille vulgaire vautrée sur lui. C'est *mamie* qui t'a appris les bonnes manières, non ? D'ailleurs, elle est où, ce soir ? Elle fait un bridge à la maison de retraite ?

Stephen se met à rire, d'une façon qui me rappelle celle d'un ivrogne bien imbibé, mais son regard se charge d'électricité.

– Et toi, il est où ton abruti de mec ? Le régulier, j'veux dire... Pas l'autre...

Quoi ? De qui il parle ?

– T'as vraiment trop bu... lui dis-je avec une mine dégoûtée. Tu sais même plus ce que tu racontes...

– Ah, ouais ?

Il ricane à nouveau, avant de revenir à la charge :

– Dis, ça marche encore, ton numéro de p'tite bourge coincée ? Tu le lui fais, au mec avec qui tu couches derrière le dos de ton gros con de fiancé ?

J'ouvre une bouche immense, outrée par ses accusations mensongères.

– Il y a peut-être des mecs que ça fait bander, ton rôle de sainte-nitouche !

Là, c'en est trop. Je me lève d'un bond, hors de moi, prête à lui renverser mon cocktail sur la tête et à lui balancer le verre vide dans les dents.

– Je ne sais pas d'où tu sors toutes ces conneries, m'emporté-je, mais je t'interdis formellement de raconter des mensonges pareils !

– Des mensonges ? Ah ! Elle est bien bonne, celle-là !

– T'es vraiment un enfoiré de première !

Après avoir repoussé la fille sans ménagement, il se lève à son tour, en titubant légèrement. Les gens autour nous regardent avec intérêt, espérant sans doute voir couler un peu de sang.

– Je sais ! beugle-t-il. Tu me l'as déjà dit cent fois ! Mais moi au moins, je ne fais pas semblant d'être quelqu'un de bien !

Je secoue la tête, tellement énervée que j'ai l'impression de sentir mon corps entier se mettre à brûler.

– Ferme-la immédiatement !

– Quoi ? Tu ne supportes pas d'entendre la vérité ?

– Rien de ce qui sort de ta bouche n'est la vérité !

Il me regarde un moment sans rien dire, un air écœuré sur le visage. Je n'y comprends vraiment rien ! D'où est-ce qu'il sort ces accusations à la noix ?

– Putain, c'est bon, je me casse... lâche-t-il soudainement d'un ton rageur.

Sans attendre son reste, il se dirige vers l'entrée. Trop en colère pour réfléchir, je lui emboîte le pas. Je veux savoir de quoi il me parle depuis tout à l'heure !

– Hey ! Une minute ! l'apostrophé-je, juste avant qu'il n'atteigne la porte.

– Quoi, encore ?!

Voyant que quelques curieux nous ont suivis, je l'attrape par le bras, l'entraîne vers le bureau/vestiaire. Lorsque nous sommes tous deux à l'intérieur, je referme violemment le battant, me tourne vers lui, les mains sur les hanches et des éclairs dans les yeux.

– Pourquoi tu t'amuses à raconter des conneries comme ça sur moi, hein ? On peut savoir ? D'où est-ce que tu sors que j'ai un amant ?

– Arrête ton numéro, bordel !

– Mon... mon numéro ? Mais t'es vraiment taré !

– Ah, ouais ? Alors c'est qui le type chez qui tu vas tout le temps ?

– De QUOI ?

– Laisse tomber ! J'en ai plein le cul, de tout ça...

– Ah, non, certainement pas ! Tu ne sortiras pas d'ici avant d'avoir craché le morceau !

– Mais t'es la pire des emmerdeuses ! Putain, je n'y crois pas...

Nous nous dévisageons sans plus rien dire, aussi remonté l'un que l'autre. Il fait sombre dans la pièce seulement éclairée par la pâle lumière de la lune filtrant par la fenêtre. Je suis tellement en rage que le souffle me manque. Le silence qui s'installe n'est rompu que par nos respirations haletantes.

– Et arrête de me regarder comme ça ! reprend-il, abruptement.

– Comment est-ce que je te regarde, s'il te plaît ?

– Comme si t'allais me sauter dessus dans la seconde !

– Ah ! ricané-je. Mais tu rêves, là !

– Tu crois ?

Il s'approche vivement et me prend par la taille, me faisant sursauter. À son contact, une chaleur fulgurante se répand sur ma peau. Il plonge ses yeux brillants dans les miens et me dit d'une voix rauque :

– Demande-moi d'arrêter.

– Tu as trop bu, Stephen.

– Peut-être bien, ouais. Mais ne me fais pas la morale, ce n'est pas ça que je t'ai demandé.

Les mains fermement posées sur ma taille, il fait un pas en avant, m'obligeant à en faire un en arrière. Il continue ainsi jusqu'à ce que mon dos rencontre le mur. Son visage est tout près du mien, je n'arrive plus à penser et mon cœur bat si fort qu'il me donne l'impression de vouloir sortir de ma poitrine.

– Dis-moi non, murmure-t-il, en approchant ses lèvres des miennes. Sinon je vais t'embrasser encore.

Pour toute réponse, j'exhale un soupir tremblant. *Il a envie de m'embrasser.* Cette pensée me chavire. J'essaye de résister à l'attraction que son corps exerce sur le mien, mais c'est comme si j'étais aimantée vers lui. Ses mains se déplacent sur mes fesses, il m'attire plus étroitement contre lui.

– Dis-moi non, Émy... répète-t-il, tout contre ma bouche. Maintenant.

Je n'arrive pas à lui dire non. Il est collé à moi, ses lèvres me frôlent, provoquent l'apparition d'un désir lancinant qui éteint tout. Je suis ivre de lui, de sa présence, de la force qu'il dégage, de son odeur. Le contact de ses mains m'électrise, je crève d'envie de sentir leur caresse sur ma peau. Je veux qu'il m'embrasse, plus que n'importe quoi d'autre au monde. Je suis incapable de lui dire non, j'attends qu'il se décide à tenir la promesse qu'il vient de me faire. La poignée de secondes qui s'écoule me paraît atrocement longue. Je tremble de désir, j'ai l'impression d'être possédée.

Enfin, sa langue s'invite dans ma bouche, sans aucune retenue. J'agrippe la ceinture de son jean et bascule les hanches, pour mieux le sentir. Il répond en pressant son érection contre moi, je me liquéfie d'envie, gémis sans pouvoir me retenir. Cette réaction l'attise, sa main remonte jusqu'à mon sein. Quand il me touche, un violent frisson m'agite, un nouveau gémissement franchit mes lèvres. J'ai tellement envie de lui que je ne contrôle plus rien. Je passe les mains sous son tee-shirt pour caresser son ventre aux abdos parfaitement sculptés, puis les glisse jusqu'à son dos au moment où il donne un sensuel coup de reins qui me plaque davantage contre le mur. La sensation m'étourdit, mes ongles s'enfoncent dans sa chair. Cette fois, c'est lui qui gémit dans ma bouche. D'un geste brusque, empressé, il m'attrape sous les fesses et me soulève. J'enroule les jambes autour de son bassin afin d'accentuer le contact affolant de son sexe tendu contre le mien. Je m'embrase, je perds la tête, je ne sais plus où je suis.

Ses lèvres et sa langue voyagent le long de mon cou, son souffle haletant me brûle la peau et le léger va-et-vient qu'il imprime entre mes cuisses me rend complètement folle. Si on continue comme ça, on va finir par faire l'amour ici, maintenant, dans moins de trois minutes. L'idée m'excite à en mourir. Ou plutôt Stephen m'excite à en mourir...

« Tu ne peux pas faire ça... », me souffle une petite voix. « Tu vas te faire encore avoir, et souffrir. Tu risques de tout perdre. »

Je m'en fous ! ai-je envie de hurler. *Je veux vivre ! Je le veux lui, maintenant. Je me moque du reste !*

« Lilian et papa sont morts. Il n'y a plus que toi, Émelyne. Seulement toi pour prendre soin d'elle. Si tu fous tout en l'air, tu couleras et tu l'emporteras avec toi. Parce que ce mec te brisera en mille morceaux, tu le sais. Tu ne peux pas lui faire confiance. »

Alertée par cette voix qui me souffle des mots que je voudrais ne pas entendre, je rouvre les yeux et repousse faiblement Stephen. Mais il ne comprend pas et dépose tout le long de ma mâchoire une série de baisers ardents qui met ma volonté à rude épreuve.

« Il n'y a plus que toi pour vous sauver. Ne laisse pas passer ta chance pour une chimère. Le désir et l'amour s'envolent en une seconde, Émelyne. Tu le sais, tu l'as vu. Tu l'as même vécu. »

– Arrête, Stephen...

– Quoi ? demande-t-il d'une voix rauque.

Je le repousse plus fort que la première fois, suffisamment pour l'obliger à me poser. Essoufflé, les mains toujours sur mes hanches, il me fixe avec incompréhension. Je baisse la tête, incapable de soutenir son regard enfiévré. Puis la lumière se fait dans son esprit, ses bras retombent lourdement le long de son corps.

– OK, j'ai pigé, dit-il d'un ton désabusé qui me heurte. Dans deux secondes, tu vas me traiter de connard, c'est ça ?

– Non, je...

Mais je ne sais pas quoi lui dire.

– C'est bon, laisse tomber.

Après avoir pris une longue inspiration, il s'éloigne et va jusqu'au bureau. Là, il attrape une feuille et un stylo. Après y avoir noté quelque chose à la va-vite, il revient vers moi, en me dévisageant avec amertume et déception.

– Je ne suis pas un putain de clébard, Émy ! Qui remue la queue quand on le siffle et qu'on envoie au panier quand on en a marre !

– Stephen...

– J'ai envie de toi comme un dingue, je ne peux pas le nier. Et je sais que c'est réciproque. Alors quand tu auras décidé d'assumer, tu m'appelles. Moi, je ne vais pas te courir après comme un clebs...

Il me tend le morceau de papier sur lequel il a inscrit son numéro de téléphone. Comme je ne m'en saisis pas, il soupire et me le colle dans les mains.

Sans rien ajouter, il fait demi-tour et s'en va sans se retourner.

Je reste seule dans la pièce, un peu sous le choc de ce qui vient de se passer. Les éclats d'un chagrin acéré nichés au creux du cœur, je me mets à pleurer.

CHAPITRE 9

Stephen

Je m'écroule dans ma voiture. J'ai trop bu pour prendre le volant, et je suis trop abattu pour retourner à cette fête, affronter le regard plein de reproches d'Émy. Ce soir, je n'ai plus le cœur à me battre. Je suis comme vidé de toute émotion. J'y ai vraiment cru, un instant... Je la tenais là, dans mes bras, le désir me consumant tout entier, et en moins d'une seconde, tout s'est effondré.

Il y a quelque chose de fort entre nous, une connexion indéniable et tellement intense. Elle refuse de le voir, se voile la face pour je ne sais quelle raison, s'obstine à me repousser alors que tout son être, son corps, me réclament. Je l'ai sentie vibrer sous mes doigts, elle ne peut pas nier l'évidence.

La serrer contre moi, putain... Je n'ai pas ressenti cette sensation de bien-être depuis des années. En fait, depuis Julie. Elle seule avait ce pouvoir sur moi. Je l'aimais à en mourir et c'est elle qui est morte, me laissant seul sur cette Terre. Je m'étais juré de ne plus m'attacher à qui que ce soit, pour ne plus ressentir ce vide qui m'a habité si longtemps après sa disparition. Mais voilà que le destin en a décidé autrement en mettant sur ma route ce petit bout de femme. Elle me tape sur les nerfs, oui, c'est vrai. Je la déteste autant que je la désire. Pourtant, je ne me suis pas senti aussi vivant depuis longtemps.

Qu'est-ce que je vais faire si elle ne m'appelle pas ?

Demain, je vais prévenir Vanessa que j'arrête cette mascarade. Je n'ai pas le droit de briser son mariage si c'est réellement ce qu'elle désire. Il est hors de question que je lui fasse le moindre mal.

Mon Dieu... Je connais cette douleur au fond de mon cœur, ce sentiment de désespoir qui m'habite, la peur de perdre ce que je viens tout juste de trouver. Je suis sous le choc. Comment est-ce que ça a pu m'arriver, à moi, qui collectionne les femmes sans scrupules, qui n'éprouve aucune émotion ou plaisir avec elles ?

CHAPITRE 10

Émy

J'ai jeté le papier où Stephen a noté son numéro de téléphone. Je l'ai déchiré, froissé et balancé au fond de la poubelle du bureau de Vanessa, parce qu'il me brûlait les doigts, qu'il faisait revivre en moi des choses que je voulais mortes pour toujours. Je ne peux pas laisser ça arriver. Je refuse. Je ne veux même pas y repenser. Mon mariage approche, il ne reste plus que trois semaines avant la cérémonie. C'est sur ça que je dois me concentrer, pas sur le corps, la bouche, ou la voix chaude de Stephen. Alors j'ai jeté cette petite feuille de papier, qui cristallisait sur sa fine trame légèrement transparente tout ce à quoi j'ai renoncé, tout ce que je veux oublier.

Pourtant, malgré tout, ça fait deux jours que je regrette de l'avoir fait... J'aimerais prétendre que ce n'est pas le cas, que Stephen a tort de penser que je ressens le moindre désir pour lui, mais je ne peux pas me mentir à ce point. Il a raison. Tous mes sens s'enflamment dès qu'il est près de moi, d'une façon que jamais je n'aurais pensée possible.

Mais cela n'a aucune importance, puisque rien ne se passera entre lui et moi. Je suis promise à un autre. Et même si ce n'était pas le cas, cet homme représente tout ce que je fuis comme la peste. Il est impulsif, séducteur, irréfléchi...

Passionné, attirant, spontané, follement séduisant...

Nicolas n'est rien de tout ça. C'est exactement pour cette raison que je vais l'épouser et oublier Stephen. D'ailleurs, je suis en ce moment même en train d'attendre que la vendeuse termine de boutonner la robe que je porterai le vingt-sept juin prochain pour lui dire oui.

– Voilà ! s'exclame la petite dame qui s'affairait dans mon dos.

– Merci.

Elle me contourne et vient se planter devant moi, pour vérifier le résultat de son travail.

– Vous êtes ravissante, me complimente-t-elle avec un sourire enchanté. Venez, allons regarder ça à l'extérieur !

Je sors de la cabine, monte sur l'estrade blanche installée devant un énorme miroir au cadre doré. En prenant garde à ne pas accrocher le tissu irisé, je me retourne et pose les yeux sur la future mariée qui me fait face. Sa robe est vraiment magnifique. Sur son bustier ivoire sont brodées des centaines de minuscules perles brillantes, qui descendent jusqu'à une ceinture en satin d'un bleu grisé très pâle. Le bas de la somptueuse tenue marque ses hanches, avant de s'évaser dans une envolée de tulle léger et de nouvelles petites perles. Mais les yeux de cette jeune femme ne s'illuminent pas, il n'y a pas de joie dans son regard, pas d'impatience. Pas d'émotion.

– Qu'est-ce que vous en pensez ? s'enquiert la vendeuse d'une voix douce.

– C'est... très bien.

– Si vous voulez, je peux la reprendre un peu ici, dit-elle en pinçant le tissu sur ma hanche. Il y a peut-être encore un demi-centimètre en trop...

– Non, ça ira, c'est très bien comme ça.

– Vous êtes sûre ? Ne voudriez-vous pas...

Elle hésite.

– Ne voudriez-vous pas revenir avec quelqu'un ? Une dame de votre famille, peut-être, ou une amie ?

Je sais qu'elle trouve ça étrange. Aucune femme ne vient choisir sa robe de mariée seule. Mais moi, je préfère.

– C'est gentil à vous, Emma, mais c'est parfait comme ça. Elle est magnifique.

Je suis sincère. Elle est tout simplement sublime, au-delà de tout ce que j'aurais pu imaginer, alors... alors pourquoi ai-je envie de pleurer lorsque je regarde mon reflet dans le miroir ? J'essaye de retenir ces larmes idiotes qui menacent de déborder, mais mes yeux s'humidifient malgré tout.

– Oh, vous êtes émue, mademoiselle Bressac... s'attendrit la vendeuse. C'est normal.

– Oui...

Je m'essuie les yeux, espérant effacer les traces de mon chagrin.

– Oh ! Quelle sotte je suis, j'ai failli oublier ! s'exclame-t-elle. J'ai reçu votre voile ! Attendez, je vais le chercher !

Sa petite silhouette ronde disparaît derrière une porte, me laissant seule face à moi-même. J'observe mon reflet en silence, détaille cette robe somptueuse en m'imaginant remonter l'allée devant ma mère, devant mes amis. Mon cœur, au lieu de se gonfler de joie, se serre douloureusement dans ma poitrine.

– Et voilà ! chantonne Emma, en réapparaissant avec un morceau de tulle brodé. L'atelier Lessage a fait un travail magnifique, vous allez voir !

Avec la dextérité qu'offre l'habitude, elle déplie le voile, me fait baisser la tête et accroche l'accessoire à l'aide de la petite pince prévue à cet effet. Je me redresse et, pendant qu'elle finit de positionner le tissu diaphane sur mes épaules dénudées, observe le résultat en retenant de nouvelles larmes. Cette femme, dans le miroir, va offrir sa vie à Nicolas Dambres-Villiers dans quelques jours.

– C'est superbe, n'est-ce pas ?

– Oui. Vraiment magnifique.

Emma sourit à mon reflet. J'essaye de faire de même, mais ma tentative ressemble davantage à une grimace qu'à une manifestation de bonheur. Soudain, j'ai envie de retirer la robe et descends de l'estrade.

– J'ai rendez-vous avec un client dans peu de temps, Emma. Vous voulez bien m'aider ?

– Déjà ? Eh bien... oui. Oui, bien sûr.

Elle me suit jusqu'à la vaste cabine, dans laquelle je m'engouffre en prenant soin de ne pas me regarder dans la glace. Une fois libérée de mon carcan de satin, je me rhabille en vitesse et remercie mon adorable vendeuse. Elle me sourit, mais je vois une sorte d'inquiétude et beaucoup d'interrogations sans réponse dans ses yeux noisette lorsqu'elle me raccompagne jusqu'à la porte.

– À dans trois semaines, mademoiselle. Vous venez récupérer la robe le vingt-six, c'est bien ça ?

– Oui.

– Bien. Mais... dites-moi, est-ce que...

– Je dois partir, la coupé-je, sentant venir des questions auxquelles je ne veux pas répondre. Merci pour tout, vraiment. Vous êtes un ange.

Je lui souris faiblement et m'échappe de la boutique, j'ai besoin de respirer un peu d'air frais.

Tout va bien, Émy. La robe est très belle, elle plaira sans doute à Nicolas. Le reste, tu n'as pas le droit d'y penser.

Mercredi. Je suis avec Nicolas, attablée dans l'un de ces restaurants guindés et hors de prix qu'il affectionne. Je ne l'avais pas vu depuis quatre jours, depuis la soirée d'anniversaire de Vanessa. Celle où j'ai embrassé un autre homme que lui pour la seconde fois. Ce n'est pas un hasard d'emploi du temps si nous n'avons pas eu la possibilité de nous retrouver avant cela. C'est moi qui ai tout fait pour que ça n'arrive pas, parce que je me sentais trop mal pour jouer la femme parfaite, et que j'étais terrifiée à l'idée que Nicolas s'aperçoive de quelque chose. Mais mon fiancé a exigé ma présence à ses côtés ce midi, ignorant le prétexte bidon que j'ai essayé de lui servir. Je n'ai donc pas pu lui échapper cette fois-ci.

L'appétit me manque, j'avale un morceau de mon délicat filet de rouget barbet avec difficulté. Le regard rivé sur mon assiette, sur mon verre, ou sur le ballet incessant des serveurs, je m'applique à ne pas poser les yeux sur le visage fermé de mon fiancé. Si je le faisais, les différences entre lui et l'homme qui hante mes pensées n'en seraient que plus évidentes. Je ne suis pas sûre de vouloir me confronter à cette réalité-là. Nicolas est beau garçon, c'est un fait, mais ce qui se dégage de lui est si glaçant, si âpre... Cette froideur sera mon quotidien pour le restant de ma vie, j'aurai tout le temps de la haïr plus tard.

– Comment est le rouget, Émelyne ? me questionne mon fiancé.

– Excellent.

Je me force à sourire poliment avant d'avaler une gorgée d'eau pour me cacher derrière mon verre.

– Bien. C'est un poisson très délicat, seuls les très bons chefs savent en révéler toute la finesse. Il n'y a que dans les endroits de cette qualité que l'on peut espérer s'en régaler.

– Oui.

– L'agneau aussi est vraiment excellent.

– Tant mieux.

Je retiens un soupir et me force à manger une nouvelle bouchée. J'aimerais que ce déjeuner se termine vite, tout comme cette conversation qui est plus insipide que mon rouget. Mais Nicolas est décidément d'humeur loquace.

– J'ai demandé à Natasha de s'occuper de ton déménagement. Tous les détails seront réglés avant la fin de semaine.

– Je peux emballer mes affaires moi-même, Nicolas. Je n'ai pas besoin de ta secrétaire ni de déménageurs pour ça...

Puisque tu ne veux aucun de mes « vieux meubles de bonne femme » dans ton appartement, me retiens-je d'ajouter.

Une armée de grands gaillards pour transporter quelques cartons, quelle est l'utilité ? Mais essayer de discuter ne sert à rien, je l'ai compris il y a longtemps. Les choses se passent comme il le veut, quand il le veut, où il le veut, et de l'exacte façon dont il l'a décidé. Point.

– Il va falloir t'y faire, Émelyne, reprend-il en s'essuyant délicatement la commissure des lèvres. D'ici peu, tu seras ma femme. Tu n'auras plus à te soucier des choses dont se soucie le commun des mortels.

Sa bouche se fend d'un sourire satisfait.

– Oui, bientôt. D'ici trois petites semaines...

– Ah, d'ailleurs, il va falloir penser à informer ton patron.

Je lève les sourcils, étonnée. Je n'ai aucune idée de ce dont il me parle. Que suis-je supposée dire à mon patron ? Je pose la question à Nicolas, qui me répond en ingurgitant son dernier morceau d'agneau au jus corsé.

– Eh bien, à propos de ta démission.

– Quoi ?

– Ta démission, Émelyne, me répète-t-il en articulant, comme s'il s'adressait à quelqu'un ayant des difficultés de compréhension. Il faut s'occuper de cela. Combien de temps faudra-t-il à ton employeur pour te trouver une remplaçante ? Deux ou trois jours ? Une semaine ?

Ma bouche s'assèche à mesure que le sens de ses mots pénètre ma conscience. J'ai peur de comprendre.

– Attends... Est-ce que tu veux dire que...

Il avale sa bouchée, pose ses yeux gris et perçants sur moi, attend la suite de ma phrase. Mais je n'arrive pas à la prononcer.

– Eh bien quoi ?

– Est-ce que tu veux dire que... que tu veux que j'arrête de travailler ?

– Naturellement.

Tout à coup, je me sens vide, comme si tout ce que j'avais de vie à l'intérieur de moi avait été écrasé par cette déclaration.

– Enfin, Émelyne, continue-t-il en me voyant pâlir. Je croyais que c'était évident. Ma femme ne peut décemment pas « travailler » au service de gens de ma connaissance. C'est impensable. Ce serait humiliant pour moi.

Quoi ? Et tous les efforts que j'ai faits pour en arriver là ? Tout le travail que j'ai fourni ? Qu'espère-t-il que je devienne ? Une femme qui n'a rien d'autre à faire de ses journées qu'attendre sagement le retour du valeureux guerrier ?

– Nous n'avons jamais parlé de ça, dis-je, la gorge nouée. J'aime ce que je fais, je... j'ai besoin de ça...

– Besoin pour quoi ? demande-t-il d'un ton glacial. Pour gagner une misère dont tu n'auras plus l'utilité ?

Pour ne pas avoir l'impression de dépendre entièrement de lui, pour ne pas tourner en rond dans un appartement que je déteste, pour ne pas juste être la « femme de »... et parce que j'aime ce que je fais. Parce que c'est tout ce qu'il restera de ma vie d'avant, c'est la seule chose que je pensais pouvoir garder pour moi et ne pas avoir à donner à Nicolas. Une vague de panique déferle en moi. Je ne peux pas renoncer à ça. Je ne peux pas...

Estimant le sujet clos, mon fiancé fait signe au serveur de nous débarrasser et commande deux tasses de Darjeeling.

– Est-ce que... est-ce qu'on pourrait au moins en parler ? le questionné-je, nauséeuse.

– De quoi ?

– Du fait que tu me demandes de démissionner.

– Grand Dieu, Émelyne, tu es encore là-dessus ?

– C'est important pour moi, Nicolas.

– Je ne comprends pas en quoi, assène-t-il abruptement.

– Eh bien, j'ai besoin... d'avoir une activité, de voir des gens, de... d'être occupée.

– Tu seras bien assez occupée lorsque nous accueillerons notre premier enfant.

Notre... enfant ? Oui, Nicolas sera... le père de mes enfants.

Aussi étrange que cela puisse paraître, jamais je n'avais réalisé ça jusqu'à présent. L'idée m'avait vaguement effleurée, mais je n'en avais jamais pris pleinement conscience, comme s'il était inconcevable que quelque chose d'aussi beau qu'une vie nouvelle puisse naître de cette relation stérile de sentiments.

– Il y a beaucoup de mamans qui travaillent, tu sais, et...

– Ça suffit, Émelyne, me coupe-t-il, avec une autorité tranchante. J'ai pris ma décision, la discussion est close.

– Mais...

Il me lance un regard aiguisé, histoire de me faire comprendre que la négociation n'est aucunement envisageable.

– Je suis certain que cette chère Anne partagerait mon opinion, ne crois-tu pas ?

Le voilà, l'argument imparable. La menace est à peine voilée, cette fois-ci. C'est sa façon à lui de me rappeler les termes du contrat implicite que nous avons passé. Je dois faire ce que bon lui semble, me contenter de lui appartenir, sans me rebeller ou exiger plus que ce qu'il consent à me donner. Mon avenir et celui de ma mère sont suspendus à sa seule et unique volonté. Un pas de travers et notre sérénité si durement retrouvée ne sera plus qu'un souvenir.

J'ai l'impression de sentir un piège se refermer sur moi. C'est terrifiant, douloureux, j'ai le sentiment de ne plus pouvoir respirer. Mais je me suis laissé attraper, je ne compte pas essayer de m'échapper, même si je réalise que c'est ma vie tout entière que je suis en train de sacrifier.

« Tu auras ce que tu cherches depuis l'accident, Émy. Tu n'auras plus jamais peur de demain. Tu ne souffriras plus ».

Je sais ! Je sais tout ça !

C'est pour cela que je reste assise, calme, le visage neutre, à essayer d'ignorer les violentes secousses qui font trembler le monde autour de moi. Le serveur dépose les tasses devant nous, je lui adresse un léger signe de tête pour le remercier et me saisis de mon breuvage. J'ai horreur du thé, j'ai toujours détesté ça. Mais c'est une information dont Nicolas ne semble pas se soucier. Peu importe, j'avale une gorgée du liquide ambré et me concentre sur ce goût affreux, sur la brûlure qu'il provoque sur ma langue, afin d'éteindre l'autre douleur. Celle qui est trop difficile à supporter.

Le déjeuner se termine dans un silence de mort, puis Nicolas paye l'addition et nous quittons le restaurant. Après un baiser dur planté sur mes lèvres, et après m'avoir fait promettre de passer la nuit chez lui, nous nous séparons sur le trottoir. Chacun de nous doit retourner travailler.

Une fois seule dans ma voiture, sans spectateurs, libérée de mon rôle de parfaite petite fiancée, la retenue que je m'imposais me quitte soudainement et j'éclate en sanglots. Dans trois semaines, je serai une femme mariée, en sécurité et à l'abri du besoin. Mais une femme emprisonnée, bridée, à qui on aura volé son âme... une marionnette, une jolie poupée enfermée dans une cage dorée, dont on disposera à sa guise. Ce sort, je l'ai choisi. Alors pourquoi me semble-t-il tout à coup aussi insupportable ?

Derrière mes paupières closes apparaît le visage de Stephen. Je me souviens de la sensation grisante de l'avoir contre moi, de la force de ses bras, du goût de ses baisers. De cette impression de vibrer et d'être vraiment vivante pour la première fois depuis toujours. Une pensée surgit alors entre deux sanglots, une pensée folle et dangereuse, mais totalement irrépressible.

Je vais me marier dans trois semaines. Renoncer à toutes mes libertés, promettre ma vie, mon corps et mon cœur, même inanimé, à un seul homme. Trois semaines, c'est tout ce qu'il me reste. Trois toutes petites semaines...

Fébrilement, habitée par un sentiment d'urgence, je fouille mon sac à la recherche de mon téléphone. Lorsque je le trouve, je compose le numéro de Vanessa.

– Salut, toi ! me salue-t-elle à l'autre bout du fil.

– Vaness, j'ai besoin de toi...

– Qu'est-ce qu'il y a ? s'enquiert-elle, alertée par le son de ma voix. Tu as pleuré, Émy ? Est-ce que tout va bien ?

– Je... écoute, je sais que ça va te paraître bizarre...

– Non, dis-moi, dis-moi.

– Est-ce que tu connais l'adresse de Stephen ?

Un silence accueille ma question.

– Vaness, est-ce que tu as l'adresse de Stephen ? répété-je, pressante.

– Moi non, mais Greg doit la connaître... répond-elle finalement, un peu désarçonnée. Tu veux que je lui demande ?

– Oui, s'il te plaît. Maintenant.

– Maintenant ? Euh... OK. Je l'appelle et t'envoie l'adresse par SMS dès que je l'ai...

– C'est parfait. Parfait.

– Émy, tu es sûre que ça va ?

– En fait, je n'en sais rien... Mais on en parlera plus tard, d'accord ?

– Oui, bien sûr. Je... j'appelle Greg immédiatement.

– Merci beaucoup.

Je raccroche et essaye de saisir toute la portée de ce que je m'apprête à faire. Mon cœur bat à se rompre, je suis morte de trouille, et en même temps, follement excitée.

Je vais aller sonner à la porte de Stephen. Maintenant, tout de suite. Je ne veux pas l'appeler parce que j'ai peur de me dégonfler si j'entends le son de sa voix ou si je dois lui demander son accord.

Et s'il n'est pas chez lui et bien... ce sera un signe du destin.

Deux minutes plus tard, je reçois le message de Vanessa. J'entre l'adresse dans mon GPS avec difficulté tant mes doigts tremblent, puis prends la direction qu'il m'indique. À mesure que les kilomètres défilent, ma peur se transforme en impatience et je me rends compte que j'ai terriblement envie de lui, depuis bien plus longtemps que je n'étais prête à l'avouer.

Mais maintenant, j'assume, Stephen.

Après vingt minutes de route, j'arrive devant un immeuble vétuste, planté dans une rue sale et fréquentée par des gens qui n'ont pas l'air d'avoir la vie facile. C'est ici que Stephen vit ? Vraiment ? Je ne m'attendais pas du tout à ça... Mais ça n'a aucune importance. Je me gare à la hâte, entre dans le bâtiment délabré et grimpe les escaliers à toute allure. J'arrive sur le palier du second étage, essoufflée, fébrile, une boule d'appréhension et de désir fou au creux du ventre. Appartement 203. C'est ici...

Sans hésiter, je presse la sonnette et attends. Je veux qu'il soit là, je veux le retrouver, maintenant, lui montrer à quel point j'assume toutes les envies incandescentes qu'il m'inspire.

La porte s'ouvre enfin. Il est devant moi, à la fois surpris et sublime, simplement vêtu d'une serviette blanche nouée sur les reins. Je reste figée quelques instants, mais la flamme qui s'allume dans ses yeux verts me décide à franchir la courte distance qui nous sépare. J'ai tellement envie de lui...

Sans plus réfléchir, je m'avance et me jette dans ses bras.

CHAPITRE 11

Stephen

Je passe un début de semaine chaotique. Je suis fatigué, j'ai dû annuler plusieurs rendez-vous. Je n'ai pas la tête à baiser ces vieilles rombières. Je me traîne du clic-clac à la salle de bains, de la salle de bains au clic-clac. Je reste allongé de longues heures à fixer le plafond, me demandant quoi faire pour l'effacer de ma mémoire. Je fume cigarette sur cigarette pour essayer de chasser son visage de mes pensées, mais rien n'y fait. Je suis au bord du gouffre, ma poitrine est comprimée en permanence, écrasée par le remord et la douleur, le remord de m'être fait payer pour la séduire et la douleur de l'avoir perdue. Je rumine dans mon trou miteux à m'en rendre fou. Ce matin, j'ai envoyé un message à Vanessa pour lui dire que j'arrêtais tout, que finalement, je passais à autre chose, que je ne voulais plus jamais entendre parler d'Émy. C'est la meilleure chose à faire, je dois l'oublier. Mais j'ai beau me le répéter en boucle, je n'arrive pas à passer à autre chose, elle m'obsède, me tourmente à chaque instant.

La sonnette retentit, me tirant de mes sordides pensées. Il n'y a pas moyen d'être tranquille. J'ouvre la porte d'entrée et m'agace en découvrant Greg.

– Qu'est-ce que tu fous là, mec ? l'interrogé-je en m'écartant pour le laisser passer.

– Vanessa m'a dit que tu abandonnais, je venais voir ce qui se tramait.

– Il ne se passe rien, je renonce, c'est tout, réponds-je en lui faisant signe de s'asseoir sur le canapé, pendant que je vais chercher deux bières dans le frigo.

– Pourquoi ? On en a connu des plus coriaces, toi et moi, dans le passé !

Je lui tends la bouteille, repense à notre rencontre une dizaine d'années plus tôt. On était tous les deux présents lors d'une de ces maudites soirées de gala de charité, on visait tous les deux la même bourgeoise. Je surveillais une cliente potentielle depuis plusieurs jours, ce soir-là, je la tenais, elle était à ma merci, et ce gros connard de Greg est venu foutre le bordel. Il a tout foutu en l'air en moins de deux secondes avec sa grande gueule ! J'ai perdu ma potentielle cliente à cause de lui. On chassait sur le même territoire, ce qui fait que je suis retombé sur lui plusieurs fois, les semaines suivantes. On a alors convenu de se partager le terrain, depuis, il ne me lâche plus croyant que je suis son pote, ce que je suis peut-être devenu avec le temps, finalement... Même si je ne veux pas le reconnaître, je l'aime bien ce type, il me fait marrer.

– Je ne sais pas, avec elle c'est différent. Émy est spéciale, avoué-je en me laissant tomber à ses côtés sur le canapé.

– Putain, la vache, tu t'es fait avoir, je n'y crois pas ! Pas toi ! s'esclaffe-t-il en emplissant la pièce de son rire moqueur.

– De quoi tu parles ?

– T'es amoureux, mec, t'es mort ! T'es foutu, grillé, ricane-t-il.

– Ferme ta gueule, Greg ! Je ne suis pas amoureux, me défends-je en le menaçant du regard.

– Alors, explique-moi ? Tu connais comme moi la première règle de notre job : ne jamais s'enticher d'une cliente.

– Tu crois que je ne le sais pas, gros connard ? Tu crois que cette situation m'éclate ?

Je saute sur mes pieds pour m'éloigner de lui et éviter ainsi de l'encastrer dans le mur pourri de mon taudis. Je sais qu'il a raison, j'ai merdé, mais comment faire pour me la sortir de la tête ? Je donnerais n'importe quoi pour avoir la solution à ce problème qui me bouffe la vie.

Perdu dans mes pensées, je ne prête pas attention à Greg qui se lève pour répondre au téléphone. Il part s'enfermer dans la salle de bains tandis que je sors deux autres bières du frigo. Il me rejoint un moment plus tard, avec un sourire idiot, et me fixe bizarrement.

– Quoi ? Qu'est-ce qui se passe, y a un problème ? m'inquiété-je, en voyant sa sale tronche me dévisager, un rictus satisfait sur les lèvres.

– Non, aucun problème, tout va bien ! Je dois filer, mon pote !

– Tu es bien pressé tout à coup... Qu'est-ce que tu me caches ?

– Oh... Rien du tout, j'ai un rendez-vous c'est tout, conclut-il en se dirigeant vers la sortie. À la prochaine ! Et arrête de te prendre la tête avec cette gonzesse !

– Ouais, c'est ça, à la prochaine, réponds-je en ignorant sa dernière remarque.

Il claque la porte derrière lui, je me retrouve à nouveau seul face à ce merdier.

Il est quatorze heures, je suis prostré devant mon ordi. Je fixe l'écran sans vraiment le voir. Je me lève et file sous la douche pour essayer de me remettre les idées en place. Je laisse couler l'eau chaude sur mes épaules un long moment, mais rien à faire, rien ne va plus... Je perds pied, je ne sais pas comment m'en sortir. J'ai passé quatre putains de jours à fixer mon téléphone, espérant qu'il se mette à sonner. Je me suis fait violence pour ne pas l'appeler, la supplier de bien vouloir de moi.

Je sors de la douche, entoure une serviette autour de ma taille. De la main, j'essuie la vapeur sur le miroir, une fois de plus, je suis surpris par mon reflet. Je suis blanc comme un linge, mes yeux sont cernés à cause de mes nuits tourmentées. Je cherche ma brosse à dents, mais suis interrompu par la sonnette de l'entrée. Je me demande bien qui vient me faire chier ! Si c'est encore Greg, je lui en colle une ! Je me dirige vers la porte en râlant. Je déverrouille, ouvre, et là... je reste scotché sur place, bouche bée, les yeux écarquillés devant cette apparition inespérée.

Incapable de prononcer le moindre mot, le cœur à deux doigts d'exploser dans ma poitrine, je la fixe sans y croire. J'ai tellement pensé à elle, ces derniers jours, que je me dis que je vais me réveiller brutalement, me rendre compte que ce n'était qu'un rêve. Le temps est suspendu, on pourrait presque voir les grains de poussière se figer entre nos deux corps. Je la dévisage et remarque ses yeux brillants d'une intensité incroyable. Est-ce pour moi qu'ils s'illuminent de cette façon ? Peu m'importe, elle est là... devant moi, dans sa petite robe noire qui lui couvre à peine les cuisses. Mon regard descend sur ses longues jambes fuselées, remonte vers sa bouche pulpeuse, entrouverte. Elle semble complètement chamboulée, hésitante. Alors que je m'apprête à lui demander ce qu'elle fait là, elle franchit la distance qui nous sépare pour venir se blottir contre moi, en encerclant ma taille. Je tressaille quand mon corps tout entier s'enflamme à son contact. Mes bras s'enroulent autour de cette femme tant désirée tandis que je referme la porte du pied. J'ai bien trop peur qu'elle m'échappe pour prendre le risque de la laisser ouverte. Je pose ma joue sur le haut de son crâne m'enivre de son parfum. Je remonte mes mains pour venir encadrer son visage. Je dois voir ses yeux, je veux être sûr qu'elle désire la même chose que moi. Quand mon regard plonge dans le sien, je n'ai plus aucun doute... Alors, ne pouvant me contenir plus longtemps, je me penche pour m'emparer de sa bouche. Elle est douce, chaude. Je force le barrage de ses lèvres pour partir à la rencontre de sa langue que je taquine, mordille.

Elle explore mon torse de ses doigts tremblants, ce qui a pour effet immédiat de me faire perdre le contrôle. Je la soulève brutalement, me retourne pour la plaquer contre le mur. Ses jambes viennent tout naturellement s'enrouler autour de mes hanches. Je passe une main sous sa robe tandis que ses lèvres quittent les miennes pour embrasser mon cou, mon épaule. Mon cœur s'accélère dangereusement. Mes doigts glissent sous le tissu fin de sa culotte. Un gémissement lui échappe quand, délicatement, j'agace son clitoris. Elle s'accorde au rythme des mouvements de bassin que je lui impose. Elle redresse la tête pour venir à nouveau s'emparer de mes lèvres. Je l'embrasse avec acharnement, étouffe ses cris, resserre mon étreinte, à la limite de l'écraser entre mes bras. C'est plus fort que moi, elle me rend complètement fou, je ne maîtrise plus rien.

Ma serviette tombe à mes pieds ce qui me ramène à la réalité. Je ne veux pas la prendre comme un sauvage contre le mur de l'entrée, non, je veux savourer cet instant magique, alors je la porte jusqu'au clic-clac et l'allonge. Je me retrouve à genoux entre ses cuisses, j'en profite pour lui faire lever les bras, lui retirer la petite robe noire pour l'envoyer valser à l'autre bout de la pièce. Son soutien-gorge et sa culotte prennent le même chemin quelques secondes plus tard. Elle est nue, à ma merci, s'offre à mon regard gourmand. Mes mains glissent le long de son ventre pour aller caresser sa poitrine généreuse et en titiller les pointes. Elle se cambre, peine à respirer. Ses yeux soudés aux miens, sont emplis de désir, ils me galvanisent. Je délaisse ses seins fermes, pour écarter ses genoux. Sa respiration se fait lourde, pesante. Je positionne mon visage entre ses fines cuisses, m'approche doucement de ses replis humides. Je souffle sur ses lèvres empreintes de son envie. Le bout de ma langue se pose et agace son petit bouton, tourne autour, puis pénètre cette intimité défendue et interdite. Ma bouche entre dans ce ballet sexuel, se posant sur ce sexe offert. Ma langue se faufile, audacieuse, s'insinue dans les plis et replis, frétille sur son clito, entre en elle. Ses gémissements deviennent plus forts lorsque ses jambes se referment sur moi, que dans un réflexe inconditionné, elle pose ses mains sur ma tête pour l'appuyer encore davantage sur son entrecuisse. Je glisse deux doigts au plus profond de son intimé, je relève le menton pour l'observer. Elle tremble, se contorsionne dans tous les sens sous la douce torture que je lui inflige. N'y tenant plus, je me redresse, me positionne entre ses jambes après avoir enfilé une protection. J'agrippe ses hanches pour la soulever légèrement, la pénètre brusquement, ferme les yeux, pour me laisser porter par ce moment tant attendu.

Mon Dieu ! Que c'est bon d'être en elle... Nos deux corps s'emboîtent à la perfection. Je commence un lent va-et-vient, puis accélère pour ralentir à nouveau. Je mène la danse, elle est à moi, je compte bien en profiter. Assouvir tous les fantasmes qui m'ont hanté depuis que mes yeux se sont posés sur elle. Le rythme devient plus soutenu, un son rauque sort de ma gorge tandis que je m'assieds sur mes talons et que je la tire par les bras pour qu'elle vienne s'empaler sur moi. Ses jambes autour de moi, ses mains accrochées à mes épaules, nos bouches se trouvent, se dévorent. Mes doigts empoignent ses fesses, leur imposent un mouvement rapide. Je m'enfonce en elle de plus en plus profondément, de plus en plus vite. Je la sens lâcher prise, elle tremble entre mes mains, jouit contre mes lèvres. Je la rejoins peu de temps après dans un dernier coup de reins, je m'immobilise, l'écrase contre mon torse. Nous restons une éternité dans cette position, reprenons notre souffle, imbriqués l'un dans l'autre. Nos deux corps trempés de sueur ne désirent plus se séparer.

Nous nous fixons un long moment, cherchant sûrement des réponses à ce qui vient de se passer. Puis je la repose délicatement sur le lit, m'allonge à ses côtés. Elle se blottit contre moi.

– Alors, c'est là que tu vis ? murmure-t-elle.

– Oui, c'est là. Mais c'est provisoire, me sens-je obligé de préciser.

J'ai un peu honte de l'état délabré de mon appartement.

– C'est surprenant. Je t'imaginais plutôt vivre dans un duplex ultramoderne, insiste-t-elle.

Un profond malaise s'insinue en moi. Est-elle vraiment en train de me parler de mon appart ? Après le moment que l'on vient de partager ? Je ne me sens pas très bien tout à coup. J'ai l'impression de ne pas être à la hauteur. De ne pas être assez bien pour elle. Mais Émy redresse son visage pour planter son regard dans le mien et m'adresse le plus beau sourire du monde, toutes mes angoisses s'envolent.

CHAPITRE 12

Émy

Je me sens incroyablement bien. Stephen est allongé à mes côtés, le dos contre l'oreiller, une main sous la tête, entièrement nu sous les draps. Son visage est détendu, c'est la première fois, ou presque, que je le vois ainsi. Il n'est ni en colère ni agacé. Juste... apaisé. Je le trouve craquant, ça me donne envie de lui sourire.

– Tu es beau, comme ça, dis-je en posant la tête sur son épaule.

– Ah, ouais ? « Comme ça » comment ?

– Je ne sais pas... Quand tu es bien.

– Seulement quand je suis bien ? demande-t-il, amusé.

– Tu veux m'entendre dire que je te trouve canon tout le temps, c'est ça ?

– Ouais, répond-il en riant à moitié.

Je me redresse un peu pour pouvoir le regarder. Puis, d'un ton malicieux :

– Quel prétentieux, celui-là, c'est dingue...

– Alors, mademoiselle ? Je suis canon tout le temps ou pas ?

– Eh bien...

Il lève les sourcils, attend ma confession.

– Oui, tu es canon tout le temps. Satisfait ?

– Et comment ! Pour une fois que tu me sors un truc sympa ! Ça me fait tout drôle...

– Ah, mais si ça te perturbe, on peut reprendre nos vieilles habitudes.

– Celles où tu me traites de tous les noms d'oiseaux pour un oui ou pour un non ?

– Celles-là mêmes, oui.

– Ça te manque déjà, c'est ça ?

J'embrasse son épaule, me dis que ce n'est pas du tout ça qui me manque. Je plonge dans ses yeux verts, lui souris à nouveau, sans pouvoir me retenir.

– Non. Mais... t'es plutôt sexy, pour un gros con.

– Toi aussi, pour une pétasse...

Nous nous esclaffons en même temps, je me rends compte que j'adore l'entendre rire. J'observe son visage, un instant, avant de me redresser tout à fait. Là, à genoux, à côté de lui, je me penche pour embrasser doucement ses lèvres.

– À vrai dire, murmuré-je tout contre sa bouche, tu es le con le plus scandaleusement attirant que je n'ai jamais rencontré...

Je l'embrasse encore, mais en allant délicatement chercher sa langue. Sa main se pose sur ma joue, pour accentuer la profondeur de notre baiser, pendant que la mienne se pose sur son torse nu.

– J'aime quand tu dis ça, répond-il, ne me lâchant qu'une seconde avant de reprendre ma bouche.

Mes doigts glissent lentement le long de son ventre, caressent au passage chacun de ses muscles si bien dessinés. Sa respiration s'alourdit.

– D'ailleurs, je crois que j'ai encore très envie de toi, Stephen...

Ma main descend de nouveau, s'empare de son sexe qui se raidit déjà. Il soupire.

– Tu n'y vois pas d'inconvénients ? demandé-je, en entamant un lent mouvement de va-et-vient.

– Non... souffle-t-il. Je pense que... ça devrait aller...

La réplique aurait pu me faire sourire, si je n'étais pas complètement ivre de désir.

Je le caresse avec une avidité grandissante, recule un peu pour regarder son beau visage. Ses yeux se sont fermés, ses lèvres entrouvertes laissent échapper un souffle rapide, haletant. Tout son corps est tendu, son sexe dans ma paume est à présent raide à l'extrême. Je m'applique à nourrir son plaisir, jusqu'à ce qu'un gémissement grave monte de sa gorge.

– Viens... réclame-t-il, en posant sur moi un regard fou d'envie.

Je m'exécute, prends place au-dessus de lui. Je lui mets lentement un préservatif, reste sans bouger un instant, malmenant sa patience, avant de me pencher pour aller l'embrasser dans le cou. Je veux faire grandir encore son désir. Ses mains se posent sur mes hanches, il gémit.

– Viens, Émy, répète-t-il d'une voix rauque. J'en peux plus, viens...

Cette fois, je fais exactement ce qu'il attend de moi et m'empale sur lui d'un lent mouvement du bassin. Son sexe coulisse dans le mien de la plus exquise des façons et c'est moi qui gémis.

J'entame de sensuels balancements, en même temps que ses mains se déplacent sur mes seins offerts, dont il caresse avidement les pointes durcies. Notre danse enflammée gagne en intensité, Stephen accompagne chacun de mes coups de reins de délicieux mouvements du bassin. C'est si bon, j'en perds le contrôle. Mon corps si longtemps endormi se réveille, galvanisé par le plaisir insensé que j'ai à faire l'amour avec cet homme. Sous moi, il se cabre, les paupières closes, la tête renversée en arrière, le voir comme ça me rend folle. Mais alors que je pensais impossible de me rapprocher davantage de l'extase la plus totale, les doigts de Stephen se posent contre mon sexe pour caresser mon clitoris. Je jouis instantanément, halète et gémis sans pouvoir faire preuve de la moindre retenue.

À bout de souffle, rompue de plaisir, les joues brûlantes, je continue mes va-et-vient pour mener Stephen sur le même chemin que moi. Je le regarde s'approcher de plus en plus près de la jouissance, en donnant un rythme rapide et profond à mes hanches. Soudainement, il arrête de respirer, se fige, puis explose à son tour dans une plainte grave et animale. Je me laisse tomber contre son torse couvert de sueur, tremblante, désorientée, mais satisfaite au-delà du possible.

Je ne sais pas combien de temps nous restons enlacés, nus entre les draps froissés, mais ce n'est pas encore assez. J'aurais voulu rester ainsi des heures durant. Mais la réalité se rappelle à moi et, après un dernier baiser sur ses lèvres, je me lève afin d'aller récupérer mes affaires.

– Tu pars ? demande Stephen en me voyant faire.

– Oui, il est temps. J'ai déjà manqué un après-midi de travail.

Il se lève à son tour et, comme moi, se rhabille en silence. Lorsque nous avons terminé, je lui jette un regard embarrassé, ne sachant comment lui dire au revoir. Trop de questions sans réponses alourdissent l'atmosphère.

C'est finalement lui qui s'approche. Il m'enlace, m'attrape doucement par le menton, pour relever mon visage vers le sien.

– C'est quoi, la suite ?

– La suite ?

– Pour toi et moi. Est-ce que... est-ce qu'on va se revoir ?

Je prends une longue inspiration. Pour moi, les règles du jeu sont claires, mais en est-il de même pour lui ?

– Trois semaines, Stephen.

Il comprend tout de suite ce que cela signifie. Son visage devient grave, ses yeux verts se voilent, mais je ne suis pas sûre de savoir exactement pourquoi.

– Tu te maries dans trois semaines, c'est bien ça ?

J'acquiesce faiblement, honteuse de l'entendre formuler cette vérité après ce que nous venons de faire.

– J'ai envie de te revoir. Vraiment. Mais ça ne sera possible que si on est d'accord tous les deux. Après mon mariage, tout devra s'arrêter... Et puis toi... toi, tu as Victoria...

Il pousse un soupir rapide, puis caresse doucement ma joue. Ce geste tendre, parce qu'il me fait trop de bien et qu'il semble trop sincère, fait naître en moi une profonde inquiétude.

– Ce n'est que pour le sexe, Stephen, n'est-ce pas ? Juste pour le sexe...

– Oui, bien sûr, finit-il par dire après plusieurs secondes.

Sa réponse me soulage un peu.

– Alors... je t'appelle ? proposé-je.

– Oui.

Nous nous embrassons une dernière fois, longuement, profondément, et je quitte son appartement.

Maintenant, je dois reprendre mon rôle de parfaite petite fiancée, afin d'aller retrouver Nicolas.

Après être revenue à la vie le temps de quelques heures, je dois mourir à nouveau. Mais j'ai l'habitude d'être morte à l'intérieur. Ça ira.

CHAPITRE 13

Stephen

Trois semaines... Trois semaines et je la perdrai. Elle vient à peine de s'en aller qu'elle me manque déjà, alors comment vivre sans elle ? Comment supporter l'idée qu'elle soit loin de moi, et surtout, qu'un autre homme la touche, pose ses mains sur son corps, respire son parfum ? Non, ce n'est pas possible, il y a forcément une autre solution. Ça ne peut pas se passer comme ça...

Ma poitrine se contracte tandis que je fixe inlassablement cette maudite porte, espérant la voir s'ouvrir à la volée pour qu'Émy revienne se jeter dans mes bras, en me disant qu'elle a changé d'avis, qu'elle ne veut plus se marier. Mais faut pas rêver, la vie ne m'a jamais fait de cadeau, elle semble bien décidée à m'enlever toutes les personnes qui sont importantes à mes yeux, de toutes les manières possibles. Mes parents, Julie, et maintenant Émy...

Pourquoi suis-je si en colère ? Je devrais me dire que c'est juste une cliente de plus, un nom supplémentaire sur la longue liste de ma déchéance, de ma descente aux enfers. Une gonzesse de moins à baiser sur cette foutue planète ou... une de plus dans mon cœur... c'est ça, le vrai problème. J'en ai conscience. C'est ce qui me met réellement en colère : le fait de savoir qu'elle n'est pas juste un nom de plus, qu'elle me touche là où personne d'autre ne m'avait touché depuis Julie. Elle s'est infiltrée dans ma tête, dans mon cœur, pour me dire finalement qu'elle me reprendrait tout dans trois semaines. Vingt-et-un petits jours et je me retrouverai seul une fois de plus...

Je range tout, rageusement, ne supportant plus de voir ces draps froissés, témoins de nos étreintes, de ces moments partagés qui me seront bientôt interdits. Quand tout est en ordre, je décide d'aller faire un tour à la salle de sport pour évacuer cette colère, cette douleur qui me nouent les tripes. Il faut que ça sorte, si je ne veux pas exploser et faire n'importe quoi, comme me rendre chez son futur mari et lui démolir le portrait. Ou retrouver Émy et la supplier de bien vouloir de moi.

Je ne suis pas ce genre de type, il faut que je me reprenne rapidement. Je suis juste déstabilisé parce que je n'ai pas ressenti ce genre d'émotion, d'attachement, depuis des années. Mais ça va aller, je vais me ressaisir. *Tout va rentrer dans l'ordre*, me rassuré-je.

Le lendemain, je ne bouge pas de chez moi, avachi dans mon canapé-lit, j'attends, les yeux rivés sur mon portable ou sur la porte d'entrée, j'attends... Il est presque minuit quand je décide enfin à me coucher. Elle ne m'a pas donné de nouvelles, je suis effrayé à l'idée de ne plus jamais la revoir. Pourtant, je suis sûr d'avoir vu dans son regard ces petites étincelles, cette magie qui démontrent qu'elle partage mes sentiments.

Je m'endors, son visage gravé sous mes paupières.

Ce matin, je me prépare à affronter une journée de merde de plus. Je suis à deux doigts de prendre ma voiture et de me barrer toute la semaine, loin de cette ville, loin de celle qui me pourrit l'existence par son silence. Mais à l'instant même où mes yeux se posent sur la valise, rangée sur le haut de mon armoire, mon portable m'indique l'arrivée d'un message. Je me jette dessus pour découvrir qu'il vient d'Émy, d'un seul coup, tout mon univers est suspendu.

Et si elle me disait qu'elle ne veut plus jamais me voir ?

Le cœur battant, je découvre ces quelques mots :

[Tu es libre cet après-midi, à 13 h ?]

Je fixe ce message quelques secondes, n'en croyant pas mes yeux, avant de répondre :

[Oui, je suis libre.]

Puis une envie soudaine de la taquiner m'envahit alors je rajoute :

[Mais pas trop longtemps, j'ai un rendez-vous galant.]

[Avec mémé et son rat crevé en tutu rose ?]

Un rire m'échappe. Elle arrive toujours à me clouer le bec, elle est incroyable cette nana !

[Oui, avec Victoria et *Princesse.*]

Je ne sais pas pourquoi je lui mens. Je ne vois Victoria que samedi, mais j'ai comme une envie de la piquer, de la rendre jalouse. Peut-être parce que moi-même j'ai mal au cœur à l'idée de la savoir avec son futur mari.

J'attends une réponse, mais rien n'arrive. Je pense que j'ai atteint ma cible. Je m'empresse de faire du rangement en me faisant la promesse d'en découvrir un peu plus sur elle. Je ne veux pas que ce soit uniquement charnel entre nous. Je veux savoir ce qui se dissimule dans sa petite tête. Je ne cesse de penser à cette maison en banlieue où se cache sûrement un autre amant. Je n'ai pas le droit de lui faire de reproche. Je suis mal placé pour ça.

La sonnette retentit à treize heures pétantes. Je suis prêt. J'ai pris une douche, enfilé un vieux jean bleu usé, un tee-shirt noir moulant et, très important, je me suis parfumé ! C'est un détail trop souvent négligé par les hommes. Les femmes sont sensibles aux parfums. Je jette un regard circulaire dans la pièce qui me sert d'appartement et ouvre en sentant mon cœur s'emballer à la limite du supportable. Mes yeux se posent sur Émy, je reste tétanisé sur place, subjugué par sa beauté. Elle porte une petite jupe noire, avec un top du même bleu que ses prunelles, dévoilant sa poitrine généreuse. Elle est chaussée de talons hauts, exactement comme je les aime. Je dois prendre sur moi en sentant mon sexe tendre la toile de mon pantalon.

– Je t'en prie, entre, lancé-je d'une voix rauque.

Je la regarde pénétrer dans mon antre. Elle semble hésitante, nerveuse, alors je mets un peu de musique et lui propose :

– Tu veux boire un café ou une boisson fraîche ?

– Un café, répond-elle en me rejoignant derrière mon comptoir qui sépare la kitchenette du salon.

– Noir ou avec du lait ? questionné-je, les yeux braqués sur sa bouche.

– Noir, précise-t-elle avant de se mordiller la lèvre inférieure. Pourquoi vis-tu ici ?

– Comment ça ? demandé-je en sachant très bien ce qu'elle veut dire.

– Ben, sans vouloir te vexer... Tu pourrais trouver mieux ailleurs.

– Non, sûrement pas au même prix !

– Tu vas me dire que tu n'en as pas les moyens ? Tu portes des costumes griffés, alors je pensais que tu gagnais bien ta vie.

– Mais je gagne bien ma vie. Je ne souhaite tout simplement pas balancer l'argent par les fenêtres ! J'économise, répliqué-je, légèrement agacé.

– Je ne voulais pas te paraître curieuse... Mais je ne connais rien de toi. Je ne sais même pas ce que tu fais comme job... C'est quoi ton travail ?

– Chef d'entreprise, je... je suis à mon compte.

– Oh, dans quel domaine ?

– Je... loue des services…

– Quels services ? questionne-t-elle, surprise.

– Écoute... je n'ai vraiment pas envie de parler de ça maintenant, esquivé-je en lui lançant le sourire le plus charmeur dont je suis capable.

Je prends une grande respiration, détourne mon regard. Elle a un pouvoir inimaginable sur moi. Je me mets à transpirer, des frissons me parcourent le corps, je suis à deux doigts de l'arrêt cardiaque, bordel de merde ! Dans quoi je me suis fourré ?!

Je lui tends la tasse de café, mes doigts frôlent les siens. Aussitôt, une décharge électrique me traverse de la tête aux pieds.

– Alors... Tu es libre jusqu'à quelle heure ? demandé-je pour faire diversion.

– Pas très longtemps, après je dois... je dois partir.

Elle tourne sa tasse nerveusement entre ses mains, adossée au comptoir. La pièce semble se rétrécir à mesure que mes yeux se promènent sur son corps. Son parfum de fleurs sauvages vient chatouiller mes narines, comme si sa vision ne suffisait pas à me faire bander comme un malade, voilà que son odeur emplit mes poumons.

– Tu dois partir rejoindre ton futur mari aux cheveux parfaitement gominés et à la raie sur le côté, ironisé-je, en le regrettant aussitôt, car ses traits se décomposent. Je suis désolé, je ne voulais pas te parler de lui... continué-je, embarrassé par la tristesse qui voile son visage.

– Comment sais-tu à quoi ressemble Nicolas ? s'enquiert-elle, l'air soupçonneux.

Je me rends compte de mon erreur et réfléchis à toute allure pour trouver la réponse qui la rassurera.

– Euh... Je ne sais pas, un coup de chance. Ce n'est pas la coiffure officielle de tous les trous du cul de la haute société ?

– Écoute, il faut que les choses soient claires entre nous, Stephen. Je me marie dans trois semaines, et toi, tu as... Victoria, dit-elle comme si les mots venaient de lui brûler les lèvres.

– Oui, j'ai Victoria, répété-je avec un dégoût profond. Alors pourquoi perdons-nous du temps ? murmuré-je, ne pouvant me contenir.

Je lui prends la tasse, la pose sur l'évier et l'encercle de mes bras pour l'écraser contre mon torse. Sans attendre une seconde de plus, je me penche sur son visage pour m'emparer de sa bouche. Elle est chaude et tremble contre la mienne. Ses mains se nouent autour de ma nuque tandis que son bas-ventre se frotte contre mon érection. Je lâche un grognement, la soulève dans pour l'asseoir sur un tabouret. Mes gestes sont précis, rapides, je n'ai pas de temps à perdre, je dois la posséder. À cet instant, il n'y a pas de place pour les préliminaires, elle doit m'appartenir coûte que coûte. Je me positionne entre ses jambes qu'elle écarte largement pour m'accueillir. Elle défait ma ceinture, ouvre ma braguette pendant que je sors un préservatif de ma poche arrière. Elle me surprend en me l'arrachant des doigts pour le dérouler sur l'objet de son désir. Je glisse mes doigts entre ses cuisses pour écarter sa culotte et en moins d'une seconde, je suis au plus profond de son intimité. Je la pénètre sans détour en agrippant ses fesses. Elle s'accroche à mes épaules alors que je la culbute sans ménagement. La passion est palpable entre nos deux corps. Nos bouches se dévorent entre deux gémissements. Ses jambes encerclent mes hanches pour m'accueillir toujours plus loin en elle. Je perds complètement pied. Un feu ravageur me consume sur place alors qu'elle se contracte autour de mon membre en lâchant un cri. Je la rejoins dans les limbes du plaisir en étouffant mes gémissements contre la peau sensible de son cou.

Je me retiens de la mordre ou de lui faire un suçon, comme un ado boutonneux qui a besoin de marquer son territoire. Cette femme me rend stupide et pathétique.

Sa joue posée contre mon torse, elle reprend sa respiration. J'essaye de m'éloigner, mais elle resserre son étreinte. Le nez dans ses cheveux, je m'enivre de son odeur, pour l'imprimer dans ma mémoire et ne jamais l'oublier. Je secoue la tête, me dégage un peu trop brusquement pour aller jeter la capote dans la poubelle. Elle me fixe, surprise, en rajustant ses vêtements.

– Je ne sais pas si je pourrais me contenter de trois semaines, avoué-je sans réfléchir.

Son visage se referme aussitôt, devient livide. Je l'observe ramasser son sac et se diriger vers la porte d'entrée. Au dernier moment, elle se retourne pour me dire d'une voix distante :

– Trois semaines, Stephen. Rien de plus. Si tu n'es pas d'accord avec ça, mieux vaut en rester là...

Ses yeux ne quittent pas les miens tandis qu'elle attend une réponse. Je me ressaisis, me redresse pour lancer un « *OK pour trois semaines* » comme si tout ceci m'était indifférent.

– Alors à bientôt.

– À bientôt...

À peine a-t-elle disparu que je m'effondre sur le tabouret, plein de doutes. Je me demande si c'est une bonne idée de la revoir. Elle me détruira, j'en suis convaincu... Son emprise sur moi est trop forte, c'en est effrayant, voire irréel.

Le reste de la semaine passe lentement, comme si le temps se foutait de ma gueule lui aussi et ralentissait, pour que je me rende bien compte à quel point les heures, les minutes, les secondes sont longues sans Émy. Elle me manque terriblement, je souffre de son absence. Je n'ai pas eu de nouvelles depuis notre dernière rencontre, ce qui m'inquiète, car on ne s'est pas vraiment quitté dans les meilleurs termes. J'attrape une bière dans le frigo et me fais violence à plusieurs reprises pour ne pas l'appeler, puis je finis par céder, je lui envoie un message :

[Quand peux-tu venir ? J'ai envie de te voir.]

[Ah, oui ? Envie à quel point ?]

Je suis un peu rassuré qu'elle me réponde et qu'elle désire jouer avec moi.

[Tu te rappelles notre dernière rencontre ? Eh bien, tu multiplies par dix.]

[Je suis intriguée... Samedi, 18 h ?]

Je tape du plat de la main contre le mur. Samedi, je ne peux pas, j'ai rendez-vous avec Victoria et si j'annule encore une fois, c'est le cataclysme assuré ! Je réponds, la mort dans l'âme :

[Samedi pas possible. Un autre jour ?]

[Encore mémé, je suppose...]

Je souris bêtement. Serait-elle jalouse ? Cette pensée me réjouit alors j'en rajoute une couche :

[Oui, je dois encore tester quelques positions qui pourraient éventuellement convenir à son âge avancé.]

[Essaie aussi sans son dentier. Si on écoute les rumeurs, il paraît que c'est fantastique !]

Je recrache la gorgée de bière que j'allais avaler en lisant son message. Elle n'est quand même pas en train de me parler de... Non, c'est dégueulasse ! Mais je décide de la prendre à son propre jeu :

[Déjà testé, je confirme : c'est magique.]

[Bon. Alors, amuse-toi bien.]

En voyant ses derniers mots, je m'empresse de répondre pour ne pas perdre le contact à nouveau :

[Quand ? Dis-moi quand ?]

[Demain. Je dois aller voir ma mère, mais je peux passer après. Vers 19 h]

[Je t'attendrai.]

Soulagé d'avoir un rendez-vous, je me laisse tomber sur le canapé, ma bière à la main. Demain, on est vendredi, c'est parfait ! Cette semaine était plutôt calme, mais la prochaine risque d'être plus compliquée. J'ai un planning chargé, va falloir que je jongle entre Émy et ces putains de clientes !

CHAPITRE 14

Émy

Stephen me manque déjà. Ça ne fait pas longtemps, pourtant. Mais lorsqu'il ne vous reste qu'une poignée de jours, chaque heure compte. C'est la dernière fois que je vivrai ça. Le feu de la passion, cette explosion de sensations charnelles, être avec quelqu'un qui a le pouvoir de vous enflammer rien qu'en effleurant votre peau. C'est justement parce qu'il a cet effet-là sur moi que tout s'arrêtera le vingt-sept juin prochain. Je me laisse embraser, car je sais que cette aventure se verra poser un point final très bientôt, nous sommes tous les deux d'accord à ce propos. Rien n'est remis en cause. Ni ma vision du monde et des hommes ni mon mariage avec Nicolas. Entre Stephen et moi, ce n'est que sexuel. Pas de sentiments, juste un désir mutuel très intense, et des parties de jambes en l'air fantastiques... Et puis, il n'est pas seul, lui non plus. Il sort avec une autre femme. Il *trompe* une autre femme. Cette vieille peau de Victoria...

Bon sang, qu'il me parle d'elle m'insupporte au plus haut point ! Je ne peux pas m'empêcher d'être désagréable, même si je sais que je ne devrais pas. Qu'est-ce qu'il lui trouve, à la fin ? Ça ne peut pas être cette histoire de dentier... Mon Dieu, ça me donne la nausée d'imaginer ça ! Mais alors quoi ? S'il était avec elle pour son argent, il ne vivrait pas dans un endroit aussi vétuste. C'est tellement étrange, tout ça... Comment peut-il ressentir du désir pour cette femme ? Est-ce qu'il... a plus envie d'elle que de moi ?

Et là, maintenant, est-ce qu'il est avec elle ? Est-ce qu'il rit, parle, se promène avec elle ? Est-ce qu'il... est-ce qu'il l'embrasse, lui fait l'amour, ou lui murmure des mots doux ? Je déteste cette idée, je l'ai en horreur. Tout comme cette femme et son visage tout refait, ses cheveux trop rouges, son affreux chien et ses...

– Tu es dans la lune, on dirait, commente maman en souriant. Tiens, passe-moi l'épluche-légumes.

Tirée de mes pensées par la voix douce de ma mère, je reviens à la réalité et lui tends l'économe. Je recommence à couper ma pomme de terre, celle que j'ai dans la main depuis cinq bonnes minutes.

– J'étais dans le même état que toi, quelques semaines avant mon mariage, reprend maman. Tu n'es pas trop nerveuse ?

– Non, ça va...

– De toute façon, tout se passera bien. Ce sera une journée magnifique. S'unir pour la vie à l'homme qu'on aime, il n'y a rien de plus beau.

Une boule se forme dans ma gorge, je baisse les yeux.

– Je me souviens comme si c'était hier du jour où j'ai épousé ton père, continue-t-elle, le regard dans le vague. Il a plu tout l'après-midi, mes chaussures étaient trempées ! Mais ce fut le plus beau moment de ma vie... avec votre naissance à tous les deux, bien sûr.

Elle s'éloigne encore un peu plus. Elle est là, présente physiquement à côté de moi, mais son esprit est dans un autre monde. Un monde où papa et Lilian sont à jamais auprès d'elle. J'ai l'habitude, mais ça me fait toujours aussi mal de la voir partir comme ça.

– Lilian adorait regarder nos photos de mariage ! s'exclame-t-elle, en souriant doucement. Il feuilletait l'album sans arrêt !

– Oui, maman. Je m'en souviens.

Ma voix sort ma mère de ses souvenirs, elle tourne la tête vers moi et son regard s'éteint lorsqu'elle revient à la réalité.

– Enfin, bref, se reprend-elle. Je vais chercher les oignons.

Elle se lève, quitte la table de la cuisine, à laquelle nous sommes toutes deux installées. Je la suis des yeux, en me disant que toutes ces années de chagrin ne l'ont pas épargnée. Déjà d'une constitution fluette, elle porte des vêtements démodés dans lesquels elle semble complètement perdue. Ses cheveux, autrefois blonds et soignés, sont aujourd'hui striés de blanc et simplement maintenus par une pince placée à la va-vite.

On devine en la regardant attentivement qu'elle devait être très belle, lorsqu'elle était plus jeune. Mais la dureté de la vie l'a fanée, a fait mourir cette beauté en volant tout ce qu'il y avait de joyeux en elle. À présent, elle dégage une telle fragilité, une telle lassitude, que j'ai peur de la voir s'envoler au moindre courant d'air.

– Ça fait bien longtemps que je n'ai pas vu Nicolas, dit-elle en fourrageant dans le placard, à la recherche des oignons. J'aimerais bien croiser ton futur mari un peu plus souvent.

– Il est très occupé, tu sais, éludé-je. Son travail lui prend beaucoup de temps...

Et j'ai peur qu'en nous voyant ensemble, maman, tu comprennes des choses que je ne veux pas que tu saches...

Elle ne connaît pas les vraies raisons de mon mariage avec Nicolas. Jamais elle n'accepterait de me laisser l'épouser si elle savait. Ma mère a toujours une vision tellement utopique de l'amour... Elle est restée plus romantique qu'une jeune fille. Même après toutes ses ruptures désastreuses, même après avoir eu le cœur brisé à de nombreuses reprises, elle continue à croire que l'amour est la plus belle chose qui existe. Jamais je ne briserai cela, c'est tout ce qu'il reste de doux dans sa vie. Ses illusions. Et la joie de penser que je suis heureuse et très amoureuse de mon futur mari, comme elle l'a été de mon père.

– Tu es toujours sur la même pomme de terre ? me questionne-t-elle en revenant s'asseoir. Je crois que je sais à qui tu penses, pour être à ce point perturbée...

Elle m'adresse un sourire attendri, je me contente d'acquiescer.

Jamais tu ne sauras pourquoi je fais ça, maman. Tu crois que cet argent qui tombe du ciel tous les mois sur ton compte, pour vivre et rembourser nos dettes, c'est juste moi qui te le donne, que ça ne me coûte rien... parce que je t'ai répété ce mensonge des dizaines et des dizaines de fois, pour te convaincre d'accepter mon aide sans te poser de questions. Tu crois que je gagne très bien ma vie, que mon mariage avec un homme fortuné est une heureuse coïncidence. Tu es trop loin dans ton monde pour voir la vérité, et je te la cacherai jusqu'à ton dernier jour. Tu as perdu ton mari, tu as perdu ton fils. Ton existence entière a volé en éclats et ces épreuves t'ont vidée de toutes tes faibles forces. Pourtant, tu as continué à te battre, aussi durement que tu le pouvais, parce que j'étais là et que j'avais besoin de toi. Je t'ai vue constamment sur le point de te noyer, peinant à garder la tête hors de l'eau. Mais je te le jure, ça n'arrivera plus jamais. Je suis là, et je ferai n'importe quoi pour alléger un peu ton fardeau de chagrin. N'importe quoi, maman.

– Ton père adorait cette recette, dit-elle en s'enfermant une fois de plus dans son esprit embrumé.

– Je sais, maman. Je sais...

Je suis allongée sur le ventre, les paupières closes, la main de Stephen caresse doucement la peau nue de mon dos. Je me sens bien. Nous venons de faire l'amour, deux fois, mon entrejambe est encore brûlant de ses délicieux assauts.

– À quoi tu penses ? me demande-t-il, avant de déposer un baiser sur mon épaule.

– Au gros con qui vient de me faire grimper aux rideaux, dis-je en souriant, amusée d'imaginer son expression à cet instant.

Je rouvre les yeux et souris encore plus en voyant qu'effectivement, il a l'air aussi désabusé que je me l'imaginais.

– T'arrêteras jamais de me traiter de con, si je comprends bien ?

– Tu as tout compris ! Mais c'est de ta faute. Tu l'as bien cherché...

Il soupire, mais ses yeux brillent.

– Non, en fait, je pensais à ma mère, si tu veux tout savoir.

– Encore mieux ! s'esclaffe-t-il. Finalement, je préférais cette histoire de con qui te faisait grimper aux rideaux !

– C'est parce que je regrettais juste de devoir bientôt partir, gros malin. Je dois passer chez elle déposer sa robe et elle habite en banlieue, dans le fin fond de la Seine-et-Marne !

– Ta mère habite en banlieue ? Genre... genre dans une petite maison ?

– Euh... oui, dis-je, surprise par sa question. C'est si étrange que ça ?

– Non. Non...

Stephen se laisse tomber sur un des oreillers, pour se mettre à fixer le plafond.

– Tu es proche d'elle ? demande-t-il après un moment, sans me regarder.

– Pourquoi tu veux savoir ça ?

– Je ne sais pas. J'ai perdu mes deux parents, alors... j'en sais rien...

Je ne parle jamais de mon passé à personne. Il n'y a que Vanessa qui soit au courant, même Nicolas ne sait pas exactement ce qui est arrivé à ma famille. En regardant Stephen, je perçois sur son visage une douleur que je connais bien. Il a vécu ce que j'ai vécu. Il sait la déchirure que provoque la perte d'un être cher. J'ai soudainement envie de lui parler, de tout lui dire. Peut-être parce qu'il pourrait comprendre, ou peut-être parce que je me sens bien, je ne sais pas...

– Je suis aussi proche de ma mère qu'on peut l'être étant donné les circonstances, commencé-je en venant poser la tête sur son torse.

– Quelles circonstances ? s'enquiert-il d'une voix douce.

J'hésite à répondre. Même si j'en ai envie, lui ouvrir une porte que je garde d'ordinaire fermée à double tour m'est difficile. Il ne dit plus rien et attend, sa patience est si réconfortante. À tel point que, tout à coup, je me sens prête à me lancer.

– J'avais un frère, avant. Il s'appelait Lilian. On avait trois ans d'écart, on passait notre temps à se disputer... Mais je l'adorais. Puis un jour, j'avais neuf ans, il... il s'est fait renverser par une voiture. Il est mort à l'hôpital, après que mes parents aient dû prendre la décision de débrancher les machines qui le maintenaient en vie.

Je m'arrête un instant, revoyant ma mère s'effondrer dans les bras de mon père au milieu d'un couloir blanc aseptisé. La main de Stephen se pose doucement sur mon épaule, il me serre contre lui.

– Pendant quelques mois, j'ai cru que notre famille allait tenir le choc, malgré cette terrible épreuve et tout ce chagrin. Lilian me manquait atrocement, il n'y avait pas un jour où je ne pleurais pas de penser que je ne le reverrai jamais.

Combien de fois ai-je été rejoindre sa chambre en cachette durant la nuit, juste pour m'allonger sur son lit, sans même défaire les draps, et avoir l'impression qu'il restait un peu de lui quelque part ?

– Je savais que mes parents avaient le cœur brisé, continué-je, mais j'étais trop jeune pour réaliser à quel point. Je n'ai pas vu mon père s'enfoncer dans la dépression, je n'ai pas reconnu les signes... Moins d'un an après la disparition de Lilian, il... il a fini par...

Je m'arrête. Les mots, même après si longtemps, sont durs à prononcer.

– Il a fini par se pendre dans son bureau.

– Émy... murmure Stephen. Ça a dû être... atroce.

– Oui, ça l'a été. Tout a changé, ce jour-là. Ma mère, moi. Notre vie...

Le début d'une longue, très longue galère.

– Après le décès de mon père, ma mère et moi, nous sommes rendues compte qu'il avait complètement abandonné sa société de construction. L'entreprise était en faillite. En plus du deuil, nous avons dû faire face aux dettes, aux créanciers, aux saisies... On a perdu tout ce qu'on avait : notre grande et belle maison, nos meubles, les deux voitures... On s'est retrouvées toutes les deux dans un petit appartement défraîchi, dans une tour HLM.

– Comment vous êtes-vous sorties de tout ça ?

– On ne s'en est pas vraiment sorties, à vrai dire. Surtout maman... Elle qui n'avait jamais travaillé a dû accepter le premier boulot qu'on lui a proposé. C'était payé une misère, mais elle n'a pas eu le choix. Il fallait vivre et rembourser toutes les dettes. Ça a été le premier d'une longue liste de jobs précaires, et d'une vie... pas tous les jours facile.

Je soupire, comme libérée d'un poids. Voilà, il sait tout...

Lui avoir parlé me fait du bien, mais pas autant que la façon dont il me tient tout contre lui, comme s'il essayait de me protéger à retardement, ou de recoller les morceaux de moi cassés par la vie.

– Donc oui, continué-je pour enfin répondre à sa question. Je suis proche de ma mère, même si elle n'est plus du tout la même depuis. Elle s'est enfermée dans un monde dont elle a exclu jusqu'à sa propre fille... Mais elle a besoin de moi malgré tout. Je suis tout ce qui lui reste.

– Je suis vraiment désolé, Émy. Je n'avais aucune idée de tout ça.

Nous restons un moment enlacés, sans rien dire, l'atmosphère lourde de mes aveux.

– Et toi ? le questionné-je prudemment. Qu'est-ce qui s'est passé ?

Je regrette cette question dès l'instant où elle franchit mes lèvres. Je ne veux pas le forcer à se confier s'il n'en a pas envie. Mais il n'hésite pas à me répondre et ma crainte d'avoir été trop loin s'envole.

– Un truc à la con... commence-t-il. Mes parents étaient partis en Égypte, pour fêter leurs vingt-cinq ans de mariage. Mais ils ne sont jamais rentrés.

J'inspire sans faire de bruit, par peur de le gêner, mais enserre sa taille de mon bras.

– Y a eu un problème au décollage de leur avion. Il s'est abîmé en mer, tous les passagers sont morts. Défaillance technique, qu'ils ont dit...

Derrière le détachement avec lequel il s'exprime se cache une douleur toujours mordante, je la sens et je ne la supporte pas.

– J'avais dix-neuf ans, je me suis retrouvé tout seul.

– Tu n'as pas de frère et sœur ?

– Non. Je suis fils unique.

De l'imaginer sans personne, soudainement livré à lui-même alors qu'il était si jeune me fait atrocement mal. Je dépose un long baiser dans son cou, me serre contre son corps chaud. Stephen embrasse mes cheveux, caresse mon épaule, avec une telle douceur que pendant un court instant, mon cœur n'est plus cet amas inerte qu'il est depuis dix-neuf ans. C'est juste une impression ténue, comme un léger sursaut, mais cette sensation me fait peur. Il ne faut pas que j'imagine une seconde ne plus être complètement seule. Je me redresse pour fuir ces bras dans lesquels je suis trop bien.

– Enfin bon, dis-je pour chasser mon malaise. Ce n'est pas très gai, tout ça !

– Non, mais c'est aussi ce que nous sommes, Émy. Ce que tu es, toi.

Stephen se redresse à son tour, me dévisage avec intensité quelques secondes, puis s'avance pour m'embrasser, avec une ferveur qui fait sursauter mon cœur à la folie. Il y a trop, dans ce baiser. Trop de douceur, trop de compréhension, trop de bien-être, trop d'apaisement… Trop de tout.

Les larmes me montent aux yeux.

Je me défais de son étreinte, tourne la tête pour ne pas lui montrer à quel point je suis bouleversée, et sors rapidement du lit.

– Je dois vraiment y aller, dis-je, dos à lui, en enfilant ma robe.

– OK...

Je ne me retourne que lorsque je suis prête à partir et que j'ai retrouvé un visage exempt d'émotions.

– On s'appelle ? demandé-je.

– Oui, on s'appelle.

Je lui souris légèrement, reviens jusqu'au lit pour l'embrasser une dernière fois.

Je sors de son immeuble pour rejoindre ma voiture avec une seule pensée en tête : il ne nous reste que deux semaines... deux semaines avant que tout soit terminé.

Quelques heures après ma visite chez Stephen, je suis dans l'appartement de Nicolas. Il voulait que je passe la nuit avec lui, il a signé un autre contrat. J'aurais préféré ne pas venir, mais il ne m'a, encore une fois, pas laissé le choix. Même si je me sens particulièrement mal, les désirs de mon fiancé sont des ordres...

Quel genre de femme suis-je donc, pour m'allonger dans le lit de deux hommes différents en une journée ?

C'est étrange, mais j'ai l'impression que celle qui était avec Stephen n'est pas la même que celle qui est à présent avec Nicolas... comme s'il existait deux versions de moi, comme on sépare sa vie personnelle de sa vie professionnelle. Il y a Émy, et il y a Émelyne, celle qui se donne avec passion, qui prend tant de plaisir à le faire, et celle qui écarte les jambes machinalement, juste parce qu'on lui a ordonné de le faire.

Être traitée comme une poupée gonflable ne m'avait jamais gênée jusqu'à maintenant. Je ne ressentais rien, j'avais même oublié à quel point faire l'amour pour de vrai pouvait être extraordinaire. Et à cet instant, je préférerais ne jamais m'en être souvenu. La différence entre ce que j'ai vécu cet après-midi et ce que je vis maintenant est insupportable.

Nicolas est allongé sur moi, il gémit dans mon cou, son corps est lourd et mon absence totale d'envie rend l'acte douloureux. Son souffle haletant me glace, son contact me rebute. Ses va-et-vient brutaux ne servent que son propre plaisir, il n'y a aucun partage. Rien de doux, rien de sensuel, juste une pénétration rude et égoïste, qui se terminera dans un râle d'autosatisfaction.

Faites qu'il finisse vite, je n'en peux plus.

Je ferme les yeux pour ne plus voir le plafond s'agiter au-dessus de moi. J'ai envie de vomir. Il grogne dans mon oreille, ce son me révulse. J'oblige mon corps à rester inerte, à ne pas se rebeller, à accepter en son sein cet intrus que pourtant je méprise. J'ai l'habitude, je ne devrais pas en souffrir. Mais depuis Stephen, tout a changé... Comment deux actes en théorie similaires peuvent-ils me procurer un effet si diamétralement opposé ? Il me faut vider mon esprit, éteindre mon corps, pour redevenir la marionnette que j'étais encore il y a peu. Pour ne plus rien ressentir, ne plus souffrir.

Derrière mes paupières closes revient sans cesse le visage de Stephen. Je me souviens de la façon dont il m'a fait l'amour aujourd'hui, dont il m'a embrassée, et du bien-être insensé qui s'est emparé de moi lorsque j'étais dans ses bras, tout contre lui. Je me souviens de ses regards, à la fois doux et enfiévrés, de son odeur, si différente de celle de Nicolas. Les larmes me brûlent les yeux. Cette histoire avec lui n'est qu'un rêve éphémère, une parenthèse. La réalité de la vie, de *ma* vie, est cet homme qui s'agite entre mes jambes comme un animal grotesque et dégoûtant.

Après un dernier coup de boutoir, mon fiancé se vide en gémissant. C'est enfin terminé. Il se retire, se laisse tomber à côté de moi dans un soupir satisfait, sans m'adresser un mot. Débarrassée de lui et de cette horrible corvée, je me retourne pour ne plus le voir et lui cacher mes joues trempées. Il ne faut surtout pas qu'il s'aperçoive que je pleure. Il s'endort cinq minutes plus tard, sans s'être rendu compte de quoi que ce soit.

Dans cette pièce glaciale qui sera ma chambre d'ici deux semaines, les yeux ouverts sur l'obscurité épaisse et froide, j'attends que mes larmes se tarissent. Mais rien n'y fait, elles continuent de couler sur l'oreiller, détrempent le coton égyptien hors de prix. Je pleure de me dire que ma vie n'aurait pas dû se passer comme ça, n'être qu'une succession d'épreuves et de sacrifices. Mais surtout, je pleure de comprendre pourquoi, tout à coup, je ne supporte plus ce qui auparavant me semblait acceptable.

Je m'étais juré que ça n'arriverait plus. Je ne suis pas une de ces filles crédules, je ne me laisse pas mener par mon cœur. Car je sais qu'il est le pire des guides et n'apporte que douleurs et désillusions. Pourtant, me voilà, à ne penser qu'à un seul homme, à attendre l'instant où, enfin, je retrouverai ses bras.

Je le sais déjà, notre rupture sera pour moi mourir à nouveau, mais je n'aurai pas le choix.

Lorsque je finis par m'endormir, ma dernière pensée est pour lui. Encore, et toujours lui, cet homme qui a réussi renverser toutes mes barrières… Stephen.

CHAPITRE 15

Stephen

C'est samedi soir, je me gare devant le *Palace.* Au lieu de partir en bringue ou de passer la soirée en famille comme le font sûrement la plupart des gens normaux, moi, je vais dans un hôtel luxueux pour m'envoyer en l'air avec une vieille chieuse. C'est ma vie, mon quotidien. Émy n'est qu'une petite parenthèse, une petite douceur au milieu de cette merde. Mais les meilleures choses ont une fin. Je prends quelques instants pour faire le point avant de rejoindre Victoria.

Hier, Émy s'est confiée à moi en me parlant de la perte de ses proches. Elle m'a ouvert son cœur, pas très longtemps, juste assez pour que je réalise que, tout comme moi, elle est brisée. Je commence à comprendre ses choix, son attitude. Je suis presque sûr qu'elle se marie pour mettre sa mère à l'abri du besoin. Si c'est le cas, je ne dois pas m'en mêler, ça ne me regarde pas ! Moi qui pensais qu'elle avait un amant... Pff, je me suis complètement planté ! On reprendra bientôt chacun notre chemin et terminé ! Je n'entendrai plus jamais parler d'elle et tout rentrera dans l'ordre, me répété-je pour la millième fois en descendant de ma voiture. Je me demande même pourquoi je pense à elle alors que je dois bosser. Sûrement parce que la veille elle m'a dit qu'elle m'appellerait et qu'elle ne l'a pas fait. Satanée gonzesse...

Je salue le portier qui commence à bien me connaître, et prends l'ascenseur pour rejoindre la chambre de Victoria. J'ai à peine le temps de frapper discrètement à la porte qu'elle s'ouvre déjà.

Uniquement couverte d'un peignoir de l'hôtel, Victoria me dévore des yeux en souriant. Elle semble très heureuse de me voir. Avait-elle peur que j'annule encore une fois notre rendez-vous ? Possible, mais je m'en fiche complètement. Je pénètre dans la chambre, qui fait cinq fois la taille de mon appartement, et fixe le plus faux sourire du monde sur mon visage avant de lui dire :

– Bonsoir, Victoria. Comment allez-vous, ce soir ?

– Pourquoi t'obstines-tu à me vouvoyer, Stephen ? Depuis le temps que l'on se connaît, c'est ridicule ! s'agace-t-elle en faisant glisser la veste de mon costume le long de mes épaules.

– Parce que je ne peux pas faire autrement, lancé-je en retenant les quelques réponses acerbes qui me brûlent les lèvres.

Un parfum sucré embaume la pièce, ce qui n'est pas désagréable. Je m'avance vers le bar pour me servir un whisky, et ignore ses œillades provocatrices. Je remarque *Princesse* allongée sur le lit, dans une grotesque tunique rouge, qui me fixe de ses petites gobilles mauvaises. Je me retiens de l'envoyer valser d'un bon coup de pied et reporte toute mon attention sur ma cliente.

– J'ai fait couler un bain, Stephen. Rejoins-moi quand tu seras prêt, dit-elle en disparaissant dans la salle d'eau.

Parfait, j'en rêvais… Qu'elle merde !

Je profite de son absence pour sortir le petit comprimé de mon portefeuille et l'avaler. J'en aurai besoin aujourd'hui plus que jamais. Je prends aussi quelques préservatifs au passage, que je pose à côté du lit, décide d'en garder un dans le creux de la main pour rejoindre Victoria. Je ne suis pas dupe et me doute bien que l'histoire du bain n'est qu'un traquenard.

Je pénètre dans la pièce, uniquement éclairée de quelques bougies éparpillées aux quatre coins, me déshabille. Je sens son regard lourd de désir peser sur moi. Je ne peux retenir un frisson, pas le genre de frisson que me procure Émy, non... Celui-là n'est dû qu'au dégoût profond que je ressens pour cette femme. Il me donne la chair de poule, me noue la gorge. Je ne sais pas ce que je vais devenir, mais j'ai de plus en plus de mal à supporter mon job. Ces derniers jours ont fini de m'achever et quand je regarde ma vieille botoxée dans son bain moussant, une envie de vomir me prend à la gorge. Fait chier ! Je n'ai que trente-deux ans et je ne suis déjà plus capable de baiser tout ce qui passe ! Mon corps, surtout ma tête, se mettent à faire les difficiles.

Je prends place dans la grande baignoire, derrière Victoria. Elle s'installe entre mes jambes, se cale contre mon torse, trémousse son cul flasque contre mon sexe qui peine à se dresser. Ses longs doigts manucurés, aux ongles rouge pétant, se promènent sur mes cuisses, me procurent une sensation de mal-être intense. Je ferme les yeux, laisse ma tête partir en arrière pour reposer contre une épaisse serviette. Après une grande respiration, je décide de reprendre les choses en main. J'encercle ma cliente de mes bras musclés, caresse sa poitrine descendante. Elle gémit, se colle plus étroitement contre moi. Mes doigts glissent entre ses jambes pour malmener son intimité, ses replis d'une autre époque qui, en leur temps, étaient sûrement bandants.

Elle passe son bras entre nos deux corps pour venir empoigner mon membre, soupire de satisfaction en le sentant aussi dur que du béton. S'imagine-t-elle réellement que c'est elle qui me fait cet effet ? Je déchire l'emballage du préservatif avec les dents, me redresse pour le dérouler sur mon sexe avant de me réinstaller confortablement.

Je retiens un rire amer, soulève Victoria pour venir tranquillement l'empaler sur mon mat, dressé grâce à la magie de l'évolution médicale. Elle gigote dans tous les sens, lâche des sons plus écœurants qu'autre chose. Je l'attrape par les hanches pour l'immobiliser, commence mon va-et-vient, ferme les yeux.

Comme par enchantement, le visage d'Émy s'impose à moi, ce qui, je l'avoue, m'arrange bien. Je l'imagine à la place de ma cliente, et sans le vouloir, mon rythme cardiaque s'accélère en même temps que la cadence de mes coups de boutoir. Victoria tremble, crie entre mes bras tandis que l'eau agitée passe par-dessus les rebords pour inonder le sol marbré.

J'ouvre les yeux pour regarder Victoria jouir, mais ne parviens pas à en faire de même. Je simule pour lui faire plaisir.

– C'était merveilleux, Stephen, dit-elle en reprenant place contre mon corps. Tu vois qu'il y a toujours cette magie entre nous. Tu l'as ressentie toi aussi ?

De quelle magie me parle cette vieille folle ? A-t-elle à ce point perdu la raison ? Je me passe une main sur le visage pour me calmer, avant de répondre du ton le plus neutre dont je suis capable :

– Oui, c'était magique... Mais ne vous faites pas d'illusions, je n'accepterai pas votre offre de venir vivre chez vous pour autant.

– Pourquoi ? Tu n'as rien à perdre, réplique-t-elle, en se tournant pour plonger ses yeux de poisson frit dans les miens. On serait heureux, tous les deux. Tu ne serais plus obligé de vivre dans ce quartier délabré. Tu vaux mieux que ça, Stephen !

O*ui, je vaux mieux que ça,* pensé-je, en me retenant de lui foutre la tête sous l'eau pour la faire taire, et ne plus être obligé d'entendre ce ramassis de conneries. J'ai beau essayer de me maîtriser, elle arrive toujours à me rendre fou. Je dois me calmer, c'est grâce à son fric que je réaliserai mes rêves, un de ces jours.

– Nous avons déjà eu cette conversation, je pensais que les choses étaient claires, grommelé-je en détournant le regard.

– Je t'aime, lâche-t-elle tout à coup en m'agrippant de ses longues griffes.

– Quoi ? questionné-je en me raidissant.

J'ai dû mal entendre, ce n'est pas possible autrement ! Cette vieille rombière n'est quand même pas en train de me faire une déclaration d'amour ? Ce serait la cerise sur le gâteau ! Je soupire, la repousse pour sortir de la baignoire.

– Stephen... Tu ne pars pas, j'espère ? s'affole-t-elle en me suppliant du regard.

– Non, mais j'en ai marre de faire trempette, je vous attends dans la chambre.

Une minute de plus dans ce bain et ma peau serait aussi fripée que la sienne, pensé-je en prenant place dans les draps frais. J'attrape mon paquet de cigarettes, en allume une, le ventre noué en pensant à la nuit qui m'attend. Je vais devoir la culbuter encore une ou deux fois et devoir faire semblant d'être heureux de le faire ! Je jette aussi un œil à mon portable, suis déçu en découvrant qu'Émy ne m'a pas contacté. Je vais peut-être devoir me faire à l'idée qu'elle ne m'appellera plus...

J'écrase rageusement ma cigarette dans le cendrier en cristal, en évitant de poser mes yeux sur Victoria qui sort nue de la salle de bains. À presque soixante-dix balais, elle se dandine à poil devant moi, comme si ça pouvait me faire le moindre effet...

Se prend-elle vraiment pour un top modèle ? Où n'a-t-elle plus de miroir chez elle ? Elle en est complètement ridicule.

Je me rends compte que ce soir je n'ai pas fait l'effort de lui faire la conversation. On n'a pas échangé plus de trois mots, ce qui me convient totalement, mais ce n'est pas comme ça que j'exerce mon job ! Il faut que je me ressaisisse, mais j'ai du mal.

Et ce putain de clebs qui vient se coller contre mes jambes ne fait rien pour arranger mon humeur.

– *Princesse* ne peut pas dormir sur le canapé ou sur le tapis au pied du lit ? grogné-je en m'empêchant de l'éjecter.

– Mon Dieu, non, s'offusque-t-elle. *Princesse* fait dodo avec maman, couine la vieille, en faisant des mimiques ridicules à son rat.

– OK...

J'éteins la lampe de chevet, m'allonge sous les draps. Victoria me rejoint, vient se lover contre moi. Je m'oblige à passer un bras sous sa nuque pour lui montrer un peu d'affection. Mais ce geste si facile à l'époque est devenu une torture sans que je sache pourquoi. Ma vie a pris un virage à cent quatre-vingts degrés sans que je ne puisse rien y changer. Je replonge dans mon passé. Je me revois près de mes parents quelques heures avant leur « grand voyage ». Ils étaient si heureux, alors, de fêter leur anniversaire.

Vingt-cinq ans de mariage... De nos jours, c'est devenu tellement rare. J'aurais aimé avoir cette chance avec Julie. Si la mort ne me l'avait pas arrachée, serions-nous encore ensemble ? J'en suis convaincu, c'était mon âme sœur, ma moitié. En pensant à elle, mes yeux se mettent à briller dangereusement. Victoria me sort de mes songes quand sa main descend entre mes cuisses pour me caresser, espérant sûrement remettre le couvert. Mais ce soir, rien ne va plus, je m'écarte en murmurant :

– Désolé Victoria, mais là, je ne peux pas...

– Comment ça, tu ne me désires plus ? panique-t-elle.

Comme si je t'avais un jour désirée, vieille folle !

Je repousse le drap, me lève, à bout de nerfs. Je réponds en essayant de maîtriser ma voix.

– Ce n'est pas vous, Victoria, c'est moi. Je... je ne vais pas bien. Je vais rentrer.

– Stephen, reste jusqu'à demain matin, tu ne peux pas m'abandonner !

Je l'ignore, enfile mes vêtements. Une migraine atroce finit de m'achever quand sa voix perçante résonne dans toute la chambre.

– Je t'ai payé pour toute la nuit, tu ne peux pas partir !

Emporté par la colère, je sors l'enveloppe de ma poche et en retire la moitié des billets pour lui jeter au visage.

– C'est toi que je veux, pas cet argent ! Qu'est-ce qui se passe, Stephen ? Pourquoi as-tu changé ces derniers temps ?

– Je n'ai pas changé, c'est juste que... que j'en ai plein le cul de toute cette merde ! hurlé-je. Je ne suis pas un clébard qu'on prend, qu'on manipule ! Oui, vous me payez, mais je ne suis pas votre objet pour autant !

– Je ne te traite pas comme un objet ! réplique-t-elle, piquée.

– Bien sûr que si, vous l'avez fait y a moins de deux minutes ! Vous ne me payez pas pour la nuit, mais pour un service. Je vous baise, je ne vous dois rien de plus !

– Je ne te permets pas de me parler sur ce ton !

– Je vous parle comme je veux ! De toute façon, je me casse !

– Je ne veux pas que l'on se dispute. Je te téléphonerai quand tu seras calmé !

J'écoute ses derniers mots, me trouve beaucoup trop dur avec elle. Alors, pris de remords, je me radoucis pour lui dire :

– Appelez-moi dans un jour ou deux, ça ira mieux.

Je tourne les talons et m'éloigne rapidement de Victoria, de cette chambre, de cet hôtel, de ce quartier. Je rentre chez moi complètement anéanti, sans vraiment en connaître la raison. Peut-être sont-elles trop nombreuses pour les énumérer.

CHAPITRE 16

Émy

Le temps passe vite, si vite... Nous sommes samedi, il ne reste plus qu'une semaine avant mon mariage. J'essaye de ne pas y penser, de faire comme si je n'avais pas de plus en plus l'impression de me préparer à monter à l'échafaud, mais mes tentatives n'ont guère de succès.

Je vois Stephen aussi souvent que possible, entre deux rendez-vous, durant ma pause déjeuner, le soir, avant de rentrer chez moi... J'essaye de savourer un maximum ce feu qui sera le dernier à me consumer, pour garder un peu de sa chaleur quand mon univers tout entier tiendra entre les mains glaciales de Nicolas. Je profite autant que possible de ces ultimes jours avec Stephen, en veillant à ne pas franchir certaines limites. Ne pas passer la nuit chez lui, ne pas obéir à cette envie idiote que j'ai souvent de lui envoyer un message, juste comme ça, ou de lui dire à quel point il me manque... Lui montrer quelle importance il a prise pour moi rendrait le fait de le quitter tout simplement insupportable, je ne veux pas qu'il sache. En sa présence, je me cache, fais comme s'il n'était rien de plus qu'un amant de passage, mais je n'y arrive pas toujours. Certains gestes m'échappent parfois, révélant un peu de ce secret que je dois à tout prix garder pour moi seule. Une caresse ou un regard trop tendre, un sourire trop doux... Se doute-t-il une seconde de ce qui est en train de m'arriver ? Et moi, comment vais-je me sortir de tout ça ? Je me fais plus de mal que de bien, j'en ai conscience. Mais je n'ai pas pu empêcher mon cœur de se laisser capturer, me voilà prise au piège des sentiments...

Je n'ai rien dit à Vanessa à propos de mon aventure avec Stephen. Si elle savait, elle sauterait sur l'occasion et ferait tout son possible pour essayer de me faire renoncer à mon mariage. Et je n'ai absolument pas le courage de lutter, d'argumenter, de tenter de lui faire comprendre pourquoi cela n'arrivera pas. Quoi qu'il arrive, j'épouserai Nicolas dans une semaine, même si de laisser le « oui » fatidique franchir mes lèvres me coûtera certainement mon âme, et qu'il sera sans doute la parole la moins sincère que je prononcerai de ma vie entière...

– Émelyne, tu es prête ?

Nicolas vient d'entrer dans la chambre, rasé de près, vêtu d'un smoking noir à l'aspect brillant et de chaussures vernies.

– Oui, je suis prête.

Je jette un dernier coup d'œil au miroir en pied devant lequel je me tiens, lisse ma sublime robe longue *Élie Saab*. La mousseline de soie bleu saphir, si légère, si délicate, glisse sous mes doigts comme un nuage vaporeux. Le haut de ma tenue est fait d'un tissu diaphane et de dentelle brodée de strass. Le savant jeu d'empiècements cache la majeure partie de ma poitrine, mais dévoile ma peau en transparence, de façon discrète et très sensuelle. Une pure merveille qui s'accorde à la perfection avec mes escarpins *Jimmy Choo* aux talons aiguilles de dix centimètres.

Je devrais me sentir comblée, belle, mais je me sens juste... lasse. Aller à cette réception au bras de Nicolas ne me dit rien du tout, je sais déjà qu'il va me traîner à droite à gauche toute la soirée comme un accessoire décoratif. Cette débauche de moyens, cette robe, ses chaussures, la pochette *Chanel* qu'il vient de me coller dans les mains… Tout ça n'est destiné qu'à le faire briller lui.

– Allons-y, décrète-t-il. Tu as mis assez de temps à te préparer, nous risquons d'être en retard.

Et j'ai horreur d'être en retard, Émelyne, récité-je dans ma tête.

– J'ai horreur d'être en retard, Émelyne. Tu le sais.

Non, je ne suis pas devin, mais je commence à connaître la

chanson...

Tous deux assis à l'arrière d'une luxueuse Mercedes CLS noir métallisé, nous laissons notre chauffeur nous conduire jusqu'au lieu de la réception sans échanger un mot. Nous arrivons rapidement sur le boulevard Montmartre, puis sur le boulevard Haussmann, et longeons ses célèbres grands magasins avant d'entrer dans le 8e arrondissement de Paris. Après une vingtaine de minutes passées dans une circulation dense, la grosse berline s'engage sur l'avenue de Friedland. Face à nous, l'Arc de Triomphe. Nous sommes presque arrivés.

Finalement, après avoir parcouru près d'un kilomètre sur l'immense avenue Foch, la Mercedes s'immobilise devant un ancien hôtel particulier que je connais bien. Le salon Foch. Aussitôt, un jeune homme en livrée se matérialise face à ma portière. Il ouvre, avant de me tendre la main en inclinant respectueusement la tête. Je déteste ces simagrées, j'ai toujours trouvé ça ridicule. Mais apparemment, nos hôtes n'ont pas lésiné sur les moyens et ont pris toutes les options proposées par le prestigieux salon de réception...

Une fois dehors, je lève les yeux pour regarder l'édifice dans lequel je m'apprête à pénétrer. Il est magnifique, tout en pierres de taille et colonnes ouvragées. Je connais cet endroit par cœur, c'est vrai, mais j'ai l'impression de le voir à travers les yeux de quelqu'un d'autre. La sensation est un peu perturbante.

Nicolas me rejoint et me présente son bras.

Ça va, ça va ! Je suis capable de sortir d'une voiture et de marcher toute seule, à la fin ! m'agacé-je *in petto*.

Mais je ne dis rien et fais ce que Nicolas attend de moi, en glissant mon bras sous le sien. Puis nous franchissons ensemble la porte principale du bâtiment par laquelle je n'étais encore jamais passée, car elle est exclusivement réservée aux invités. J'ai un pincement au cœur en me disant que d'ici une semaine, ce sera la seule que j'emprunterai. Je devrais peut-être me réjouir d'être parvenue de l'autre côté de la barrière, mais je n'y arrive pas. Mon travail va tellement me manquer...

À l'intérieur, il y a déjà beaucoup de monde. Pendant qu'un homme d'une soixantaine d'années vient saluer Nicolas d'un très guindé : « Monsieur Dambres-Villiers, quel honneur de vous avoir parmi nous ce soir... », je laisse mes yeux vagabonder dans le grand salon. L'organisatrice a fait un excellent travail, la décoration est des plus réussies. Sobre et élégante. D'ailleurs, ce doit être elle, là-bas, avec la robe fourreau noire. L'endroit où elle a choisi de prendre place, le sourire figé qu'elle affiche, la façon dont elle surveille la porte et le va-et-vient des serveurs… Tout en elle crie « Je suis l'organisatrice de cette soirée et je veux que TOUT se passe parfaitement bien ! ». Avais-je l'air aussi tendue, lorsque j'étais à sa place ? Certainement...

Puis, à côté de la porte de service, j'aperçois une silhouette familière. Monsieur Savornin, l'intendant principal, fidèle au poste. Reconnaître son visage au milieu de cette foule d'inconnus antipathiques me soulage et m'attriste à la fois. Puis il me voit à son tour et me salue, d'une façon qui ne ressemble qu'à lui : ses yeux me sourient davantage que sa bouche. Pourtant, son expression est avenante, pleine de gentillesse. Lui aussi va terriblement me manquer. Cette pensée me fait beaucoup de peine, je tourne la tête pour dissimuler la tristesse qui m'étreint.

C'est à cet instant précis que mon regard se pose sur le dos d'une femme d'un certain âge, vêtue d'une robe pailletée criarde d'un vert rappelant celui d'un feu de signalisation. Sa chevelure artificiellement rousse et laquée à outrance semble aussi souple qu'un morceau de carton et je distingue sous son bras droit les pattes arrière d'une sorte de petit animal qui ressemble à s'y méprendre... à un rat.

Oh... mon... Dieu. Non. Non, non, non, non, non... Non, ce n'est pas pensable...

Quand la femme se retourne, mes pires craintes deviennent réalité. Il s'agit bien de Victoria. Si elle est là, est-ce qu'il serait possible que...

Soudainement fébrile, à la limite du malaise, je parcours la salle des yeux à la recherche de celui qui pourrait être là également. Si tel était le cas, ça ferait de moi la fille la plus malchanceuse de toute l'histoire de l'humanité. Ce serait, et de loin, le pire scénario imaginable ! Une catastrophe, un véritable désastre !

Très vite, je repère sa haute silhouette qu'à présent je connais bien. Au secours, il est là ! Stephen est là ! Il traverse la salle avec deux coupes de champagne à la main... Mon cœur cesse de battre, la panique se propage dans mes veines tel un venin glacé.

Mes doigts s'enfoncent dans la manche de Nicolas, qui, sans s'arrêter de parler à l'homme venu le saluer, me lance un coup d'œil mécontent. J'essaye de lui sourire pour lui faire croire que tout va bien, mais ma bouche refuse de m'obéir. L'effroi me paralyse. Heureusement, mon fiancé est plus intéressé par sa conversation que par ma petite personne et ne me prête déjà plus attention. Cela tombe bien, car Stephen, qui vient de rejoindre Victoria, me remarque à son tour. De surprise, il lâche presque les deux coupes de champagne qu'il a à la main et le liquide pétillant se renverse à quelques centimètres des horribles chaussures de sa vieille botoxée. Les yeux braqués sur moi, il ne le remarque pas tout de suite et ne se ressaisit que lorsque Victoria réagit à sa maladresse, en lui disant des mots que je n'entends pas. Un des serveurs se précipite vers eux, essuie les dégâts, si vite et discrètement que personne n'a le temps de s'apercevoir de quoi que ce soit. Stephen continue de me fixer, ce qui intrigue suffisamment sa compagne pour qu'elle tourne la tête dans ma direction.

Vite ! Il faut que... que je plonge sous une table ! Non, non... Je ne peux pas faire ça ! Il faut que... que... Rhâââ, je n'en ai aucune idée !

De toute façon, c'est trop tard pour tenter quoi que ce soit. Les yeux trop maquillés de Victoria viennent de se planter sur moi. Oui, « planter », c'est exactement l'impression que ça me donne... Pourtant, elle ne me connaît pas, n'est-ce pas ? Je reste pétrifiée sur place, en essayant tant bien que mal de peindre sur mon visage une expression innocente, sereine, mais je ne suis pas sûre d'être très convaincante. Rapidement, la vieille dame reporte son attention sur celui qui l'accompagne, me tournant à nouveau le dos. J'expire doucement l'air bloqué dans mes poumons, et essaye de refaire fonctionner mon cerveau.

J'ai besoin de me remettre un peu de mes émotions. Pour ce faire, je m'excuse auprès de Nicolas et file aux toilettes, en prenant soin de ne pas lever la tête avant d'avoir atteint la porte des commodités. Une chance que je connaisse cet endroit comme ma poche... Une fois seule, je souffle à plusieurs reprises et m'approche des vasques en porcelaine pour me passer les mains sous l'eau froide. Je jette un œil au grand miroir me faisant face. Une fille aux joues trop roses, au visage défait me fixe, on dirait qu'elle a vu un fantôme...

Ça va aller, Émelyne. Ce n'est pas si grave, calme-toi. Après tout, Nicolas ne connaît pas Stephen, et Victoria ne te connaît pas non plus. Il n'y a aucune raison pour que cette soirée tourne au fiasco. Absolument aucune... Il faut juste que tu restes calme et que tu fasses comme si de rien n'était.

Lorsque j'ai réussi à me convaincre moi-même que tout se passera bien, je sors des toilettes et traverse la salle sans regarder autour de moi pour retrouver Nicolas. Si je m'absente trop longtemps, il ne sera pas content. À quelques pas de lui, je relève finalement la tête... et me tétanise sur place. Mon sang vient de se figer dans mes veines.

Mon fiancé est en train de parler avec...

Pitié, dites-moi que j'hallucine !

Avec... Victoria ! Stephen se tient juste à côté d'eux, il a le visage fermé et semble affreusement tendu. Je m'apprête à faire demi-tour pour repartir me cacher dans les toilettes, mais cette saloperie de vieille sorcière tourne la tête vers moi et son visage se fend d'un affreux sourire mielleux.

– Ah, n'est-ce pas votre compagne, que je vois arriver ? demande-t-elle de sa voix rocailleuse.

– Tout à fait, ma chère, lui répond mon fiancé. Vous avez deviné.

Mon Dieu. Je... je suis coincée, je ne peux pas partir...

Voyant que je ne me décide pas à rejoindre le petit groupe, Nicolas tend le bras vers moi et m'interpelle d'un « Émelyne » impatient, qui me rappelle celui qu'emploierait un maître pour faire venir son chien. Puisque je n'ai pas le choix, je lui obéis et viens prendre la main qu'il me tend sans oser lever les yeux.

– Elle est tout à fait charmante. N'est-ce pas, mon amour ? commente Victoria en se tournant vers Stephen.

Les mâchoires de celui-ci se contractent fortement. C'est sans desserrer les dents qu'il répond :

– Oui.

– Dans combien de temps est prévu le mariage ?

– Tout juste une semaine, l'informe Nicolas. La cérémonie sera célébrée à la paroisse Saint-Louis, à Fontainebleau, ma famille est originaire de là-bas. Et la réception se tiendra au château de Vaux-le-Pénil.

– C'est adorable... continue Victoria. Un jour, Stephen et moi nous déciderons peut-être aussi à franchir le pas !

J'ai l'impression que l'intéressé est devenu plus pâle que les nappes blanches habillant les tables autour de nous. Quant à moi, je me retiens d'écarquiller les yeux. Elle et lui, mariés ? Cette idée absurde m'est si insupportable qu'elle me donne la nausée.

– Ce serait formidable, dit Nicolas, en se forçant à sourire.

– Oh, je sais ce que vous vous dites, jeune homme, continue-t-elle à l'intention de mon fiancé. Il y a une petite différence d'âge entre nous...

– Ah bon ? Je ne l'avais pas notée. Vous êtes une femme magnifique, ma chère.

– Et vous un vilain petit flatteur...

Tout en minaudant, Victoria attrape le bras de Stephen pour le ramener plus près d'elle.

– Mais l'amour n'a pas d'âge, n'est-ce pas, mon chéri ?

Elle lève son visage vers lui, espérant visiblement qu'il l'embrasse. Après quelques secondes, il finit par obtempérer et va poser ses lèvres sur la grosse bouche botoxée rouge carmin qui l'attendait.

Je retiens mon souffle, mes ongles s'enfoncent dans ma paume, à me marquer la peau. Je déteste ça, j'ai envie de la gifler, de lui hurler de ne plus jamais poser les mains sur lui. Ce spectacle me met hors de moi, je suis folle de rage. Mais, surtout, atrocement blessée... Voir Stephen embrasser une autre femme me fait l'effet d'un coup de couteau reçu en plein cœur.

– Tout va bien, ma chère petite ? Vous avez l'air... patraque, tout à coup.

Je mets un certain temps à comprendre que c'est à moi que Victoria s'adresse.

– Non, je... tout va bien, je vous remercie, dis-je en me forçant à garder une expression avenante.

– En tout cas, Nicolas, vous avez de la chance d'avoir trouvé la perle rare, continue-t-elle.

– C'est un fait, répond mon fiancé, sans émotion.

– L'amour vrai est une chose rare, de nos jours. Tout comme la confiance et la fidélité... J'ai moi-même de la chance d'être tombée sur quelqu'un comme Stephen. Ce que nous partageons est sincère, il ne s'agit pas d'une vulgaire passade, comme nous en avons tous connu...

Pourquoi me regarde-t-elle, en disant ça ? Et pourquoi y a-t-il, quand elle me parle, quelque chose de si... venimeux dans sa voix ? Serait-il possible que... non, elle ne peut pas savoir ce qu'il se passe entre Stephen et moi. Elle ne serait pas là, pendue à son bras, si elle était au courant.

– Me permettez-vous de vous donner un conseil, Émelyne ? s'enquiert alors la vieille peau.

Non ! Ferme-la et va casser ta hanche artificielle, sale pétasse préhistorique ! Et fais-le loin, TRÈS LOIN de Stephen !

– Je vous en prie, dis-je avec un sourire qui me coûte horriblement.

– La beauté passe avec les années, ma jeune enfant. Pour garder un homme, il faut apprendre à être davantage qu'un joli minois...

– Voilà un excellent conseil, Émelyne, intervient alors Nicolas. Mais ne vous en faites pas, Victoria. Le mariage lui mettra un peu de plomb dans la tête.

J'ai l'habitude de ce genre de commentaires désobligeants, et d'ordinaire, j'arrive à faire en sorte que cela ne me heurte pas. Mais là, il y a Stephen en face de moi et j'ai mal d'être ainsi rabaissée devant lui.

– Il me semble à moi que sa tête est aussi belle que pleine.

Ces mots viennent d'être prononcés par Stephen, d'un ton si tranchant que mon fiancé tique légèrement et porte pour la première fois une réelle attention à l'homme qui se tient en face de lui depuis tout à l'heure.

Je cherche les yeux de mon amant, pour essayer de lui faire comprendre de ne pas se mêler de tout ça, même si le fait qu'il ait ainsi pris ma défense me touche profondément. Il s'engage alors entre mon fiancé et lui une sorte de duel silencieux, leurs regards sont comme soudés l'un à l'autre. J'attends la fin de cette confrontation visuelle avec une peur terrible, craignant que Nicolas ne comprenne quelque chose. Après quelques secondes, c'est ce dernier qui met un terme à cet échange pesant, en détournant les yeux. Sa bouche se fend d'un sourire dur, car conserver les apparences est pour lui plus important que tout. Mais je devine que le comportement de Stephen lui a souverainement déplu.

– Bien, dit-il d'un ton calme, mais glacial. Émelyne et moi devons aller saluer nos hôtes, nous n'avons pas eu l'occasion de le faire. Si vous voulez bien nous excuser...

Enfin la fin du cauchemar ! J'ai cru que ça n'en finirait jamais ! J'ai le sentiment d'être passée très près de la catastrophe et je ressens le besoin impérieux de respirer un peu.

– Faites, mon cher, dit Victoria. Nous poursuivrons cette intéressante conversation plus tard, nous sommes à la même table.

Quoi ? Non !

– Quelle bonne nouvelle, commente mon fiancé en se raidissant, apparemment aussi peu emballé que moi par l'idée. Nous nous retrouverons donc tout à l'heure.

Je risque un rapide regard vers Stephen, et ce que j'ai le temps d'entrevoir dans ses yeux alourdit mon cœur de plusieurs tonnes. Ses iris verts sont porteurs de colère, mais aussi d'un chagrin profond et manifeste. J'ai soudain une envie folle de me jeter dans ses bras, de l'embrasser pour chasser cette douleur qui nous unit en secret. Je donnerais n'importe quoi pour le sentir contre moi, maintenant. Mais Nicolas pose une main sur ma taille et me pousse avec autorité pour me faire avancer. Je l'accompagne vers un autre couple d'inconnus et laisse Stephen derrière moi, alors qu'il est tout ce dont j'ai besoin à cet instant.

Je suis terrifiée par la fin de soirée qui m'attend. Il va me falloir être vigilante en permanence, maîtriser chaque geste, chaque regard, afin de garder sous silence ce que mon cœur et mon corps voudront crier. Ma vie tout entière et celle de ma mère en dépendent. Nicolas ne doit rien soupçonner, mon mariage est en jeu.

Mais ce qui me fait vraiment mal, c'est de savoir que je vais avoir à supporter de dîner à la même table que Stephen, sans être celle qui aura le droit de le toucher, de lui parler, sans être celle qui aura le droit de montrer au monde tout l'amour qu'elle a pour lui.

CHAPITRE 17

Stephen

Je pressentais que quelque chose allait mal se dérouler ce soir. Quand Victoria m'a téléphoné pour me demander de l'accompagner, j'étais à deux doigts de refuser.

Ces derniers jours ont été merveilleux. Émy et moi avons passé beaucoup de temps ensemble. Je ne peux pas nier que nous nous sommes rapprochés et que j'en souffre... surtout à cet instant où je la vois parader au bras de son futur mari. Je ne m'attendais vraiment pas à la trouver ici ce soir, c'est un coup dur à encaisser. J'ai eu du mal à me ressaisir lorsque je l'ai aperçue. Mon cœur s'est arrêté de battre quelques secondes, quand mes yeux se sont posés sur cette femme que mon corps désire tant. Elle est magnifique, mais la tristesse que je lis dans son regard m'inquiète profondément.

Cette dernière semaine, je me suis rendu compte que je me voilais la face. Ce que je voulais prendre pour une histoire de cul sans grande importance n'en est pas une... Je le sais maintenant. Elle me manque en permanence. Ses yeux, sa peau, son parfum m'obsèdent à longueur de journée. Je nage en plein cauchemar, ce soir... De la voir aux côtés de cet homme me met dans une rage folle. Une douleur s'est installée dans ma poitrine et ne semble pas vouloir s'en aller. Je ne sais pas si c'est de l'amour... mais ce que je sais, c'est que ça fait mal, que c'est effrayant. Et pour ne rien arranger, Victoria a reconnu Émy et paraît déterminée à la torturer de toutes les façons possibles. Quand elle m'a entraîné vers le fameux *Nicolas,* mon sang n'a fait qu'un tour. Mon cœur s'est arrêté de battre lorsque cette vieille peau a fait allusion à notre éventuel mariage ! Je me suis retenu de l'étrangler sur place. Elle sait très bien ce qu'elle fait ! Elle provoque et blesse Émy, sachant que je ne peux rien dire ni réagir en présence de l'autre abruti aux cheveux gominés. *Putain, mais qui se coiffe encore comme ça de nos jours ?*

Je lâche un profond soupir tandis que Victoria m'entraîne vers la table. Comment est-ce possible qu'avec la foule d'invités présents, je me retrouve à la même table qu'Émy ? Certains diront qu'ils ont une bonne étoile au-dessus de leur tête, moi je dirais plutôt que c'est le diable en personne qui veille sur moi. En parlant du diable, je regarde Victoria tandis que l'on nous installe. Elle semble enchantée par la situation, ce qui me donne encore plus envie de l'étriper et de répandre ses entrailles dans l'assiette de l'autre connard.

Assis côte à côte, je me penche discrètement pour chuchoter à son oreille :

– Je vous préviens, Victoria, si vous recommencez cette mascarade en présence d'Émy, je me casse sur-le-champ !

– Allons, Stephen, un peu d'humour, ironise-t-elle en posant sa main sur mon bras.

– Je n'ai pas vraiment envie de rire ce soir, vous êtes prévenue !

– Voyons mon garçon, pourquoi es-tu si en colère ? Je croyais que cette femme n'avait aucune importance à tes yeux...

– Mais c'est le cas ! Je me fous complètement d'elle, mais je refuse que vous la malmeniez !

– Promis, je ne l'embêterai plus, répond-elle de sa voix mielleuse.

Je ne la crois pas un seul instant, je sais qu'à partir du moment où le couple s'installera à notre table, les hostilités seront lancées. Je fais semblant d'écouter ce que me dit Victoria, tout en parcourant la salle du regard pour essayer de repérer celle qui hante mes pensées. Je suis inquiet pour elle. Émy semblait complètement décontenancée de me voir ici. Je la comprends, moi-même, j'ai du mal à m'en remettre.

– Nous vous attendions, lance tout à coup Victoria en resserrant ses doigts autour de mon bras.

Je n'ai pas besoin de tourner la tête pour savoir à qui s'adresse la diablesse. Je reste figé sur ma chaise, fais semblant d'être absorbé par le menu. Le couple s'installe face à nous. Émy croise rapidement mon regard avant de baisser les yeux sur son assiette. Je ne supporte pas de la voir si... tendue, soumise, comme tenue en laisse par cet imbécile qui n'a de cesse de me fixer de son regard impérieux. Je l'ignore et reporte toute mon attention sur le serveur venu nous apporter le vin.

– Nous vous proposons un Puligny-Montrachet de 1993, messieurs, dames, annonce-t-il d'un ton guindé. Un vin blanc au bouquet riche, qui s'accordera parfaitement aux deux entrées qui vous seront servies ce soir.

– Parfait, décrète Nicolas. Cela convient-il à tout le monde ?

– Très bien, répliqué-je d'une voix dédaigneuse.

– Je n'aime pas tellement le vin blanc sec, commence Émy en se tournant vers son futur mari. Pourrais-je avoir...

– Tu n'as décidément aucune idée de ce qui est bon, Émelyne ! la coupe-t-il d'une voix tranchante. Il va falloir affiner tes goûts, c'est un excellent soir pour débuter.

– Allez-y, servez, ajoute-t-il à l'intention du serveur.

Estomaqué, je m'enfonce dans mon siège pour me retenir de lui sauter à la gorge. Émy ne proteste pas et se remet à fixer son assiette en évitant de croiser mon regard. Son visage si délicat est blême, ses yeux sont vides de toute expression, comme ceux d'une poupée. Oui, c'est ça, ce soir, elle ressemble à une poupée de porcelaine. Fragile, prête à se briser à tout instant.

Elle obéit, se laisse traiter de la pire des façons sans protester, je n'en crois pas mes yeux... Il se penche vers elle pour lui dire quelque chose à l'oreille, le visage d'Émy se décompose un peu plus. Je donnerais cher pour savoir ce que cet abruti lui reproche encore ! Je fais semblant d'être plongé en pleine conversation avec Victoria, pour éviter d'avoir à parler à ce Nicolas. Je ne suis pas sûr d'être capable de me maîtriser, dans le doute, je m'abstiens.

Un moment plus tard, le serveur revient pour prendre la commande des entrées :

– Pour commencer, messieurs, dames, le chef du salon Foch vous propose un foie gras poêlé, pamplemousse rose et marmelade épicée, ou une langoustine rafraîchie aux herbes et fleurs, accompagnée de sa royale de champignons.

Victoria et moi commandons, puis quand vient le tour d'Émy, je la regarde, ne pouvant résister plus longtemps.

– Le foie gras poêlé, s'il vous plaît, demande-t-elle.

– Pour l'amour de Dieu, Émelyne, vas-tu m'obliger à te reprendre à chaque fois ? intervient durement son fiancé. Le mariage approche, il serait bon de veiller à ce que tu puisses rentrer dans ta robe le jour J. Tu sais ce que je pense des femmes qui se laissent aller. Nous prendrons deux langoustines, avec très peu de sauce.

Mes doigts se crispent sur mon verre, mon sang se met à bouillir aussi vite que mon cœur martèle ma poitrine. Une colère d'une violence inouïe monte en moi. Je prends plusieurs grandes inspirations pour me calmer, mais rien à faire, il faut que je prenne l'air ou je vais exploser.

– Veuillez m'excuser quelques instants, lancé-je en me levant.

Je m'éloigne rapidement et me dirige vers les portes-fenêtres, ouvertes sur une grande terrasse. De l'air, voilà ce dont j'ai besoin pour calmer mes nerfs aiguisés ! Je m'arrête dans un coin discret et m'appuie contre la balustrade en me retenant de la démolir à coups de poing. J'allume une cigarette, observe la fumée qui s'en échappe.

Ce connard me rend dingue, je ne vais jamais pouvoir tenir toute la soirée, ce n'est pas possible ! Comment Émy fait-elle pour le supporter en silence ? Je ne la reconnais pas, elle semble si différente en sa présence. Elle encaisse ses mesquineries, ses ordres, sans broncher. La vraie Émy a un caractère de merde et ne se laisse pas marcher sur les pieds ! Elle prend son petit air de sorcière et te rentre dedans sans hésiter. Je n'ai plus aucun doute en les voyant ensemble : Émy ne l'aime pas. Pourquoi se marie-t-elle ? Je commence à croire qu'elle se sacrifie pour mettre sa mère à l'abri du besoin. Cette idée me transperce le cœur. Je ne supporte déjà pas qu'elle soit avec un autre homme, alors de savoir qu'en plus il la rend malheureuse me met hors de moi !

J'écrase ma cigarette dans un pot de fleurs et retourne m'installer à table. Je trouve Victoria en pleine conversation avec ce connard. Je retiens un soupir d'agacement et jette un œil discret à Émy. Elle est prostrée sur sa chaise, fixe inlassablement son assiette. Et dire qu'il y a quelques semaines de cela, je rêvais de la voir fermer son clapet... Ce soir, ça me brise le cœur de la voir si silencieuse... Elle est comme… éteinte.

– Alors, comment deux personnes si radicalement opposées se sont-elles rencontrées ? s'enquiert l'autre connard d'une voix pleine de sous-entendus.

Pense-t-il réellement que ça le rend plus intelligent d'avoir cet air supérieur sur le visage ? Pff... Je sens mon corps se raidir de la tête aux pieds, le regard suppliant que pose Émy sur moi à cet instant ne fait rien pour arranger les choses. Je prends une grande respiration, et plonge des yeux méprisants dans ceux de cette tête de con gominée.

– Je ne sais pas, à vous de me le dire, lancé-je, un sourire provocateur au coin des lèvres.

– Pardon ? Puis-je savoir ce que vous insinuez, monsieur ?

– Mais je n'insinue rien du tout, c'est vous qui le faites, le coupé-je froidement.

Émy attire mon attention en gigotant sur sa chaise. Elle est à deux doigts de faire un malaise.

– Allons, messieurs, calmons-nous, profitons de cette belle soirée, rétorque la vieille peau, qui semble ravie de la tournure des événements.

Des serveurs interrompent la remarque acerbe que je m'apprêtais à lancer en déposant sur la table de petites assiettes d'amuse-bouches. Émy lève la main pour en prendre un, mais son fiancé l'arrête en donnant une tape sur la peau délicate de son poignet.

– Voyons, Émelyne, n'as-tu pas fini ? Tu n'as vraiment rien dans la tête, ce soir !

Le rire cristallin de Victoria éclate à mes côtés, mon cœur se fige dans ma poitrine en voyant les yeux d'Émy se mettre à briller. De rage, mes doigts se resserrent autour de mon verre en cristal, celui-ci explose en mille morceaux, répandant le liquide doré sur la jolie nappe blanche. Victoria se jette sur moi, armée d'une serviette, pour s'assurer que je ne suis pas blessé. Mais je suis incapable d'entrouvrir les lèvres pour calmer ses inquiétudes. Mon regard est rivé sur cet homme monstrueux qui ose porter la main sur la femme la plus douce au monde.

Émy tremble, je remarque tout de suite cette perle d'eau salée qui dégringole le long de sa joue. Mes poings se serrent à nouveau, et à la seconde précise où je décide de sauter sur son connard de fiancé, elle recule sa chaise et quitte la table.

– Veuillez m'excuser.

Je la regarde s'éloigner et, ne pouvant me retenir plus longtemps, je pars à sa recherche. Rien à foutre de ce que va s'imaginer son futur mari à la noix ! J'ignore aussi les protestations de Victoria. Je ne la trouve pas aux toilettes des dames ni près du bar, encore moins sur la terrasse. Je suis à deux doigts de penser qu'elle est partie quand mes yeux tombent sur une porte de service entrouverte. Je m'y dirige, la pousse sans hésitation. Je me retrouve dans la pénombre d'une petite cour intérieure. Je ne distingue pas grand-chose, mais un bruit de sanglots parvient jusqu'à mes oreilles. Mon cœur se désagrège dans ma poitrine tandis que j'avance.

– Émy, c'est toi ?

Elle ne me répond pas, mais je sais que c'est elle. Je m'approche doucement, la trouve accroupie dans un coin, les mains sur son visage pour étouffer son chagrin. Je m'agenouille, l'entoure de mes bras, pose ma joue contre ses cheveux. Elle se laisse aller contre mon torse, agrippe ma chemise. Ça me rend malade de la voir dans cet état.

– Oh, Émy... Je suis désolé, murmuré-je en la berçant tendrement.

– Ce... ce n'est pas de ta faute, cafouille-t-elle entre deux reniflements.

– Ne reste pas comme ça, redresse-toi, dis-je en l'aidant à se remettre debout. Qu'est-ce que tu fous avec lui, je ne comprends pas, lancé-je en encadrant son visage mouillé de larmes de mes mains.

– Non, justement, tu... tu ne peux pas comprendre, souffle-t-elle en se collant contre moi.

Je ne peux résister plus longtemps à l'envie de l'embrasser qui me dévore depuis le début de soirée. Je me penche et m'empare de ses lèvres en les frôlant, les caressant de ma langue. Je sens le goût salé de ses larmes, ma poitrine se contracte douloureusement. Notre baiser devient profond, comme teinté de désespoir.

– Mon Dieu, Émy... Qu'est-ce que tu me fais ? chuchoté-je en la plaquant contre le mur.

Mes doigts glissent le long de ses hanches pour descendre sur ses cuisses, s'aventurer sous sa robe, que je remonte négligemment pour pouvoir m'emparer de ses fesses. Un gémissement s'échappe de ses lèvres quand je frotte la preuve évidente de mon désir contre son bas-ventre.

– Dis-moi que tu en as envie, demandé-je, ne pouvant plus contenir ce feu ravageur qui envahit chaque particule de mon corps.

Elle lance un regard inquiet vers la porte de service, mais ses hésitations ne durent pas. Elle s'agrippe à moi et murmure, tremblante :

– Oui… j'en ai envie...

Il ne m'en faut pas plus. Je défais le haut de mon pantalon et attrape un préservatif dans ma poche que je déroule le long de ma verge prête à exploser. Puis je soulève Émy dans mes bras, l'embrasse, elle s'agrippe à mes épaules, m'entoure de ses jambes. J'écarte sa culotte. Un grognement m'échappe quand dans un coup de reins, je m'enfonce en elle. Une décharge électrique me traverse la colonne vertébrale. J'accélère le mouvement. De la sentir trembler, onduler contre moi me galvanise. Nos souffles se mélangent, son corps m'appartient le temps d'un instant, cela me procure une immense satisfaction. Elle est à moi, je ne supporte plus l'idée qu'un autre homme la touche, la caresse, la respire... Dans un corps à corps endiablé, nous atteignons des sommets de plaisirs, nous jouissons simultanément. Liés par une existence tragique, nous explosons à l'unisson, laissant ce feu qui nous consume nous réduire en cendres.

Je m'écarte, ses jambes glissent le long de mon corps. On ne peut pas prendre le risque de s'absenter trop longtemps, je ne veux pas qu'Émy ait des problèmes avec l'autre abruti. Je balance la capote et me rhabille rapidement, puis je l'aide à réajuster sa robe. Nous nous dirigeons vers la sortie de secours en silence, mais arrivés devant la porte, je la stoppe pour la tourner face à moi. Je laisse mes doigts courir le long de sa joue, mes yeux rivés aux siens. Je suis touché par la détresse que j'y découvre, alors je me penche pour l'embrasser.

– Je tiens à toi, Émy, murmuré-je contre ses lèvres.

Elle se contente d'acquiescer, détourne le regard. Ma gorge se noue... J'aurais tellement aimé qu'elle me dise la même chose. Mais elle garde le silence, les yeux fixés sur la porte.

– Rejoins-les, j'arrive dans quelques minutes, il ne faut pas qu'on se pointe là-bas ensemble, dis-je en la poussant doucement vers l'intérieur.

J'allume une cigarette, m'adosse contre le mur, le temps de reprendre mes esprits. Rien ne va plus, je perds le contrôle de la situation. Cette faiblesse risque de me coûter cher. J'en suis conscient, mais je ne peux rien faire pour arrêter la machine, elle m'entraîne inexorablement vers le fond comme une ancre lâchée d'un bateau.

Je me décide enfin à rejoindre notre table et suis surpris de ne trouver que Victoria. Elle est seule et semble très en colère quand je prends place à ses côtés. Elle rive son regard venimeux au mien avant de me demander d'une voix glaciale :

– Alors, tu es content de toi ? Tu étais avec elle, n'est-ce pas ?

– Ça ne vous regarde pas ! Où sont-ils ?

– Ils sont partis. Je peux te dire que ta petite protégée risque de passer un sale moment, vu l'état de colère dans lequel était son mari, ricane-t-elle.

– Et ça vous amuse... Vous n'avez pas de cœur ?

– À mon âge, je n'ai plus de temps à perdre. Mon cœur m'a été arraché à de nombreuses reprises, donc oui, tu as raison, je n'en ai plus, avoue-t-elle froidement.

– Mon Dieu, vous êtes pire que moi... Émy ne mérite pas tout ça.

– C'est plus fort que toi, tu ne peux pas t'empêcher de la défendre... J'ai vu la façon dont tu la regardais ce soir. Ce n'est pas seulement une histoire de sexe comme tu t'évertues à me le faire croire. Je ne suis pas dupe, Stephen.

Je bois d'une traite la coupe de champagne miraculeusement apparue devant moi, et replonge mes yeux dans les siens.

– Même si, effectivement, j'avais des sentiments pour Émy, en quoi cela vous regarde-t-il, Victoria ? Je suis là quand vous avez besoin d'un cavalier, ou quand vous avez envie vous faire baiser ! Alors, ne me faites pas chier ce soir, *surtout* pas ce soir... finis-je en sentant mes épaules se voûter sous le poids du chagrin.

Un voile de regret traverse son visage, puis la colère reprend place dans ses yeux sombres, dans le pli amer de sa bouche, dans la ride qui lui barre le front. Oui, elle est en colère... Mais je m'en fous royalement.

– Tu n'en as peut-être pas conscience Stephen, mais tu vas souffrir... Encore une fois, finit-elle avec ce petit air mesquin qui m'insupporte.

Tout mon corps se raidit, s'il est possible qu'il se raidisse plus qu'il ne l'est déjà.

– Pourquoi « encore » Victoria ? demandé-je en pressentant sa réponse.

– Parce que je te connais depuis très longtemps et que je connais tes petits secrets. Je suis au courant pour Julie...

– Fermez-la, crié-je en ignorant les nombreux regards qui se tournent dans notre direction. Vous ne connaissez rien de ma vie ! Je vous interdis de prononcer son prénom !

– Calme-toi, Stephen. Tout le monde nous observe, chuchote-t-elle, mal à l'aise.

– Je n'en ai rien à battre de tous ces cons, de cette soirée de merde et même de vous ! hurlé-je en me levant pour sortir de ce cauchemar à grandes enjambées.

Dehors, j'allume une nouvelle cigarette, m'immobilise sur le trottoir. Je me rends compte, une fois de plus, que je n'ai ni argent ni voiture. Je sors mon portable, appelle Greg à la rescousse.

Avec la chance que j'ai, cet abruti va encore me demander un service en échange…

Il arrive, vingt minutes plus tard. Je grimpe dans sa vieille bagnole en marmonnant un *bonsoir* rapide.

– Qu'est-ce que tu fous encore à la rue ? C'est la dernière fois que je te dépanne ! Je suis crevé moi, j'ai besoin de dormir, la nuit !

– Putain, ferme-la cinq minutes, Greg, ce n'est pas le moment, ronchonné-je en le mitraillant du regard.

– Ben, c'est jamais le moment avec toi, mec ! C'est encore une de tes clientes ?

– Ouais, réponds-je pour qu'il me lâche la grappe.

– Non, non, non... Il y a autre chose, mon pote... Y a du Émy là-dessous !

– Ne fais pas chier !

– J'ai vu juste, c'est bien ça ! raille-t-il.

– Je ne veux pas parler de ça avec toi !

– Pourquoi ? Je suis bien placé pour te comprendre !

– Toi ? Tu ne comprends rien à rien, Greg.

– Oh si, je comprends tout justement ! Tu me prends pour un abruti sans cervelle, mais tu te trompes ! Je sais par exemple que tu es raide dingue de cette fille et que tu ignores comment faire pour te sortir de cette situation.

Je tourne la tête pour l'observer quelques secondes, surpris par sa perspicacité.

– En quoi tu es bien placé pour me comprendre ? le questionné-je.

– Parce que je vis presque la même chose que toi, avoue-t-il d'une voix teintée de tristesse.

Je reste silencieux, le temps de réfléchir, puis lance :

– Tu es tombé amoureux de Vanessa...

– Ouais. Depuis longtemps. Mais je ne l'intéresse que pour des parties de jambes en l'air. Pour le reste, je ne suis qu'un débile qui ne comprend rien à rien... Enfin, c'est ce qu'elle pense... tout comme toi…

Je reste figé sur mon siège, surpris par ses révélations. Je ne m'attendais pas à ça. Je m'en veux d'avoir été si souvent injuste avec lui. Il me fait de la peine, il n'est pas si con, il a raison. Je suis amoureux, tout comme lui. Même si je refuse de l'admettre, j'aime Émy comme un malade, je ne sais pas comment je vais faire pour vivre sans elle... Elle va me quitter dans quelques jours, pour se marier avec le pire des salauds, moi je vais mourir petit à petit.

Pourquoi la vie s'acharne-t-elle sur moi ?

J'ai déjà souffert le martyre en perdant Julie... Pourquoi me prendre Émy ?

– Je suis désolé, Greg... Tu n'es pas un imbécile. C'est juste que... que je fais tout pour ne pas m'accrocher aux gens, je garde mes distances. Je suis un loup solitaire, tu sais...

– Je ne t'en veux pas mec, je sais très bien qu'au fond de toi, tu es quelqu'un de bien.

– Putain, arrête, je vais devoir sortir les mouchoirs !

– Tu penses réellement qu'Émy va se marier ?

– Oui... Je ne suis pas encore vraiment sûr d'en connaître les raisons, mais il y a quelque chose de pas clair là-dessous.

– Surtout qu'elle tient à toi, elle aussi.

– Comment ça ? demandé-je, tout coup très intéressé.

– C'est Vanessa, elle a noté certains changements chez son amie.

– Ça m'étonnerait... Elle me cache tellement de choses. Elle garde tout en elle et ne laisse paraître aucun sentiment. Elle est malheureuse avec cet homme, je le vois bien, mais me concernant, je ne suis sûr de rien. Je ne sais pas si elle m'aime ou si c'est juste une histoire de cul entre nous, me confié-je.

– C'est pareil pour moi ! Je fonce droit dans le mur avec Vanessa, mais je ne peux pas faire autrement !

– Ouais... Nous sommes deux cons sans cervelle, finalement !

conclus-je quand la voiture s'immobilise en bas de mon immeuble. À la prochaine et encore merci.

– De rien, mon pote, mais si tu pouvais arrêter de m'appeler en pleine nuit ça m'arrangerait vachement ! lance-t-il en se marrant.

– J'y penserai !

Je claque la portière, et après un dernier signe de la main, rentre chez moi. Je suis lessivé. Je me déshabille lentement, perdu dans mes pensées. Je revois le visage d'Émy, ses yeux suppliants, mon cœur se comprime à nouveau. Je crois que je vais devoir m'habituer à cette douleur. Je me sers un whisky, me laisse tomber sur le clic-clac. Je prends mon portable et décide de lui envoyer un message. Je suis angoissé à l'idée que ce connard s'en soit pris à elle.

[Donne-moi de tes nouvelles, je suis inquiet pour toi. Je t'embrasse.]

Je reste un long moment les yeux braqués sur l'écran de mon téléphone, mais rien... Absolument rien... Aucune réponse.

CHAPITRE 18

Émy

Prendre un livre sur l'étagère, l'épousseter, le ranger dans le carton. Prendre un livre sur l'étagère, l'épousseter, le ranger dans le carton. Puis recommencer jusqu'à ce que l'étagère soit vide, et passer à la suivante. Agir sans se poser de questions, comme un automate, et surtout, s'interdire de réfléchir. Ignorer la douleur et faire comme si tout allait bien, comme si le manque ne rongeait pas mon cœur un peu plus à chaque seconde passée sans *lui*.

Je n'ai pas vu Stephen depuis samedi et la soirée catastrophique au Salon Foch. Par chance, Nicolas n'a pas compris de quoi il retournait exactement. Il l'a juste pris pour un « petit con jaloux avec une trop grande gueule ». Malgré cela, mon fiancé était fou de rage ce soir-là, et la nuit a été longue. Tout comme la liste de reproches qu'il a eu à m'adresser. J'ai frôlé la catastrophe, samedi dernier, tout aurait pu voler en éclats. Je ne peux pas laisser cela se reproduire, j'ai trop à perdre. Ma mère a trop à perdre.

Alors j'ai pris la décision qui s'imposait, celle de couper les ponts avec Stephen. Même si cela me fait atrocement mal, ou peut-être justement pour ça… Je n'avais plus le choix, cette histoire a été beaucoup trop loin.

Depuis quatre jours, j'ignore ses appels, ne lis plus ses textos. Cela fait de moi une lâche et il ne mérite pas d'être traité ainsi, mais je suis incapable d'entendre sa voix, ou de lire ses mots. C'est juste... au-dessus de mes forces. Le seul moyen pour moi de continuer à avancer est de faire comme si de rien n'était. M'enfermer dans une bulle, me convaincre que tout va bien, que je ne souffre pas, que mon cœur n'est pas écrasé par le poids d'un chagrin insondable.

Plus que trois jours et je serai mariée. Il me faut juste tenir bon encore un peu. Après mon destin sera scellé, il n'y aura plus de retour en arrière possible. J'appartiendrai à Nicolas, ma mère et moi serons enfin à l'abri, libérées de ces dettes écrasantes. Et Stephen... Stephen ne sera plus qu'un doux et magnifique souvenir.

Prendre un livre sur l'étagère, l'épousseter, le ranger. Ne pas pleurer, Émy. Tu n'as pas le droit d'être aussi triste, tu savais que cette aventure ne pourrait pas durer.

De toute façon, cet homme n'est pas pour moi. *L'amour* n'est pas pour moi. Stephen est tout ce que je ne veux plus, tout ce qui m'a rendue si malheureuse par le passé. Le début d'une relation est toujours idyllique, mais ça ne dure jamais. Il ne faut pas que je l'oublie. Il aurait fini par me mentir, ou par me tromper comme il trompe Victoria, et m'aurait brisé le cœur, comme tant d'autres l'ont fait avant lui. Je n'aurais plus eu que mes yeux pour pleurer.

Alors Émy, je t'en supplie, arrête de t'apitoyer sur ton sort...

La sonnerie de mon téléphone, posé à côté d'un carton, sur la table basse, me sort de mes pensées. Je mets plusieurs secondes à oser m'approcher de l'appareil pour regarder qui m'appelle. Un soupir las m'échappe lorsque je constate que sur l'écran est affiché le visage souriant de Vanessa. Je ne me sens pas le courage de lui parler, de prétendre que je vais bien, de faire comme si tout était normal. Mais cela fait plusieurs fois qu'elle essaye de me joindre. Alors, je me force à décrocher, après avoir pris une profonde inspiration pour me donner un peu de courage.

– Ah, enfin ! s'exclame-t-elle à l'autre bout du fil. Je commençais à croire que tu t'étais fait kidnapper ou renverser par un bus !

– Non, je... tout va bien. Je suis juste... très occupée, en ce moment.

Je grimace, consciente du fait que ma meilleure amie est bien trop maligne pour se contenter d'une excuse aussi légère.

– Trop occupée pour me répondre à *chaque fois* que je t'appelle ?

– Oui, enfin... non. Si. C'est...

Je suis en train de m'enfoncer. Loin, très loin sous la surface de la Terre.

– Bon, Émy, qu'est-ce qui se passe ?

– Ri...

– Et ne me dis pas « rien » ! me coupe-t-elle. Je te connais, tu sais. Je suis sûre que tu me caches quelque chose !

– Mais non, enfin...

– Ma main à couper que si. Ça fait des jours qu'on ne s'est pas vues, tu filtres mes appels. À moi, ta meilleure amie !

– C'est juste que le mariage est dans trois jours. J'ai beaucoup à faire, avec le déménagement et tout ça...

Un soupir désabusé se fait entendre à l'autre bout du fil. Ça me fait mal de lui mentir. Elle me manque énormément... Mais je me sens si près du gouffre qu'un coup de vent m'y ferait tomber à coup sûr. Je ne peux pas mettre des mots sur tous les bouleversements qui se sont opérés en moi, ou sur cette douleur qui me donne l'impression de manquer d'air en permanence. Comment continuer à les ignorer, sinon ? Les révéler à quelqu'un, même à Vanessa, les rendraient trop réels, je ne pourrais pas le supporter.

– Tu devrais me parler, Émy, insiste-t-elle.

– Mais il n'y a rien à dire...

Un silence suit ma déclaration. C'est mon amie qui le brise, d'un ton soudainement doux et hésitant :

– Est-ce que... est-ce que tu es toujours certaine de vouloir te marier ?

– Oui, bien sûr, dis-je d'une voix un peu trop cassante. Pourquoi tu me demandes ça ?

– Eh bien... tu ne ressembles pas vraiment à une future mariée épanouie, Émy. C'est même tout l'inverse. Plus le jour J approche, plus tu te renfermes sur toi-même, c'est...

– Arrête, Vanessa. Ne recommence pas, s'il te plaît.

La sonnette retentit, je lance un regard désabusé vers la porte, en me demandant s'il serait possible que le monde m'oublie un peu.

– Désolée, continue Vanessa au téléphone. Mais tu ne peux pas m'en vouloir d'essayer de prendre soin de toi. Ça ne va pas du tout, en ce moment, je le vois bien.

– Écoute, dis-je en me dirigeant vers l'entrée, on a déjà eu cette conversation à propos de mon mariage, des dizaines et des dizaines de fois. Tu sais que rien ne me fera changer d'avis.

Mon portable coincé entre l'oreille et l'épaule pour avoir les mains libres, je déverrouille la porte, l'ouvre.

– Oui, mais tu sais ce que j'en pense, Émy ! Je ne peux pas te laisser faire une telle connerie ! Je...

La voix de Vanessa continue de me parvenir, mais je n'entends plus ce qu'elle me dit. Mon bras retombe le long de mon corps, tandis que je fixe l'homme qui se tient sur le pas de ma porte sans être capable d'articuler un mot.

Stephen.

Sa présence inattendue me bouleverse, son regard intensément inquiet me touche en plein cœur.

– Je... je te rappelle, Vaness, balbutié-je.

– Quoi ? Non, attends, il faut...

Je raccroche.

Pendant un court moment, nous restons l'un en face de l'autre sans rien dire, laissant le silence s'imprégner d'un malaise que j'ai de plus en plus de mal à encaisser. Je soupire longuement et baisse la tête pour ne plus voir le visage de Stephen.

– Tu devrais t'en aller, dis-je d'une voix froide, alors que c'est la dernière chose dont j'ai envie.

– Tu n'as pas répondu à mes messages, Émy. Je me faisais du souci pour toi.

– Eh bien, tu vois, tout va bien.

J'essaye de refermer la porte, mais il m'en empêche en posant la main dessus.

Pitié, arrête, ne rends pas les choses encore plus difficiles...

– Quoi, c'est tout ? me demande-t-il, interloqué.

– Écoute, je n'ai pas vraiment le temps de parler, là...

– Tu me fous dehors, comme ça ? Ce que nous avons partagé n'a pas plus d'importance à tes yeux ?

– Stephen...

– Non, *Stephen* rien du tout ! s'agace-t-il. Il faut qu'on parle !

Je croise les bras sur la poitrine, en secouant la tête doucement. Il n'y a rien que je sois en mesure de lui dire. Me voyant sur le point de l'éconduire, il entre rapidement dans mon appartement et referme derrière lui.

– Tu ne réponds plus à mes appels, Émy. Ça fait quatre jours que je suis sans nouvelles de toi !

– Et donc tu débarques chez moi ?

– Tu ne m'as pas laissé le choix !

– Tu n'aurais pas dû venir, le récriminé-je. Je pense que...

C'est tellement dur à dire... Les mots que je m'apprête à prononcer m'écorchent la bouche.

– Je pense qu'il vaut mieux qu'on en reste là.

– Quoi ?

Les yeux de Stephen cherchent les miens, peut-être pour trouver une explication à ce que je viens de lui annoncer, mais je n'ai pas le courage d'affronter son regard. J'ai peur de craquer, de me mettre à pleurer.

– Non, Émy, non, dit-il en s'approchant. Il nous reste trois jours !

– Ça ne servirait à rien, asséné-je en faisant un pas en arrière.

– Mais je m'en fous, que ça serve à quelque chose ou pas ! On a encore trois jours ! C'était ça, le deal !

Son ton pressant, sa voix un peu cassée me font une peine atroce. Pendant un instant, je me mets à croire qu'il est possible que je compte pour lui, cette idée manque de me faire complètement craquer. Je meurs d'envie de me blottir dans ses bras, de lui avouer que je suis tombée éperdument et follement amoureuse de lui. Puis je pense à Victoria, à ce qu'elle a dit lors de la réception…et je réalise que tout ceci ne peut être autre chose qu'une impression erronée. Révéler à Stephen mes sentiments serait une bêtise monumentale.

– Tu devrais retourner auprès de Victoria ! lâché-je, en ayant la sensation horrible de me planter moi-même un couteau en plein cœur. Si tu veux un avenir avec elle, tu...

– Putain ! me coupe-t-il, je n'en ai rien à foutre de Victoria ! Tu ne l'as pas compris, ça ?

– Pardon ?

Il s'approche, m'attrape doucement par le menton, pour m'obliger à le regarder. Complètement perdue, chamboulée par le contact de sa peau sur la mienne, je plonge dans ses yeux trop brillants.

– Émy, commence-t-il d'un ton incroyablement doux, je ne veux aucun avenir avec Victoria, tu entends ? Je ne ressens rien pour elle.

Je l'observe en essayant d'intégrer le sens de ses mots.

– Mais alors, pourquoi... pourquoi est-ce que tu es avec elle ?

– C'est... compliqué. Comme toi avec ton salaud de mec, je suppose.

– Ma relation avec Nicolas n'a rien de compliqué, lui dis-je, soudainement sur la défensive.

– Ah, oui ? Ce n'est pas l'impression que ça donne.

Le sentant trop proche de la vérité, je recule et l'oblige à lâcher mon visage. Je ne veux pas qu'il en devine davantage, ce serait bien trop dangereux pour moi.

– Je vais épouser Nicolas dans trois jours, lancé-je en baissant les yeux.

– Mais pourquoi ? s'emporte-t-il brusquement. Tu n'es plus la même dès qu'il est dans les parages ! Il te traite comme un chien !

Mens, Émy. Dis-lui que tu es amoureuse de Nicolas, il le faut, même si rien ne saurait être plus éloigné de la réalité...

– Je... je me marie pour les mêmes raisons que toutes les autres femmes.

– Arrête ! Ne me dis pas que t'es amoureuse de ce connard, c'est ridicule !

– Si. Je... je suis amoureuse de lui.

Pour ne pas lui laisser le temps de réagir à cet énorme mensonge, j'ajoute précipitamment :

– Mais de toute façon, qu'est-ce que ça peut bien te faire, hein ?

– Qu'est-ce que ça peut bien me faire ? répète-t-il en levant les sourcils. Qu'est-ce que ça peut bien me faire ??

Il me rejoint à nouveau et, cette fois, pose la main contre ma joue. La douceur de son geste, le regard qu'il a sur moi à cet instant font s'emballer mon cœur à la folie.

Il se penche un peu, je tressaille en l'imaginant m'embrasser.

– Émy... murmure-t-il, si près de mon visage que son souffle caresse ma bouche lorsqu'il prononce mon prénom. Je...

La situation est en train de m'échapper, cela me terrifie. Pourtant, je ne bouge pas et attends la suite, suspendue à ses lèvres, les mains tremblantes, le souffle incertain. Je veux savoir ce qu'il a à me dire. À cette seconde précise, plus rien d'autre ne compte, tout ce qui n'est pas lui et ses sublimes yeux verts n'existe plus.

– Ce que ça peut me faire, c'est que...

Il hésite, soupire.

– Bordel, ça fait tellement longtemps que je n'ai pas dit ça... avoue-t-il, comme pour lui-même.

– Que tu n'as pas dit quoi, Stephen ? le pressé-je.

Alors qu'il prend une profonde inspiration, trois coups secs frappés à la porte de mon appartement me ramènent brusquement à la réalité. La magie s'évapore, je recule, en me donnant une claque mentale pour m'obliger à me ressaisir. Stephen secoue la tête, agacé, se passe la main dans les cheveux. Quant à moi, c'est toujours aux prises avec un émoi insensé que je me dirige à nouveau vers cette porte de malheur. Décidément, c'est lorsque l'on a le plus envie d'être seule que l'humanité tout entière se résout à se préoccuper de vous... Quand j'ouvre et vois qui se tient sur le seuil, j'ai l'impression atroce de sombrer dans le vide, exactement comme si quelqu'un venait de me pousser du haut d'un précipice. Une énorme vague de panique m'engloutit, je suis à deux doigts de tomber dans les pommes.

– Qu'est-ce que tu fais là ? demandé-je d'une voix blanche que je ne reconnais pas.

Il n'est venu ici qu'une seule fois en plus d'un an.

Une… seule… fois !

Il déteste mon appartement, il le trouve trop petit, trop vieux, trop en fouillis... Alors pourquoi ?

POURQUOI est-il chez moi maintenant ?

– J'avais rendez-vous dans le 13e, me répond froidement Nicolas. J'ai décidé de faire un détour pour voir où tu en es avec les cartons. Les déménageurs viennent dans deux jours, Émelyne, et je te connais... toujours à remettre les choses à plus tard.

Mon fiancé fait un pas dans mon appartement. J'essaye d'inventer n'importe quel prétexte pour le forcer à faire demi-tour. Mais je n'ai pas le temps de tenter quoi que ce soit.

– As-tu déjà...

Son regard se pose un peu plus loin, il s'interrompt brusquement. Stephen est là, au milieu du couloir, les bras croisés sur le torse, les mâchoires contractées. Un air sombre, presque menaçant, est gravé sur ses traits. Les yeux gris de Nicolas deviennent plus durs que du marbre. Passées quelques secondes de stupéfaction, une onde de colère glacée déferle tout autour de lui. Je la sens mordre ma chair comme un blizzard cinglant, je suis tétanisée.

– Émelyne ? m'interroge-t-il, sans quitter mon visiteur du regard.

La façon dont il a prononcé mon nom, d'un ton orageux résonnant d'une rage difficilement contenue, me procure un frisson.

– Qu'est-ce que ça veut dire ? Qu'est-ce que ce type fout ici ?

De mon esprit noyé par l'affolement ne sort aucune excuse valable, ni même une pensée simplement cohérente.

– Tu m'avais assuré que tu ne le connaissais pas.

– Non, je... je ne le connaissais pas, bredouillé-je d'une voix étranglée. C'est... c'est pour... Madame de Besney. Victoria. Elle... voudrait organiser une réception et...

Nicolas lève la main devant mon visage pour m'arrêter.

– Ne me prends pas pour un con, Émelyne, lâche-t-il entre ses dents. Pourquoi ici et pas à ton bureau ? Pourquoi toi, alors que tu vas quitter ton travail ?

Lorsqu'il entend ça, Stephen me lance un bref regard, avant de reporter son attention sur mon fiancé. Il y a tant de rage dans ses yeux verts qu'il donne l'impression de vouloir transpercer Nicolas de part en part. Mais ce dernier, s'étant tourné vers moi, ne le voit pas.

– Eh bien... je devais faire mes cartons. Je n'avais pas le temps de passer au bureau aujourd'hui... Donc... donc voilà. C'est pour ça...

J'attends la réaction de Nicolas, les mains moites, le cœur au bord de la rupture. Il me jauge de longues secondes durant, une expression indéchiffrable et ombrageuse sur le visage. Puis un sourire sans joie étire ses lèvres, il se tourne vers Stephen.

– Bien. Je comprends mieux. Dans ce cas, transmettez mes amitiés à Victoria. J'espère que la fête sera réussie.

Le message est clair, il lui demande de s'en aller. Sans hausser le ton, sans même se montrer impoli. Pourtant, la façon dont il se tient, l'éclat acéré qui anime ses prunelles et la manière dont il hache ses mots me rendent extrêmement nerveuse. Son calme n'a rien de naturel, j'en suis convaincue, mais il ne faut surtout pas que Stephen le devine. Ce dernier, qui n'a toujours pas ouvert la bouche, se tourne vers moi pour me demander ce qu'il doit faire. Afin de le rassurer, je me force à lui adresser un petit sourire. Puis je lui montre la porte d'un imperceptible mouvement de tête, car je vois qu'il hésite à partir.

– Ma remplaçante vous recontactera pour vous proposer des lieux adaptés à vos besoins, lancé-je pour le décider.

Il inspire, indécis, mais finit par se soumettre au regard suppliant que je lui lance.

– Parfait. Alors bonne après-midi, lâche-t-il avec raideur, en prenant la direction de la sortie.

Je le suis des yeux jusqu'à ce qu'il atteigne l'entrée, partagée entre angoisse intense et soulagement profond. Il sort sans se retourner, la porte claque avec force lorsqu'il referme derrière lui.

À la seconde même où Nicolas et moi nous retrouvons tous les deux, la main de mon fiancé vient enserrer ma gorge, il me pousse contre le mur le plus proche. Malgré la douleur et la peur, j'ai la présence d'esprit de ne pas crier, car Stephen n'est pas loin.

– Je ne te laisserai pas me prendre pour un imbécile, Émelyne ! éructe-t-il. Tu entends ?

J'opine frénétiquement, mais cela ne suffit pas à apaiser le courroux de mon futur mari. Son regard suintant de rage se darde dans le mien.

– Tu sembles avoir oublié quelque chose... Tu es à moi, tu comprends, ça ? À MOI !

La prise qu'il exerce sur mon cou se resserre, je commence à manquer d'air.

– Un seul faux pas de ta part, UN SEUL, et toi et ton parasite de mère vous finirez sans rien ! Pire, je ferai tout ce qui est en mon pouvoir pour que vous vous retrouviez à la rue, à devoir mendier pour manger ! Et crois bien que j'en ai les moyens...

Des larmes acides me montent aux yeux, j'attrape sa main pour essayer de lui faire lâcher mon cou.

– Tu me fais mal, Nicolas... murmuré-je.

– Tu as compris ce que je viens de te dire ?

J'opine encore, alors qu'une larme s'échappe et coule le long de ma joue.

– Bien. Alors tu vas me le montrer !

Il ne délaisse mon cou que pour prendre mon poignet et m'entraîner vers le couloir. Il ouvre la porte de ma chambre d'un geste si brusque que le battant va percuter le mur. Il me pousse sans ménagement à l'intérieur de la pièce, je manque de tomber.

– Déshabille-toi.

Je le regarde un court instant, pas vraiment certaine d'avoir compris.

– Qu... Quoi ?

– DÉSHABILLE-TOI ! hurle-t-il.

Lorsque je saisis ce qu'il attend de moi, une terreur nouvelle s'empare de moi, je recule d'un pas.

– Non, Nicolas, je... pas maintenant, pas comme ça, s'il te plaît...

Mon refus d'obtempérer à un ordre direct renforce sa colère, il me rejoint d'une enjambée. Ses doigts se resserrent sur mon visage, jusqu'à me faire terriblement mal.

– Un seul faux pas, Émelyne, et tu n'auras plus rien... menace-t-il.

Il recule un peu, me jette un regard autoritaire qui semble déborder d'une rage glacée.

– Déshabille-toi ! répète-t-il d'une voix tranchante.

Le visage émacié de ma mère apparaît dans mon esprit. Je la revois trimer, lutter, s'escrimer jour après jour pour rapporter de quoi manger à la maison. Je me revois enfant, allongée dans mon lit, à l'écouter sangloter des nuits durant, les fois où elle n'en pouvait plus ou quand un de ses amants l'avait quittée. Je ne veux pas vivre comme ça. Je ne pourrais pas...

Alors... je fais ce que mon fiancé m'ordonne de faire.

En essayant de ne pas éclater en sanglots, je retire mon tee-shirt, mon jean. Les yeux gris acier de Nicolas suivent chacun de mes mouvements, je les sens errer sur mon corps à demi découvert. La nausée me prend. Les mains tremblantes, je dégrafe mon soutien-gorge, en fais lentement glisser les bretelles le long de mes bras, avant de l'abandonner sur le sol. La respiration de mon futur mari s'accélère, mais il ne bouge pas d'un millimètre. Il me fixe en silence.

Lorsque vient le moment d'enlever ma culotte, je m'arrête. Je ne veux pas, je n'y arrive pas.

– Continue ! m'ordonne-t-il.

– Nicolas, s'il te plaît...

– CONTINUE !

L'ordre est clair. Je lui obéis.

Je suis à présent totalement nue, à endurer le regard possessif et lubrique qu'il promène sur ma peau. Il prend son temps, il veut que je comprenne que le seul maître ici, c'est lui. Je ne suis rien de plus qu'un objet qu'il possède et dont il peut disposer comme bon lui semble... une chose sans âme, sans droits, que l'on peut traiter comme une moins que rien.

– Allonge-toi et écarte les jambes.

– Nicolas...

– Maintenant !

En serrant les dents, je m'installe lentement sur mon lit, comme il me l'a demandé. Puis, exposée de la plus intime des façons, j'attends, les yeux clos. Lorsque je l'entends détacher sa ceinture, je ferme les paupières encore plus fort, mais ne parviens plus à retenir mes larmes. Les secondes s'écoulent avec lenteur, je suis déjà révulsée par ce qui va se passer.

Ne réfléchis pas, Émy. Fais ce que tu as à faire.

Le matelas grince quand il me rejoint sur le lit, pas suffisamment fort pour couvrir le son du sanglot qui m'échappe. Puis il s'allonge entre mes cuisses. Le tissu de son pantalon et de sa chemise, qu'il n'a pas pris la peine de retirer, frotte contre ma peau nue.

– Tu m'appartiens, murmure-t-il à mon oreille. Ça, c'est pour que tu ne l'oublies pas.

Il prend le temps de se positionner et, d'une seule poussée, me pénètre brusquement. Si la douleur est vive, le dégoût l'est davantage. Je voudrais crier, appeler Stephen à l'aide pour qu'il vienne me sauver, ou frapper Nicolas pour qu'il arrête et ne me touche plus jamais. Au lieu de ça, je me mords la lèvre pour m'empêcher de pleurer et rester aussi impassible que possible, même si j'ai horriblement mal, même si j'ai l'impression que chaque va-et-vient me brise un peu plus et que je suis en train de tomber en morceaux.

La boucle de ceinture de Nicolas mord la chair tendre de ma cuisse, me causant une souffrance cuisante qui est pourtant loin d'être la plus insupportable. Même les grognements gutturaux qu'il émet à chaque coup de reins me heurtent, me font mal. Cet homme me débecte, à cet instant, je le hais de tout mon corps, de toute mon âme.

Je vous en supplie, faites que ça s'arrête vite...

Mes joues sont trempées, j'ai de plus en plus de difficultés à retenir les manifestations de ma douleur. J'étouffe mes plaintes en plaquant une main contre ma bouche, tourne la tête pour ne plus sentir le souffle chaud et saccadé de Nicolas sur ma peau.

Après plusieurs minutes, ses va-et-vient rageurs gagnent en intensité, et il se vide à l'intérieur de moi en libérant un gémissement rauque qui me soulève le cœur. Essoufflé et lourd, il reste allongé sur mon corps meurtri durant d'interminables secondes. J'ai la sensation d'avoir un animal mort et dégueulasse entre les jambes, je ressens la violente envie de le mordre, de le griffer, de lui hurler de dégager, de ne plus jamais s'approcher de moi. Mais je suis à bout de force, vide de tout, incapable de bouger ou de parler. J'ai même du mal à simplement respirer, comme si je venais de mourir à l'intérieur.

Nicolas se relève enfin. Je l'entends se rajuster, mais je garde les paupières closes. Je ne supporte pas l'idée de poser les yeux sur lui.

– Je ne perds jamais, Émelyne, dit-il d'un ton âpre. Ni dans ma vie professionnelle ni dans ma vie privée. Est-ce clair, à présent ?

Je me contente d'acquiescer, car si j'ouvre la bouche, je risque d'éclater en sanglots et je ne veux pas que ça arrive devant lui. Ses pas font grincer le parquet de ma chambre, puis celui du couloir et, enfin, la porte d'entrée claque, je me retrouve seule.

Toujours allongée sur mon lit, je ne peux me retenir plus longtemps et laisse exploser ma douleur, ma honte, mon dégoût, qui prennent la forme de pleurs véhéments, éperdus.

Recroquevillée sur moi-même, assassinée, brisée, salie, je reste un long moment sans pouvoir me calmer. Des minutes ou des heures, je n'en ai pas la moindre idée. Perdue dans un brouillard immonde, épais, j'oscille entre dégoût viscéral pour Nicolas et révulsion profonde envers moi-même et ce que je suis devenue : une femme qui se laisse baiser contre sa volonté pour de l'argent. Une vulgaire pute.

J'ai froid, j'ai mal, pourtant, je ne parviens pas à bouger. Les larmes coulent encore, intarissables, sans rien apaiser de mon chagrin, de mon mal-être.

Durant ce moment atroce où je ne suis plus qu'un tas de chair sans vie, une pensée émerge des flots déchaînés dans lesquels je suis en train de me noyer. Ce petit radeau salvateur auquel je me raccroche pour ne pas sombrer, c'est Stephen. Le simple fait de me remémorer le timbre de sa voix, ou la sensation de sa main contre ma joue, me rappelle qu'il y a du bon, dans ce monde. De la douceur. De l'amour. Quelque chose de beau. Mes souvenirs de lui, personne ne pourra jamais me les enlever, même si tout espoir est mort et que maintenant c'est tout ce qu'il me reste. Des souvenirs. C'est ridiculement peu, mais c'est la seule lueur qui éclaire un peu mes ténèbres. Mais ni lui ni personne ne me sauvera. C'est trop tard. J'ai vendu mon âme, mon corps au diable, et en toute connaissance de cause. Ce que je n'imaginais pas, par contre, c'est que cela me coûterait tant...

CHAPITRE 19

Stephen

Je sors de l'ascenseur fou de rage, me dirige vers la sortie à grandes enjambées, puis je m'immobilise sur le trottoir et fais volte-face pour revenir sur mes pas. Je ne peux pas partir comme ça. Je me fige devant l'ascenseur, le cœur partagé entre deux possibilités. La première : monter démolir la tête de ce gros connard. La seconde : avouer à Émy combien je l'aime, qu'elle n'a pas le droit de me chasser de sa vie de cette manière. Je pose les mains devant moi sur l'acier froid, ferme les yeux.

Respire, expire, respire, expire...

Il faut que je me calme, que je me ressaisisse. Je dois respecter sa volonté, je n'ai pas le droit de lui imposer ses choix.

Mais qu'est-ce qui m'arrive ? Je deviens fou... *Elle* me rend fou...

– Putain ! m'énervé-je en tapant violemment du plat de la main sur la porte de l'ascenseur. Qu'est-ce que je fous là ?

Je me redresse, reprends la direction de la sortie.

Je dois vite partir d'ici avant de faire une grosse connerie. Et dire que j'étais à deux doigts de lui avouer mes sentiments... Comment a-t-elle pu me dire qu'elle aimait cette tête de con ? Je sais que c'est faux, je l'ai vu dans ses yeux. Elle ment, elle ne l'aime pas, c'est certain. Pourquoi s'entête-t-elle à vouloir me faire croire le contraire ? Je dois connaître la vérité, je ne peux pas continuer comme ça.

Je récupère mon portable dans la poche arrière de mon jean et cherche Greg dans mes contacts. Quand il décroche quelques secondes plus tard, je suis en transe, dans un état second. J'ai un mauvais pressentiment. Quelque chose dans le regard du fiancé d'Émy m'a glacé le sang. Ce type est dangereux, malsain, j'en suis sûr. J'espère qu'il ne lui a rien fait...

– Salut, mon pote ! Ne me dis pas que tu as encore besoin d'un taxi ? plaisante Greg.

– Non... J'ai besoin d'un service.

– Je m'en doutais un peu ! Chaque fois que tu m'appelles, c'est parce que tu as besoin de quelque chose !

– Ne me cherche pas Greg, je suis à cran, là !

– OK, balance. Tu veux quoi ?

– Je dois rencontrer Vanessa de toute urgence.

– Là, tu m'en demandes trop, mec. Elle n'acceptera jamais. En ce moment, elle fait tout pour m'éviter.

– Démerde-toi, je dois la voir. Dis-lui que c'est au sujet d'Émy.

– Je vais essayer. Mais je ne te promets rien !

– OK.

– Bon, je l'appelle et te recontacte.

Je rejoins ma voiture, prends la route avec un nœud dans l'estomac. Je ne supporte pas de savoir Émy seule avec l'autre. Ça me rend malade. J'arrive chez moi un moment plus tard et me prépare un café pour m'éclaircir les idées. Elle se marie dans trois jours... Trois putains de jours !

Ce n'est pas possible, je dois trouver une solution pour mettre fin à cette mascarade. Il faut que Vanessa me dise ce qui se passe. Mon portable sonne, je décroche le cœur battant. Pourvu qu'elle accepte de me voir.

– C'est bon. Elle sera ce soir au *Saint James,* à vingt et une heures.

– Merci, je te revaudrai ça.

– J'y compte bien, ricane-t-il.

– À un de ces jours !

– À ce soir… en fait...

– Pourquoi ?

– Je ne vais pas rater une si belle occasion de voir Vanessa ! Elle m'évite, en ce moment.

– Arrive un peu plus tard, si tu peux, que j'aie le temps de parler avec elle.

– OK, je viendrai vers vingt et une heures trente.

– Putain, Greg, fais pas chier ! Viens vers vingt-deux heures !

– D'accord, ça va... Je te laisse une heure, mais après je débarque !

– J'avais compris, ouais. À ce soir.

Je lui raccroche au nez. Quel abruti, ce mec ! Tu m'étonnes que Vanessa l'évite.

Soulagé, je file prendre une douche, j'enfile ensuite un jean noir avec une chemise blanche. Pour m'occuper l'esprit jusqu'à vingt et une heures, je m'installe devant mon ordi afin de regarder les petites annonces pour trouver un bar sympa en bord de mer. Si Émy se marie, je vais devoir m'éloigner très loin d'ici, et surtout, très loin d'elle. Je pense qu'il est temps de chercher sérieusement l'affaire de mes rêves. Je suis perdu dans mes songes quand mon portable sonne à nouveau, en voyant le prénom de Victoria s'afficher, je me raidis. Je ne réponds pas. Je ne suis pas d'humeur à supporter ses conneries. J'évite ses coups de téléphone depuis la soirée de gala où je l'ai plantée sans pitié. Émy a fait la même chose avec moi. Elle a ignoré mes appels et mes messages pendant plusieurs jours, ce qui, je l'avoue, m'a rendu complètement dingue, d'où ma visite à son appartement sans invitation. Je ne m'attendais pas du tout à tomber sur l'autre connard et encore moins à me faire rembarrer par Émy...

J'ai refoulé mes sentiments de toutes mes forces. J'ai refusé d'admettre la réalité le plus longtemps possible. Mais il arrive un stade où tu n'as plus le choix, tu dois affronter tes démons et faire face à ce que tu refoules au plus profond de toi. J'ai réalisé ces derniers jours la force de mes sentiments pour Émy. Elle a rouvert de vieilles blessures, des sensations oubliées, des rêves brisés. Des souvenirs profondément enfuis refont surface et me coupent le souffle. Je regarde la pendule pour la millième fois et décide de partir pour le bar. Si j'arrive plus tôt, je pourrais boire quelques verres pour me détendre. Je récupère mes clés, mon portable, et file.

Au *St James,* un moment plus tard, je m'installe dans le fond de la salle, un coin discret où je pourrai discuter librement avec Vanessa sans être dérangé. Je commande un whisky glace et observe les lieux. Il n'y a pas foule, ce soir, quelques jeunes au comptoir, deux couples installés sur les tables autour de la petite piste de danse.

Des souvenirs envahissent ma tête en revoyant justement cette piste : le corps d'Émy contre le mien, son souffle sur mon visage, son parfum, la douceur de sa peau, notre premier baiser... Putain, je suis fichu ! J'avale mon verre cul sec et en commande un deuxième. Je sors mon portable de ma poche, fais défiler la liste des contacts jusqu'au numéro d'Émy. Je le fixe un long moment avant de me décider à l'appeler. Je dois savoir si elle va bien, c'est plus fort que moi. Depuis que je l'ai laissée, je suis angoissé. Après plusieurs sonneries, je tombe sur le répondeur.

Mes mains se mettent à trembler de colère ou de stress, je ne saurais dire. Je relance mon appel et tombe une nouvelle fois sur sa messagerie. Soit elle ne veut pas me parler, soit ce connard l'en empêche. Je pose mon portable sur la table et commande un troisième whisky. J'en ai marre de cogiter comme un taré, j'ai envie de tout oublier.

Vanessa arrive peu de temps après mon quatrième whisky. Elle s'assied face à moi, me dévisage comme si j'avais un troisième œil qui venait de pousser entre les deux autres.

– Quoi ? grogné-je en fronçant les sourcils.

– Oh rien, je suis ravie de discuter avec de la viande saoule ! rétorque-t-elle, agacée, avant de commander un cocktail.

– Je ne suis pas bourré. Je suis encore capable d'avoir une conversation.

– J'espère bien ! Je n'ai pas de temps à perdre, moi !

– OK, on va peut-être se calmer, lancé-je en plantant mes yeux dans les siens pour bien lui faire comprendre que je ne suis pas saoul.

Je t'ai pas fait venir pour me faire une leçon de morale sur l'alcool. Je veux qu'on parle d'Émy.

– Très bien. Qu'est-ce que tu veux savoir ?

Soulagé qu'elle mette son caractère d'emmerdeuse de côté, je m'enfonce dans mon fauteuil et prends une grande respiration avant de lancer la conversation.

– Quelque chose me chiffonne depuis le début de toute cette histoire, commencé-je en faisant tourner nerveusement mon verre entre mes doigts. Si Émy est ta meilleure amie, comme tu l'affirmes, pourquoi te servir de moi pour mettre le bordel dans son couple ?

Elle me toise, prend quelques secondes de réflexion avant de rétorquer :

– Justement parce que c'est ma meilleure amie...

– Sois plus précise, je ne comprends pas bien.

Elle soupire, semble hésiter à me répondre.

– Je pense qu'elle fait une monumentale erreur en se mariant avec ce sale type ! finit-elle par avouer.

– Enfin une chose sur laquelle nous sommes d'accord. Mais pourquoi penses-tu ça ?

– Parce que je la connais, je vois bien qu'elle n'est pas heureuse avec lui. Tu l'as vu ? s'emporte-t-elle. Il est l'opposé d'Émy ! Il est odieux avec elle et passe son temps à la rabaisser ! Je ne peux pas concevoir le fait qu'elle passe sa vie à être malheureuse avec lui !

– Oui, j'ai vu ce connard et la manière dont il la traite. Ce que je ne comprends pas, c'est pour quelles raisons elle se laisse malmener ?

– Tu l'aimes ? demande-t-elle tout à coup très sérieusement, en posant ses coudes sur la table pour se rapprocher de moi.

Je reste sans voix un instant. Je ne m'attendais pas à cette question, je ne sais pas si j'ai envie de lui répondre. C'est personnel, j'ai déjà du mal à m'avouer mes sentiments à moi-même, alors, les avouer aux autres...

– Qu'est-ce que ça peut te faire ?! lancé-je, sur la défensive.

– Eh bien, c'est très simple : si tu ne me réponds pas, je m'en vais immédiatement. Je ne vais pas parler de la vie privée d'Émy à quelqu'un qui se fout royalement d'elle.

– Mais engager un mec pour la baiser, là, il n'y a aucun souci ! la provoqué-je.

– T'es vraiment con ! s'exclame-t-elle en se levant pour partir.

La panique s'empare de moi. Je ne peux pas la laisser s'en aller, elle seule a les réponses à mes questions. Elle me tourne le dos et prend la direction de la sortie.

– Oui ! m'écrié-je assez fort pour qu'elle m'entende.

Elle s'immobilise, fait volte-face pour me dévisager d'un regard furibond.

– *Oui* quoi ? questionne-t-elle en arquant un sourcil provocateur.

Je ne détourne pas les yeux, me contente de lui faire un signe de la main pour qu'elle reprenne sa place, ce qu'elle fait, aussi raide qu'un piquet.

– Oui, je l'aime, confié-je en sentant un poids immense s'abattre sur mes épaules.

Le fait de le dire à haute voix, qui plus est, à une personne proche d'Émy me rend malade.

– Depuis quand ? insiste-t-elle, comme pour mieux me torturer.

– Je ne sais pas vraiment... Je pense que ça a commencé le soir où l'on a dansé ensemble, ici même, dis-je en montrant la piste. Ou peut-être avant...

J'avale mon verre d'une traite, en commande un autre, puis me passe une main sur le visage avant de continuer :

– Je ne sais pas pourquoi... ni comment c'est arrivé, mais je l'aime et je ne supporte pas l'idée que ce connard la touche. Je suis fou de rage en l'imaginant épouser un autre homme que moi. Elle souffre, je l'ai vu dans ses yeux, mais je ne comprends pas pourquoi elle s'obstine dans cette relation ! Je sais que je ne lui suis pas indifférent, je l'ai remarqué dans ses gestes, même dans sa façon de me traiter de con, lancé-je en ne pouvant retenir un sourire mélancolique.

– Pour sa mère... lâche-t-elle en baissant les yeux.

– Pour sa mère ? Qu'est-ce que tu veux dire ?

– Elle se sacrifie pour elle.

– Putain de merde, je me doutais d'un truc dans le genre ! rétorqué-je en sentant une tension s'installer dans mon corps.

Ma gorge est si nouée que j'ai du mal à respirer. Comment peut-elle se sacrifier ainsi ?

– C'est pour l'argent qu'elle se marie ?

– Oui, pour mettre sa mère à l'abri du besoin. Et son empaffé de fiancé ne manque pas de le lui rappeler !

– Je vais tuer, ce mec ! m'emporté-je en sentant mon sang bouillir dans mes veines.

Je passe une main nerveuse dans mes cheveux, avant d'attraper mon portable et de téléphoner une nouvelle fois à Émy.

– Qu'est-ce que tu fiches ? s'agace Vanessa en m'arrachant l'appareil.

– Je dois lui parler...

– Elle est avec lui, ce soir. Tu veux vraiment empirer encore sa situation ?

– Non, mais je... je sais plus quoi faire... avoué-je, désespéré.

– Tu lui as dit ce que tu ressens pour elle ?

– Non, j'allais le faire aujourd'hui, mais l'autre connard m'en a empêché !

– Il faut que tu lui dises.

– Oui, mais je ne sais pas comment faire pour la voir seule.

– À son travail demain !

– Quoi, carrément à son bureau ?

– Oui, là, tu es certain de ne pas croiser Nicolas, affirme-t-elle en me lançant un regard malicieux. Il ne va jamais sur son lieu de travail.

– OK, demain matin, j'irai la voir pour lui avouer mes sentiments, mais... je ne suis pas sûr que ça change grand-chose.

– Je n'en reviens pas, ricane-t-elle en secouant la tête.

– De quoi ? questionné-je, ne comprenant pas ce qu'elle veut dire.

– Jamais je n'aurais pu imaginer qu'un mec comme toi tombe amoureux... T'es un gigolo !

Je me raidis, encaisse difficilement ses paroles, avant de répondre sur un ton nettement moins sympathique que quelques minutes plus tôt :

– Parce que je suis gigolo, je n'ai pas le droit d'aimer ? Ou d'être aimé ? Tu t'imagines que je fais ce métier pour quelle raison ?

– Pour l'argent.

– Exactement, pour l'argent. N'ayant personne dans ma vie, je fais ce job pour m'enrichir rapidement et pouvoir réaliser mes rêves. Ne crois pas que je serai gigolo jusqu'à la fin de mon existence ! C'est l'histoire d'encore quelques mois pour que je réunisse la somme nécessaire.

– Et tu crois qu'Émy le prendra comment quand elle saura ce que tu es ?

– Je n'en sais rien... J'aimerais autant qu'elle ne l'apprenne pas, en réalité...

– Oui, j'imagine. Mais si tu l'aimes vraiment, pourras-tu la regarder jour après jour dans les yeux en sachant que tu lui mens ?

– Peut-être pas... Mais ce que je sais, c'est que je ne peux pas vivre sans elle. Et si je lui dis la vérité, elle risque de ne plus vouloir de moi.

– C'est vrai... Votre histoire est condamnée d'avance !

Je me redresse et ne peux m'empêcher de lui jeter un regard noir. Comment peut-elle me dire ça alors que je viens de lui ouvrir mon cœur ? N'a-t-elle pas un minimum de compassion ?

– Tu n'es vraiment qu'une garce finalement ! décrété-je.

Elle recule sur son siège, détourne les yeux, l'air mal à l'aise, avant de me dévisager à nouveau.

– Je ne voulais pas dire ça, mais... c'est vrai que c'est mal barré !

– Et si on parlait de toi et Greg ? Tu sais qu'il tient à toi ?

– Pff... Sûrement pas ! Je le paye pour ses services, ça ne va pas plus loin !

– Si tu n'es même pas capable de voir ce que tu as devant ton nez, comment peux-tu être capable de savoir si Émy et moi ça peut marcher ou pas ?

– Je te l'accorde. Je ne suis pas la mieux placée pour donner des conseils ou juger les relations des autres !

– Ça fait plaisir à entendre ! Tu bois la même chose ?

– Oui, mais on arrête de se prendre la tête pour ce soir, j'ai ma dose !

– OK. Je reviens, je vais commander et fumer une clope dehors.

Je récupère mon téléphone et file au bar passer commande pour la table. Puis je sors sur la terrasse. J'allume une cigarette avant de tenter une énième fois de joindre Émy, mais rien à faire, je tombe toujours sur sa messagerie. Je range mon portable, m'adosse au mur le plus proche. Je sens que l'alcool commence à agir sur mon corps. Je ne vais pas pouvoir conduire pour rentrer chez moi. Je dormirai dans la voiture, ce n'est pas grave. Demain, à la première heure, je foncerai voir Émy. Peu m'importe qu'elle me chasse, qu'elle me dise qu'elle ne m'aime pas, qu'elle va épouser l'autre ! Peu importe... Elle entendra ce que j'ai à lui dire !

Je balance ma cigarette dans la rigole et je rejoins Vanessa.

– Ça te dit de passer la soirée avec moi ? demande-t-elle.

– Comment ça ? m'inquiété-je.

– Ce n'est pas ce que tu t'imagines, juste entre amis, je n'ai pas envie d'être seule ce soir, avoue-t-elle.

Je me rends compte que cette femme est peut-être encore plus seule que moi, ce que je pensais impossible. Comme quoi...

– On ne peut pas, on attend quelqu'un, lancé-je en souriant jusqu'aux oreilles à l'idée de la tête qu'elle va faire en voyant débarquer Greg.

– Quoi ? Tu plaisantes ? Ne me dis pas que tu as appelé Émy ?

– Émy ? Non, pas du tout, juste un pote, ricané-je en observant son visage se décomposer.

– Greg va venir, c'est ça ? s'affole-t-elle.

– Oui, et tu vas finir la soirée avec lui comme ça tu ne seras pas seule, tu pourras même lui parler des sentiments qu'il éprouve pour toi !

– Oh non, ce n'est pas vrai... Je fais tout ce que je peux pour l'éviter, et toi, tu me le fous dans les pattes !

– De quoi tu as peur, exactement ? C'est un beau mec sympa et pas aussi con qu'il en a l'air !

– C'est un gigolo !

– Et alors, moi aussi ! Ça n'empêche pas que nous sommes humains et que nous avons un cœur !

– Ouais, ben merci bien du cadeau ! rétorque-t-elle en riant.

– Il n'est pas si terrible ! Ah, quand on parle du loup ! dis-je en voyant Greg avancer vers nous.

Il a mis son plus beau costume et dévisage Vanessa avec un sourire éclatant sur les lèvres. Si elle ne craque pas, je n'y connais rien !

Nous passons une partie de la nuit à boire et danser. Je ne m'attendais pas à une si bonne soirée. Comme quoi, on ne connaît jamais vraiment les gens. À plusieurs reprises, le visage d'Émy s'invite dans mes pensées, mais l'alcool aidant, je parviens à me détendre. Vers quatre heures du matin, j'abandonne Greg et Vanessa pour aller me coucher dans ma voiture, ivre mort.

Je suis réveillé par le bruit du moteur d'un camion de livraison vers sept heures. Je suis complètement déconnecté et j'ai la bouche pâteuse, il faut absolument que je boive un café avant d'aller voir Émy. Je trouve un petit bistrot, fonce aux toilettes pour me passer de l'eau froide sur le visage. J'ai une migraine atroce et mon estomac se retourne à l'idée de la revoir.

Après deux grands cafés, je prends la route en direction de son travail. Je me gare devant l'immeuble et pénètre dans le hall. Une secrétaire m'indique la direction de son bureau. J'avance lentement, le temps de reprendre mes esprits, de tout mettre en ordre dans ma tête, ce qui n'est pas une mince affaire avec la quantité d'alcool que j'ai ingurgitée toute la nuit.

En arrivant devant la porte, je m'immobilise un instant, après une grande expiration, je frappe deux coups. J'attends, le cœur au bord des lèvres, quand elle s'ouvre, j'arrête de respirer.

Elle est là... Son sourire se désagrège sur son visage, la surprise se peint sur ses traits. Le temps d'une seconde, le doute m'envahit. Je ne sais pas si c'était une bonne idée de venir sur son lieu de travail encore à moitié bourré... Puis nos regards se soudent, plus rien d'autre n'a d'importance à mes yeux que les siens, si clairs et profonds.

CHAPITRE 20

Émy

Stephen est juste là, devant moi. Il me dévisage, les yeux brillants, le souffle court, l'allure un peu débraillée. Il ne dit rien, mais la façon dont il me regarde me chavire. Il y a de la douleur dans ses yeux, mais aussi une douceur exacerbée et quelque chose qui ressemble à... une supplication fiévreuse et silencieuse. Pendant quelques secondes, j'oublie tout ce qu'il y a autour de moi : le fait que je sois sur mon lieu de travail, la présence de mon patron dans le bureau voisin, ou celle de Vincent, mon collègue, juste à côté. Je me laisse emporter par l'intensité qui se dégage de lui, par le bien-être que sa présence soudaine et inattendue m'apporte. C'est comme si un vent chaud soufflait sur le désert sépulcral et glacé qu'est devenu mon cœur depuis hier, depuis que Nicolas a laissé son empreinte atroce dans ma chair.

La réalité se rappelle à moi lorsque Vincent se racle la gorge. Le soulagement apporté par l'arrivée de Stephen se mue en angoisse. Je tourne la tête vers mon collègue, qui a bien compris que ce nouvel arrivant dépenaillé est là pour moi, puisque ses yeux pleins de questions ne me quittent pas.

– Je... je reviens, balbutié-je, en posant le dossier que j'ai dans la main.

Sans prononcer un mot, je m'avance vers Stephen, le prends par le bras et l'entraîne avec moi à l'extérieur. En ce jeudi matin, la foule et la circulation sont denses dans la capitale, je continue donc mon chemin jusqu'à la petite rue perpendiculaire au boulevard pour y trouver un semblant de calme. Puis, je me tourne vers Stephen, qui m'a suivie en silence et je retrouve la même expression sur son visage que celle qui m'a tant chamboulée lorsqu'il a surgi dans mon bureau. Mon cœur manifeste son émoi en se mettant à cogner avec force contre ma cage thoracique. Nous restons un instant silencieux, les yeux dans les yeux. Maintenant qu'il est près de moi, je remarque qu'il a les traits tirés, comme s'il n'avait pas dormi de la nuit.

Il prend la parole et, d'une voix cassée, légèrement traînante, me lance sans préambule :

– Ne te marie pas, Émy ! T'es pas obligée. Reste... reste avec moi...

J'inspire abruptement, mais aucun son ne sort de ma bouche. Ce qu'il vient de dire me laisse sans voix, je ne m'y attendais pas. Une douleur aiguë prend place dans ma poitrine. J'aimerais plus que tout au monde pouvoir lui répondre « oui », mais hélas, cela m'est impossible. La collision entre les désirs de mon cœur et mes obligations est violente, les larmes me montent aux yeux.

– Je ne peux pas faire ça.

Je baisse la tête, recule d'un pas, comme si le fait de m'éloigner un peu de lui allait rendre les choses moins douloureuses. Mais Stephen se rapproche et, avec cette douceur habituelle qui est aussi agréable qu'intolérable, prend ma main entre les siennes.

À cet instant, une légère odeur de whisky me parvient, pas tout à fait dissimulée par celle du café noir.

– Attends... Tu as bu ? C'est pour ça que tu me dis tout ça ? le questionné-je, affreusement blessée et déçue.

Est-ce l'alcool qui parle à sa place ? Cette idée me fait si mal que la douleur, comme trop souvent en sa présence, se transforme en colère.

– Non ! Enfin... si. Mais ça ne change rien !

– C'est ça, oui... Arrête de te foutre de moi...

Je dégage ma main d'un geste sec et recule.

– Émy, attends ! J'ai bu, c'est vrai, mais j'étais furieux et... et mort d'inquiétude ! Après que l'autre connard se soit pointé, tu m'as foutu dehors, ça m'a rendu fou ! J'étais en colère, j'avais peur qu'il te fasse quelque chose... J'ai failli revenir, mais je me suis dit que tu m'en voudrais à mort...

À mesure qu'il me parle, les images, les sensations de ce qui s'est passé après son départ me reviennent dans la tête et dans le corps. Je me mets à penser à ce qui aurait pu arriver s'il était effectivement revenu, je grimace de douleur et de regret. Il aurait pu empêcher Nicolas de me toucher. L'empêcher de... de me violer. Si seulement j'avais eu la possibilité de lui demander de ne pas s'en aller ! Si seulement...

– Qu'est-ce qu'il y a, Émy ? questionne-t-il en voyant passer sur mon visage les émotions que je n'arrive pas à refouler.

Je ne lui réponds pas, je ne peux pas.

– Est-ce qu'il t'a fait quelque chose ? continue-t-il d'un ton pressant et inquiet. Putain, s'il t'a fait quelque chose, je le tue ! Est-ce qu'il t'a fait du mal, Émy ? Réponds-moi !

Il me regarde, les yeux remplis de rage et d'angoisse.

Je n'ai rien dit à personne. Pas même à Vanessa. Est-ce que je devrais tout raconter à Stephen ? Si je me confiais à lui, il irait certainement trouver Nicolas et lui ferait payer son acte odieux. Cette pensée me soulage une seconde, mais je sais que je garderai mon horrible secret pour moi. Rien ne fera disparaître la souffrance, et les conséquences seraient dévastatrices. Pour lui, pour moi, et aussi pour ma mère.

– Non, murmuré-je sans le regarder. Il ne m'a rien fait.

Stephen soupire, apparemment soulagé.

– Vanessa m'a tout raconté, avoue-t-il. Je sais pourquoi tu veux épouser ce type, Émy. Mais t'es pas obligée !

– Quoi ? m'enflammé-je à nouveau. Vanessa a fait quoi ?

– C'est moi qui lui ai demandé de tout me dire. Ne lui en veux pas.

Paniquée par les conséquences que pourrait avoir la trahison de Vanessa, la révélation faite par Stephen attise ma colère. Le repousser en prétendant aimer quelqu'un d'autre était possible, mais comment le persuader à présent que je ne ressens rien pour lui ? Comment pourrais-je seulement accepter qu'un tel mensonge sorte de ma bouche ? J'ai le sentiment que mon cœur et mon âme seraient tout bonnement incapables de me laisser faire une chose pareille.

– Écoute-moi, Émy, s'il te plaît, réclame Stephen lorsque je m'éloigne pour essayer de remettre de l'ordre dans mes pensées.

– Non ! crié-je presque en faisant volte-face vers lui. Il n'y a rien à dire !

– Il y a des milliers de choses à dire, au contraire !

Alors que je reprends la direction de mon bureau, des larmes plein les yeux, il parcourt rapidement la courte distance qui nous sépare et me coupe la route en se plantant devant moi.

– Qu'est-ce que tu veux, encore ? demandé-je, la voix étranglée par des sanglots contenus.

– Je veux que tu saches pourquoi je suis là, Émy, me répond-il, en posant sur moi un regard intense. Et à quel point tu as bouleversé ma vie ! Je...

– Non, Stephen, s'il te plaît.

– Je suis tombé amoureux de toi…

Un torrent d'émotions déferle soudainement à l'intérieur de moi, je suis engloutie par ses vagues tumultueuses et chaudes. Tout ce qui était froid et mort s'enflamme tout à coup d'une vie nouvelle et le monde semble s'embraser. Jamais de simples mots ne m'ont fait autant de bien ou bouleversée davantage. Pourtant je ne bouge pas d'un cil, pétrifiée sur place, comme si je n'étais pas en mesure d'associer cette vérité nouvelle et magnifique à la triste réalité de mon existence.

– Tu entends, Émy ? me demande Stephen à mi-voix. Je... je t'aime.

Je t'aime.

Ces mots dans sa bouche... C'est comme du chocolat, un baume pour le cœur, une délicieuse friandise pour quelqu'un qui n'aurait jamais goûté que du pain sec.

Comme je suis toujours incapable de réagir, il s'approche

lentement de moi, sans me quitter des yeux. Lorsqu'il est assez près, il se penche et pose doucement ses lèvres sur les miennes. Je devrais le repousser, lui dire que je ne peux pas faire ça, que l'amour ne change rien et n'a pas sa place dans ma vie. Mais je ne peux pas...

La douceur chaude de sa bouche me réveille, lorsque je reprends possession de mon corps, c'est pour passer mes bras autour de son cou et l'embrasser en retour. Ma langue trouve rapidement la sienne, un gémissement soulagé monte de sa gorge. Il répond en m'enlaçant étroitement, comme s'il avait peur que je disparaisse. Notre baiser est ardent, profond, il a la saveur exquise de tous les sentiments qui explosent dans mon cœur à cet instant. Quand nous nous lâchons, Stephen m'attrape par la main et plonge son regard vert dans le mien.

– Ne te marie pas, me dit-il à nouveau.

Je le fixe un moment, un sourire triste sur les lèvres et les yeux emplis d'un chagrin acéré.

– Tu sais que je ne peux pas.

– Si ! Si, tu peux !

– Je ne peux pas laisser tomber ma mère, pas après tout ce qu'elle a traversé et tout ce qu'elle a fait pour moi...

– Mais tu n'as pas à la laisser tomber ! Tu n'es plus une petite fille impuissante, Émy, tu gagnes ta vie !

Oui, je gagne ma vie. La *mienne*. Mais j'ai deux loyers à payer, deux personnes à nourrir, à soigner, à habiller. Et encore et toujours ces fichues dettes à rembourser ! Chaque mois est une épreuve, je dois compter chaque centime et ne peux me permettre aucun écart. Le moindre imprévu est une catastrophe qui met cet équilibre trop fragile en danger.

– Tu ne sais pas ce que c'est, argué-je, en proie à une brusque montée d'angoisse. Je... Elle a besoin de moi, mais toute seule, je ne suis pas assez forte !

– Tu ne seras pas toute seule, je serai là !

– Je ne veux plus revivre ce que nous avons vécu. Je ne pourrais pas, tu comprends ? Ma mère a déjà trop donné, elle mérite un peu de répit !

Stephen soupire. Moi, je chasse de mes joues l'eau salée qui a recommencé à couler et me mets à faire les cent pas sur le bitume.

– J'ai des économies, me lance tout à coup Stephen. Une grosse somme.

Il se tait un instant, et ajoute :

– Je te donne tout, si tu veux. À toi et à ta mère.

– Non, voyons, ne dis pas n'importe quoi...

– Je m'en fous, du fric ! Ce que je veux vraiment... c'est toi.

Je l'observe, touchée au-delà des mots, complètement chamboulée par la sincérité que je lis dans ses yeux.

– Il n'y a qu'une chose qui m'importe, reprend-il. Est-ce que tu ressens la même chose que moi, Émy ? Est-ce que j'ai tort de croire que tu m'aimes aussi ?

Ne sachant pas quoi lui répondre, je baisse la tête. Tout à coup, je me sens perdue. Suis-je amoureuse de Stephen ? Oui ! À en avoir le cœur qui déborde, à avoir envie de le crier sur les toits et de l'écrire dans les nuages ! Mais suis-je prête à laisser mes sentiments prendre le pas sur mes peurs, mes certitudes et les laisser gouverner ma vie, au risque de tout perdre ? Rien n'est moins sûr... La vérité, c'est que je suis terrifiée. Follement amoureuse, mais terrifiée.

– J'ai tellement souffert, Stephen... commencé-je d'une petite voix. On m'a donné mille raisons de croire que l'amour est une vraie cochonnerie, qui n'apporte que souffrance...

– Moi aussi. J'ai vu la seule femme que je n'ai jamais aimée mourir d'une leucémie. J'ai perdu ma raison de vivre, ce jour-là.

Sa révélation fait naître une douleur acide dans ma poitrine. L'imaginer à ce point malheureux me démolit.

– Je suis désolée, Stephen, murmuré-je, ne trouvant rien de mieux à lui dire.

– Ouais. La vie est dégueulasse, des fois.

Je suis bien d'accord...

– Mais depuis toi, tout est différent ! s'anime-t-il soudainement. Tout a changé et... tout est redevenu beau ! Bon sang, Émy... Je ne croyais même pas que ça serait possible !

Sa main se pose contre ma joue, il vient mettre son front contre le mien. Les paupières closes, il me dit à mi-voix :

– Je t'aime. Je suis même complètement dingue de toi, alors... alors si tu ressens la même chose que moi, ne me laisse pas. Je te jure que je ferai tout pour toi, tu entends ? Ne me laisse pas...

Je m'accroche à lui, à son corps autant qu'à ses mots, parce que je sens ma vie sur le point de m'échapper. Je perds le contrôle, ça m'effraie, mais c'est aussi terriblement bon. J'ai l'impression d'être en train de me libérer d'un poids que j'aurais porté depuis toujours.

– Promets-moi une chose, Stephen. S'il te plaît.

– Tout ce que tu veux.

– Promets-moi de ne jamais me faire souffrir et de ne jamais m'abandonner.

Quelques secondes s'écoulent, durant lesquelles je retiens mon souffle. Puis, après une grande inspiration :

– Je te le promets, Émy.

Et voilà que je pleure encore, mais cette fois ce sont des larmes de joie qui perlent de mes yeux.

– Je t'aime aussi, Stephen, avoué-je finalement, avec la sensation de briser mes chaînes.

– Émy... lâche-t-il dans un soupir. Répète-moi ça.

– Je t'aime.

Il recule une seconde.

Il me sourit comme s'il était l'homme le plus heureux du monde. Son expression de joie presque enfantine fait exploser mon cœur d'un amour infini.

Sans crier gare, il me prend dans ses bras, me soulève de Terre. Mon petit cri de surprise se transforme en gémissement quand il prend possession de ma bouche pour m'embrasser comme s'il voulait me dévorer. Je lui rends son baiser avec la même passion et la même euphorie, bien qu'au fond de moi, je sois morte de peur.

Que vais-je faire, à présent ? Vais-je réellement avoir le cran de quitter Nicolas et d'affronter sa fureur ? Ma vie et celle de maman seraient alors tellement plus difficiles... Je n'aurais aucun droit à l'erreur, aucune marge de sécurité. Ce serait comme de marcher sur un fil suspendu dans les airs. Renoncer à la sûreté financière que m'offre mon mariage signifierait travailler dur, sans jamais faiblir, sans jamais faire de faux pas.

Mais j'aime Stephen. Je l'aime à ne pas pouvoir imaginer un futur où il ne serait pas là à avoir envie de prendre tous les risques pour lui. Même celui de faire confiance à un homme, alors que je m'étais juré de ne plus jamais me laisser aller à croire leurs paroles. Et si cette fois c'était différent ? Si j'avais enfin trouvé quelqu'un de bien, de fidèle, d'honnête ? Je n'imagine pas une seconde que Stephen puisse me faire du mal un jour, à tel point que, pour la première fois depuis longtemps, peut-être même depuis toujours, je me sens prête à écouter mon cœur.

CHAPITRE 21

Stephen

Je plonge une dernière fois mes yeux dans les siens, une fois de plus, je suis bouleversé par l'amour et l'espoir que j'y découvre. Je l'aime tellement que ça me fait mal dans la poitrine, je ne sais pas ce que je ferais si elle me quittait…

Je ne peux pas la laisser s'échapper tout de suite, alors que nous venons tout juste de nous avouer nos sentiments. J'observe ses sublimes yeux bleus, mon regard se promène sur les traits délicats de son visage, sur son nez fin et droit, sur ses pommettes hautes, sur sa bouche... sa bouche charnue qui m'attire à m'en rendre malade.

Ne pouvant m'en empêcher, je me penche à nouveau pour m'en emparer. Je la frôle, la caresse de ma langue avant de m'immiscer entre ses lèvres pour avoir son goût dans ma bouche. Je sens mon désir grandir, mon cœur s'affoler dangereusement. Il faut absolument que je l'emmène avec moi. Je m'écarte et la fixe.

– Partons, Émy. Allons chez moi. J'ai tellement envie de toi... Je... Viens avec moi, s'il te plaît, la supplié-je.

Elle me dévore du regard, étire ses lèvres dans un sourire qui m'enflamme de la tête aux pieds.

– Je ne peux pas, j'ai du travail aujourd'hui, j'ai plusieurs rendez-vous, répond-elle en baladant ses mains sur mon torse.

– J'espère que tu plaisantes, parce que je suis à deux doigts de te plaquer contre ce mur... murmuré-je en resserrant mon étreinte.

J'enfonce mes doigts dans ses hanches pour la coller contre mon érection et lui faire comprendre combien je la désire. Un petit soupir s'échappe de ses lèvres quand elle découvre l'ampleur de mon problème. Elle descend ses mains fines le long de mon torse pour se glisser entre nos deux corps et venir caresser mon membre.

– Tu ne peux pas me faire ça, Émy, grogné-je en fermant les yeux pour essayer de maîtriser les frissons qui recouvrent ma peau.

Sa main m'inflige de douces sensations, j'ai du mal à respirer, alors je la repousse gentiment avant de ne plus pouvoir me contrôler.

– Allons chez moi, dis-je en essayant de reprendre une respiration régulière.

– Il faut que je retourne dans mon bureau récupérer mes affaires et dire à ma secrétaire que je m'en vais, lance-t-elle en souriant.

Soulagé qu'elle accepte, j'entoure sa taille de mon bras et l'entraîne vers l'entrée du bâtiment en essayant d'ignorer la bosse qui déforme mon pantalon. Je la laisse partir en lui disant bien de se dépêcher et allume une cigarette en attendant son retour. Je reprends doucement mes esprits, repense à notre conversation. Je n'ai pas menti quand j'ai dit que j'étais prêt à lui donner toutes mes économies. Je me fous complètement de ce fric. Tout ce qui compte pour moi, c'est de passer le reste de ma vie avec cette femme. Rien ne nous empêche de partir ouvrir une petite affaire tous les deux et d'emmener sa mère avec nous ! Je lui en parlerai dans les jours à venir, pour le moment j'ai seulement besoin de sentir son corps nu contre le mien, de la sentir vibrer sous mes caresses.

Mais qu'est-ce qu'elle fabrique ? Je m'impatiente et regarde dans le hall d'entrée pour la millième fois.

Quelques minutes plus tard, elle revient, son sac à main sous le bras, et attrape mon poignet en me demandant :

– Bon, on fait quoi exactement ?

– Je t'emmène chez moi, on reste la journée au lit, réponds-je d'une voix pleine de sous-entendus.

– Que j'aime cette idée... Je récupère ma voiture et je te rejoins.

– OK, je passe rapidement chez le traiteur pour nous acheter des lasagnes. Tu aimes ?

– Oui, j'adore.

– Très bien. Alors à tout de suite, murmuré-je contre ses lèvres, avant d'y déposer un long baiser et de m'éloigner.

Je monte dans ma voiture, m'empresse de prendre la route en direction du petit traiteur au coin de ma rue. Un moment plus tard, je me gare et suis sortie de mes pensées par la sonnerie de mon portable. Je regarde l'écran et lâche un juron en découvrant la photo de Victoria. Je le range dans ma poche. Elle me fait vraiment chier, cette vieille peau ! Je vais devoir lui dire que tout est fini, que je mets fin à mes activités. Je ne peux plus prendre aucun risque. Si Émy venait à apprendre ce que je fais réellement dans la vie, je la perdrais à tout jamais. Demain, j'appellerai Victoria et réglerai le problème.

J'achète deux portions de lasagnes, une bonne bouteille de vin, puis rentre à la maison et m'empresse de mettre un peu d'ordre. Quand la sonnette retentit, mon cœur fait un bond dans ma poitrine. J'ouvre la porte et ne peux m'empêcher de sourire en la voyant. Elle est si belle, je la désire tellement que j'ai une érection de malade. Elle franchit la distance qui nous sépare pour se jeter dans mes bras. Je la serre très fort en me demandant comment j'ai fait pour vivre si longtemps sans elle. Je ferme la porte et l'entraîne dans la petite pièce qui me sert de salon, chambre et cuisine. Ce n'est pas vraiment glamour, mais je n'ai pas d'autres solutions pour le moment.

Le désir m'accable, c'est comme être affamé, comme une envie qui tambourine dans chaque parcelle de mon corps. J'ai besoin de sa bouche, de ses mains, de passer mes doigts dans ses cheveux, de tracer les lignes de ses courbes. Mes mains glissent sur ses hanches, agrippent ses fesses. Nos yeux sont soudés quand je me penche pour m'emparer de sa bouche qui ne demande qu'à être embrassée. Je la frôle, la mordille. De mes dents, j'attrape sa lèvre inférieure, je la dévore. Nos langues se trouvent, je gémis doucement. Le désir me brûle, me consume sur place, un besoin de la posséder, de la faire mienne devient urgent, un besoin d'elle, maintenant. Je fais glisser sa robe le long de son corps et lui retire ses sous-vêtements tandis qu'elle défait ma ceinture pour ôter mon pantalon.

Quelques secondes plus tard, nous sommes nus l'un contre

l'autre. Je la soulève, elle enroule ses jambes autour de ma taille, avant de prendre mon visage mal rasé entre ses doigts délicats pour m'embrasser fiévreusement. Ma respiration est de plus en plus laborieuse. Je la porte jusqu'au canapé-lit et l'allonge sur le dos. Ses yeux sur moi me font chavirer. Je reste immobile, penché au-dessus de ce corps que j'aime tant et la laisse me contempler. Mes muscles se tendent à l'extrême. Son regard est intense, presque animal. Elle sent incroyablement bon, une odeur familière et rassurante. Ses doigts courent le long de mon torse, s'arrête sur le chemin de poils sombres sur le bas de mon ventre, je frissonne. Puis ils effleurent mon sexe en érection, je ne peux retenir un sursaut.

– Doucement... dis-je d'une voix profonde et rauque. Si tu continues, je ne vais pas faire long feu, plaisanté-je en déposant un baiser sur son front.

– Nous avons la journée pour recommencer et recommencer et...

Je lui coupe la parole en m'emparant de sa bouche sauvagement. Je ne peux me contenir plus longtemps. Je me rapproche et ses seins tendus caressent mon torse. Je glisse mes doigts le long de sa colonne, l'attire encore plus près, à la limite de l'étouffer. Elle empoigne mes fesses, se presse contre mon membre à l'agonie. J'en ai le souffle coupé. De ma main rugueuse, je caresse ses pointes durcies par l'excitation, un grognement m'échappe quand ses ongles s'enfoncent dans mon dos. De ma langue, j'explore la vallée entre ses seins, descends lentement vers son nombril, puis vers sa hanche, avant de glisser vers l'intérieur de ses cuisses.

Je n'arrive plus à respirer, mon cœur est coincé dans ma gorge, j'en ai le vertige. J'attrape ses jambes que je pose sur mes épaules, les écarte, avec en tête l'idée de la rendre complètement folle. Je connais son point faible et me délecte de la voir fermer les yeux en se cambrant. Ma langue chaude et humide lèche doucement la fente de son sexe. Elle agrippe mes cheveux quand, dans un autre coup de langue doux et lent, je passe sur son clitoris. J'aspire, lape, la torture, la pousse au bord du précipice, sans aucun répit. Mes doigts prennent le même chemin, s'enfoncent en elle, lui arrachant un gémissement alangui. Je fouille son intimité sans lui laisser le temps de reprendre son souffle. Je trace des cercles autour de son petit bouton magique ultrasensible, une pression brûlante monte en moi. Alors que je la sens vibrer entre mes doigts, sur le point de jouir, je ralentis et redresse mon visage pour l'observer. Elle est à deux doigts d'exploser, je caresse ses cuisses et le creux de ses genoux avant de l'attaquer à nouveau de mes coups de langue plus rapides, plus fiévreux. De ma main libre, je prends un préservatif dans la boîte sur la table basse. Je me redresse, le déchire avec mes dents pour le dérouler sur mon membre. Je me positionne entre ses jambes. J'observe ce sublime spectacle de ce corps qui m'est offert sans aucune pudeur.

– S'il te plaît, j'en peux plus, me supplie-t-elle en se cambrant.

Je pose les mains de chaque côté de sa tête, prends appui sur mes avant-bras, puis lentement, je glisse en elle. Je vais loin, si loin, que je la sens trembler sous mes assauts. Je me démène pour faire durer le plaisir le plus longtemps possible. Je ralentis, perds le contrôle, le temps de quelques minutes, et la prends sans ménagement. À voir sa réaction, elle aime ça. J'accélère, me penche pour l'embrasser, nos souffles se mêlent. Mon cœur est à deux doigts de céder quand je la sens défaillir entre mes mains, qu'elle se contracte autour de mon sexe, ce qui a l'effet immédiat de me faire jouir. Nos langues, nos cris, se mélangent. Nous ne sommes plus qu'un. Je suffoque, j'ai du mal à reprendre une respiration régulière.

Elle tourne son visage, plonge son regard empli d'amour dans le mien.

– Je t'aime tellement, ne puis-je m'empêcher de murmurer.

– Moi aussi je t'aime, Stephen, répond-elle, en caressant mon dos avec des mouvements lents, circulaires et apaisants.

Je l'embrasse à nouveau. C'est un baiser plein d'amour, de tendresse. Un baiser profond plein de promesses. Un baiser qui veut dire que l'avenir nous appartient, seulement elle et moi, que plus rien d'autre n'a d'importance. Nous deux faces au monde entier.

Ça fait peur d'une certaine façon, car si je la perds, je ne serais plus rien, la vie n'aura plus aucune saveur. Pour la première fois depuis Julie, j'ài l'impression d'avoir trouvé ma moitié. Si jamais elle s'envolait, je ne m'en remettrai pas. Autant mourir.

Je suis heureux et refuse de laisser quoi que ce soit gâcher cet instant, pas même le souvenir de Julie ou la culpabilité de ressentir à nouveau ces sentiments. Je sais qu'elle me manquera toujours, je la garderai dans un coin de mon cœur, mais aujourd'hui, j'aime Émy plus que tout, rien ne se mettra sur notre chemin ! Je me laisse tomber à ses côtés, l'attire contre moi. Elle niche sa tête au creux de mon épaule, caresse mon torse du bout des doigts. Je ne peux m'empêcher de plonger mon nez dans ses cheveux, pour m'imprégner de son parfum.

– Qu'est-ce que je vais devenir ? demande-t-elle tout à coup d'une voix angoissée.

– Pourquoi dis-tu ça ? m'inquiété-je, de peur de la voir changer d'avis.

– Parce que je vais devoir parler à Nicolas... Imagine que ça ne marche pas entre nous ? Que deviendrais-je avec maman ?

– Tu n'as pas confiance en moi ? questionné-je en redressant la tête pour plonger dans son regard tourmenté.

– Si, mais je me suis si souvent fait avoir que je suis terrorisée à l'idée de te perdre et de me retrouver sans rien...

– Tu ne me perdras pas, Émy ! Je t'aime comme un fou et rien ne changera ça. Tu ne peux pas savoir ce que j'ai enduré toutes ces années. J'étais plus seul que jamais, ne croyais plus en rien ni en personne... Tu m'as réveillé, tu m'as rendu cette joie de vivre que j'avais perdue depuis bien longtemps. Tu m'as donné l'envie de faire des projets, de croire en un avenir à deux ! Tu ne te rends pas compte comme tu as changé ma vie... finis-je en sentant les larmes envahir mes yeux.

Je ne dois pas pleurer comme une gonzesse, putain ! Cette femme fait de moi tout ce que je déteste chez un homme. Elle me rend faible et vulnérable.

– Et qu'allons-nous faire ? questionne-t-elle, angoissée.

Je passe une main sur mon visage pour me remettre de mes émotions et reporte toute mon attention sur elle.

– Pour commencer, tu vas quitter ce gros connard ! Si tu veux que je t'accompagne, je le fais sans problème !

– Non, Stephen. Je dois régler ça toute seule, dit-elle en détournant le regard.

Une ombre passe sur son visage. Je suis certain qu'elle a peur de cet homme, je ne sais pas pour quelles raisons, mais je les découvrirai.

– Ensuite, avec mes économies, on va chercher une petite affaire en bord de mer. Avec ton talent, on pourrait organiser des mariages, des galas, des réceptions. Il est évident qu'on emmènera ta mère avec nous. On trouvera une jolie maison pas trop loin de la plage.

Je la dévisage, inquiet, pour être sûr que mes projets lui conviennent. En voyant ses yeux s'illuminer, je suis immédiatement rassuré.

– Tu aimerais ça ? Je veux dire, mener cette vie avec moi ? Parce qu'on peut faire ce que tu veux, Émy, tout ce que tu veux.

– Ça me va tout à fait. Mais tu as oublié de parler de la demi-douzaine d'enfants que je vais te faire, me taquine-t-elle.

Mon cœur se gonfle de bonheur, voilà encore une chose que je croyais inconcevable. Jamais je n'aurais pu m'imaginer être père un jour. Pourtant, Dieu sait que j'aime les enfants.

– Tu peux m'en faire autant que tu le désires, mon amour. Tout ce qui m'importe, c'est que tu ne me quittes jamais... Je ne survivrais plus sans toi, il faut que tu le saches.

Je soude mon regard au sien, le cœur battant, la gorge nouée.

– Je ne te quitterai jamais, Stephen. Je te le promets, dit-elle en caressant ma joue du bout des doigts.

– Tu as faim ? demandé-je pour faire diversion et cacher les émotions qui me submergent.

– Oui, je suis affamée.

– Va prendre une douche, si tu veux. Pendant ce temps, je réchauffe les lasagnes.

Je dépose un dernier baiser sur son épaule et me lève pour aller balancer le préservatif dans la poubelle. Je me donne un coup de gant pendant qu'Émy se faufile dans ma minuscule douche. Je ne peux m'empêcher de l'admirer. Elle est magnifique. Voyant que je l'observe, elle me décoche un sourire qui me percute en plein cœur. Je sors rapidement de la salle de bains avant de la rejoindre sous la douche et de lui faire tout ce qui me passe par la tête. Et quand je vois son corps, je ne manque pas d'imagination.

Je pose la barquette de lasagnes dans le four, ouvre la bouteille de vin. Je saisis deux verres dans le placard, sursaute en entendant la sonnerie de mon portable. J'ignore l'appel, installe les assiettes et les couverts sur le comptoir. Émy me rejoint, enroulée dans une serviette de bain et s'assied sur le tabouret avec un air heureux sur le visage que je ne lui avais jamais vu jusqu'à présent.

– Tu comptes manger tout nu ? demande-t-elle en baladant un regard malicieux sur les parties les plus intimes de mon anatomie.

Cette femme me perturbe tellement que je ne me suis même pas rendu compte de ma nudité ! Je perds les pédales en sa présence...

– Je ne voudrais pas te couper l'appétit, réponds-je en me dirigeant vers le placard pour enfiler un caleçon.

– Ça, ça ne risque pas d'arriver, me taquine-t-elle en fixant mes fesses.

Je m'installe à ses côtés et nous sers deux verres de vin. Alors que nous trinquons à nos projets d'avenir, mon téléphone se remet à sonner. Je l'ignore une nouvelle fois, mais Émy me demande en fronçant les sourcils :

– Tu ne réponds pas ?

– Non, je ne veux pas qu'on nous dérange. Je souhaite profiter de chaque seconde à tes côtés.

Je fais rapidement diversion, sachant très bien qui est l'auteure de ces appels incessants. Victoria a le don de me pourrir la vie. Je me lève, remplis nos assiettes que nous mangeons avec un grand plaisir. Puis je nous fais deux cafés, que je pose sur la table basse à côté du canapé-lit. Je fais signe à Émy de me rejoindre, l'entoure de mon bras pour la serrer contre moi.

– Je veux que tu restes avec moi ce soir, la supplié-je en voyant l'heure sur la pendule.

On arrive en fin d'après-midi sans que je m'en rende compte. Pourquoi le temps file-t-il si vite quand on aimerait qu'il ralentisse pour pouvoir profiter de chaque seconde de ce bonheur inattendu ? Je voudrais le stopper, rester allongé sur ce clic-clac avec Émy dans les bras. Pouvoir respirer son parfum, caresser sa peau satinée jusqu'à la fin de ma vie et ainsi être certain que je ne la perdrai jamais.

– Je ne peux pas, Stephen... Je dois voir Nicolas et rompre nos fiançailles. Je ne sais pas comment il va le prendre...

Je la dévisage et remarque de petites rides dues au stress se dessiner aux coins de ses yeux. Elle semble vraiment angoissée à l'idée de mettre fin à sa relation.

– Tu as peur de lui ? demandé-je en sentant mon sang se mettre à bouillonner dans mes veines.

– Je n'ai pas tellement envie d'en parler, Stephen... répond-elle en saisissant la tasse de café entre ses doigts tremblants.

– Tu sais que je suis là. Au moindre problème, tu me donnes un coup de fil et j'arrive !

J'essaye de la rassurer, mais j'avoue être aussi inquiet qu'elle. J'ai tellement peur de la perdre...

Mon téléphone choisit ce moment précis pour se remettre à sonner et je n'ai pas le temps de m'en saisir qu'Émy l'a déjà entre les doigts. Elle regarde l'écran et blêmit. Je lui prends mon portable des mains, l'envoie balader à l'autre bout du clic-clac.

– Tu la vois encore ? demande-t-elle d'une voix tremblante.

– Non, je la contacterai ce soir pour lui dire de me laisser tranquille.

– Oh...

– Émy... Je t'ai fait une promesse, je la tiendrai. Tu dois me faire confiance.

– Oui, je suis mal placée de toute façon pour te reprocher quoi que ce soit. Je suis moi-même encore fiancée, lance-t-elle en baissant les yeux sur la bague qu'elle porte à son doigt.

– J'appellerai Victoria ce soir et lui avouerai mes sentiments pour toi. Je veux que tu fasses la même chose de ton côté, que l'on puisse commencer notre histoire sur de bonnes bases.

– Oui, murmure-t-elle en posant sa joue contre mon épaule. Je vais devoir m'en aller, mais on s'appelle demain matin.

– Tu vas me manquer.

Je l'entoure de mes bras, la serre très fort contre moi. Je suis déchiré à l'idée de la laisser partir rejoindre ce gros connard.

Je la regarde s'habiller, l'accompagne jusqu'à la porte d'entrée que j'ouvre à contrecœur. Elle se tourne face à moi, m'offre un sourire triste en posant ses mains sur mon torse.

– Tu m'appelles demain matin sans faute, lui rappelé-je pour me rassurer.

– Promis, tu seras le premier de ma longue liste... J'ai tellement de monde à contacter pour annuler le mariage... Et je dois aussi en parler à ma mère. Je ne sais pas comment je vais lui annoncer.

– Ça en vaut la peine, Émy. On pourra enfin vivre notre amour au grand jour.

– Oui. Je t'aime, chuchote-t-elle en m'embrassant.

– Moi aussi, réponds-je.

Après un dernier regard, je ferme la porte, le cœur lourd. Ça m'est insupportable de la voir s'en aller, mais je n'ai pas le choix. Encore quelques jours et nous partirons ensemble. Je n'ai pas le temps de me rendre dans la salle de bains pour enfiler un peignoir que la sonnette retentit. Émy a sûrement dû oublier quelque chose. Je jette un regard circulaire à la pièce et ne vois rien d'inhabituel. J'ouvre la porte en souriant.

– Tu as oublié quelque cho... commencé-je.

Je me raidis de la tête aux pieds en découvrant Victoria, les lèvres pincées. Elle me pousse pour pénétrer chez moi sans attendre d'y être invitée. Je claque la porte, légèrement agacé par son comportement. Du regard, elle fait le tour de la pièce et ses yeux se posent sur le canapé-lit aux draps défaits, puis elle me scrute de haut en bas.

– Tu pourrais au moins te mettre quelque chose sur le dos le temps que l'on discute ! m'agresse-t-elle.

– Je suis chez moi, Victoria. Si j'ai envie de me balader à poil, je le fais ! la rembarré-je.

– Très bien, Stephen. Peux-tu me dire pourquoi tu ne réponds pas à mes appels ?

– Parce que je ne veux plus vous voir.

– Et cela n'a rien à voir avec la petite blonde qui vient de sortir de ton immeuble, je suppose ?

Son air dédaigneux me répugne au plus haut point. Comment ai-je fait pour baiser cette femme tant d'années ?

– Ça a tout à voir avec Émy. Je l'aime et elle m'aime.

– Mon pauvre Stephen... Crois-tu vraiment qu'elle va quitter son futur mari plein aux as pour un petit gigolo comme toi ? lance-t-elle, hargneuse.

Je me décompose sur place. Elle m'a touché en plein cœur, je dois l'admettre. Un sourire sadique étire ses lèvres en voyant ma réaction.

– Ne me dis pas qu'elle n'est pas au courant de ce que tu es vraiment ? Sait-elle que tu vends ton corps, qu'elle est une énième sur la liste de tes victimes ? Sait-elle que tu baises des femmes différentes chaque jour de la semaine depuis des années ? Non, elle ne sait rien, je le vois sur ton visage.

– Je veux que vous partiez Victoria, grogné-je en lui désignant la porte.

– Tu crois pouvoir te débarrasser de moi aussi simplement, Stephen ? Pour qui me prends-tu ? crie-t-elle en s'approchant de moi.

– Ce sont des menaces ? demandé-je en la défiant du regard.

– Prends-le comme tu veux... Tu t'en mordras les doigts, tu sais. Elle te brisera le cœur et tu reviendras vers moi.

– Je ne crois pas.

– Cette petite garce te...

– Dégagez de chez moi ! la coupé-je en sentant la colère s'emparer de moi.

– Très bien, je m'en vais. Mais tu le regretteras amèrement, lâche-t-elle d'un air mauvais, en se dirigeant vers la sortie.

– Ce que je regretterai toute ma vie, c'est d'avoir pu poser un jour les mains sur une vieille salope comme vous, lancé-je en la fusillant du regard.

Elle se fige sur place, me fixe.

Je l'ai blessée, je le vois au fond de ses yeux.

Elle redresse les épaules, la tête, et sort en claquant la porte derrière elle. Je reste un long moment immobile. Je suis soulagé d'être débarrassé de cette vieille rombière. Je trouve surprenant qu'elle ne se soit pas plus battue pour me garder. Elle a baissé les bras un peu vite. Peut-être est-elle lasse de cette situation qui dure depuis bien trop longtemps.

Un instant plus tard, je me couche avec des images d'Émy plein la tête. Son odeur présente sur mon oreiller m'apaise, je m'endors presque immédiatement.

CHAPITRE 22

Émy

Réveillée très tôt, je tourne en rond dans mon salon depuis plus d'une heure. Comme je ne travaille pas, je vais passer voir Nicolas pour lui annoncer que je ne l'épouserai pas demain. Sa réaction me terrifie, mais je dois l'affronter. C'est la première étape vers une nouvelle vie, un premier pas sur ce chemin que j'ai choisi de suivre avec Stephen. La peur me noue le ventre, mais je suis certaine d'avoir pris la bonne décision. Cet après-midi passé avec lui hier, ces moments que nous avons partagés... j'ai trouvé sur ses lèvres le goût du paradis, dans ses mots, toute la tendresse et l'espoir dont j'ai besoin. Dans ses bras, je me sens moi-même, je suis enfin sereine et confiante en l'avenir, comme si son amour me protégeait de tout et que plus rien ne pouvait m'atteindre. Même ses rêves me plaisent. Voir ses yeux briller et imaginer notre vie à sa façon, ensemble, dans une petite maison en bord de mer, m'a fait réaliser que, même si je le voulais, je ne pourrais pas revenir en arrière. Je ne pourrais pas accepter l'existence que j'ai tenté de m'imposer. J'ai vu autre chose, une chose qui a rallumé ce que je croyais éteint depuis longtemps. Et ça me donne le courage de faire ce que je vais faire maintenant, même si mon appréhension est telle que j'en ai la nausée. Mais il a raison, ça en vaut la peine. Pour lui, pour Stephen, tout en vaut la peine. Je me laisse aller à penser que chacune de mes douleurs passées n'avait pour but que de m'amener là où je suis maintenant, dans les bras de cet homme que j'aime plus que tout et qui redonne à ma vie les couleurs et l'éclat qu'elle avait perdus.

L'aimer autant devrait me faire peur. Moi qui ne savais plus faire confiance et qui m'étais juré de ne plus me laisser prendre au piège des sentiments, je viens de remettre mon cœur, mon âme et mon futur entre les mains d'un seul homme. Pourtant, je me sens juste... heureuse. Mes angoisses quant à l'avenir sont toujours là, bien sûr, mais il y a désormais quelque chose de plus intense, qui me donne le courage de faire un pas vers l'inconnu. Malgré tous les problèmes qui m'attendent, toutes les difficultés qui ne manqueront probablement pas de surgir, rien n'est plus fort que ce bonheur de savoir qu'il est là et qu'il m'aime lui aussi. Le reste, je serai assez forte pour faire avec, même si ça veut dire perdre cette sécurité qui m'était si chère. Car d'une certaine façon, j'en ai trouvé une autre : celle de pouvoir me reposer sur quelqu'un, de croire en lui, en cet amour né dans mon cœur qui n'espérait plus rien.

Mais pour ça, il me faut d'abord faire face à la fureur de Nicolas Dambres-Villiers... Je ne suis pas passée chez lui hier soir, le fait de me retrouver seule avec cet homme dans l'intimité de son appartement me terrorisait. Qui sait ce qu'il aurait pu me faire ? J'aurais pu me contenter de lui téléphoner, mais malgré toute la peur qu'il m'inspire, j'ai besoin de le regarder dans les yeux en lui annonçant que je le quitte. Je le veux en face de moi lorsque je lui dirai que je ne veux plus de lui et de son argent dans ma vie, à cet instant, où il comprendra que je ne lui appartiens plus. Je dois trouver ce courage-là, pour reprendre le contrôle de mon existence et me prouver qu'il ne m'a pas brisée ni rendue faible. C'est une étape difficile, la pire sans doute, mais elle m'est nécessaire. C'est pour cela que je m'apprête à quitter mon appartement pour rejoindre le neuvième arrondissement et le bureau de Nicolas. Je pourrai ainsi lui parler sans avoir à craindre une réaction trop violente ; il y aura des témoins, il sera obligé de conserver un semblant de calme. Après ça, j'aurai à appeler tous les prestataires, les invités... Et je passerai voir maman.

Après avoir attrapé mon sac, envoyé un texto à Stephen pour lui dire que je l'aime, je sors de chez moi et emprunte les escaliers. En les descendant, je me rends compte qu'à l'appréhension que je ressens se mêle un autre sentiment, beaucoup plus agréable. Je me sens légère, tout à coup. Libre. Comme si je venais de sortir d'une cage dans laquelle j'aurais été enfermée toute ma vie. Mes blessures passées et mes souvenirs douloureux sont toujours là, mais ils ne sont plus ces poids oppressants qui pesaient sur chacun de mes instants. Comme l'avenir ressemble à un endroit merveilleux, à présent... Et tout ça, je le dois à Stephen.

Mon Dieu ! Je suis complètement folle amoureuse de cet homme... À tel point que j'ai l'impression de sentir mon cœur se gonfler dans ma poitrine dès que je pense à lui. Il est fort et tendre à la fois, solide et malgré tout vulnérable. Il est drôle, sincère, plein de fougue, de douceur, de... de... Je ne trouve même pas les mots. Il est juste... lui, et tout ce que je veux au monde. Ce que j'ai toujours espéré sans oser croire que ça pouvait exister. La vie est vraiment pleine de surprises, parfois. Je le savais, mais la différence, c'est que maintenant, je sais que ces surprises peuvent aussi ressembler à des cadeaux précieux.

Je me retrouve sur le trottoir, sous un ciel bleu où ne vogue pas le moindre nuage. Je souris en songeant que l'univers lui-même semble ressentir le bonheur fou qui m'anime. Après avoir fait quelques pas, une voix qui ne m'est pas inconnue m'interpelle, je me retourne. Le sourire qui s'attardait sur mes lèvres se fige quand je vois qui vient de sortir de la luxueuse voiture garée devant la porte de mon immeuble.

Victoria, l'ex-compagne de Stephen.

– Bonjour, ma belle enfant. Comment allons-nous, ce matin ?

Son ton est avenant, tout comme l'expression de son visage, mais le regard qu'elle pose sur moi a la dureté du marbre et quelque chose de si venimeux qu'un sentiment de malaise me prend au ventre. Stephen lui a parlé, c'est certain.

– Bien, merci, rétorqué-je sans me laisser impressionner.

Son chien/rat, toujours dans ses bras, se met à se tortiller, elle lui caresse la tête avec sa main pleine de bagues énormes et tape-à-l'œil. Mais ses yeux restent braqués sur moi.

– J'ai appris la bonne nouvelle, reprend-elle. Toutes mes félicitations.

– À quel propos ? fais-je mine de ne pas comprendre.

– À propos de vous et de Stephen, de cette... petite idylle qu'il y a entre vous deux.

Voilà, j'en étais sûre, elle est là pour lui. Elle n'a pas dû apprécier de voir leur histoire se terminer. Comment pourrais-je l'en blâmer ? Renoncer à Stephen est la chose la plus douloureuse et difficile à faire au monde. J'ai déjà essayé, j'en sais quelque chose.

Malgré le fait que tout en cette femme me rebute, que je ne ressente pas une once de sympathie pour elle, je me sens tout à coup désolée de lui infliger ça. Elle doit être très malheureuse, en ce moment. Quelle que soit mon aversion à son égard et la jalousie que j'éprouve à savoir qu'elle a un jour eu le droit de poser les mains sur l'homme que j'aime, elle ne mérite pas de souffrir pour autant. Je me sens triste pour elle.

– Écoutez, Victoria... commencé-je en avançant vers elle. Je n'avais pas prévu ce qui arrive, je suis désolée...

À ces mots, pourtant sincères, elle se raidit. J'ai l'impression de sentir sa colère enflammer l'air qui nous entoure.

– Épargnez-moi votre pitié, petite, lâche-t-elle d'un ton acerbe.

– Non, enfin. Il ne s'agit pas de ça... tenté-je de me défendre.

– Vous vous croyez bien meilleure que moi, n'est-ce pas ? Vous êtes jeune, belle, vous pensez que le monde vous appartient !

– Non, pas du tout...

– Vous êtes fière d'avoir réussi à ensorceler Stephen, de l'avoir détourné de moi ! Vous vous dites même que c'était facile de l'obliger à me quitter pour vous !

– Absolument pas. Je vous assure que vous vous trompez.

Même si elle commence à m'agacer sérieusement, je garde un ton aussi calme et doux que possible. Quelque part, je comprends son chagrin, je ne lui en veux pas d'être en colère après moi. À sa place, sans doute serais-je aussi furieuse et désespérée qu'elle.

– Nous sommes juste... tombés amoureux, Victoria. Je sais que ça fait mal, mais c'est arrivé. Je ne peux rien vous dire de plus.

La réaction qu'elle a à cet instant n'est pas celle à laquelle je m'attendais. Elle éclate de rire... Un rire froid, mordant, porteur de mépris et d'un amusement malsain.

– Ce que vous êtes naïve, ma pauvre petite... lance-t-elle, en me dévisageant avec dédain. Les filles de votre genre ne sont vraiment bonnes qu'à écarter les jambes !

– Bon, ça suffit, dis-je, sentant ma patience s'étioler à mesure que grandit son agressivité. Je pense que nous n'avons plus rien à nous dire.

Jugeant que cette conversation a suffisamment duré, je fais demi-tour pour reprendre mon chemin. J'ai plus urgent à faire que d'écouter les méchancetés de cette femme. Elle est blessée, certes, mais ça n'excuse pas tout.

– Détrompez-vous, Émelyne. Je pense au contraire qu'il y a encore bien des choses que nous devrions nous dire, lance-t-elle dans mon dos. Toutes celles que Stephen vous a cachées, par exemple...

Cette fois, elle a clairement dépassé les bornes. Je ne sais pas ce qu'elle essaye de faire, mais je ne la laisserai pas répandre son fiel et salir Stephen sans réagir. Je fais volte-face et la rejoins, à présent moi aussi très en colère.

– Arrêtez, Victoria. Que vous soyez malheureuse, soit, mais ne racontez pas n'importe quoi pour vous venger !

– Ce n'est pas moi, petite, qui raconte n'importe quoi ! réplique-t-elle. C'est votre amoureux transi ! Est-ce qu'il vous a dit de quelle façon il gagne sa vie ?

– Oui, bien sûr ! Il travaille dans les services.

Elle sourit à nouveau.

– Les « services » ? Oui, c'est une manière de voir les choses... Ceci dit, je dois bien reconnaître qu'il a dû rendre « service » à beaucoup de femmes, durant ses longues nuits de labeur...

– Qu'est-ce que vous sous-entendez ? ne puis-je m'empêcher de lui demander, en fronçant les sourcils.

Elle me toise, un air victorieux sur le visage, ménageant son effet. Quand elle reprend la parole, c'est en arborant un sourire acide et malveillant.

– Stephen est gigolo, petite. Votre Roméo gagne sa vie en baisant toutes celles qui ont assez d'argent pour se payer sa jolie queue...

Je recule d'un pas.

– Vous racontez n'importe quoi, lancé-je, dégoûtée de constater qu'elle est prête à toutes les infamies pour tenter de briser ma relation avec Stephen.

– C'est ce que vous voudriez croire, mais essayez de voir un peu plus loin que le bout de votre nez, pour une fois !

– Arrêtez.

– Stephen vous a menti sur toute la ligne. Je suis peut-être vieille, mais réaliste. Vous pensez vraiment qu'une femme comme moi aurait pu sortir avec un homme comme lui si je n'avais pas payé une somme folle pour m'offrir sa compagnie ?

– Arrêtez...

Je déglutis et recule encore d'un pas, mais j'ai l'impression que mes jambes ne me portent plus vraiment.

– Et vous, jolie Émelyne, continue-t-elle. Comment croyiez-vous qu'il soit entré dans votre vie ?

– Je ne veux plus rien entendre, dis-je en secouant la tête. Vos mensonges sont répugnants, vous devriez avoir honte de vous rabaisser à ce point !

– J'ai mené mon enquête, concernant votre si romantique petite histoire.

– Taisez-vous !

– Je ne sais pas quel genre d'amies vous pensez avoir, mais il semblerait que certaines soient prêtes à débourser un beau paquet pour s'assurer que vous n'épousiez pas n'importe qui...

Mon cœur se vide d'un coup, je commence à avoir du mal à respirer.

– De quoi parlez-vous ? demandé-je d'une voix blanche.

– Vanessa, c'est bien ça ? C'est bien elle que vous considérez comme votre grande amie, je me trompe ?

Comment... comment connaît-elle Vanessa ? Et pourquoi l'air qui m'entoure semble prendre une étrange consistance poussiéreuse ?

– C'est elle qui a engagé Stephen pour vous séduire, reprend Victoria. Elle a payé un gigolo pour briser vos fiançailles.

– Non... soufflé-je, refusant de croire ses horribles paroles. Vous mentez !

Victoria caresse la tête de son chien avec nonchalance, comme si elle venait de m'inviter à boire une tasse de thé. Seul son regard trahit la satisfaction haineuse qui l'anime.

– Détestez-moi autant que vous le voudrez, ça m'est égal. Mais ça ne changera pas le fait que je suis la seule à vous dire la vérité. Stephen ne vous aime pas, Émelyne. Il a juste été payé par votre « meilleure amie » pour vous le faire croire...

Après un dernier sourire, elle fait demi-tour et remonte dans sa voiture. Je me retrouve seule sur le trottoir, avec l'impression de voir le monde s'écrouler autour de moi.

Je voudrais tellement croire qu'elle a inventé tout ça. Tellement... Mais je me souviens de ma rencontre avec Stephen, du fait que ce jour-là, j'attendais Vanessa et qu'elle n'est jamais venue. À la place, c'est lui qui m'a rejointe dans ce café et qui s'est installé juste à côté de moi. Je me souviens aussi de ce gala au salon Foch, de la réaction de mon amie lorsqu'elle l'a vu arriver. Je me souviens de ce que j'ai pensé en le découvrant au bras de cette vieille femme laide et riche, et de la gêne de Stephen quand je lui ai demandé ce qu'il faisait dans la vie.

À mesure que les pièces du puzzle s'assemblent, une douleur cuisante s'imprègne dans ma chair. Je me mets à trembler, les larmes commencent à me brûler les yeux. Alors... tout ça n'était qu'un mensonge ? Mes espoirs, mes rêves. Sa tendresse, ses promesses. Notre histoire, notre... amour. Il n'y avait rien de vrai. Pas plus que dans mon amitié avec Vanessa.

J'avance vers mon immeuble, en pousse la porte d'entrée pour me réfugier à l'intérieur. Une fois dans le hall, à l'abri des regards, je m'effondre sur le sol froid et me mets à sangloter sans pouvoir me retenir. Une masse noire s'abat sur moi, j'ai l'impression d'étouffer, d'être écrasée sous le poids d'un chagrin insoutenable. J'ai mal, mal à avoir envie d'arracher mon cœur de ma poitrine, mal à vouloir mourir. Mon âme se vide en même temps que se déversent mes larmes. Le simple fait de respirer devient une souffrance.

Stephen, ses mots, ses caresses, ses baisers, les sentiments qu'il disait avoir pour moi... tout était faux. Comment ai-je pu me laisser avoir encore ? Comment ai-je pu lui faire si entièrement confiance ? Comment ai-je pu... tomber à ce point follement amoureuse de lui ? Comme je m'en veux... À croire que la vie ne m'avait rien appris.

Je reste longtemps dans le hall de mon immeuble, assise par terre, à laisser la douleur me broyer et les regrets m'ensevelir. Avant que mes larmes se soient tout à fait taries, je me relève avec difficulté tant le poids qui m'accable pèse lourd sur mes épaules et dans mon cœur. Je ressors, sans réfléchir, sans rien ressentir d'autre que ce vide noir qui me dévore, j'arrête un taxi et grimpe à l'intérieur.

Trois quarts d'heure plus tard, après un court arrêt, j'arrive devant chez Stephen. Je monte les escaliers dans un état second, un petit sac en plastique opaque serré contre moi, et frappe à sa porte. Quand il ouvre et me voit, un sourire se dessine sur ses lèvres. Sourire qui meurt immédiatement lorsqu'il découvre mon visage maculé de traînées noires, mes yeux brillants des larmes que je me retiens à grand-peine de verser.

– Émy ? s'alarme-t-il. Qu'est-ce qui se passe ? C'est Nicolas ?

Je ne réponds pas et entre d'un pas déterminé. Avant de me tourner vers lui, je prends une profonde inspiration qui remplit mes poumons de cendres grises. Voir son visage, retrouver sa proximité, son odeur, entendre le son de sa voix... Tout ça rend ma douleur, mon chagrin encore plus vifs, et fait remonter à la surface cet amour qui me brise et que je hais ressentir.

– Émy... reprend-il avec une insupportable douceur, en refermant la porte. Tu m'inquiètes, qu'est-ce qui se passe ?

Lui faisant finalement face, je rive mes yeux aux siens et m'approche, le bras tendu devant moi. Il jette un œil au sac plastique que j'ai à la main, son visage prend une expression de totale incompréhension.

– Tiens, lui dis-je d'une voix cassée. Je ne sais pas si ce sera suffisant, mais c'est tout ce que j'ai.

Il l'attrape et l'ouvre pour en examiner le contenu. Lorsqu'il voit ce qu'il y a à l'intérieur, un tas de billets de banque, il semble encore plus perdu.

– Qu'est-ce que... qu'est-ce que c'est que ça ?

– Peut-être quelques heures de ton temps. Mais je n'en suis pas sûre.

Je le fixe en silence une seconde, et ajoute :

– Je n'ai pas autant d'argent que Vanessa, tu as dans les mains tout ce qui restait sur mon compte.

Soudainement, son visage blêmit, une lueur de panique s'allume dans ses yeux verts.

– Émy, je...

– Par simple curiosité, Stephen, le coupé-je. Combien est-ce qu'elle t'a donné pour me sauter et briser mes fiançailles ?

Il laisse le sac tomber à ses pieds, quelques billets s'échappent et s'éparpillent sur le sol. Puis il tend la main vers moi pour me toucher, mais je recule vivement.

– Ce n'est pas ce que tu crois ! plaide-t-il, le visage défait.

– Ah bon ? Tu n'es pas gigolo et tu n'as pas été payé pour me séduire ?

Sa bouche s'ouvre comme s'il était sur le point de dire quelque chose, mais seul un soupir franchit ses lèvres. Son silence sonne comme un aveu et une salve de larmes acides me monte aux yeux.

– Tu ne m'as pas dit combien, lancé-je en faisant de mon mieux pour les retenir. À combien est-ce que toi et ma meilleure amie avez estimé la valeur de ma vie, Stephen ?

– Émy, je t'en supplie, écoute-moi.

– Combien pour chaque baiser ? continué-je, en ignorant sa requête. Combien pour chaque mot d'amour, pour chaque caresse, pour chaque... pour chaque mensonge ?

– Non, j'ai été sincère avec toi ! Je te le promets !

– *Sincère* ? répété-je en sentant ma peine se muer en colère. *Sincère* ? Comment oses-tu dire une chose pareille ?

Mes larmes débordent, de grosses perles salées dévalent mes joues, dessinant de nouveaux sillons noirs sur ma peau blême. Stephen tente une fois de plus de me toucher, un air à la fois suppliant et affolé sur le visage.

Je repousse sa main avec violence.

– Émy, il faut que tu me croies ! Oui, j'ai été payé pour coucher avec toi, mais tout a changé quand j'ai appris à te connaître ! Je... je suis vraiment tombé amoureux de toi ! Je t'aime, tu entends ? Pour de vrai ! L'argent n'a plus rien à voir avec tout ça, j'ai même tout rendu à Vanessa !

– Est-ce que c'est ce que tu as dit à Victoria, aussi ? Ou à toutes tes... *clientes* ? Est-ce que les mensonges et les fausses promesses sont inclus dans le forfait ou c'est juste un traitement que tu m'as réservé ?

Je me tais et Stephen me dévisage avec désespoir. Il semble chercher quoi dire, quoi faire pour me convaincre, mais je ne me laisserai plus avoir. C'est terminé, quelles que soient les sornettes qu'il trouvera à inventer.

– Je t'aime, Émy, finit-il par lâcher. J'ai eu tort de te mentir, si tu savais comme je regrette... Je suis le roi des cons. Mais je t'en prie, crois-moi quand je te dis que je t'aime comme un fou et que je mourrais si tu me quittais...

Je secoue lentement la tête, dans un sourire aussi triste que désabusé.

– Plus jamais je ne croirai un seul des mots qui sortira de ta bouche, Stephen, asséné-je en m'essuyant les joues.

– Émy... implore-t-il.

Il fait un pas vers moi, je recule d'autant et mets une main devant moi pour lui interdire de tenter quoi que ce soit.

– Tu diras à Vanessa que ta mission est un échec. Tu sais pourquoi ?

Je n'attends pas qu'il me réponde pour continuer.

– Parce qu'épouser un homme capable de me violer me fera moins mal que tes fausses promesses et tes faux mots d'amour. Moins mal que d'avoir eu la bêtise de tomber amoureuse de toi...

– Quoi ? Qu'est-ce que tu viens de dire ?

– Plus rien qui ne te concerne.

– Non, Émy, attends !

– Laisse-moi.

– Non ! Non, je t'en supplie, tu ne peux pas partir ! Pas après m'avoir dit ça !

Soudainement lasse, vidée de toute substance, je me dirige vers la porte et la franchis sans jeter un regard derrière moi.

– Émy ! crie Stephen lorsque je disparais dans le couloir. Je ne te laisserai pas retourner avec ce type !

En m'engageant dans l'escalier, j'entends ses pas rapides derrière moi et comprends qu'il me suit.

– Quitte-moi ! Déteste-moi, même ! J'en crèverai, et je m'en fous ! Mais ne retourne pas avec ce connard, par pitié ! C'est tout ce que je te demande !

Je dévale les marches sans voir où je mets les pieds, la vue brouillée par ces fichues larmes qui ne cessent de couler, et débouche dans la rue. Le taxi qui m'a conduite ici m'attend toujours.

– Émy !

Je m'engouffre dans la voiture, claque la portière sans que Stephen parvienne à m'en empêcher et ordonne au chauffeur de se mettre en route.

– ÉMY !

Le véhicule s'engage dans la circulation et la silhouette de Stephen s'éloigne.

Je songe une seconde que je n'ai pas pensé à récupérer mon sac rempli de billets, puis réalise que cela n'a aucune importance. C'est tout ce que j'ai, mais je m'en moque. Parce que j'ai laissé dans cet appartement quelque chose de bien plus précieux que de l'argent. J'y ai laissé tous mes espoirs, tous mes rêves, tout ce que j'étais capable de ressentir de doux et de bon. J'y ai laissé mon âme, ma vie. Mon cœur. Ce que personne ne pouvait acheter. Tout ce que j'avais d'inestimable.

CHAPITRE 23

Stephen

Je ne comprends pas... Pourquoi ? Pourquoi maintenant que ma vie a enfin un sens ? pensé-je en regardant le taxi s'éloigner et tourner au coin de la rue. Je reste immobile sur le trottoir un long moment, comme si mon corps et mon cœur s'étaient figés en même temps, comme si la Terre entière venait de s'effondrer sur moi. J'ai l'impression de suffoquer, je suis anéanti... J'étais l'homme le plus heureux du monde en recevant son petit message ce matin, comment la situation a-t-elle pu dérailler en si peu de temps ? Mes yeux sont rivés sur le bitume tandis que mon regard se voile. Ma vue se brouille, je prends une grande respiration, et oblige mon corps à bouger pour retourner dans mon appartement. Je ferme la porte derrière moi avec une impression de vide, comme un trou béant à la place du cœur. Je pose les paumes de mes mains contre le mur qui me fait face pour me pencher en avant et laisser sortir ces larmes que je retiens depuis qu'elle a disparu à l'angle de cette fichue rue. Une douleur inimaginable m'écrase la poitrine à m'en rendre fou. Je pensais avoir connu le pire le jour où j'ai perdu Julie... J'étais très loin de la réalité...

Je l'ai perdue...

Je l'ai perdue et ne sais pas comment faire pour accuser le coup, pour encaisser cet événement qui vient briser mes rêves et mon existence tout entière. Que sera ma vie sans Émy ? Je ne peux même pas m'imaginer vivre une journée sans elle, alors toute une vie ? Je pleure, mais mes larmes sont amères. Je ne peux m'en prendre qu'à moi-même. Pourquoi je ne lui ai pas dit la vérité ? Ou tout simplement, pourquoi suis-je ce que je suis ? Pourquoi j'ai laissé les événements déraper sans réagir ? J'étais tellement persuadé de ne plus jamais connaître l'amour que j'ai vendu mon âme au diable...

Je m'en veux terriblement. Émy ne mérite pas de souffrir, encore moins à cause d'un gros connard comme moi ! Je prends mon portable dans la poche arrière de mon jean et la cherche dans mes contacts. Quand sa photo s'affiche, j'ai l'impression de recevoir un coup de poignard en plein cœur. Je suis tétanisé devant ce visage que j'aime tant. Je mets quelques minutes à me sortir de cet état second. Je lance l'appel et j'attends le cœur battant. Une sonnerie, deux sonneries... À la quatrième, je me décompose et quand je tombe sur sa messagerie, je suis effondré. Je recommence, inlassablement. Au bout d'un moment, je laisse glisser mon portable au sol et attrape l'horrible vase posé sur la console de l'entrée pour l'envoyer valser à travers la pièce. Il se brise en mille morceaux contre le mur. Envahie par un mélange de colère, de désespoir, je me mets à tout renverser, casser. Je ravage complètement l'appartement. Mon corps ne m'appartient plus, je suis comme possédé. J'achève mon massacre en donnant des coups de poing dans le mur de la salle de bains et en attrapant le miroir pour l'exploser dans un fracas inimaginable. Il vole en mille éclats dans toute la pièce. Je m'effondre, complètement à bout de souffle, le cœur démoli. Je ne sais plus quoi faire pour calmer cette douleur qui torture chaque cellule de mon corps. Je détruirais la ville entière que ça n'y changerait rien. Je me laisse glisser au sol en sortant mes cigarettes. J'en allume une et regarde la fumée un moment, puis je jette un coup d'œil à ma montre. Il est 14 h, je vais aller voir Émy chez elle. Je me redresse et ramasse l'enveloppe avec les billets, je vais lui rendre. Je sais qu'elle ne travaille pas aujourd'hui. Je sors de l'appartement en évitant les débris et file au parking récupérer ma voiture. Je conduis sans prêter attention à la route, je suis complètement déconnecté de mon corps. Et si elle ne voulait plus jamais me parler ? Comment vais-je faire si elle me repousse ? Non, ce n'est pas possible, ça ne peut pas nous arriver, elle va me dire qu'elle me pardonne toutes mes conneries et qu'elle m'aime plus que tout. Ça ne peut pas en être autrement... Je ne peux pas la perdre...

Je pénètre dans l'immeuble, grimpe les marches comme un malade. Remarquez, c'est un peu ce que je suis... je suis complètement malade de cette femme ! J'arrive devant son appartement, me mets à sonner, puis, impatient, je commence à donner des coups dans la porte. J'insiste, mais rien... Soit elle m'ignore, soit elle est absente. Je l'appelle une nouvelle fois, mais rien à faire elle ne décroche pas.

– Émy... Si tu es là, ouvre-moi... supplié-je, la tête appuyée contre le bois verni de la porte. S'il te plaît, j'ai besoin de te parler...

Je ne sais pas combien de temps je reste prostré sur ce palier, mais il semble s'être figé. Je regarde à nouveau ma montre, il est presque 16 h, une envie soudaine de voir Victoria, pour déverser sur elle toute ma colère, me vient. Je sors l'enveloppe de ma veste, la glisse sous la porte, ainsi, elle comprendra peut-être que je me moque de l'argent. Je retourne chercher ma voiture en me passant une main sur le visage pour effacer les traces de mon chagrin. Je roule à toute vitesse, me gare comme un sauvage sur le trottoir devant sa demeure. Par chance, les grilles sont ouvertes. Je presse le pas jusqu'à l'entrée. Je n'ai pas le temps de sonner que la porte s'ouvre. Une femme très élégante me regarde de la tête aux pieds. Il est vrai que je dois être effrayant, les cheveux en pagaille, le visage déformé par la colère, les vêtements froissés et tachés par le saccage de mon appartement.

– Je voudrais voir Victoria.

– Qui la demande ? s'enquiert-elle froidement.

– Un ami, grogné-je.

– Je suis désolée, mais Madame se repose, répond-elle en tentant de refermer la porte.

Je donne un violent coup d'épaule dans le battant, envoyant valser l'employée par la même occasion. Je suis tellement fou de rage que rien ne se mettra sur mon chemin. Je dois voir cette saloperie de bonne femme pour lui dire ce que je pense de son coup foireux. Je passe de pièce en pièce, c'est immense. Je commence à perdre patience, me mets à hurler comme si j'avais perdu la raison, peut-être l'ai-je réellement perdue...

– VICTORIA ! VICTORIA...

Je tourne entre ces murs comme un lion en cage et remarque la porte vitrée entrouverte qui donne sur une immense terrasse. Une fois dehors, je ne mets pas longtemps à repérer cette salope allongée sur une chaise longue. Je fonce droit sur elle, je dois sacrément avoir l'air menaçant, car elle se redresse précipitamment en renversant au passage sa tasse de thé.

– Espèce de vieille garce ! hurlé-je en me dressant devant elle.

– Je ne te permets pas et...

– Vous ne me permettez pas quoi ? la coupé-je. La question est plutôt comment VOUS, vous êtes permis de bousiller ma vie sans raison ?!

– Je t'ai rendu service Stephen, me répond-elle d'une voix chevrotante.

– Vous m'avez rendu service ? Vous êtes complètement timbrée, je me demande bien comment j'ai pu vous supporter tant d'années !

– Stephen, je t'ai sauvé d'une histoire sans avenir ! Crois-tu vraiment qu'elle allait quitter son fiancé pour un petit gigolo comme toi ?

– Oui, je le crois ! Nous nous aimons. Nous voulions juste partir d'ici et commencer une nouvelle vie à deux... Vous avez tout détruit ! Vous êtes tellement seule, aigrie, que vous n'avez pas pu vous empêcher de foutre le bordel dans mon histoire ! Vous êtes pitoyable, Victoria... lamentable...

– Ne me parle pas sur ce ton, jeune homme ! s'excite-t-elle d'un coup en pointant un doigt menaçant tout fripé dans ma direction.

– Je dois faire un cauchemar, ce n'est pas possible autrement ! Vous devriez vous estimer heureuse de ne pas vous prendre mon poing dans la figure, espèce de vieille salope !

Je regarde son visage devenir blême. Ses yeux venimeux me fixent alors que je me demande ce que je fous ici. Ça ne changera rien à la situation. Je m'adresse à elle d'une voix glaciale :

– Ouvrez grand vos oreilles, Victoria, ce que je vais vous dire ne va pas vous plaire, commencé-je en la voyant mettre sa main sur son cœur. Depuis toutes ces années, je vous supporte uniquement parce que vous me payez bien ! Je prends depuis tout ce temps du viagra pour pouvoir vous baiser ! Vous êtes tellement égocentrique que vous ne vous êtes jamais rendu compte que j'étais incapable de bander pour une vieille peau comme vous ! Je vous hais. Vous êtes la pire chose qui me soit arrivée dans ma putain de vie ! Pourtant, Dieu sait que j'en ai vu ! Je vais sortir de cette maison et je vous interdis de vous approcher à nouveau d'Émy ou même de moi, sinon je ne suis pas sûr de pouvoir me retenir de vous étrangler ! Tenez-vous loin de ma vie, espèce de vieille cinglée ! conclus-je en tournant les talons pour m'éloigner rapidement de cette femme avant de ne pouvoir m'empêcher de la sécher à coup de pelle et de balancer son corps dans un trou !

– Stephen... gémit-elle entre ses larmes.

Je l'ignore et le cœur plein de rage, je remonte dans ma voiture. Je ne pars pas tout de suite, j'ai besoin de quelques secondes pour me calmer et reprendre mes esprits. Puis le moral au plus bas, je décide de me rendre au *St James*. Je m'installe au fond de la salle, dans un coin à l'abri des regards. Je commande une bouteille d'un bon whisky, vieux de douze ans d'âge, il me faudra bien ça pour m'aider à supporter cette douleur qui me comprime la poitrine sans interruption depuis ce matin. Je sors mon portable, le pose sur la table, ne pouvant m'empêcher de faire défiler les photos jusqu'à celle d'Émy. Je me souviens du jour où je l'ai prise à son insu. C'était ici même, dans ce bar. Elle dansait avec son amie Vanessa. Elle était magnifique et souriait, les yeux pétillants de malice. Je me sers un deuxième verre, comme si ça pouvait dénouer ce nœud que j'ai dans la gorge qui m'empêche de respirer.

Un moment plus tard, mon regard se perd dans la foule. J'observe les gens s'amuser, danser, comme si j'étais déconnecté de la réalité. On est vendredi soir, le *St James* est plein à craquer d'individus prêts à faire la fête, tout l'inverse de moi. Tout ce que je désire, c'est oublier...

Je sursaute quand mon portable se met à vibrer sur la table et m'en empare précipitamment, le cœur au bord des lèvres avec l'infime espoir que ce soit Émy. Grosse déception, c'est un numéro inconnu... J'hésite un instant, puis décroche en soupirant.

– Stephen, j'écoute...

– Oh... je sais qui tu es, espèce d'abruti ! hurle une voix féminine. Comment tu as pu me faire ça ?

– Vanessa ? Qu'est-ce que tu dis, je...

– Tu as bousillé mon amitié, espèce de gros connard ! me coupe-t-elle, folle de rage. Comment as-tu pu lui dire que je t'avais payé pour la séduire ? Tu te rends compte que je viens de perdre ma meilleure amie ? Comment je vais faire... je... je...

Elle ne parvient pas à terminer sa phrase, la voix étranglée par un sanglot.

– Vanessa, écoute-moi, je n'y suis pour rien... Je viens de perdre la femme de ma vie, alors crois-moi... je sais de quoi tu parles, avoué-je en sentant mes yeux se remplir de larmes.

Mais qu'est-ce qui m'arrive, ce n'est pas vrai, je ne me reconnais plus ! Je pleure pour une femme qui m'a largué sans même écouter un seul mot de ce que j'avais à lui dire. Je suis devenu faible et j'en paye le prix. C'est bien la dernière fois de ma vie que je m'autoriserai à aimer qui que ce soit !

– Mais si ce n'est pas toi, alors d'où vient la fuite ? s'empresse-t-elle de demander.

– Écoute, je suis au *St James*, rejoins-moi et on parlera de tout ça, j'ai une bonne bouteille de whisky qui n'attend que toi !

– OK, j'arrive, mais s'il te plaît, pas de mauvaise surprise, ne fais pas venir Greg, je ne suis pas d'humeur !

– Je ne bouge pas, réponds-je en raccrochant.

C'est surprenant comme le fait de savoir que quelqu'un d'autre souffre du rejet de la même personne que vous, peut faire du bien. Je suis peut-être un égoïste... Peu m'importe, je me sens plus léger tout à coup et attends avec impatience l'arrivée de Vanessa pour pouvoir partager cette peine qui me consume à petit feu. Je bois un autre verre, la brûlure du liquide finit par me dénouer la gorge, l'alcool et ses bienfaits... Quand Vanessa apparaît, je suis déjà bien éméché. Elle me tombe dans les bras comme si sa vie était aussi brisée que la mienne. On s'installe face à face, je lui sers un verre avant de commencer cette conversation qui nous tient tant à cœur :

– Alors, comment l'as-tu appris ? demandé-je, curieux.

– Émy m'a téléphoné, folle de rage et en pleurs. Elle m'a dit que j'étais la pire des garces et qu'elle ne comprenait pas comment j'avais pu lui planter un couteau dans le dos, en payant un gigolo pour briser son mariage. J'ai été tellement surprise que je n'ai pas pu me défendre, je suis restée paralysée par le désespoir que j'ai entendu dans sa voix... Qu'est-ce qu'on va faire ? Et qui a foutu ce gros bordel ? Je sais que je ne suis pas innocente, que je n'aurais jamais dû faire ce que j'ai fait, mais... je ne pouvais pas la laisser foutre sa vie en l'air avec un monstre d'égoïsme comme Nicolas !

– C'est Victoria, une de mes clientes qui a tout dévoilé à Émy, par jalousie. Et... je dois te parler d'autre chose... Émy m'a avoué avoir été violée par Nicolas... Elle m'a dit qu'elle préférait vivre avec ce monstre qui avait abusé d'elle plutôt qu'avec moi ! lancé-je d'une voix brisée.

– Quoi ? Non... non, ce n'est pas possible...

– Elle me l'a dit et je peux te dire qu'à voir la douleur qui planait dans ses yeux, elle ne mentait pas !

– Mon Dieu... Je ne l'ai pas sentie bien, il y a quelques jours, je pensais que c'était à cause de toi. Jamais je n'aurais imaginé qu'il aille si loin cet enfoiré !

– Oui, je peux te dire que si je tombe sur lui, je ne suis pas sûr de ne pas le tuer...

– Idem, répond-elle pensive. Elle ne veut plus jamais que je l'appelle et ne veut plus me voir. Je ne sais pas quoi faire... Je ne pense pas qu'elle va annuler son mariage...

Je me redresse, paniqué, j'avais complètement oublié cette histoire de mariage. En nous resservant deux verres, je lui demande soucieux :

– Tu crois vraiment qu'elle va se marier avec lui ? Impossible, elle ne peut pas faire ça ! S'il l'a violée, elle ne peut pas s'unir à lui ! m'emporté-je à deux doigts de l'explosion.

– Tu sais, elle est prête à tout pour mettre sa mère à l'abri du besoin et elle est tellement en colère contre nous que ça ne me surprendrait pas.

– Ce n'est pas vrai, comment j'ai pu en arriver là ! Je l'aime tant et... je ne peux pas vivre sans elle, Vanessa, je ne peux pas...

– Parce que tu crois que moi je peux ? Je n'aurais jamais dû t'embaucher pour la séduire !

– Oui, mais si tu ne l'avais pas fait, je ne l'aurais jamais connue... L'un dans l'autre, je la perdais, conclus-je en me passant une main sur le visage pour chasser toutes les images d'Émy qui emplissent mes pensées.

– Oui, c'est vrai...

– Tu sais qu'hier soir, nous parlions de partir tous les deux pour monter notre petite affaire au bord de la mer ? Nous étions si heureux... Nous n'avions plus aucun doute sur notre relation et en moins d'une seconde, tout s'est envolé ! À cause de cette misérable Victoria, nos vies sont complètement brisées.

– C'est incroyable ! Quand je t'ai engagé, pas un instant je n'aurais pensé que vous tomberiez amoureux l'un de l'autre !

– Oui, la vie peut nous jouer de drôles de tours parfois, lancé-je en me repassant notre première rencontre.

Je me rappelle son air agacé quand elle m'avait envoyé promener et ce sourire provocateur lorsqu'elle répondait à mes attaques. Comment vais-je faire pour vivre sans elle ?

Je nous sers deux autres verres. J'ai vraiment trop bu, je le sens dans la maladresse de mes gestes, dans cette impression que mon corps flotte et que plus rien n'a d'importance.

Vanessa aussi a son compte, elle est imbibée d'alcool quand elle m'invite à danser un slow quelques heures plus tard sur une musique qu'elle adore. J'accepte et me retrouve sur la piste à enlacer cette jeune femme qui semble tout aussi anéantie que moi. Nous passons une partie de la nuit à danser et boire, je suis ivre mort quand on arrive chez moi. Nous avons pris un taxi et je ne pouvais pas laisser partir Vanessa dans cet état, alors je l'ai invitée. Pour être franc, l'idée de rentrer seul dans mon appartement saccagé ne m'enchantait guère ! Il va falloir tout remettre en ordre, mais on verra ça plus tard, pour le moment, j'ai bien d'autres choses à penser... comme le mariage.

Le jour se lève. Je suis assis sur une chaise, penché en avant, la tête dans mes mains. J'ai une gueule de bois monumentale et un mal-être inimaginable. Vanessa dort encore, elle est tombée ivre morte sur le canapé-lit en arrivant, moi je n'ai pas pu fermer l'œil. Émy m'obsède, me ronge de l'intérieur, elle est devenue en peu de temps mon pire cauchemar. Chaque minute, chaque seconde sans elle c'est comme si je brûlais dans les flammes de l'enfer. Ça te consume, te détruit à l'infini, il n'y a pas de moment de répit dans ce cercle infernal. Je pense que je vais devenir complètement fou ou alcoolique, si je ne la récupère pas. Ma vie est finie.

– À voir la tête que tu fais, ça ne va pas mieux ce matin, toi ! intervient Vanessa en se redressant pour s'asseoir.

Je la dévisage un instant, remarque ses cernes, ses yeux rouges et ses cheveux en bataille... Finalement, il y a pire que moi.

– Tu devrais te regarder dans un miroir, grogné-je en me levant pour sortir une bouteille de whisky du placard.

– Oh non, ne me dis pas que tu remets ça, tu vas me faire vomir. Enlève cette bouteille de ma vue ! gémit-elle.

– Je peux te faire un café si tu veux, mais moi je préfère être saoul que de supporter cette situation !

– Lâche ! Voilà ce que tu es ! lance-t-elle en me défiant du regard.

– Que veux-tu dire ?

– Tu devrais te battre au lieu de te laisser aller ! Pour hier soir, je peux comprendre, nous étions sous le choc, mais aujourd'hui est un autre jour et je ne compte pas en rester là !

– Qu'est-ce que tu vas faire ? Elle ne veut plus de nous dans sa vie !

– Je ne vais pas lui laisser le choix ! Je vais aller la voir et la forcer à m'écouter ! Je pense qu'elle a dû annuler le mariage, je vais essayer de la trouver chez elle !

– Elle ne t'écoutera pas ! Elle n'a plus du tout confiance en nous et vu ce qu'on lui a fait, je la comprends !

– Je sais bien que ce que nous avons fait est impardonnable, mais ça vaut le coup d'essayer, ELLE vaut le coup... finit-elle les larmes aux yeux.

– Oui, tu as raison...

– Mais c'est quoi ce bordel ? demande-t-elle tout à coup en réalisant l'état laborieux de mon appartement. Comment tu peux vivre dans une poubelle pareille ?!

– J'ai pété un plomb hier quand Émy est partie...

Elle me regarde, écarquille les yeux, avant de secouer la tête.

– T'es complètement dingue !

– Je sais, réponds-je en préparant le café.

– Émy venait ici ? Déjà que je ne comprenais pas ce qu'elle te trouvait, mais alors là, ça dépasse l'entendement !

– Ferme-la, tu ne vaux pas mieux que moi parce que tu es blindée de fric ! Tu as payé un gigolo pour foutre la vie de ta meilleure amie en l'air, tu n'es pas plus respectable que moi ! répliqué-je, agacé.

Voyant son visage se décomposer, je n'insiste pas et lui tends une tasse de café. Je me sers un whisky et me laisse tomber à ses côtés sur le canapé.

– Finalement, nous ne valons pas mieux l'un que l'autre, bredouille-t-elle en retenant ses larmes.

– Excuse-moi, je ne voulais pas te blesser, je suis à cran !

– Non, c'est moi... J'ai toujours eu cette vilaine habitude de rabaisser les gens... Peut-être parce que j'ai peur de me sentir inférieure, me confie-t-elle.

– Je sais ce que c'est de se sentir inférieur, réponds-je en avalant mon verre d'une traite.

– Tu vas être malade, me gronde-t-elle en me voyant m'en servir un autre.

– C'est bien le dernier de mes problèmes !

– Pourquoi... pourquoi es-tu gigolo ? Un mec beau et intelligent comme toi ! Je ne comprends pas.

– Y a rien à comprendre. J'ai fait de mauvais choix parce que... parce que j'ai perdu une personne que j'aimais. J'ai foutu toute ma vie en l'air, par peur d'aimer à nouveau. J'ai baisé plus de femmes que la plupart des hommes. J'ai accumulé les conquêtes pour oublier cette solitude qui m'habitait. Puis un jour, j'ai décidé de me faire payer pour me faire de l'argent facile. Je ne suis pas fier de ce que je suis, mais c'est comme ça, je ne peux pas revenir en arrière.

– Et cette Victoria ?

– Victoria, je la connais depuis longtemps, c'était une amie de mes parents. Elle a toujours eu un faible pour moi, même quand j'étais très jeune.

– Elle t'aime ?

– Non, je pense qu'elle aime l'idée que je lui appartienne, mais Victoria n'aime personne d'autre qu'elle-même !

– Alors pourquoi a-t-elle foutu ce gros merdier ?

– Elle ne veut pas perdre son jouet favori, dis-je d'une voix pleine d'amertume.

– Quelle salope !

– Oui... Tu sais, Émy est la plus belle chose qui me soit arrivée... Je... je l'aime vraiment et je ne sais pas comment je vais pouvoir vivre sans elle. J'en arrive à regretter d'avoir accepté ton offre ! Ainsi je ne l'aurais jamais connue et je ne serais pas malheureux maintenant... Non, je dis n'importe quoi ! Ces courts instants ont été les plus beaux de ma vie et pour rien au monde, je ne les effacerais.

– Oui, je comprends, moi, j'ai tellement de souvenirs avec Émy, que me dire qu'elle pourrait ne plus faire partie de ma vie m'est insupportable !

Je la dévisage un moment en silence, la tristesse que je lis dans ses yeux me confirme qu'elle est sincère.

– Nous ne sommes pas si différents finalement, lancé-je en me levant.

– Non...

Je pose mon verre dans l'évier et décide de ramasser les débris du miroir dans la salle de bains. J'ai vraiment fait n'importe quoi. Je prends la poubelle avec la pelle et la balayette et me mets au travail.

J'ai la tête qui tourne, je suis complètement bourré.

Vais-je devoir finir ma vie dans cet état pour supporter de vivre sans elle ?

– Tu ne fais pas les choses à moitié, toi, quand tu piques une crise ! lance Vanessa en m'aidant à remettre de l'ordre.

– C'est mon côté impulsif, j'essaye de me maîtriser en général, mais j'avoue qu'hier, j'ai pété une durite !

– Qu'est-ce que tu vas faire pendant que je vais chercher Émy ? questionne-t-elle soucieuse.

– J'ai une vague idée de la manière dont je vais occuper mon temps, réponds-je d'une voix grave.

– Oh non, tu me fais peur là !

– Je vais rendre visite à ce gros connard pour lui faire payer ce qu'il a fait à Émy !

– Ça va mal finir, Stephen, ne fais pas ça !

– Je n'ai plus rien à perdre ! Si ma vie est foutue, autant qu'elle le soit complètement et si ça peut me faire un peu de bien au passage...

– Merde, fais ce que tu veux, mais ne le tue quand même pas ! Il n'en vaut pas la peine !

– Oh ! je ne vais pas le tuer, juste lui mettre une bonne branlée !

– Ouais, je ne sais pas si je dois te croire, mais de toute façon, c'est ta vie ! Bon, je vais te laisser, je dois me rafraîchir avant de partir à la recherche d'Émy, conclut-elle en ramassant ses affaires.

Elle se dirige vers la porte d'entrée.

– Vanessa, attends !

Elle s'immobilise, se retourne pour me regarder.

– Merci... Pour cette nuit...

– De rien, mais ne va pas croire non plus que nous sommes potes ! plaisante-t-elle en sortant de chez moi.

Après avoir remis un peu d'ordre pour essayer de calmer la rage au fond de moi qui refait surface, j'appelle un taxi. Je vais devoir récupérer ma voiture dès que j'aurai dessaoulé. J'indique la direction à prendre au chauffeur et me perds dans mes pensées le temps du trajet. Tout s'embrouille dans ma tête, à chaque kilomètre qui passe, la colère s'amplifie dans chaque particule de mon corps. Quand nous arrivons à destination, je demande au chauffeur de m'attendre en le payant et je me précipite vers l'immeuble qui abrite les bureaux de l'autre salopard. Je me retrouve devant la réception, une femme d'un certain âge m'accueille en me scrutant de la tête aux pieds. Je me rends compte que je ne me suis pas lavé, je dois empester la transpiration et l'alcool. Avec mes cheveux en bataille, ma barbe de trois jours et mes vêtements froissés, je dois avoir l'air d'un clochard, mais je n'en ai rien à foutre.

– Bonjour, je cherche monsieur Dambres-Villiers, lancé-je en soutenant son regard.

– Il est absent, répond-elle d'un ton froid.

– Savez-vous où je peux le trouver ? insisté-je, agacé par son attitude.

– Il se marie aujourd'hui. Donc il ne sera pas là de la journée.

Un couteau en plein cœur m'aurait fait moins mal. J'essaye de me reprendre en m'appuyant contre le comptoir. Il faut que je me calme, que je sache où se passe la cérémonie, alors je me redresse et décide de mentir :

– Je suis au courant, merci ! Je suis de la famille et nous avons un peu trop fêté l'événement cette nuit, si vous voyez ce que je veux dire, tenté-je de l'amadouer. Je ne me rappelle plus de l'adresse. Je suis déjà en retard et, en plus, je dois me changer...

Quand je sors de l'immeuble dix minutes plus tard, avec l'adresse en poche, je n'en reviens toujours pas qu'elle se soit fait avoir si facilement. Je remonte dans le taxi, donne les instructions au chauffeur. Je suis complètement sous le choc. Je n'arrive pas à encaisser le fait qu'Émy va quand même épouser ce mec, en sachant qu'il l'a violée et qu'elle m'aime... Je veux bien qu'elle soit en colère contre moi, mais de là à mettre sa vie entre les mains de cet être odieux, ça me dépasse. Le véhicule s'immobilise. Je suis à la limite de la crise de nerfs. Je règle la course et descends rapidement sur le trottoir. J'avance d'un pas chancelant, monte les marches. Une musique emplit mes oreilles quand je pénètre dans l'église. J'avance sans même m'en rendre compte, je suis comme un automate guidé par la seule force de son amour. Je me tétanise une fois dans l'allée centrale et tressaille en entendant la lourde porte se refermer derrière moi dans un bruit sourd qui se répercute contre les murs. La foule d'invités se tourne pour me regarder, mais je les ignore, tout ce qui m'importe c'est cette sublime femme dans sa longue robe blanche au pied de l'autel.

Elle est là, à quelques mètres de moi, main dans la main avec cet homme que je hais plus que tout au monde. Mon sang s'est figé dans mes veines, mon cœur a cessé de battre. Mes mains se mettent à trembler tandis qu'une douleur insupportable me traverse la poitrine quand mes yeux se perdent dans les siens. En une fraction de seconde, l'univers tout entier s'est effondré sur moi, je lutte pour reprendre mon souffle en restant figé, incapable du moindre mouvement. Mon regard soudé au sien...

CHAPITRE 24

Émy

J'inspire profondément pour faciliter la fermeture de ma robe. Sophie, une cousine de Nicolas que je connais à peine, devenue en urgence mon témoin, s'affaire dans mon dos pour attacher un à un les petits boutons nacrés. Ma mère, à côté, suit son travail avec attention, pendant que l'organisateur du mariage distribue ses ordres à la ronde. Il y a foule autour de moi, du bruit, des voix enthousiastes. Mais moi, je n'entends rien. J'évolue au milieu d'un brouillard dense qui semble me couper du monde. À chaque bouton qui se ferme dans mon dos, j'ai le sentiment de voir s'ajouter un nouveau barreau à ma prison.

Je suis dans une des chambres du magnifique château de Vaux-Le-Pénil, sur le point de me marier, mais c'est comme si je me préparais à monter à l'échafaud. Une douleur diffuse, qui imprègne chacune de mes pensées et chacun de mes gestes, fait perler à mes yeux des larmes que j'ai de plus en plus de mal à retenir. Pour tenter de les chasser, je regarde les gens autour de moi, cette agitation à laquelle je me sens étrangère.

Comment peuvent-ils ne pas voir qu'il n'y a rien de joyeux dans cette scène ?

Comment se fait-il que personne ne se rende compte qu'aujourd'hui a lieu un assassinat, un suicide, et non une union sacrée ?

C'est certainement dû au fait qu'aucun de ces gens, venant pour la plupart de la famille de mon fiancé, ne me connaît vraiment...

Celle que je prenais pour ma meilleure amie m'a trahie, et ma mère... ma mère est perdue trop loin dans son monde pour comprendre ce qui se passe devant elle. Il ne reste rien de sa fille unique, juste une coquille vide, sans âme, un réceptacle à chagrin et à douleur.

Sophie se redresse, en annonçant de sa voix trop aiguë qu'elle a terminé. La coiffeuse vient positionner mon voile, et quelqu'un, je ne sais même pas qui, m'aide à enfiler mes escarpins ivoire. Je me retrouve devant un grand miroir sur pied, installé là pour l'occasion. Le silence se fait, je n'entends plus que le son de mes inspirations trop rapides et celui de mon sang qui pulse contre mes tempes. Mes yeux se posent sur la silhouette de mon témoin qui se tient derrière moi, un peu en retrait.

La cousine de Nicolas est vêtue d'une robe du même bleu gris que la large ceinture en soie qui ceint ma taille. Je détaille ses traits, les circonvolutions de boucles qui entourent son visage, tout pour ne pas poser les yeux sur mon propre reflet. Mais je croise son regard et comprends que, comme toutes les personnes présentes dans la pièce, elle attend une réaction de ma part.

Je sais ce que je vais voir dans ce miroir. Une femme au chignon blond un peu flou piqué de discrètes perles irisées, habillée d'une magnifique robe ivoire en dentelle et tulle vaporeuse. Une femme déguisée d'amour et de bonheur alors qu'elle a l'impression que le sol est en train de s'ouvrir sous ses pieds et qu'un océan de douleur en fusion est sur le point de l'engloutir. Ma mère s'approche, me prend par la main et m'encourage d'un signe de tête à contempler le résultat du travail accompli sur moi ces dernières heures. Je ne peux plus reculer.

Dès que je pose les yeux sur la future mariée, moi, les larmes que je retenais se mettent à couler, tirant à ma mère un sourire doux et au reste de l'assemblée la même moue attendrie.

– C'est normal. Tu es émue, ma chérie, dit-elle en serrant plus fort mes doigts.

– Oui...

Elle lève la main, replace gentiment mon voile sur mon épaule.

– J'étais dans le même état, lorsque j'ai épousé ton père.

Non, maman, je ne crois pas...

Madame Marie-Catherine Dambres-Villiers, la mère de Nicolas, quitte le fauteuil qu'elle occupait et me rejoint, avec l'élégance guindée qui la caractérise. Elle prend le temps de me détailler de la tête aux pieds, et un sourire se dessine sur sa bouche. Son expression est avenante, mais je vois dans son regard la même froideur que celle qui habite celui de son fils.

– Vous êtes ravissante, Émelyne.

Sa voix aux accents métalliques résonne dans mon cœur vide, y distillant un glaçant sentiment de malaise. C'est d'elle que Nicolas tient son aptitude à donner le change, à paraître affable, quelles que soient les circonstances. Et ce même lorsque la situation lui déplaît. Je sais que Marie-Catherine ne m'aime pas. Elle aurait voulu pour son fils une femme de bonne famille, de préférence titrée, pas une « coureuse d'héritage »...

– Bon ! intervient Georges, l'organisateur. Nous sommes déjà en retard, il faut y aller.

L'excitation monte soudainement, toutes se mettent en mouvement au même instant. Il est temps pour moi d'aller sceller mon destin.

La porte de l'église, jusqu'à présent close, s'apprête à être ouverte pour me permettre de faire mon entrée. Ma mère, rayonnante de fierté, se tient à mes côtés, petite entorse au protocole puisque mon père n'est plus. J'inspire profondément pour stopper les tremblements qui m'agitent. Mon cœur bat à se rompre. J'ai peur. Je suis même terrifiée. Mais je ne reculerai pas. La porte s'ouvre, j'arrête de respirer. C'est à mon tour d'entrer en scène.

Toutes les têtes se tournent dans ma direction et les premières notes de la marche nuptiale montent dans l'église pleine à craquer. Au bout de la nef m'attend Nicolas, élégant comme la mort dans son costume noir légèrement satiné. Ma mère fait un pas. Je la suis, les jambes en coton, mais la tête et le dos droits. J'avance lentement, évolue au milieu de la marée chatoyante des invités, que le nuage sombre qui m'entoure fait ressembler à des taches de couleurs floues, indistinctes. Chaque pas me donne le sentiment de me rapprocher de la fin, pourtant, je continue ma progression sans ciller. Puisque ma vie n'a été que mensonges, que l'amour ne m'a apporté que souffrance et chagrin, je resterai amoureuse de ma douleur. Et cette douleur est incarnée par l'homme que je rejoins, à qui je vais m'unir pour le reste de ma vie. Nicolas Dambres-Villiers.

Il me regarde avancer avec une fierté manifeste, mais sans tendresse ni douceur. Je fixe son visage et revois l'expression bestiale et furieuse qu'il avait lorsqu'il allait et venait entre mes jambes le soir où il m'a violée dans mon propre lit. Mon estomac se tord, tout mon corps se rebelle à l'idée de devoir supporter sa proximité un seul instant de plus. Mais je ne veux pas oublier ce qu'il m'a fait. Jamais. Je ne veux me souvenir que de ce que m'a coûté le fait de croire les mots prononcés par un homme, le fait d'avoir cru une seconde que l'amour existait.

J'arrive au pied de l'autel, ma mère me lâche le bras et j'ai l'envie soudaine de m'enfuir en courant. Une petite partie de moi voudrait qu'elle voie enfin, qu'elle comprenne.

Non, maman, ne me laisse pas ! Je t'en supplie, sauve-moi ! Ne me laisse pas faire ça !

Mais elle ne voit ni ne comprend, et s'éloigne pour aller rejoindre sa place. Seule face à moi-même et à mes choix, je monte sur l'estrade en ayant le sentiment de sentir le canon d'une arme à feu se poser contre ma tempe.

Il ne me reste plus qu'à en presser la détente.

Nicolas prend ma main comme on marque son territoire, tout dans la façon dont il le fait montre sa volonté de me rappeler que d'ici quelques minutes, je lui appartiendrai. Puis le prêtre se met à parler d'une voix monocorde, prononce des mots que je n'entends pas vraiment. Son discours, qui me semble durer des heures, ou une poignée de secondes, est interrompu par des cantiques qui sonnent à mes oreilles comme des marches funèbres.

Quelques invités prennent la parole, lisent des passages de la Bible ou des poèmes romantiques. J'écoute à peine les mots qu'ils prononcent tant je me sens mal de les faire proférer de tels mensonges.

Vient ensuite le moment des consentements et de l'échange des alliances, le moment de signer un pacte irréversible avec le diable et de descendre aux enfers. Le monde s'éteint autour de moi lorsque je me lève pour faire face à Nicolas.

– Mademoiselle Émelyne Joséphine Bressac, acceptez-vous de prendre pour époux monsieur Nicolas Charles François Dambres-Villiers ici présent ?

J'ai le vertige, le cœur au bord des lèvres. J'entends dans ma tête un bruit qui ressemble au cliquetis que fait un revolver que l'on arme. Pourtant, c'est d'une voix claire que je réponds :

– Oui.

Il passe à mon doigt un anneau en or blanc orné de diamants qui me semble peser une tonne et me brûler la peau.

– Monsieur Nicolas Charles François Dambres-Villiers, acceptez-vous de prendre pour épouse mademoiselle Émelyne Joséphine Bressac ici présente ?

Nicolas inspire, prêt à répondre, mais la porte de l'église s'ouvre tout à coup. Apparaît un homme débraillé, essoufflé, au regard flou et égaré. Mon cœur fait un bond dans ma poitrine, avant de se serrer de la manière la plus douloureuse qui soit. Tous les convives se retournent pour voir de quoi il s'agit, moi j'ai l'impression de sentir mon sang quitter mon corps et se répandre sur le sol froid.

Pourquoi Stephen est-il ici ?

Son regard accroche le mien, j'explose en milliards de morceaux. Tous les souvenirs de ces moments de bonheur passés avec lui me reviennent en mémoire : nos baisers, nos étreintes, nos discussions, nos projets et nos rêves. La douceur de sa peau, de ses caresses et de sa voix lorsqu'il s'adressait à moi... Son sourire, l'éclat de ses yeux, leur ferveur et la tendresse que j'y lisais quand nous faisions l'amour.

Puis se rappelle à moi la dure réalité : ses mensonges, sa terrible trahison, la façon dont lui et Vanessa ont piétiné mes espoirs et mon cœur, le peu de valeur qu'ils ont accordée à ma vie.

Déterminée, je quitte les yeux de Stephen et me tourne vers Nicolas, l'enjoignant à donner sa réponse et tirant ainsi un lourd rideau sur mon âme. Plus jamais je ne verrai un nouveau jour se lever, je resterai dans ma nuit. Là où tout est sombre, où je ne pourrai plus mourir encore.

D'un imperceptible signe de tête, la bouche contractée et le regard noir, Nicolas demande à l'homme en costume qui se tient près de la porte d'intervenir. Un agent de sécurité. Mon fiancé a, comme toujours, tout prévu. Voilà pourquoi il « ne perd jamais ».

Sans voir la scène directement, je comprends que Stephen se laisse repousser vers la sortie. Je sens ses yeux rivés sur moi.

– Ce n'est rien ! lance Nicolas à la ronde, afin de rassurer nos invités. Une simple erreur...

Il fait comme si tout allait bien et me sourit lorsqu'il reporte son attention sur moi. Mais je sais à la façon dont il me regarde que les choses n'en resteront pas là et que je payerai ce qui vient de se passer. Malgré ça, je ne cille pas, attends le coup fatal, le corps figé et la respiration laborieuse, mais la tête haute. La porte de l'église se referme. L'assemblée paraît soulagée. Et moi, je suis résignée... La macabre cérémonie touche à sa fin.

– Monsieur Nicolas Charles François Dambres-Villiers, reprend le prêtre sans se formaliser de cette interruption, acceptez-vous de prendre pour épouse mademoiselle Émelyne Joséphine Bressac ici présente ?

Pas de seconde diversion. Je ferme les yeux... et laisse mon fiancé presser la détente.

– Oui, répond-il finalement.

Ce simple mot résonne dans ma tête comme une détonation, que j'entends encore et encore lorsque je passe son alliance au doigt de Nicolas. Trop tard à présent pour accorder plus de valeur à ma vie que Stephen et Vanessa l'ont fait. Mon sort est scellé... Je suis mariée.

– Vous pouvez embrasser la mariée, annonce le prêtre alors qu'une salve d'applaudissements se fait entendre.

Le contact de sa bouche dure sur la mienne me révulse, je m'accroche à ce sentiment détestable pour essayer de le rendre familier. Voilà à présent ce que sera mon quotidien. Nous nous tournons ensuite vers nos amis et familles, qui applaudissent de plus belle. Je me force à sourire et à ne pas regarder vers la porte de l'église, qui s'ouvre à nouveau pour laisser la foule quitter les lieux de la cérémonie au son d'un nouveau cantique. Tous semblent ravis, je ne pensais pas qu'une exécution puisse être si réjouissante.

Ma mère m'adresse un signe de la main, enchantée, les yeux brillants d'une joie presque enfantine qui me scie le cœur autant qu'elle me réconforte.

Tout ira bien, maintenant, pensé-je, en lui souriant du mieux que je peux. *Tu es en sécurité, tu ne risques plus rien. C'est tout ce qui compte. Je suis désolée d'avoir failli tout gâcher, maman. Tellement désolée...*

La foule, rassemblée sur le parvis de l'église, nous attend. Nicolas et moi avançons le long de la nef pour les rejoindre, et mon... mari profite de ce bref tête-à-tête pour me glisser quelques mots à l'oreille.

– Tu vois, je ne perds jamais, Émelyne. Tu t'en souviendras mieux ce soir, quand je t'expliquerai ça... à ma façon. Et si ton *petit copain* a l'audace de s'approcher à nouveau de ce qui m'appartient, je te jure que je le tuerais, tu entends ?

À son ton tranchant et à la fureur qui perce dans sa voix, je sais qu'il ne s'agit pas de paroles en l'air. Nicolas est capable de tout, je n'ai plus aucun doute à ce propos. Ce qu'il me dit me terrifie, pourtant, je souris lorsque nous arrivons à notre tour sur le parvis. Je n'ai pas le choix. Et je ne veux pas lui donner la moindre raison d'être plus en colère qu'il ne l'est déjà.

– Mesdames et Messieurs, annonce l'organisateur du mariage, se présentent à vous pour la toute première fois... Monsieur et Madame

Nicolas Dambres-Villiers !

Sous de nouvelles acclamations, une pluie de confettis s'abat sur nous. Mais une voix que je connais trop bien s'élève au milieu de la foule.

– Émy...

Des murmures montent lorsque tous reconnaissent l'homme qui a fait irruption dans l'église tout à l'heure. Cette fois, il ne peut s'agir d'une erreur, tout le monde l'a bien compris. Une rage haineuse enflamme l'air autour de moi, celle de Nicolas. Je regarde Stephen approcher, se frayant maladroitement un chemin au milieu des invités consternés, pendant qu'un sentiment de panique se propage dans mes veines. Plus intense que mon chagrin et ma colère envers lui, il y a la peur viscérale de voir mon mari mettre sa menace à exécution.

« Si ton petit copain a l'audace de s'approcher à nouveau de ce qui m'appartient, je te jure que je le tuerais, tu entends ? »

Stephen doit sortir de ma vie définitivement. Et pour de multiples raisons. Je ne veux plus de ses mensonges, mais l'idée qu'il puisse lui arriver malheur me soulève le cœur. Jamais je ne laisserai Nicolas lui faire le moindre mal.

– Émy... répète-t-il en arrivant à ma hauteur.

Son air hagard, ses vêtements froissés et ses cheveux en désordre contrastent avec l'élégance de l'assistance qui me fixe, dans l'expectative. J'entends les chuchotements, les nombreuses interrogations soulevées par l'insistance de cet inconnu débraillé qui ne sait que dire mon prénom. Stephen, à présent face à moi, mais à une distance respectable, plonge son regard dans le mien. Alors que je me perds dans ses magnifiques yeux verts, s'immisce dans mon ventre une douleur qui m'est devenue coutumière. Soudainement, je ne sais plus où j'en suis. Le chagrin, la colère, la souffrance, l'amour fou que je ressens pour lui malgré tout... Tous ces sentiments s'entremêlent et forment dans mon esprit une sorte de brume opaque. Je ne réagis pas, incapable de savoir ce que je devrais dire ou faire. Je détourne les yeux, à l'instant où Nicolas s'approche et passe un bras autour de ma taille.

– Je crois que vous devriez partir avant de vous couvrir de ridicule, lance-t-il alors que l'agent de sécurité approche et attrape Stephen par le bras.

Celui-ci ne porte son attention sur mon mari et son sourire condescendant qu'un court instant, puis se dégage d'un brusque coup d'épaule.

– Émy, je veux qu'on parle, plaide-t-il en s'approchant.

La situation prend un très dangereux tournant. Aussi désorientée et confuse que je sois, je m'en rends compte. Une vérité s'impose alors à moi : je dois protéger Stephen. Tout est fini, à présent. Il ne reste rien de notre *histoire*, si tant est que l'on puisse appeler ce que nous avons vécu ainsi. Ses mensonges l'ont réduite à l'état de cendres, il doit le comprendre avant que les conséquences de son obstination ne virent au drame. Et je ferai n'importe quoi pour le sauver de lui-même, y compris devenir à mon tour la pire menteuse qui soit.

– Non, asséné-je d'un ton tranchant, en parant mes traits d'un masque dur. Il n'y a rien à dire. Va-t'en.

– Vous avez entendu ? intervient Nicolas, de plus en plus furieux.

– Vous, fermez-la ! s'emporte mon ex-amant en fusillant mon mari d'un regard noir de rage.

Les convives, spectateurs involontaires de cette scène ahurissante, marquent leur désapprobation d'exclamations choquées. La mère de Nicolas s'approche, ce dernier la repousse doucement d'un geste du bras.

– Je vous demande pardon ?

– Vous êtes une putain d'ordure ! poursuit Stephen, hors de lui. Vous ne méritez même pas de poser la main sur elle !

– Et vous un perdant, répond mon mari, laissant s'étioler ce flegme glacial qui le caractérise. Un perdant qui a essayé de jouer à un jeu dont il est trop stupide pour comprendre les règles ! Elle... avec vous ? Pauvre imbécile, vous me faites pitié...

Instantanément, le poing de Stephen vient s'abattre sur la mâchoire de Nicolas, dont la tête part en arrière sous la force de l'impact. Un cri d'effroi m'échappe, j'ai l'impression de vivre un cauchemar. La foule recule, horrifiée et scandalisée, pendant que mon mari se ressaisit et tente de frapper Stephen à son tour. Plus rapide, et plus fort, ce dernier parvient à éviter l'attaque et même à lui asséner un nouveau coup, en plein dans l'estomac. L'agent de sécurité intervient, mais mon ex-amant, en rage, l'envoie au tapis en le frappant au visage. Puis il revient sur Nicolas, toujours à genoux sur le sol. En une fraction de seconde, j'entrevois le désastre qui suivra cette scène apocalyptique. Mon mari lui fera payer cet affront impardonnable, comme il me l'a promis, et rien au monde ne m'a jamais fait plus peur que cette certitude. Je dois à tout prix, *à tout prix*, empêcher ça.

Alors que Stephen lève le bras, prêt à porter un nouvel assaut, je me précipite entre lui et Nicolas.

– Laisse-le ! crié-je.

Me voyant devant lui, il stoppe immédiatement son geste et son visage se radoucit un peu. Nous restons face à face un moment, sans qu'aucun bruit ne vienne troubler le silence choqué qui nous entoure. Puis tout à coup, la mère de Nicolas rejoint son fils à la hâte, s'agenouillant à ses côtés pour s'assurer qu'il n'est pas grièvement touché. Celui-ci se relève sans trop de difficultés, à présent entouré par de nombreux invités inquiets.

Stephen et moi nous regardons toujours.

Je t'aime, Stephen. En dépit de tout, je t'aime... ne puis-je me retenir de penser. *Mais cet amour n'a plus rien à faire dans ma vie. TU n'as plus rien à faire dans ma vie.*

– Écoute-moi bien, commencé-je, d'un ton tranchant, en totale contradiction avec mes émotions. Je t'interdis *formellement* de lever la main sur mon mari à nouveau.

– Émy...

– Arrête, avec tes « Émy ». C'est pathétique, Stephen.

Il fait un pas en arrière et me dévisage comme si je venais de le gifler. Ce regard me fait atrocement mal.

Je fais ça pour toi, Stephen. Pour te protéger et protéger maman.

– Au lieu de te comporter comme le dernier des imbéciles, mets-toi dans le crâne que je suis une femme mariée, à présent, et que je n'ai jamais rien ressenti pour toi. Jamais.

– Non, c'est... non... murmure-t-il en secouant la tête.

– Mais qu'est-ce que tu croyais, enfin ? lancé-je avec condescendance. Tu t'es bien regardé ? Tu es un looser, Stephen. Un pauvre type qui n'a rien d'autre que son physique et qui n'ira pas loin dans la vie.

J'ai l'impression que les mots me brûlent la langue tant ils sont douloureux à prononcer.

– Tu n'arriveras jamais à la cheville de Nicolas. Même tes petits rêves sont minables, Stephen. Aussi minables que toi !

Ne pas pleurer de lui dire toutes ces horreurs est tellement difficile que j'enfonce les ongles dans mes paumes à en avoir mal.

– Alors, oublie-moi et laisse-nous en paix.

La façon dont Stephen me regarde à cet instant, comme s'il était face à une étrangère, me brise en un millier de morceaux. La douleur, dans ses yeux, est si acérée qu'elle prend la dureté d'une lame d'acier.

Madame Dambres-Villiers lâche son fils et nous rejoint, le dos raide, ses fins sourcils froncés d'indignation et de colère.

– J'ignore qui vous êtes, et cela m'est tout à fait égal, mais je vous conseille vivement de faire ce qui vous a été demandé. Partez sur-le-champ.

À ces mots, Stephen sort de la torpeur qui le pétrifiait, serre les dents. Les poings contractés, et sans me quitter des yeux, il lâche sombrement :

– Vous avez raison. Je me suis trompé sur toute la ligne, il n'y a rien à quoi je ne tienne ici.

Sans rien ajouter, il tourne les talons, et s'en va.

À cet instant, j'acquiers la certitude absolue que c'est la toute dernière fois que je le verrai. C'est ce que je veux, pourtant, je suis aussi soulagée que démolie. Combien de temps cet amour indésirable et insensé mettra-t-il à s'en aller ? Pourquoi faut-il que mon cœur me trahisse à son tour en restant à ce point épris de cet homme indigne de confiance qui m'a tant fait souffrir ?

Je le suis des yeux jusqu'à ce qu'il disparaisse, en gardant un visage lisse alors que je suis en train de m'effondrer à l'intérieur.

Quand Stephen est hors de vue depuis un bon moment, et lorsque je me sens à nouveau prête à jouer la comédie, je me tourne vers nos convives, qui semblent complètement sous le choc.

– Je suis... je suis navrée... dis-je avec sincérité.

Nicolas, mimant le calme avec une perfection effrayante, s'approche de moi et vient faire face à l'assemblée. Il pose une main sur ma taille, j'ai la sensation que les griffes d'un prédateur en mal de sang se sont refermées sur moi.

– Un soupirant éconduit qui a eu du mal à supporter sa défaite, lance-t-il.

Puis, en tournant son visage vers le mien :

– Mais comment lui en vouloir, n'est-ce pas ? Ma femme est une exquise créature...

La remarque, en apparence douce et bienveillante, paraît rassurer tout le monde et un léger vent de soulagement parcourt le parvis de l'église. Pour moi, c'est une tornade de terreur qui vient de se lever. Je connais suffisamment mon mari pour craindre la lueur venimeuse et haineuse qui allume ses prunelles. Ma respiration s'accélère, la peur me saisit à la gorge. Je redoute les retombées que ce scandale aura sur moi, mais surtout sur Stephen.

– Je vous en prie, chers amis, continuons la fête ! reprend Nicolas. Ne laissons pas ce petit incident gâcher le plus beau jour de notre vie. N'est-ce pas, Émelyne ?

Je me force à sourire faiblement.

– Oui.

Doucement, les invités se mettent en mouvement et vont rejoindre leur véhicule respectif pour gagner le château de Vaux-Le-Pénil, où se déroulera le reste des festivités.

Tout à coup, je croise le regard de ma mère, où se lisent une multitude de questions et une profonde incompréhension. Pour la première fois depuis des années, j'ai l'impression qu'elle me voit vraiment et cet éclair de lucidité m'effraie. Il tombe au pire moment. Je ne veux pas qu'elle comprenne quoi que ce soit ni qu'elle se mette à douter, alors je rassemble le peu de force mentale qu'il me reste et lui adresse un sourire rassurant des plus convaincants. Après un infime froncement de sourcil, elle finit par me rendre mon sourire et je vois qu'elle est de retour dans son monde. En retenant un soupir de soulagement, je la regarde faire demi-tour et suivre les autres. Dès l'instant où plus personne n'est à portée d'oreilles, je m'adresse à Nicolas.

– Je suis vraiment désolée ! murmuré-je précipitamment. Je ne savais pas, je te le jure. Je suis vraiment désolée !

– Oh, mais tu peux l'être, répond-il sans me regarder. Cette humiliation, je te promets, tu entends ? Je te promets que tu vas la payer...

– Laisse Stephen en dehors de tout ça, je t'en supplie... Je... je ferai ce que tu voudras, tout ce que tu me demanderas, Nicolas. Mais laisse-le...

Mon mari inspire profondément, je le sens vibrer de rage contre moi. L'air autour de nous devient toxique, j'ai du mal à respirer.

– Tu essayes de le protéger ? Vraiment, Émelyne ?

– Non, je...

– N'ajoute pas un mot ! m'ordonne-t-il d'un murmure tranchant.

– Tu as gagné, Nicolas, lancé-je malgré tout. Nous sommes mariés, je t'appartiens et je te promets d'être l'épouse la plus servile et obéissante qui soit. Je ne te demande qu'une seule chose en échange. Laisse Stephen en dehors de tout ça...

Il rive ses yeux aux miens, me donne la sensation atroce qu'il s'insinue jusqu'au plus profond de mon âme. De longues secondes, il jauge ce qu'il y trouve. J'attends sa réaction, le cœur battant et une angoisse indicible au creux du ventre. Si ce que j'ai à lui offrir, moi, ne lui suffit pas, je n'aurai rien d'autre à donner pour épargner à Stephen le feu de sa vengeance.

– Bien ! annonce-t-il finalement, me faisant soupirer de

soulagement. Puisque tu me le demandes si gentiment...

Un sourire sombre et dénué de joie étire ses lèvres.

– Mais à la moindre incartade, Émelyne, au moindre pas de travers, au plus petit écart, je mettrai ma menace à exécution. Que ce soit dans une semaine, un mois, ou même un an...

Me voilà donc avec une nouvelle épée de Damoclès au-dessus de la tête. Je viens de faire don à mon mari d'un autre moyen de pression, dont il usera sans doute à chaque occasion. Je ne pensais pas pouvoir être plus enfermée que je ne l'étais déjà, mais un nouveau barreau vient de s'ajouter à ma cellule. *Qu'importe. De toute façon, j'étais déjà condamnée... Au moins ai-je réussi à protéger Stephen.*

– Allons-y, décrète Nicolas. Allons célébrer le fait que tu m'appartiennes jusqu'au dernier jour de ta vie.

CHAPITRE 25

Stephen

Je regarde Émy sans comprendre... Comment peut-elle me faire ça ? Je sais que je lui ai caché mon passé, mais jamais je n'aurais pu la traiter de cette façon, jamais ! Je l'aime et la respecte trop pour l'humilier de cette manière en public et surtout devant son gros connard de mari !

Son mari ! Je n'en reviens pas qu'elle se soit mariée...

Je reste figé au milieu de cette foule d'invités sans vraiment comprendre ce qui vient de se passer. Ou peut-être que je refuse la réalité et que je ne peux accepter le rejet d'Émy.

Elle s'est mariée avec ce type après tout ce qu'il lui a fait... et me repousse comme la dernière des merdes alors que je l'aime comme un fou, que je suis prêt à tout sacrifier pour elle. J'en arrive à douter de son amour maintenant... Si elle m'aimait vraiment aurait-elle pu épouser ce monstre ? Et prendrait-elle sa défense ?

Je secoue la tête, me passe une main sur le visage pour essuyer le sang qui coule de ma lèvre. Une profonde douleur m'écrase le cœur. J'ignore le sourire satisfait et provocateur de son salopard de mari. J'ignore aussi les chuchotements et les regards de stupéfaction de cette assistance qui nous entoure. Je recule d'un pas chancelant, sens ma poitrine se serrer à la limite du supportable. Je me rends compte, tout à coup, du ridicule de la situation... Je viens de m'humilier devant une foule de gens qui m'observent comme si j'étais complètement dingue. Émy ne m'a jamais aimé, je me suis totalement trompé sur elle. Moi, l'homme expert en femmes, qui en a baisé plus que l'on ne peut l'imaginer, je me suis fait rouler dans la farine ! Je n'en reviens pas d'avoir été si aveugle, si stupide. Elle avait l'air si sincère que je suis tombé dans le panneau !

Je plonge mes yeux une dernière fois dans les siens pour être sûr que je ne me trompe pas. Mais en la voyant détourner le regard, je réalise que je ne la connais pas aussi bien que je le croyais, que j'ai tout faux depuis le début. Quand je pense à tout ce que je lui ai confié... Comme un con, je lui ai même parlé de Julie ! Je fais volte-face et m'éloigne précipitamment de cette église qui restera le témoin du pire cauchemar de ma vie.

En descendant les quelques marches qui mènent au petit parc adjacent, je découvre Vanessa, blanche comme un linge. J'essuie rapidement mes larmes, je n'aime pas montrer mes faiblesses, je n'ai pas besoin de la pitié de qui que ce soit.

– Qu'est-ce que tu fais là ? demandé-je en passant devant elle.

Elle attrape mon bras pour me stopper dans ma course folle. Je me fige et la regarde sans comprendre ce qu'elle veut.

– Je suis désolée pour ce qui s'est passé, j'étais là, j'ai tout vu... Elle n'avait pas le droit de te traiter de cette façon !

– Je ne veux plus jamais entendre parler de cette fichue gonzesse ! Comment m'as-tu trouvé ?

– J'ai cherché Émy dans tous les endroits possibles et inimaginables, quand je me suis rendue chez sa mère, une voisine m'a informée du mariage. Avec toutes ces conneries j'avais oublié quel jour on était… Je me doutais bien que je t'y trouverais, mais... pas qu'Émy serait si méchante avec toi...

Je lâche un soupir en essayant de décontracter mes muscles tendus par cette situation qui m'a complètement échappé.

– Dégageons d'ici, lui dis-je en l'entraînant vers la sortie du parc.

– Je suis garée plus loin là-bas, m'indique-t-elle en me désignant une superbe décapotable au coin de la rue.

– Tu peux me déposer au *St James,* je dois récupérer ma voiture ?

– On va faire mieux que ça ! On va aller se déchirer au *St James* !

– Très bonne idée, réponds-je en montant dans son véhicule.

Nous restons silencieux durant le trajet, chacun perdu dans ses propres pensées, toutes sûrement reliées à Émy. J'ai beau tout faire pour me l'ôter de l'esprit, rien n'y fait. Je suis si accablé que je ne sais pas comment je vais faire pour sortir la tête de l'eau. Je vais devoir reprendre le cours de ma misérable vie.

J'avais annulé tous mes rendez-vous de ces dernières semaines... je ne pouvais toucher une autre femme en étant avec Émy, c'était plus fort que moi. Mais maintenant, plus rien ne m'arrêtera ! Je vais enchaîner cliente sur cliente pour vite me barrer d'ici !

Vanessa se gare devant l'établissement qui va être témoin de la pire beuverie du siècle ! Je suis bien décidé à faire un coma éthylique pour enfin me sortir Émy de la tête. Même si je dois me mettre dans un état pitoyable pour y parvenir, ce n'est pas un problème, je ne suis plus à une humiliation près.

La terrasse est pleine de monde, ce qui est normal pour un samedi. Nous nous faufilons entre les clients, prenons place à notre table habituelle, tout au fond, dans un coin tranquille. D'ici, nous voyons toute la salle et sa piste de danse, tout en étant à l'écart, c'est parfait. Je ne suis pas d'humeur à me mélanger aux fêtards ni à parler à qui que ce soit d'autre que Vanessa. Elle seule comprend ce que je traverse, puisqu'elle vit à peu de chose près la même chose que moi.

Elle aussi a été rejetée. Émy l'a chassée de sa vie sans que Vanessa puisse s'expliquer. Je ne dis pas que ce qu'on a fait est bien cependant nous avions au moins le droit de justifier nos actes. Mais nous n'avions apparemment pas assez de valeur à ses yeux pour avoir ce privilège. À côté de cela, elle pardonne à son mari le fait d'avoir été violée et d'être traitée comme une merde... C'est à ne rien y comprendre !

J'ai l'impression d'avoir eu une relation avec une inconnue. Je me suis fait manipuler depuis le début, quelle ironie quand on y pense...

Vanessa commande une bouteille de whisky accompagnée de soda, de chips et de cacahuètes.

– C'est jour de fête, lance-t-elle en voyant mon regard surpris.

– Je n'aurais pas dit ça comme ça, mais tu as raison ! Portons un toast en l'honneur de nos jeunes mariés : longue vie à leur mariage, qu'il soit rempli d'embûches et de malheurs, conclus-je la voix pleine d'amertume avant de boire mon verre cul sec.

– Je ne pouvais pas dire mieux ! réplique Vanessa en m'imitant.

– Crois-tu vraiment que ce mariage va marcher ?

– Jamais de la vie ! Émy va souffrir et endurer tout ce que son lamentable mari lui fera. Tout ça pour quoi ? Pour protéger sa mère et nous punir au passage.

– Je pouvais les mettre à l'abri du besoin elle et sa mère, je lui ai même proposé. J'ai de l'argent de côté, j'étais prêt à tout lui donner... Quel imbécile je suis.

– Ne dis pas ça, Stephen. Tu es quelqu'un de bien, malgré ce que je pensais de toi avant de te connaître un peu mieux.

– Ouais, apparemment pas assez bien pour elle...

– Elle ne sait pas ce qu'elle perd !

C'est marrant comme quelques petits mots peuvent vous réchauffer le cœur même venant d'une personne que l'on connaît très peu. Je plonge mes yeux dans les siens et lui souris. Ce sourire est mon premier depuis qu'Émy m'a abandonné sur ce maudit trottoir. Et ça fait du bien quand on est au fond du trou d'avoir une main tendue.

– Merci, réponds-je, gêné en nous servant deux autres verres.

– Je le pense, mais ne prends pas la grosse tête non plus ! ajoute-t-elle en souriant à son tour.

– Ça ne risque pas d'arriver, surtout pas aujourd'hui...

– Je suis désolée pour toi, c'est de ma faute, dit-elle en posant sa main sur la mienne.

– Pourquoi ?

– Parce que c'est moi qui ai fait entrer Émy dans ta vie. Sans moi, vos chemins ne se seraient jamais croisés.

– Oui peut-être, mais crois-tu que j'aurais été plus heureux ? Je n'en suis pas sûr... De toute façon, ma vie est un nid à merde ! Tu sais que j'avais tout arrêté pour elle, que j'avais annulé tous mes rendez-vous parce que l'idée de toucher une autre femme me dégoûtait ?

– Non je ne savais pas...

– Tout ça pour quoi ? Pour une femme qui s'est servie de moi et m'a menti !

– Elle n'est pas comme ça ! Je la connais depuis assez longtemps pour savoir que ce n'est pas son genre de se moquer des gens.

– Alors comment appelles-tu ce qu'elle nous a fait, ce qu'elle m'a fait devant cette église tout à l'heure ?

– Je ne sais pas... Je ne comprends pas non plus.

– Comment a-t-elle pu se marier avec ce salopard ? Il l'a violée, putain ! m'énervé-je.

– Elle réalisera son erreur tôt ou tard !

– Ouais... C'est bien dommage pour elle, car pour moi, il est aussi trop tard ! Je reviens, lancé-je en sortant du *St James*.

Je fais quelques pas sur le trottoir, allume une cigarette. J'ai besoin de me calmer les nerfs, cette conversation m'a mis dans tous mes états. Combien de temps me faudra-t-il pour reprendre une vie normale, pour oublier son visage, ses yeux, sa bouche, l'odeur de sa peau, la douceur de ses cheveux ?

Bordel, je suis en train de devenir fou ! Je jette mon mégot et rejoins Vanessa en me jurant que dès le lendemain, je reprendrai le cours de ma vie et contacterai mes clientes.

– Tu as des nouvelles de Greg ? demandé-je pour parler d'autre chose.

– Non, et ça me va très bien comme ça.

– Pourquoi ? C'est un mec sympa.

– Ouais, c'est pour cette raison que tu le traites de débile à tout bout de champ ?!

– Tu marques un point, rétorqué-je en ne pouvant retenir un sourire.

C'est la deuxième fois qu'elle arrive à me faire sourire, pourtant, il y a encore quelques heures, je ne pouvais pas me l'encadrer. Comme quoi il ne faut jamais juger les gens sans les connaître un peu.

– Non, sans plaisanter, il est cool ! Il t'aime beaucoup, tu sais ?

– Ce qu'il aime surtout, c'est mon compte en banque, ironise-t-elle.

– Je ne pense pas. Je crois qu'il est réellement amoureux de toi. Remarque, tu me diras, il y a encore quelques heures, j'étais persuadé qu'Émy m'aimait... ne puis-je m'empêcher de rajouter en sentant mon cœur se figer dans ma poitrine.

– Arrête de te torturer, ça ne changera rien à la situation.

– Oui, tu as raison.

Nous trinquons à nos misérables existences, à nos amants passés et futurs, à notre amitié naissante.

Elle me parle de sa vie, je lui confie mes rêves.

– Ton rêve, c'est d'acheter un bar en bord de mer ? Je ne te crois pas... Ce n'est pas un rêve ça !

– Pourquoi ?

– Tu peux rêver d'être rentier, mais pas de tenir un bistrot ! Tu me fais marcher ?

– Je t'assure que je suis sérieux, affirmé-je en riant devant son air déconcerté.

– Et pour quelle raison ? Qu'est-ce qui peut bien pousser un homme comme toi à vouloir de cette vie ?

– Parce que tu crois que ma vie actuelle est mieux ? J'habite un taudis, je passe mon temps à baiser de vieilles bourgeoises capricieuses pour gagner de l'argent et j'ai perdu Émy...

Et merde... Encore une fois, mes pensées dérivent vers celle que j'aimerais oublier.

– Désolé, je ne voulais pas parler d'elle. Je veux me la sortir de la tête, mais je n'y arrive pas ! m'agacé-je.

– Je comprends. Tu veux qu'on parte ? Nous avons déjà bien trop bu.

– Je... je n'ai pas envie de rentrer chez moi... confié-je, en détournant les yeux pour cacher mon désarroi à l'idée de me retrouver seul.

– Ah... Que dirais-tu de sortir de ton taudis et de venir chez moi ? J'ai une chambre d'ami.

Je la dévisage un instant pour chercher le piège, mais elle semble sincère alors j'accepte. Nous payons et partons en titubant. Ayant trop bu nous prenons un taxi jusqu'à sa superbe demeure. En passant l'entrée, une foule de souvenirs avec Émy envahit ma tête. Je la revois s'en prendre à moi lors de la soirée d'anniversaire de Vanessa, je me rappelle la façon dont elle vibrait sous mes caresses, un moment plus tard. Je savais déjà que j'étais pris au piège dans ses filets.

– Tu veux un autre verre demande-t-elle, en balançant son sac à main sur l'immense canapé en cuir noir.

– Oui, je veux bien, ça m'aidera à dormir.

– OK, je reviens, je vais me mettre à l'aise, installe-toi.

Je la regarde partir et me laisse tomber lourdement sur le divan. La tête en arrière, je fixe le plafond. Je vais boire un dernier verre et essayer de dormir quelques heures avant d'affronter une nouvelle journée sans elle. Dès demain matin, je contacte mes clientes et remplis mon planning. Je vais m'occuper l'esprit, effacer les traces de cette chimère en baisant une multitude de femmes. Je vais encaisser un max de blé pour vite me casser loin de cette ville et surtout très loin d'elle.

Vanessa revient pieds nus, avec pour simple vêtement sur le dos : une petite nuisette en satin noir lui couvrant à peine les fesses. Je me dis qu'à une certaine époque, j'aurais fait mon maximum pour la mettre dans mon lit. Mais là, je la fixe sans le moindre désir, je suis comme mort à l'intérieur. Je ne ressens plus rien d'autre que de la colère, du désarroi, de la tristesse.

– Ne fais pas cette tête, je ne vais pas te sauter dessus ! lance-t-elle en voyant mon regard braqué sur elle.

– Ce n'est pas ce que tu penses.

– Alors, dis-moi à quoi ta petite tête songeait ?

– Je pensais que si tu t'étais baladée devant moi dans cette tenue, quelques semaines en arrière, je t'aurais sans doute baisé sans états d'âme, la provoqué-je.

– Encore aurait-il fallu que tu me plaises ! rétorque-t-elle, en se penchant outrageusement en avant pour attraper des verres sous son bar.

Je détourne les yeux du spectacle qui s'offre à moi. Non qu'il soit pas beau, mais je n'ai pas la tête à ça, je connais assez bien Vanessa pour savoir que ce n'est que de la provocation.

– Ne me lance pas de défi... Regarde où m'a mené le dernier !

– Ouais... De toute façon, je plaisantais, je m'habille toujours comme ça chez moi. N'y vois aucune proposition.

– Je m'en doutais.

Elle me tend un verre en cristal à moitié rempli d'un liquide ambré, s'installe à mes côtés en repliant ses longues jambes sous elle.

– Comment une jolie femme comme toi, pleine aux as, n'est pas encore mariée avec une chiée de gamins ? demandé-je curieux.

– Je pourrais te retourner la question !

– Pour moi, c'est un choix à cause de mes activités. Quand j'aurai assez de fric et que... j'aurai rencontré la bonne personne, je me caserai !

– Moi je n'ai pas rencontré la bonne personne. La gent masculine s'intéresse à moi uniquement pour mon argent ou pour ma plastique parfaite, dit-elle la voix pleine d'amertume. Tu crois que je n'aimerais pas avoir un homme à mes côtés, une épaule sur laquelle pleurer, une personne sur qui je pourrais compter, à qui je confierais mes joies, mes peines. Mais tu es bien placé pour savoir que l'on n'a pas toujours ce qu'on désire dans la vie.

Elle baisse ses yeux pleins de larmes, bois une grande gorgée de whisky en grimaçant. Je la dévisage, touché par ses confidences. Finalement, elle semble aussi seule et désespérée que moi. Nous avons peut-être bien plus de points communs que nous le pensons.

– Bon, je te montre où dormir ?

– Oui, il faut que je me repose, demain, j'ai plein de choses à faire.

– OK, suis-moi.

Nous montons quelques marches, m'entraîne dans un long couloir, ouvre une porte et me dit :

– Voici ta chambre, tu as une grande salle de bains avec tout ce qu'il faut, conclut-elle en me désignant une autre porte.

– Merci.

– De rien et si tu fais des cauchemars, ma chambre est au bout du couloir... Non, je rigole ! Débrouille-toi, plaisante-t-elle en sortant de la pièce.

– Fais attention, je pourrais presque te trouver sympa ! répliqué-je en souriant.

– Je suis tellement sympa que ma meilleure amie s'est débarrassée de moi sans hésitation, alors fais attention....

Elle tourne les talons et part sans un mot de plus. Je ferme doucement la porte, me déshabille comme un automate. Je me rends dans la salle de bains, ouvre les jets. Je m'appuie contre la vasque, pour me regarder dans le miroir le temps que l'eau chauffe. Je me fais peur ! Je suis livide, les yeux cernés, les cheveux trop longs en bataille. Jamais de ma vie, je n'ai eu si mauvaise mine. Émy m'a détruit aussi bien à l'intérieur qu'à l'extérieur...

Je lâche un soupir de désespoir, me positionne sous les jets brûlants. Je pose mes paumes contre la faïence, me penche en avant pour faire glisser l'eau sur mes épaules, mon dos, comme si ça pouvait effacer toute l'humiliation et la peine qui m'ont habité toute la journée. Voyant que rien ne change, que je me sens aussi mal qu'auparavant, je prends le gel, commence à me savonner. Quelques minutes plus tard, je sors de la douche une serviette autour de la taille et décide d'aller chercher un verre d'eau. Doucement, sans faire de bruit, je pars à la recherche de la cuisine. Je la trouve assez rapidement. J'attrape une grande bouteille d'eau dans le frigo, il me faudra bien ça pour la nuit avec tout l'alcool que j'ai ingurgité.

Je reprends la direction de ma chambre, mais mon attention est attirée par des sanglots. Sur la pointe des pieds, j'avance jusqu'au fond du couloir, colle mon oreille à la porte de Vanessa. J'entends des plaintes étouffées. Elle semble vraiment malheureuse. Je recule en direction de ma chambre, puis m'avance à nouveau pour frapper doucement et m'annoncer :

– Vanessa, je peux entrer ? demandé-je soucieux.

– Oui, balbutie-t-elle.

Je la découvre recroquevillée sur son lit. Une lampe de chevet diffuse une lumière tamisée dans toute la pièce. Je laisse la porte ouverte, m'approche lentement, pour m'asseoir à ses côtés.

– Je suis désolée, baragouine-t-elle entre ses larmes.

– Ce n'est pas grave, c'est normal que tu craques, je t'ai trouvée forte toute la journée, j'en arrivais à me demander si tu tenais vraiment à Émy.

– Je l'ai perdue, elle ne me pardonnera jamais ce que je lui ai fait, sanglote-t-elle.

Je prends sa main dans la mienne, essaye de la consoler comme je peux. Je ne suis pas habitué à ce genre de situation, ça me rend mal à l'aise.

– Tu veux quelque chose ? Un verre d'eau ? demandé-je inquiet.

– Non, ça va, je veux juste dormir, ça ira mieux demain.

– OK, je te laisse, dis-je en me levant.

– Non, me stoppe-t-elle en attrapant ma main. Reste avec moi cette nuit... juste en ami...

Je la dévisage, hésitant, puis décide de rester auprès d'elle. De toute façon, je dois bien admettre que moi aussi, je ne veux pas être seul.

– Je reviens, lancé-je en partant dans ma chambre pour mettre un caleçon.

Quelques minutes plus tard, je m'allonge sous les draps à côté d'elle, un peu déstabilisé. Je garde mes distances, je ne voudrais pas qu'elle s'imagine quoi que ce soit, quand elle vient se coller à moi et m'encercle de son bras, je tressaille.

– Vanessa... je...

– Ne t'inquiète pas, je veux seulement dormir, Stephen. Ne te fais pas de film, tu n'es pas plus mon genre maintenant que plus tôt dans la journée ! J'ai juste besoin d'un câlin.

Rassuré, je me détends et passe un bras sous sa tête pour l'enlacer. Un peu d'affection n'a jamais fait de mal à personne, et en fermant les yeux, je pourrais presque m'imaginer que c'est Émy. Presque...

J'ai beaucoup de mal à trouver le sommeil et me lève le matin avec une énorme gueule de bois, une fois de plus. Vanessa dort encore. Je rabats sur elle les draps et pars dans la cuisine à la recherche d'une machine à café ! J'en repère une, fort heureusement... Je ne me voyais pas commencer cette nouvelle journée sans caféine. Pendant que ma tasse se remplit, je constate que cette nuit n'a rien changé, je suis toujours aussi mal et cette douleur qui m'oppresse n'est pas partie. Elle semble encore plus présente, plus ancrée en moi, comme pour me dire que jamais je ne me débarrasserai d'elle. Elle me comprime la poitrine, me noue la gorge en me prenant aux tripes au passage.

Je soupire et soupire encore à l'idée de cette journée qui m'attend. Je ne pensais pas que ce serait si difficile de retourner dans mon sordide quotidien. Je vais devoir recontacter toutes mes clientes, remettre un planning en place. J'angoisse à l'avance de devoir toucher une autre femme. Mais il va falloir que je prenne sur moi, que j'assume. Si je veux réaliser mes rêves rapidement, Émy était un accident de parcours, mais c'est terminé, plus rien ne se mettra sur ma route.

– Tu es bien pensif ce matin, lance Vanessa en entrant dans la pièce.

– Oui, je pensais à toutes les clientes que je vais devoir contacter aujourd'hui... grogné-je.

– J'ai l'impression que ça ne te réjouit pas !

– Pas vraiment ! Essaie de baiser avec un homme alors que tu en as un autre en tête qui t'obsède, te hante ! ironisé-je.

Encore une fois, je suis surpris de la facilité avec laquelle j'arrive à lui dire ce que j'ai sur le cœur. Vanessa pourrait bien devenir une grande amie sans que je m'en aperçoive.

– Ouais, je comprends. Mais en même temps, c'est toi qui t'imposes ça.

– Tu connais d'autres façons rapides pour gagner de l'argent, pour quelqu'un comme moi qui n'a pas de diplôme ?

– Non...

– Donc, j'assume. Je vais reprendre le cours de ma vie là où je l'avais arrêté en rencontrant Émy.

– Moi aussi, d'ailleurs, je dois partir, si tu veux revenir dormir là, ce soir, tu peux !

– Merci, mais je vais essayer d'avoir un rendez-vous pour me remettre dans le bain le plus vite possible.

– OK, à bientôt alors, lance-t-elle en sortant de la cuisine.

Je me retrouve seul et décide de rentrer chez moi pour me préparer à affronter la suite des événements...

CHAPITRE 26

Émy

Le coup est parti sans que je le voie venir. Du dos de la main, il m'a frappé la joue assez fort pour me faire tomber en arrière. Toujours vêtue de ma robe de mariée, je me suis retrouvée assise sur l'immense lit de notre suite nuptiale, sonnée, sous le choc, des larmes brûlantes plein les yeux. Nous sommes mariés depuis quelques heures à peine, et mon époux vient de lever la main sur moi pour la première fois.

Je savais que j'allais passer une nuit de noces abominable. Comment aurait-il pu en être autrement, puisque je la passais avec un homme que je haïssais ? Mais j'étais loin d'imaginer que ce serait aussi dur. Une fois les coupes de champagne vidées, les invités partis se coucher, Nicolas n'avait plus de témoins, il a pu laisser libre cours à sa colère. Il était hors de lui. Son altercation avec Stephen l'avait rendu fou de rage, je devenais la cible parfaite.

« *Tu n'es plus une simple pute, Émelyne ! Tu es ma femme !* » Voilà ce que m'a dit mon mari avant de m'ordonner de retirer ma robe et de me mettre nue.

« *Plus personne d'autre que moi ne pose la main sur toi, tu as compris ? TU ES À MOI !* » Voilà les mots qu'il a prononcés avant de m'allonger et de m'écarter les jambes sans ménagement, pour prendre ce qui lui est désormais dû.

Debout devant la fenêtre de ce que fut mon appartement plusieurs années durant, je me remémore les événements de la nuit de samedi, ma première en tant que femme mariée. Mes souvenirs ont la dureté de la main de Nicolas, l'odeur de son eau de Cologne hors de prix que je ne tolère plus et le son de ses halètements écœurants au creux de mon oreille. Violence, honte, dégoût et désespoir. Voilà ce qu'il me restera du jour de mon mariage. Ai-je encore été *violée* par mon mari, cette nuit-là ? Est-ce le terme qui convient ? Peut-être, je ne sais pas. Je ne voulais pas le laisser me toucher. Pire, son contact me révulsait, je me suis mordu la lèvre jusqu'au sang pour ne pas pleurer en attendant qu'il se vide. Pourtant, je n'ai rien fait pour l'arrêter. Je me suis donnée comme on jette un morceau de viande morte à un chien galeux. Sans aucune envie, avec répugnance, mais donnée quand même.

Une voix s'élève derrière moi, me tire de mes pensées et m'arrache au paysage urbain qui était jusqu'à peu mon quotidien.

– C'est bon pour vous ?

Je me retourne et vois que mon propriétaire m'attend dans l'embrasure de la porte menant à l'entrée.

– Oui. J'arrive.

Je jette un regard circulaire autour de moi, sur ce qu'il ne convient plus d'appeler mon salon. Je me sentais tellement en sécurité, ici... Comme dans une bulle douillette et protectrice où rien ni personne ne pouvait m'atteindre. Un cocon, une île loin de tout, un endroit qui n'appartenait qu'à moi. À présent, mon île a pris l'eau et a été engloutie par un tsunami du nom de Nicolas Dambres-Villiers. Mon appartement est entièrement vide. Mon imposant canapé moelleux ainsi que la totalité de mes meubles sont partis je ne sais où, là où mon mari a décidé de les envoyer. Certainement à la décharge...

Mes pas résonnent tristement dans la pièce lorsque je la traverse pour rejoindre mon propriétaire. Le cœur serré, je lui tends les clés. J'ai l'impression de déposer dans sa main les dernières bribes de ma liberté, les lambeaux de mon bonheur passé. Il ne me reste plus rien.

– Tout est en ordre, dit-il d'un ton neutre, sans savoir ce que tout cela représente de renoncement pour moi. Tenez, voilà votre chèque de caution.

Je me saisis du petit morceau de papier. Mille huit cents euros.

Tiens, maintenant, je connais le prix de ma liberté.

Cette matinée ensoleillée de juin déverse par les fenêtres une lumière chaude et dorée, qui m'enveloppe jusqu'à ce que je gagne le palier.

– Ah, au fait, lance monsieur Lopez depuis le salon. Félicitations, pour votre mariage !

« Toutes mes condoléances » me semble être une formule plus adaptée, songé-je.

Je ne lui réponds pas, me contentant de lui sourire vaguement du bout des lèvres. Puis je referme la porte et me retrouve dans la semi-obscurité du palier.

Mes vêtements sont rangés dans le dressing, mes livres cachés dans un placard parce que « ça fait désordre », et les quelques affaires que j'ai emportées ont elles aussi trouvé leur place là où « ça ne gênera pas ». Je me sens si lasse que chaque geste me coûte, j'ai mis un temps fou à accomplir ces simples tâches. Mon corps est lourd alors que je déambule dans l'immense appartement de Nicolas, ne sachant que faire de moi-même. Par bonheur, je suis seule, puisque nous sommes lundi et que mon mari est parti travailler. Il avait des obligations auxquelles il n'a pas pu se soustraire, pour mon plus grand soulagement.

J'ai peur du moment où il rentrera. Depuis la nuit de samedi et ce coup qui a tout changé, la présence de mon mari m'est devenue intolérable. Avant, je ne le supportais pas. À présent, je le hais. Il a fait de moi une chose sans âme, et le pire, c'est que je lui ai moi-même donné toutes les clés pour parvenir à ses fins. Me voilà pieds et poings liés, enfermée dans cette existence toxique qui m'empoisonnera jusqu'à mon dernier souffle. J'ai croqué la pomme en toute connaissance de cause, mais je ne pensais pas que son goût serait à ce point fielleux et détestable...

Je tombe sur le canapé design, dont l'assise me semble aussi dure qu'un sac d'os, et me recroqueville sur moi-même. J'ai honte... Honte de l'avoir laissé me frapper sans réagir, honte d'avoir à ce point peur de lui et de ce que je suis devenue.

Pourtant, je ne partirai pas. Que pourrais-je trouver, ailleurs, qui n'est pas également source de chagrin ? J'ai tout perdu. Ma meilleure amie m'a trahie et a vendu mon cœur à un menteur.

Stephen...

Son visage surgit dans mes pensées et une boule de douleur explose dans ma poitrine. Malgré le fait qu'il m'ait menti et qu'il se soit joué de moi comme le pire des salauds, l'amour que je lui porte ne semble pas vouloir disparaître. J'ai beau savoir que je me suis éprise d'une image, d'un mensonge, rien n'y fait. Quelle idiote je suis ! Je voudrais l'arracher de mon cœur, faire mourir tous les souvenirs que j'ai de lui ! À la place, je ressens toujours son absence comme une déchirure. L'homme qu'il a prétendu être me manque à en avoir mal aux tripes, j'ai l'impression d'avoir un trou béant à l'intérieur même de mon corps.

Il m'a dit ce que je voulais entendre, m'a bercée de fausses promesses pour honorer son fichu contrat. Je n'ai été qu'un arrangement juteux. Mais à cause de lui, j'y ai cru. J'ai vraiment pensé que je pourrais être heureuse et vivre auprès d'un homme bien dont je serais éperdument amoureuse. Maintenant, c'est encore plus difficile. Quand tout est noir depuis toujours et qu'il n'y a plus d'espoir, on oublie le goût du bonheur, mais Stephen a rapporté un peu de cette saveur si douce sur mes lèvres. Même si elle était artificielle, elle m'a paru vraie le temps de quelques semaines et à présent, l'amertume de Nicolas m'est juste intolérable.

De rage et de désespoir, j'attrape la pile de magazines posée sur la table basse devant moi et la balance à travers la pièce. Lasse au-delà de tout, en proie à une douleur suffocante, je me laisse aller sur le canapé, sans pouvoir retenir mes larmes.

Je pleure en imaginant la vie que j'aurais pu avoir si Stephen avait été sincère. Je donnerai tout pour me sentir aimée et en sécurité à nouveau, pour le voir me sourire, pour me retrouver entre ses draps dans son appartement minable. Je me mets à rêver d'un monde où il m'aurait aimée aussi fort que moi je l'aime, où j'aurais passé mes journées à essuyer des tables et servir des cafés avec lui... Un monde où j'aurais toujours ma meilleure amie à mes côtés.

Un simple regard autour de moi me ramène à la réalité. Je suis seule dans un appartement luxueux que je déteste, où je me sens comme une étrangère, un appartement où je n'ai rien d'autre à faire qu'attendre le retour d'un époux que j'exècre et qui me terrifie. Et s'il lui prenait l'envie de lever la main sur moi à nouveau ? Que pourrais-je y faire ? Rien. Voilà la triste vérité. Maman a besoin de moi, me rebeller la mettrait en danger, ainsi que Stephen. De toute façon, je ne m'en sens pas la force. Je suis vide, il ne reste rien de moi. Ni énergie, ni courage, ni espoir.

J'ai la sensation de glisser vers le néant, d'avoir à l'intérieur un gouffre noir qui m'aspire petit à petit. Je ferme les yeux pour ne plus voir ce qui m'entoure et me laisse aller dans mon chagrin. Il est trop fort, je n'arrive plus à lutter.

La porte d'entrée s'ouvre un peu avant vingt-deux heures. Je sursaute, me lève du canapé que je n'avais pas quitté, et fais quelques pas prudents dans la pièce, sans savoir comment réagir. Je n'avais pas réalisé qu'il était si tard ! J'ai même oublié de manger.

Nicolas fait rapidement son apparition dans le salon, le visage fermé, et les sourcils froncés, avec sa veste de costume sur le bras. Un très désagréable frisson d'appréhension court sur ma peau.

– Bon sang, tu vis dans le noir à présent ? lance-t-il sur un ton glacial.

Effectivement, la lumière commence à décliner, le salon baigne dans la semi-obscurité. Il soupire, va attraper la petite télécommande qui actionne les lampes. Cette soudaine luminosité m'agresse, je cligne des paupières. Sans dire un mot, mon mari renifle d'une façon qui me fait comprendre que quelque chose le dérange. Lorsque je pose mon regard sur lui, je constate qu'il me fixe d'un drôle d'air.

– Tu as passé la journée comme ça ? me questionne-t-il sèchement en détaillant ma tenue.

Je baisse les yeux sur mon débardeur noir, mon jean et mes pieds nus.

– Oui, je... j'ai fait du rangement, aujourd'hui.

– Et ?

– Et... c'était plus confortable.

La bouche de Nicolas se tord une seconde, ses yeux gris se voilent de mécontentement. Soudainement, je ressens le besoin urgent de me justifier.

– Oui, je sais, ce n'est pas très féminin, mais...

Il lève la main devant lui pour me faire taire, j'obéis à cet ordre silencieux. Mon rythme cardiaque s'accélère, ma bouche s'assèche. Je reconnais cette brume noire qui semble s'élever dans la pièce et l'éclat dur qu'ont pris les yeux de mon mari.

– Émelyne, il faut que tu comprennes quelque chose, commence-t-il. J'ai passé une journée difficile, parce je *travaille*, figure-toi. J'ai des obligations qui me pèsent, surtout en ce moment. Tu sais que je suis sur un contrat ardu qui pourrait nous ouvrir la porte du marché allemand.

– Oui, je...

– TOUT ce que je te demande, à toi, qui n'as rien d'autre à faire de tes journées, c'est d'être un minimum présentable lorsque je rentre. Est-ce trop demander ?

– Non, c'est juste que...

– « Juste que » quoi ? répète-t-il en mimant ma voix. Que tu es trop fainéante pour faire plaisir à ton mari qui se tue à la tâche pour t'offrir à toi et à ta plaie de mère une vie dorée ? Qui va payer les créanciers et le loyer de son taudis le mois prochain, hein ?

Son ton est de plus en plus tranchant. Je vois sa colère grandir, mais ne sais pas quoi faire pour le calmer.

– Qui, Émelyne ?

– Toi, Nicolas, dis-je en tremblant.

Humiliée. Voilà comment je me sens à cette seconde. Pourtant, je me soumets sans me battre...

– Oui, *moi* ! Exactement ! Alors, par pitié, pourrais-tu au moins avoir la correction de te faire belle pour ton mari qui travaille si dur pour toi ? Nous ne sommes mariés que depuis deux jours, nom d'un chien ! Tu ne vas pas déjà commencer à te laisser aller ! À moins que...

Sa phrase reste en suspens. Il avance un peu, je relève la tête, ne comprenant pas la raison de son silence soudain.

– Pourquoi n'es-tu pas aussi apprêtée que d'ordinaire, Émelyne ?

– Quoi ?

Il continue à approcher, je fais un pas en arrière sans pouvoir m'en empêcher, par réflexe. Si je ne comprends pas où il veut en venir, je sens venir les problèmes. Sa voix, la façon dont il me dévisage, la manière dont ses mâchoires se contractent... ces petits éléments mis bout à bout sonnent à mes oreilles comme un signal d'alarme.

– J'ai dit : « Pourquoi n'es-tu pas aussi apprêtée que d'ordinaire ? » Hum ? Il y a une raison particulière à cela ?

– Non, je... je te l'ai dit, j'ai fait du rangement...

– Ah, oui ? Ou alors... peut-être que tu n'estimes pas nécessaire de te donner autant de mal pour plaire à ton mari que tu t'en donnais pour plaire à l'autre merdeux avec qui tu t'envoyais en l'air dans mon dos ?

Mon sang se fige dans mes veines, l'air déserte mes poumons. Je regarde Nicolas sans rien dire, mes pensées gelées par la panique glacée qui m'envahit.

– Alors, Émelyne, j'ai visé juste ?

– Non... réussis-je finalement à articuler. Qu'est-ce que tu vas imaginer...

Nicolas s'arrête en face de moi, darde ses yeux gris dans les miens.

– Ne me prends pas pour un con, tu entends ?

Je déglutis péniblement, le cœur au bord des lèvres.

– NE ME PRENDS PAS POUR UN CON ! me hurle-t-il au visage.

Alors que je fais encore un pas en arrière, sa main se referme sur mon poignet, je retiens à peine un petit cri d'effroi.

– Tu ne te faisais belle que pour aller baiser avec ton looser ? Hein, Émelyne, c'est bien ça ?

Soudainement agitée de tremblements incontrôlables, je secoue vivement la tête.

– Non, bien sûr que non ! me défends-je d'une voix trop étranglée.

– Ce mec est un moins que rien ! crache-t-il en resserrant sa prise sur mon poignet. Une loque, un déchet, un parasite tout juste bon à lécher les semelles de mes chaussures quand je marche dans la merde !

– ARRÊTE ! crié-je. Stephen n'est rien de tout ça !

La réplique est sortie toute seule, je la regrette aussitôt. Comme pour m'imposer trop tardivement le silence, je plaque ma main libre sur ma bouche en secouant frénétiquement la tête. Les yeux agrandis par la peur, je vois le visage de mon mari prendre une expression de fureur mélangée de stupéfaction.

– Tu... tu l'*aimes*, Émelyne ? C'est ça ? Tu es *amoureuse* de ce pauvre type ?

– Non, non ! Pas du tout ! Je t'assure que...

– J'ai dit... NE ME PRENDS PAS POUR UN CON !

Sa main ne lâche mon poignet que pour prendre de l'élan.

Le premier coup de Nicolas me laisse à genoux sur le parquet ancien, le souffle coupé, une douleur cuisante au visage. Ma peau me chauffe comme si on m'avait jeté un charbon ardent. Je fixe ses pieds, les bras le long du corps, pantelants, trop lourds pour que je parvienne à les bouger. Je suis sonnée, presque anesthésiée. Je n'ai pas le temps de me ressaisir qu'il m'attrape par les cheveux pour me relever avec une brutalité inouïe. Son visage est presque méconnaissable, empreint d'une telle rage qu'il ressemble à une bête. Je comprends alors qu'il n'en a pas fini avec moi et ouvre la bouche pour le supplier d'arrêter. Mais là non plus, je n'en ai pas le temps.

Un deuxième coup part, le monde s'éteint une seconde. Il m'a frappée à l'œil. Mes jambes ne me portent plus, je manque de m'effondrer. C'est mon mari qui me retient en me serrant si fort le bras qu'il me fait mal.

Je suis terrorisée, je souffre, j'ai l'impression de ne plus pouvoir respirer. Tout vacille, tremble, autour de moi, j'ai la nausée, je ne sais plus où je suis.

– Tu me dégoûtes, Émelyne ! éructe Nicolas, essoufflé. Tu ne mérites pas le nom que je t'ai donné en t'épousant ! Une vulgaire pute, voilà ce que tu es et ce que tu resteras !

Il me lâche enfin, je m'effondre.

– Reprends-toi. Sinon je te jure que toi et ta salope de mère vous retrouverez sur le trottoir, là où est votre véritable place. Tu as compris ?

Je n'arrive pas à parler, les mots sont bloqués dans ma gorge.

– Tu as compris ? répète-t-il.

– Oui, oui... murmuré-je.

Après une poignée de secondes, qui me semble durer cent ans, le parquet grince sous son poids et il finit par s'éloigner. Je reste là, allongée à même le sol, incapable de faire un geste, le corps et l'esprit brisés par Nicolas Dambres-Villiers. Mon mari. Ce n'est que lorsqu'une goutte d'eau glisse sur la peau de mon poignet que je réalise que je suis en train de pleurer.

Les larmes dévalent mes joues meurtries en cascade, et en silence, comme si elles-mêmes avaient tellement honte qu'elles cherchaient à se rendre aussi discrètes que possible. Pourtant, ma peine et ma douleur sont si intenses qu'elles me broient sur place.

Quand je me relève, quelques minutes plus tard, mon corps tout entier est endolori. Je titube le long du couloir pour rejoindre la salle de bains, automate un peu déréglé qui ne sait même plus marcher droit. Sans allumer, sans réfléchir, sans jamais lever les yeux vers le miroir, je me brosse les dents rapidement, enfile une chemise de nuit en satin, et gagne la chambre à coucher. Nicolas est là, allongé sous les draps, en train de lire le journal. Il ne m'adresse pas un regard, mais je sais qu'il m'attendait.

Je m'installe à ses côtés, tout au bord du lit.

– Bonne nuit, Émelyne, me dit-il d'un ton égal.

– Bonne nuit.

À onze heures, le lendemain matin, la sonnette de la porte d'entrée retentit. Je jette un œil en direction du couloir, sans savoir comment réagir. Le brouillard qui m'enveloppe, en partie dû au fait que je n'ai pas réussi à dormir de la nuit, me rend presque catatonique. J'aurais voulu m'assoupir... J'aurais pu, le temps de quelques heures, oublier l'horreur qu'est devenue mon existence. Au lieu de ça, mes yeux sont restés grand ouverts et j'ai laissé s'égrainer les heures en écoutant le souffle lourd et dégueulasse de mon mari.

Un autre coup de sonnette et je me souviens enfin de ce que je suis supposée faire : me lever du canapé. Lentement. Ramasser les petits morceaux de moi éparpillés à mes pieds, et les traîner jusqu'à l'entrée. Dieu que c'est difficile... On dirait que l'air autour de moi a pris une consistance épaisse, chaque geste ressemble à une épreuve.

J'entrouvre la porte sans m'attendre à rien, sauf peut-être à une erreur.

– Maman…

Ma surprise est telle que je me réveille tout à coup. Voir ici, et maintenant, le visage bienveillant de ma mère me bouleverse profondément.

Que fait-elle là ?

Elle n'est venue dans cet appartement qu'à une seule reprise, il y a plusieurs mois de cela, je ne l'ai pas réinvitée depuis. Sa présence en ces murs me mettait trop mal à l'aise, j'avais peur qu'elle remarque à quel point je suis étrangère à ce lieu.

Pourtant, elle est bien là. Soudain, je me sens comme une petite fille au genou écorché, tout juste tombée de vélo. Je voudrais me blottir dans ses bras pour qu'elle me console, attendre que sa tendresse fasse s'envoler mon chagrin. J'ai envie d'enfouir mon visage dans le creux de son cou, de l'entendre me dire que ça va passer, que tout ira bien.

Mais je ne suis plus une enfant... La plus adulte de nous deux, maintenant, c'est moi. C'est à mon tour de la protéger. Je suis celle qui doit prendre soin d'elle et lui murmurer à l'oreille de ne pas s'inquiéter.

« N'aie pas peur, je suis là... »

Qu'importe le fait que je sois terrorisée. Il me faut me recomposer une attitude. Je le dois, pour elle et tout ce qu'elle a fait pour moi au long de ces années de misère. Elle ne doit rien voir de mes fêlures ou soupçonner le fait qu'à l'intérieur, je suis brisée en un milliard d'éclats tranchants.

Je m'applique à peindre sur mon visage une expression sereine, celle d'une jeune mariée heureuse, sans tracas. Je lui souris avec tout l'amour que j'éprouve pour cette femme courageuse qui ne m'a jamais laissée tomber, même dans les moments les plus durs.

– Bonjour, Émy, dit-elle avec douceur. J'espère que tu ne m'en voudras pas d'être passée à l'improviste...

– Non, bien sûr. Qu'est-ce que...

Je ne termine pas ma phrase. Son regard vient de se poser sur mon œil droit, celui qui, malgré le maquillage dont je me suis parée avec soin ce matin, porte la trace légèrement violacée de la fureur de Nicolas. Elle fronce les sourcils et je vois dans ses yeux qu'elle se rapproche trop près de la vérité.

– Chérie... s'enquiert-elle d'une voix hésitante. Qu'est-il... qu'est-il arrivé à ton œil ?

Mentir. Vite. L'éloigner le plus rapidement possible de cette pourriture à laquelle je ne veux pas qu'elle touche. Ne pas la souiller elle aussi, la protéger. Elle vaut un million de fois mieux que cet atroce marasme puant qu'est à présent mon monde.

Je la fais entrer, ferme la porte derrière elle, gagnant ainsi les quelques secondes me permettant de trouver un mensonge crédible.

– Oh, ça ? Tu vas rire, je suis la reine des andouilles !

Je mime un ricanement un peu honteux, mais le visage de ma mère garde un air inquiet.

– Ne te moque pas, continué-je avec légèreté, malgré mon angoisse d'être découverte. Je me suis pris le coin d'un carton de livres !

– Ah... C'est vrai ?

– Oui, je sais, je ne me suis pas loupée...

Je soutiens aussi longtemps que possible le regard étrangement inquisiteur de ma mère. Comme le jour de mon mariage, j'ai cette impression alarmante qu'elle me voit réellement, cet éclat de lucidité m'effraie tant que je craque et me détourne d'elle.

– Tu... tu veux boire un café ? demandé-je en prenant la direction de la cuisine, afin de donner une excuse à mon lâche abandon.

– Oui, je veux bien, répond-elle en me suivant. Si ça ne te dérange pas. Mais, Émy...

Le bruit de ses pas sur le parquet s'arrête, sa main se pose contre mon bras, à l'endroit exact où Nicolas m'a attrapée hier. Je porte un chemisier à manches longues, si bien que les bleus ne se voient pas, mais la douleur est bien là. Je dois me retenir de grimacer.

– Oui ?

Elle me dévisage d'interminables secondes avant de poursuivre.

– Si quelque chose n'allait pas, tu me le dirais, n'est-ce pas ?

– Qu'est-ce qui n'irait pas, maman ? lui demandé-je en souriant.

– Tu sais, je suis toujours ta mère, Émelyne. Et certainement plus forte que tu ne l'imagines...

– Je le sais, enfin. Oh, j'ai presque oublié ! Il faut que je te montre le cadeau de la tante de Nicolas ! On dirait le vase de grand-mère, tu sais ? Celui qui était dans le bureau de papa !

Voilà. Cette diversion monstrueuse a bien l'effet escompté : les yeux de ma mère se voilent, elle repart dans son univers, celui ou papa et Lilian sont moins loin d'elle.

– Vraiment ?

– Oui, viens.

Je l'entraîne doucement vers le salon pour lui montrer ce stupide vase, pendant qu'une vérité insupportable s'impose à moi. Je vais devoir m'éloigner de ma mère. Si je m'offrais le luxe de la garder auprès de moi, elle finirait par comprendre et les choses deviendraient bien trop compliquées. Pour continuer à la protéger, je vais devoir la tenir à l'écart.

Le gouffre sombre qui menaçait de m'engloutir se transforme en abysse et je tombe dans ce puits de douleur sans fond.

Le noir, le froid... et à présent la plus complète solitude.

CHAPITRE 27

Stephen

Je fais un pas en arrière en fixant le miroir pour être sûr qu'il est bien droit. J'ai dû remplacer tout ce que j'avais cassé lors de ma crise de nerfs. Je dois remettre ma vie en ordre, faire comme si Émy n'avait jamais existé. J'ai remis mon appartement en état, et j'ai rempli mon carnet de rendez-vous.

Ce soir, c'est mon premier depuis un bon moment, j'angoisse un peu de ne pas pouvoir satisfaire ma cliente. Rien que l'idée de toucher une autre femme me rend malade. Je me déshabille, prends une douche presque froide pour me remettre les idées en place. J'ai encore trop bu hier soir, je sais que je boirai encore trop ce soir. Je ne sais pas quoi faire d'autre pour supporter cette douleur qui m'écrase le cœur.

Cette nuit passée avec Vanessa dans mes bras m'a fait du bien, je dois l'avouer. Je me suis senti moins seul, ça m'a aidé à dormir un peu, mais je redoute ma prochaine nuit, seul, entre ces murs. Je me demande si Émy est partie en voyage de noces ? Et puis, je me souviens de la façon dont elle m'a traité devant l'église, et la colère refait surface. Je dois me servir de cette colère pour l'oublier et avancer. Je me sers un café et m'installe face à mon ordinateur pour fouiller dans les petites annonces, essayer de penser à autre chose.

Ce soir, j'ai rendez-vous avec Élisabeth Thomson une riche Américaine de quarante-cinq ans. Elle n'est pas désagréable à regarder, elle est plutôt gentille, pour me remettre en marche c'est ce qu'il me faut.

Je passe la journée à tourner en rond dans mon clapier, en fin d'après-midi, je me prépare. J'enfile mon costume gris foncé, une chemise blanche dont je laisse deux boutons ouverts. Je me coiffe, me parfume en évitant de croiser mon reflet dans le miroir. J'ai une sale mine en ce moment, je le sais, mais je dois faire avec. Je prends mon portefeuille, mes clés, puis je pars récupérer ma voiture au parking, au coin de la rue.

Je me gare devant l'hôtel, une demi-heure plus tard, j'ai les mains moites. Je me demande ce qu'il m'arrive ? Pourquoi suis-je dans cet état de stress ? Je me suis tapé des dizaines de femmes sans aucun scrupule, alors pourquoi ai-je ce sentiment de culpabilité qui me ronge, comme si je trompais Émy ? Je ne lui dois rien, après tout ! Pourquoi cette sensation de mal-être s'insinue-t-elle en moi pour me serrer la gorge, me donner mal au ventre ? Je deviens complètement taré... Je suis une vraie loque, que m'arrive-t-il ? Cette femme a pris possession de mon corps, de ma tête, ce n'est pas possible autrement.

Je sors de l'ascenseur, fouille dans la poche intérieure de ma veste pour chercher mes petites pilules magiques. Aujourd'hui, plus que jamais, je vais en avoir besoin. Je lâche un juron en découvrant que je n'en ai plus. Ce n'est pas vrai, je suis maudit ! Je vais devoir faire sans… Je frappe nerveusement à la porte « 12 », sens mon cœur déraper dans ma poitrine.

– Bonsoir, Stephen ! lance ma cliente en m'embrassant sur les joues.

– Bonsoir, Élisabeth, réponds-je en détournant le regard.

Je pénètre dans la pièce, retire mes vêtements que je pose sur un gros fauteuil en velours sombre. Élisabeth ne porte qu'un peignoir de satin rose. Elle me fixe, debout, immobile.

– Tout va bien, Stephen ? demande-t-elle gentiment. Vous avez l'air fatigué ?

– Oui... je le suis un peu. Mais ça n'a aucune importance, rétorqué-je en la prenant dans mes bras.

Je pose mes lèvres sur les siennes, refoule le profond dégoût qui me retourne l'estomac, ferme les yeux, tandis que nos langues se rencontrent. Les prunelles bleues d'Émy se greffent sous mes paupières, alors je les ouvre, agacé, et fais glisser le peignoir le long des bras de ma cliente avant de lui dire de s'allonger. Je regarde son corps nu, je n'éprouve rien d'autre que de l'aversion. Je me force à embrasser ses seins gonflés par le désir, je descends entre ses cuisses, me fais violence à plusieurs reprises pour ne pas la repousser alors qu'elle enfonce ses doigts dans mes cheveux. Je remonte, m'allonge sur elle en essayant de toutes mes forces de faire réagir cette petite partie de mon corps qui semble morte... J'ai beau me frotter, me caresser, ou même m'imaginer contre la peau chaude et douce d'Émy, rien n'y fait... Je ne bande pas...

Mortifié, je me lève pour faire les cent pas en me passant une main agitée sur le visage.

– Je suis désolé, lancé-je à Élisabeth en croisant son regard interrogateur et inquiet.

– Que... que se passe-t-il, enfin, Stephen ?

– Je… n'y arrive pas ! Je suis vraiment désolé, réponds-je en me rhabillant précipitamment pour partir au plus vite de cette chambre.

– C'est moi... j'ai fait quelque chose de mal ? questionne-t-elle d'une voix tremblante.

Je me fige, plonge mon regard dans le sien. Je l'aime bien, ça m'ennuie de la blesser, alors, je lui avoue :

– Ça n'a rien à voir avec vous Élisabeth... c'est moi qui déraille...

– C'est à cause d'une femme, déduit-elle en se couvrant avec le drap blanc.

– Oui... confié-je, surpris de me dévoiler ainsi.

– Vous l'aimez profondément, c'est pour cette raison que vous ne pouvez toucher une autre femme.

– Oui, ça me dépasse ! Je ne sais pas ce que je vais devenir...

– Mon pauvre Stephen, l'amour est si dangereux si on n'y prend garde. Pourquoi n'êtes-vous pas avec elle si vous l'aimez ?

– Elle ne veut plus de moi, elle a épousé un autre homme... le gigolo que je suis n'était pas assez bien pour elle...

– Quel dommage qu'elle n'ait pas vu plus loin que les

apparences ! Vous êtes une belle personne, Stephen, ne laissez jamais personne vous dire le contraire. Si elle n'a pas su voir l'homme sincère et généreux que vous êtes, c'est qu'elle n'en vaut pas la peine !

Touché en plein cœur par ses paroles, je m'approche pour déposer un baiser sur ses lèvres.

– Merci, murmuré-je avant de m'éloigner en direction de la porte.

– Je suppose qu'on ne se verra plus ? demande-t-elle d'une voix douce.

– Je ne sais pas, Élisabeth, j'ai besoin de temps...

– Très bien, vous savez où me joindre si vous reprenez du service.

– Merci, à bientôt.

Je sors rapidement de ce maudit hôtel, marche lentement jusqu'à ma voiture, profite de cette brise fraîche qui caresse mon visage, pour me calmer. Je suis fichu ! Je n'ai plus de travail, je n'ai plus rien, ma vie déraille inexorablement... Je décide de me rendre au *St James* pour boire quelques verres comme tous les soirs. C'est le seul moyen pour moi de ne pas devenir complètement fou. Je m'installe à ma table habituelle, commande une bouteille de whisky. J'écoute la musique, bois verre après verre. Je remballe quelques minettes qui viennent me tourner autour. Vanessa débarque, se laisse tomber sur le siège qui me fait face, je ne peux retenir un sourire en voyant sa tête.

– Qu'est-ce que tu fous là ? questionné-je, en détaillant ses cheveux en pétard et sa mine déconfite.

– Je fais comme toi, je viens boire pour oublier, rétorque-t-elle, la voix chargée d'émotion.

Je demande un autre verre au serveur, le remplis, puis le pousse devant Vanessa, elle me remercie d'un geste de la tête et l'avale cul sec. Je la regarde, surpris de voir quelqu'un qui semble aller bien plus mal que moi.

– Mauvaise journée ? demandé-je pour briser le silence.

– Ne m'en parle pas !

– Raconte !

– Rien ne va plus, je suis d'une humeur de chien ! Je préférais encore être triste, maintenant, je suis rongée par la colère ! Comment peut-elle me rayer de sa vie comme ça en un battement de cil ? N'avais-je pas plus d'importance à ses yeux ? Je suis énervée d'être rejetée de cette façon sans avoir le droit de m'expliquer ! Pour qui se prend-elle ? Moi, je ne pensais qu'à son bonheur, je... je voulais qu'elle trouve le vrai amour, pas cette comédie de bas étage ! Comment tu fais, toi, pour rester si calme ? me demande-t-elle désespérée.

– Détrompe-toi, je ne suis pas calme... je bouillonne. Je deviens un peu plus marteau à chaque minute qui passe... je mène un combat intérieur jour et nuit. Tu sais jusqu'où je perds le contrôle ? Jusque dans mon job ! Je ne suis plus bon à rien, à cause d'elle... alors oui, je suis en colère, moi aussi.

– Qu'est-ce que tu veux dire ? questionne-t-elle en remplissant nos verres avant de porter le sien à ses lèvres.

– Je veux dire que je ne bande plus... je suis incapable de baiser mes clientes ! grogné-je.

Vanessa recrache le whisky, s'étrangle en pouffant de rire.

– Moque-toi de moi, en plus ! lancé-je agacé.

– Avoue que c'est risible quand même ? Un gigolo qui ne bande plus ! ricane-t-elle.

– Moi, ça ne me fait pas rire. Comment vais-je gagner ma vie maintenant ? Et réaliser mes rêves ?

Elle prend tout à coup un air étonné et me fixe avant de me dire d'une voix enraillée par l'alcool :

– Tu es sérieux, tu ne bandes plus ?

– Bien sûr que je suis sérieux, tu crois que je me vanterais de bander mou ? m'énervé-je.

– Merde... lâche-t-elle en me dévisageant les yeux ouverts comme des soucoupes.

– Ouais, comme tu dis...

– Bon, arrêtons de parler de tout ça et amusons-nous !

Elle se lève, m'entraîne sur la piste de danse. Je la laisse faire, de toute façon, nous sommes aussi bourrés l'un que l'autre, plus rien n'a vraiment d'importance. Nous dansons un long moment, tout en vidant verre après verre, je dois dire que je finis par m'amuser à une certaine heure de la nuit. Vanessa est plutôt drôle quand elle a bu. À la fermeture du *St James,* nous appelons un taxi. Elle m'invite encore à dormir chez elle pour ne pas rester seule, j'accepte bien volontiers. L'idée même de rentrer dans mon taudis sombre et silencieux me donne des frissons.

– Tu dors avec moi cette nuit ! m'ordonne-t-elle en m'entraînant dans sa chambre.

– OK, mais ne prends pas de mauvaises habitudes, ma belle, la taquiné-je.

– Sûrement pas ! Comme je te l'ai déjà dit : tu n'es pas mon style.

– Elles disent toutes ça au début !

– Je ne risque rien de toute façon, tu bandes mou, lance-t-elle avant de s'excuser en voyant mon visage se décomposer.

– Laisse tomber ! réponds-je en m'allongeant sur son lit.

Je reste immobile, les yeux braqués sur le plafond, avec comme seul vêtement mon boxer. Je dois avoir l'air misérable. Je ne ressens plus rien, je suis comme vide à l'intérieur.

Vanessa se couche à mes côtés, vêtue d'une petite nuisette noire, ultra courte.

– Tu es fâché ? demande-t-elle en se tournant pour me regarder.

– Non...

– Je plaisantais... je sais que tu es un super coup, sinon les femmes ne payeraient pas pour baiser avec toi.

– Je m'en fous, je n'ai rien à prouver ! rétorqué-je en me déplaçant pour lui tourner le dos.

Elle se colle à moi, glisse son bras sous le mien pour venir entrelacer nos doigts. Je ne la repousse pas, profite de la chaleur de son corps pour m'apaiser et m'endormir.

Les jours, puis les semaines passent, je ne me sens guère mieux. On dit que le temps rend les choses plus faciles, mais je n'y crois plus un instant. Quand on est mort à l'intérieur, je pense que même le temps ne peut rien y faire. J'ai essayé à plusieurs reprises de rencontrer des clientes, mais le scénario se répète à chaque fois. Je ne vaux plus rien. J'ai dû annuler tous mes rendez-vous et me rendre à l'évidence que je ne réaliserai jamais plus mes rêves. Je passe mes journées et mes soirées dans les bars. Mon but ultime : devenir une épave, ne plus rien ressentir. Vanessa me ramasse à la petite cuillère assez régulièrement. Elle est devenue ma bouée de sauvetage dans cette descente aux enfers. Elle ne me juge pas, se contente d'être là quand j'ai besoin. Je ne suis plus que l'ombre de moi-même, je ne me reconnais plus...

– Tu ne peux plus continuer comme ça, me dit-elle en m'aidant à marcher jusqu'à sa chambre, un soir. Ça va mal finir Stephen, s'inquiète-t-elle.

Je m'avachis sur le lit, la laisse me déshabiller comme presque toutes les nuits. Je ne réponds pas à son inquiétude, de toute façon, que pourrais-je répondre ? Que je suis mort ? Que je ne sens plus battre mon cœur ? Que je suis comme un intrus dans mon propre corps ?

– Je ne peux plus te laisser faire... demain, nous devrons parler, que tu le veuilles ou non, continue-t-elle alors que je me recroqueville sur le côté pour lui tourner le dos.

Elle s'allonge, m'encercle de ses bras comme à son habitude.

Après une nuit agitée, je suis soudain ébloui par la lumière qui inonde la pièce.

– Qu'est-ce que tu fous, grogné-je en voyant Vanessa ouvrir la fenêtre en grand.

– C'est fini la grasse matinée jusqu'à 15 h. Tu vas te bouger le cul et te ressaisir ! Je t'ai acheté un jogging, des baskets, on va aller courir.

– Quoi ? Sûrement pas ! Avec ce que je fume en ce moment, je vais perdre un poumon en route !

– Je ne te laisse pas le choix, prends une douche et rejoins-moi dans la cuisine, ordonne-t-elle en s'éloignant déjà.

– Putain ! J'ai la gueule de bois, je ne peux pas aller courir...

– J'en ai rien à foutre ! crie-t-elle à l'autre bout du couloir.

– Quelle chieuse, lâché-je entre mes dents.

– Je t'ai entendu, je rajoute deux kilomètres sur notre parcours !

Je file dans la salle de bain sans un mot de plus. Je la rejoins dans la cuisine, un moment plus tard, habillé du survêtement qu'elle m'a offert, son visage s'illumine.

– C'est parfait ! dit-elle contente de son choix.

Après une heure de course folle, on franchit à nouveau le seuil de la porte d'entrée, je suis à bout de force, essoufflé, et dégoulinant de transpiration. Sous le jet d'eau froide, je reconnais que ça m'a fait un bien fou. Je me sens tellement mieux que je décide de contacter une de mes clientes pour lui proposer un rendez-vous ce soir. Je vais retenter le coup.

Lorsque je pénètre dans la chambre « 25 », à la nuit tombée, je suis plein d'espoir, mais j'en ressors les épaules voûtées trente minutes plus tard, au bord du désespoir.

Je ne peux pas... je ne peux plus... Je suis mort, il n'y a pas d'autres explications. Je rejoins Vanessa chez elle, m'avachis sur le canapé complètement anéanti. Voyant mon désarroi elle sort une bouteille de vodka du congélateur et nous en sert deux verres.

– Je te préviens, je te laisse boire ce soir, mais demain matin à la première heure, tu seras dans tes baskets pour aller courir !

– Là, tu rêves !

– Non je ne rêve pas. Sinon, je range tout ! lance-t-elle en saisissant la bouteille.

– OK, c'est bon, je viendrai avec toi, cédé-je à contrecœur.

– Alors, buvons à notre avenir. Qu'il soit empli de fous rires et de baise ! trinque-t-elle avant d'avaler son verre cul sec.

Je ne peux retenir un sourire et l'imite. Nous buvons plus que de raison, parlons de tout et de rien, en évitant bien sûr le sujet qui fâche. Assis côte à côte sur le divan, nous passons un excellent moment.

– Alors, ça a encore merdé avec une cliente ? finit-elle par demander d'une voix chargée d'alcool.

– Ouais... réponds-je en m'enfonçant dans le canapé, la tête en arrière pour fixer le lustre en cristal.

– Comment est-ce possible ? Je ne te crois pas. Si une femme sait bien s'y prendre, elle arrive à faire bander n'importe quel mec !

– Ce que tu ne comprends pas, c'est que c'est moi qui dois les satisfaire et non le contraire.

– Ah ! Alors ça ne veut pas dire que ton matériel ne marche plus, plaisante-t-elle en plongeant son regard dans le mien.

– Je n'y arrive plus, Vanessa... Émy m'obsède...

– Je ne te crois pas... je pense seulement que tu n'as pas eu de femme sachant te donner ce dont tu as besoin... dit-elle en se rapprochant maladroitement de moi.

– Qu'est-ce que tu sous-entends ? Que tu pourrais être cette personne ? demandé-je en ne pouvant retenir un sourire.

– Pourquoi pas ? murmure-t-elle en passant une jambe par-dessus mes cuisses pour s'asseoir à califourchon sur moi.

– Tu n'y penses pas ? Tu es l'amie d'Émy ?

– Je ne suis plus l'amie de personne... Et je ne dois plus rien à Émy...

Je n'ai pas le temps de répondre que sa bouche écrase la mienne, que ses mains s'agrippent à mes épaules, alors qu'elle frotte son intimité contre cette partie de mon corps qui semble inexistante depuis trop longtemps. Je lui rends son baiser, laisse sa langue s'immiscer entre mes lèvres pour venir taquiner la mienne. Je m'abandonne, pose même mes mains sur ses hanches, pour accompagner son mouvement du bassin, sur mon membre qui par miracle durcit dans mon pantalon. Pourquoi je ne la repousse pas ? Peut-être parce que j'ai besoin d'être sûr que mon corps m'appartient encore... peut-être que j'ai besoin d'effacer la trace d'Émy, de passer à autre chose. Ou alors, est-ce à cause de l'alcool ? Tant de questions que je chasse dans un coin de ma tête pour profiter de l'instant présent ou tout semble fonctionner correctement. Vanessa glisse sa nuisette par-dessus ses épaules, se retrouve nue. Elle défait ma ceinture, ouvre mon pantalon avec des gestes maladroits, elle s'empare de mon membre dressé. Un sourire illumine son visage avant qu'elle me dise dans un murmure :

– Il semblerait que je sois cette personne finalement...

Je ne réponds pas, mais lui rends son sourire alors qu'elle déroule un préservatif sur l'objet de ses désirs. Je la laisse faire. Elle semble vouloir contrôler la situation, j'avoue que ce n'est pas pour me déplaire. Habituellement, c'est moi qui dois prendre les choses en main, ce soir, j'ai envie d'être le client pour une fois, de ne plus rien contrôler. Vanessa se soulève, glisse sur mon sexe érigé en lâchant un gémissement de plaisir. Je ferme les yeux alors qu'un frisson me parcourt. J'enfonce mes doigts dans ses cuisses au moment où elle accélère le rythme. Bougeant de plus en plus vite, elle m'emmène au bord du précipice et quand tout mon corps se contracte, que je lâche un grognement en jouissant, elle retombe sur moi essoufflée. Nos bouches se rencontrent à nouveau dans un baiser plein d'incertitudes, nos doigts s'entrelacent, encore hésitants.

– Qu'est-ce qu'on vient de faire ? chuchoté-je contre ses lèvres.

– La seule chose à faire ! Nous avons comblé ce vide qui nous habite pour nous prouver que nous sommes toujours vivants... Ce n'est pas parce qu'elle nous a abandonnés qu'on ne doit plus vivre...

Incapable de répondre, je me contente de la fixer. Ses immenses yeux noirs semblent si tristes que je ne peux m'empêcher de la serrer dans mes bras. Deux personnes blessées, détruites, peuvent-elles se reconstruire ensemble ? S'épauler, se soutenir, afin de ne plus être bancales ?

Quoi qu'il se passe par la suite, à cet instant précis, j'ai besoin de Vanessa, sans elle, je suis sûr de m'effondrer de chagrin.

Nous nous allongeons, enlacés sur le canapé, et nous endormons apaisés par cette étreinte inattendue, mais salvatrice.

CHAPITRE 28

Émy

Huit mois de mariage. Huit mois de coups, d'humiliations, de peur, de solitude. Je sors le moins souvent possible de cet appartement qui ressemble de plus en plus à une cage. Je m'habille, me maquille, me coiffe, pour ensuite rester cloîtrée dans cet espace que je ne supporte plus. Comme une poupée mannequin posée là par un metteur en scène sadique et tout puissant. Je participe à une pièce grotesque, celle d'un bonheur conjugal feint où tout n'est que mensonges et faux semblants.

Coupée du monde, en huis clos avec un mari que j'abhorre, je dépéris. Fleur captive dont les pétales tombent peu à peu, je regarde la vie me quitter sans chercher la lumière. Pire, je coupe moi-même mes racines, celles qui me maintiennent encore en vie. Cela fait deux mois que je n'ai pas vu ma mère. Au téléphone, je prétexte être trop occupée par mon rôle de femme mariée. Je prétends courir de galas en dîners, de séances de shopping en sorties avec mes amies imaginaires, alors que je passe mon temps allongée dans le lit de Nicolas ou assise sur le canapé.

Mon existence se résume à regarder les heures s'écouler, seule, les rideaux tirés pour ne pas laisser la vie du dehors m'atteindre. À attendre les insultes et les coups.

Nicolas a levé la main sur moi à de très nombreuses reprises, ces derniers mois, mais de manière plus réfléchie. Il ne s'en prend plus à mon visage, les marques sont visibles trop longtemps et il ne peut pas sortir au bras d'une poupée abîmée, cela ne se fait pas... Même sous la soie vaporeuse et légère d'une robe de soirée aérienne, un coup bien placé dans le ventre ou les côtes ne se voit pas. C'est plus discret. Plus... commode. Et puisque de toute façon mon ventre reste obstinément vide, à quoi bon se donner la peine de le ménager, n'est-ce pas ?

Plus les mois passent, plus mon « incapacité » à tomber enceinte accroît le courroux de mon mari. Si jamais il apprenait que cela résulte du fait que je n'ai pas arrêté la pilule, nul doute qu'il me le ferait payer très cher. Pourtant, c'est un risque que je continuerai à prendre, coûte que coûte, même si cela devait finir par me tuer. Comment pourrais-je mettre un enfant sur le chemin de cet être immonde, violent et sans cœur ? Renoncer à donner la vie est une évidence pour moi qui me contente d'attendre de mourir. Pourtant, avant, j'aurais tout sacrifié pour connaître le bonheur de devenir maman. Un bébé, même conçu dans la douleur et sans amour, aurait offert à mon existence une joie que je ne suis plus en mesure d'imaginer... Mais je ne peux infliger à un enfant d'avoir Nicolas Dambres Villiers pour père. Mon Dieu, que ce serait cruel et égoïste de ma part !

Ce matin, je suis obligée de sortir. Un autre gala de charité est annoncé pour la semaine prochaine et Nicolas m'a sommée de me trouver une nouvelle toilette. Sa femme — sa poupée, son faire-valoir — ne peut pas être vue deux fois dans la même robe. Je dois donc aller courir les magasins pour être belle et faire semblant d'être heureuse, pendant que mon mari, lui, fera semblant d'être un homme bien en distribuant quelques chèques et commentaires grandiloquents. Quelle ironie...

En ce mois de février, le ciel s'est paré d'un blanc poudreux et déverse ses cristaux évanescents sur la capitale, créant dans les rues fréquentées des amoncellements trop vite gris et sales. J'ajuste le col de mon manteau pour me protéger de l'air piquant, aussi glacial que le néant qui m'habite. J'aurais pu prendre la voiture, mais je ne vais pas très loin, j'ai envie de marcher.

Une boutique. Deux. Je m'habille, me déshabille, seule dans la cabine, afin d'empêcher quiconque de voir les marques qui couvrent mon corps. Mais dès que je sors, des petites mains habiles enroulent autour de mon cou ou de mes poignets des bijoux scandaleusement chers. On me fait essayer des chaussures fabriquées par des gens qui ne gagnent pas, en un mois, ce que je vais dépenser pour acheter le résultat de leur labeur. « Soie rose poudrée, ou satin bleu céruléen ? » « Escarpins à hauts talons, ou escarpins à bouts ronds ? » « Sautoir en perles roses de Tahiti, ou collier en émeraude avec bracelet assorti ? » Je n'en sais rien et je m'en moque. Lorsque je quitte la boutique, je ne me rappelle déjà plus ce que j'ai acheté. Peut-être la robe rose poudrée... Le paquet sera livré demain, une fois que les retouches auront été faites. Je verrai bien.

Tout à coup, au détour d'une rue, au milieu de la foule qui arpente en permanence les trottoirs de Paris, j'aperçois un visage qui me fait stopper net. Une femme, derrière moi, me percute et me dit quelque chose que je ne suis plus en mesure de comprendre.

Mon cœur, qui a cessé de battre quelques secondes durant, se remet en marche, s'emballe comme un fou dans ma poitrine.

Stephen. Je viens d'apercevoir Stephen... Je fais un pas, puis un autre, sans réfléchir, sans réussir à le quitter des yeux. Le voir est un soulagement, comme de trouver une île alors que l'on est en train de se noyer dans les flots furieux d'un océan déchaîné. J'avance dans sa direction sans même me rendre compte de ce que je fais, irrésistiblement attirée, presque aimantée. Il disparaît dans une boutique, je panique.

Non, ne me le prenez pas encore !

Je me fraie un chemin dans la foule, les larmes aux yeux et le cœur battant la chamade.

J'ai besoin de le voir, même un instant. J'ai besoin de lui. Laissez-le-moi un peu...

Il est juste là, dos à moi, au milieu des rayonnages de ce magasin de vêtements pour homme. J'ai l'envie idiote et irraisonnée de me jeter dans ses bras, de lui dire combien je l'aime. Car la vérité est là. Je suis toujours aussi amoureuse de cet homme. Le temps, mon mariage, tout ce que je sais de lui et le mal qu'il m'a fait... Rien n'a réussi à tuer cet amour insensé. Le fait de le voir vient de faire remonter à la surface ces sentiments que j'ai pourtant essayé d'enfouir au plus profond de moi.

Alors que je l'observe à la dérobée depuis l'entrée de la boutique, des pensées stupides me viennent. Un délire dans lequel il se tournerait dans ma direction, m'apercevrait et se précipiterait vers moi. Il m'emmènerait loin d'ici, loin de ma prison, je retrouverais le bonheur irréel de vivre en sécurité, celui d'être aimée, protégée et choyée. Je me mets à rêver de la chaleur de ses bras, de sa voix, de ses yeux. Je voudrais tellement qu'il me voie... Tellement...

Mais ce n'est pas vers moi qu'il se tourne. Quand je découvre qui l'accompagne, mon rêve se brise, mon être tout entier vole en éclats. Il est avec Vanessa. Stephen... est avec Vanessa. Elle entremêle ses doigts aux siens, l'entraîne un peu plus loin. Je fais brutalement volte-face, la respiration syncopée, les épaules tremblantes. Comment ai-je pu être aussi stupide ? Comment ? Après tout ce temps, pourquoi n'ai-je pas encore compris ? Pourquoi me suis-je inventé, même l'espace de quelques secondes, ce petit rêve ridicule ? Stephen ne fera jamais partie de ma vie. Jamais ! Il est avec Vanessa ! Ma réalité à moi, c'est Nicolas Dambres-Villiers.

C'est en courant presque que je rentre à l'appartement. Le vent chargé de flocons me fouette le visage, contraste saisissant avec les larmes chaudes qui dévalent mes joues.

« Mêmes mes rêves sont minables... aussi minables que cette femme pathétique que je suis devenue ! »

Pourquoi a-t-il fallu que je le croise ? Et pourquoi suis-je à ce point blessée et bouleversée ? Cet événement devrait être insignifiant ! Au lieu de ça, mon monde vient d'être réduit en cendres… à nouveau.

Le peu d'équilibre que je parvenais à m'imposer a été démoli... Stephen est avec Vanessa. Mon ancienne meilleure amie. Un goût de trahison que je connais trop bien inonde ma bouche. Je délaisse l'ascenseur, monte les marches en me tenant à la rambarde pour trouver l'équilibre qui me fuit. Lorsque j'arrive sur le palier, je n'ai plus qu'une envie : rentrer chez moi et fermer tous les rideaux. Retrouver le noir et pouvoir pleurer tout mon soûl, essayer d'éteindre cette douleur qui me consume à me faire perdre la tête. Mais en relevant les yeux, mes clés à la main, je vois que je suis attendue. Sur le pas de ma porte se tient ma mère.

– Émy, te voilà, dit-elle en s'avançant.

Mon Dieu, ce n'est pas vrai... Elle a vraiment choisi le pire moment ! Je ne peux pas faire semblant maintenant, je ne peux pas !

– Qu'est-ce qui t'arrive ? demande-t-elle en voyant mon visage trempé.

Je dois avoir une tête à faire peur. Suis-je seulement capable d'inventer un mensonge convaincant, cette fois ? Je ne me sens plus la force de rien. Je suis vidée. Je n'en peux plus.

– Chérie, je t'en prie, réponds-moi. Qu'est-ce qui se passe ?

– Rien, maman. Mais... ce n'est pas le moment, je suis désolée...

J'ouvre ma porte avec l'intention de la refermer sitôt franchie et d'abandonner ma mère sur le palier. Elle ne mérite pas ça, je le sais, mais je ne peux pas... Elle ne me laisse pas faire et s'engouffre avec moi à l'intérieur. Une nouvelle salve de larmes monte, je plaque une main sur ma bouche pour retenir un sanglot.

– Émelyne, mon bébé, ma petite fille, je t'en supplie, parle-moi, reprend ma mère, en se retenant elle aussi de pleurer. Est-ce que c'est encore lui ? Est-ce qu'il t'a encore fait du mal ?

– De qui tu parles ? lui demandé-je en me tournant vers elle.

– Je ne suis pas si bête, je sais ce qui se passe ! Je sais ce que te fait subir ton mari !

Ses mots me font l'effet d'une gifle. L'affolement me submerge lorsque je réalise que tout est en train de s'effondrer. Il ne faut pas qu'elle sache ! Je dois la protéger, à n'importe quel prix. Je ne peux pas échouer, je ne peux pas la laisser tomber ! Il ne faut pas qu'elle sache !

– Non, maman, tout va bien, je t'assure.

– ARRÊTE DE ME MENTIR !

Pour la première fois de ma vie, je viens d'entendre ma mère crier. Le choc me laisse sans voix. Alors elle a fini par comprendre... Je n'ai pas réussi à la préserver. Je n'ai pas été assez forte.

– Écoute-moi, ma chérie, écoute-moi bien, continue-t-elle, d'un ton à nouveau mesuré. Tu n'es pas obligée de rester avec lui, tu entends ? Tu n'es pas obligée.

Elle a tort. Mais comment le lui faire comprendre ? Nous avons besoin de l'argent de Nicolas. Je n'ai plus de travail, plus d'ami, plus personne pour venir à notre secours... Et si je partais, je suis sûre qu'il me tuerait. Moi, mais aussi Stephen. Partir serait pire que rester.

– Tout va bien, maman, m'obstiné-je à lui répéter.

Ma mère soupire et s'essuie les yeux.

– Tu as besoin d'aide, dit-elle.

– Non, je vais très bien !

– Pas du tout, ma chérie. Rien ne va et c'est ma faute...

Elle hésite une seconde, puis ajoute :

– Je... J'ai essayé d'appeler ton amie Vanessa.

– QUOI ? m'emporté-je, aussitôt.

– Tu as besoin de quelqu'un ! se défend ma mère. Et je ne savais plus quoi faire ! Tu refusais de me voir, tu ne répondais même plus à mes coups de fil !

– Bon sang, maman ! Non, il ne fallait pas !

– Alors, viens avec moi, Émy ! Je refuse de te voir passer une nuit de plus auprès de ce monstre !

– Tu ne comprends pas...

Je fais un pas en arrière, avec l'impression d'évoluer au milieu d'un champ de ruines. L'air suffocant, me semble saturé de poussière.

– Viens avec moi, ma chérie, s'il te plaît.

Je secoue la tête.

– Rentre chez toi, d'accord ? Tout va bien, je te le promets. Tu te trompes, je n'ai besoin de rien.

– Émy, je...

– Maman, je t'en prie, rentre chez toi et oublie tout ça.

– Émy...

– Va-t'en !

Ma détermination forcenée et ma farouche volonté de ne pas craquer ont raison d'elle. En me lançant le regard le plus triste du monde, ma mère fait demi-tour, et s'en va. La porte claque, je me retrouve seule.

Aussitôt, un tourbillon m'emporte, je perds pied. Comment vais-je me sortir de tout ça ? Comment continuer à protéger ma mère si elle sait ? Et elle a tout raconté à Vanessa ! Si jamais elle en parle à Stephen, je ne m'en remettrais pas. Même s'il n'en aurait rien à faire, je ne veux pas qu'il apprenne, j'ai trop honte.

Tellement honte...

Complètement désorientée, égarée, rongée par l'appréhension et la peur, je rejoins le salon. Une fois recroquevillée sur le canapé, ma place habituelle, j'inspire profondément. C'est trop, je suis à tel point dépassée par les événements que je me sens incapable d'y faire face. Je refuse d'y penser.

Tout va bien, Émy. Maman est chez elle, elle est en sécurité. Le mois prochain, son loyer sera payé, les créanciers remboursés, elle aura de quoi manger et même de quoi s'acheter ce qui lui fait envie. Tout va bien. Nicolas ne sait rien. Tout va bien...

J'ai tellement besoin de croire à ce mensonge que je finis par m'en convaincre.

À dix-neuf heures trente, je quitte finalement le canapé, les yeux rouges et la tête engourdie. Ma lassitude est si grande que ce simple mouvement est un effort qui me coûte horriblement. La nuit est tombée, il fait noir dans l'appartement. Seule la lueur de la vie du dehors, filtrant à travers les rideaux entrouverts, éclaire faiblement cette pièce aux allures de caveau. Pourtant, je me déplace sans rien heurter, j'ai l'habitude d'évoluer dans cette obscurité que je ne quitte quasiment plus. Elle me protège, m'enveloppe, me cache... aux yeux du monde et aux miens.

J'allume une à une toutes les lampes et cette luminosité soudaine me fait mal. Puis je gagne la salle de bains, prends une douche brûlante de quelques minutes, enfile laborieusement de délicats sous-vêtements ainsi qu'une jolie robe sexy. Comme on prépare un cadavre pour le rendre présentable, je me coiffe, me maquille : eye-liner et mascara pour agrandir mon regard morne, fard à joues pour donner un peu de couleur à ma peau livide, rouge à lèvres carmin pour égayer mon visage fantomatique. Un nuage de Chanel N° 5, parfum acheté par mon mari dont je ne supporte pas l'odeur, et me voilà prête. Il ne me reste plus qu'à chausser une paire d'escarpins.

Ainsi déguisée, je ressemble à une pute. Une pute, ou plutôt une poupée gonflable. Un objet sans vie que l'on frappe ou que l'on baise, au choix, quand l'envie nous en prend. Un réceptacle à coups et à foutre. Je vais donc plaire à Nicolas. C'est lui qui choisit la plupart de mes vêtements, à présent. En tout cas ceux qu'il veut me voir porter lorsque nous sommes seuls chez lui.

Mes chaussures à hauts talons claquent dans le vide glacial de l'appartement lorsque je vais à la cuisine préparer le souper de mon mari. Aujourd'hui, il va rentrer assez tôt pour que nous dînions tous les deux, il me l'a dit ce matin avant de partir travailler. Tel un automate, ou un animal bien dressé, je commence par mettre le couvert sur la grande table de la salle à manger. Puis je prépare une salade, quelques pommes de terre grenailles, et sort un filet de bœuf mariné du frigo. La laitue devra être assaisonnée au vinaigre de figue et la viande bleue, pas saignante. « *Tu sais faire la différence, Émelyne ? Ou est-ce encore trop te demander* ? »

Un bruit de clé dans la serrure. Mon cœur s'emballe, un frisson dévale ma colonne vertébrale. Nicolas est de retour. J'entends ses pas dans le couloir, bruit terrifiant qui résonne à mes oreilles comme celui du moteur d'un avion pendant la guerre. Où la bombe tombera-t-elle ce soir ? Sur moi ? Que détruira-t-elle cette fois-ci ? Il n'y a déjà plus que des ruines...

Soudain, plus aucun son ne me parvient. Juste un silence de mort.

Puis, après quelques secondes :

– Émelyne ?

Instinctivement, mes mains agrippent le rebord du plan de travail, ma respiration devient erratique. Je sens que quelque chose ne va pas.

– Peux-tu, s'il te plaît, venir ici une petite minute ?

Non. Non, je ne veux pas venir. J'ai peur.

– Émelyne !

Si je n'obéis pas, ce sera pire. Il perd déjà patience.

– Je... oui. J'arrive.

Je m'arrache du plan de travail et avance pour aller retrouver mon mari, pendant que mille questions fusent dans mon esprit. Qu'ai-je pu faire pour le mettre en colère ? Est-ce que maman lui a parlé ? Non, elle n'aurait pas fait ça, j'en suis certaine. Peut-être ai-je juste oublié de ranger quelque chose.

Mais ai-je pensé à prendre le courrier ? Je ne sais plus.

Lorsque je le rejoins, il est à côté de la porte d'entrée, son manteau encore à la main. Droit comme un I, il tourne la tête en m'entendant arriver et darde sur moi son regard couleur d'orage. Je me raidis et baisse le menton comme une enfant prise en faute, même si je n'ai aucune idée de ce que j'ai fait de travers. Il attend que je sois à son niveau pour reprendre la parole.

– Est-ce que tu as eu de la visite, aujourd'hui ? demande-t-il d'un ton cassant qui me pétrifie.

Saurait-il que maman est venue ? Non, c'est impossible. Mais s'il était au courant... Si, d'une façon ou d'une autre, il avait appris ce qu'elle m'a dit aujourd'hui ?

Un sentiment de panique me submerge, je réponds la première chose qui passe par mon esprit affolé.

– Non, personne n'est venu.

Le gris orageux des yeux de Nicolas vire au noir. Mauvaise réponse.

– Alors... à qui appartient ce parapluie, Émelyne ?

– Quoi ?

Je n'arrive plus à penser. La peur et l'angoisse ont emporté au loin ma capacité à raisonner.

– À qui... appartient... ce parapluie ?

– Je...

Il y aurait mille mensonges à inventer, mais rien ne me vient. Des larmes de détresse me montent aux yeux, je patauge, me noie dans la terreur.

– Qui est venu ici ? demande-t-il en faisant lentement un pas vers moi.

– Personne, je t'assure !

– Tu me prends encore pour un con, Émelyne ?

Il fait un autre pas vers moi, je recule d'autant, les mains levées devant moi.

– Non ! Non, je te le promets !

– C'est lui, n'est-ce pas ?

– De qui ? De quoi tu parles ?

– De ce... connard de looser de merde avec qui tu baises dans mon dos !

Il parle de Stephen ? Il imagine que... oh, mon Dieu. S'il imagine que je couche encore avec lui, il va... Oh, mon Dieu.

En une seconde, il est sur moi. Ses doigts agrippent mes cheveux pour les tirer violemment, je manque de tomber.

– Non, c'est maman qui est venue !

– Ah, maintenant il y a bien quelqu'un qui est venu ? rugit-il, triomphant.

– C'est maman qui est passée, je te le jure, Nicolas ! Je te le jure !

– MENTEUSE !

Il tire à nouveau et cette fois, juchée sur mes talons, je tombe. Mon coude heurte le parquet, propulsant une vive douleur dans tout mon bras. Toujours debout, mon mari me toise de toute sa hauteur.

– Ça fait combien de temps que ça dure, hein ?

– Stephen n'a jamais mis un pied ici, je te le jure ! tenté-je de me défendre.

– Tu l'as laissé te baiser dans MON lit, Émelyne ? Dans MON PUTAIN DE LIT ?

– Non, non !

– Tu es une menteuse... UNE PUTE !

Ses yeux brillent d'une fièvre démentielle, il ressemble à un animal enragé. Je suffoque de terreur. Il lève la main en prenant autant d'élan que possible, sans s'imposer aucune limite ni aucun self-control. À cet instant, je comprends qu'il a complètement perdu pied. Il va me tuer.

Sans réfléchir aux conséquences, portée par un réflexe primaire, l'instinct de survie, je recule précipitamment pour éviter le coup. Grâce à ce geste, la main de mon mari fend l'air, mais ne rencontre rien sur son passage. Ce qui augmente encore sa fureur incontrôlable. L'unique pensée qui m'anime : me mettre hors de portée. S'il commence à me frapper, il ne s'arrêtera plus.

Maladroitement, mais aussi vite que je le peux, je me lève et cours vers la cuisine, où je pourrai m'enfermer. Mais la main de mon mari saisit mon bras avant que je n'aie pu faire trois pas.

S'il commence, il ne s'arrêtera plus...

Cette certitude me donne un courage que je n'avais encore jamais eu : celui de me défendre. En y mettant l'énergie du désespoir, je lui griffe le bras jusqu'au sang.

Surpris, il me lâche, grogne de douleur. Je profite de cette seconde d'inattention pour reprendre ma course folle et atteindre la cuisine, dont je referme brutalement la porte. La clé à peine tournée, les larmes jaillissent, je dois me retenir au plan de travail pour ne pas tomber. Mes jambes ne me portent plus.

– OUVRE CETTE PORTE, BORDEL DE MERDE ! vocifère Nicolas, fou de rage de ne plus pouvoir m'atteindre.

Alors qu'il se met à tambouriner contre le bois, j'attrape fébrilement le téléphone. Mes doigts tremblent, les larmes me brouillent la vue, mon cœur bat à se rompre. Jamais je n'ai eu aussi peur de ma vie.

– ÉMELYNE, OUVRE ! OU JE TE JURE QUE JE DÉMOLIS LA PORTE !

– Réponds... supplié-je en portant le combiné à mon oreille. Je t'en supplie, réponds...

– Allô ?

Mon soulagement est tel qu'un sanglot m'échappe.

– Émy ? C'est toi, chérie ?

– Maman, aide-moi... l'imploré-je, en pleurs.

– Qu'est-ce qui se passe ? s'alarme-t-elle instantanément.

– ÉMELYNE !!!

Le fracas que fait le pied de Nicolas en rencontrant la porte est tel que je sursaute en laissant échapper un cri d'effroi.

– Émy, chérie ! Parle-moi ! s'affole ma mère au téléphone.

– Il va me tuer, maman ! Il va me tuer !

– Appelle la police, mon bébé ! Tu entends ? Appelle la police tout de suite !

Encore un coup contre la porte. Et un autre. Le chambranle cède à moitié, je crie, presque hystérique.

– Émy !

Dans un craquement sonore, la porte s'ouvre à la volée et va violemment percuter le mur. Face à moi, un Nicolas ivre de colère. Le téléphone me glisse des mains, tombe sur le sol, alors que j'écarquille les yeux.

– ÉMY ! ÉMY !

J'entends la voix de ma mère, hurlant dans le combiné. Et plus rien. Juste le bruit que fait mon cœur affolé en envoyant mon sang pulser contre mes tempes. Nicolas s'avance, fauve fou prêt à porter l'assaut final. Je lui jette les premiers objets qui me tombent sous la main : une poêle, une carafe, un saladier... Manœuvre pathétique et dérisoire qui le ralentit à peine. Puis mes yeux se posent sur le bloc à couteaux. Sans hésiter, je me précipite vers lui. Mais le poing de Nicolas s'abat sur mon visage avant que je réussisse à l'atteindre.

Une douleur fulgurante me transperce le crâne. Je tombe. Étendue sur le sol, sans défense, je suis à la merci de mon mari.

– ESPÈCE DE SALOPE ! rugit-il.

Un coup de pied dans les côtes. Je manque d'air, suffoque, et me recroqueville sur moi-même.

– Tu n'es qu'une pute, Émelyne ! UNE PUTE !

Les coups pleuvent. Je pleure. J'ai mal. Le goût du sang inonde ma bouche.

J'abandonne. Qu'il me tue. Que tout ça s'arrête enfin. Même pour ma mère, je ne peux plus. J'ai trop mal. Dans mon corps, dans ma tête, dans mon cœur.

Je ferme les yeux et attends de ne plus rien ressentir. Le noir, mon ami, m'enveloppe de ses bras froids. Je veux qu'il m'étreigne pour toujours.

Alors que je sombre, j'entends au loin mugir des sirènes. Mais le noir m'emporte.

Il est trop tard.

[illegible]

CHAPITRE 29

Stephen

Je regarde une dernière fois la neige tomber par la fenêtre avant de reporter toute mon attention sur Vanessa.

– Tu es certaine de vouloir venir avec moi ce week-end ? demandé-je, étonné.

– Oui, je veux voir l'avancée des travaux et puis deux jours passés en bord de mer en ta compagnie, ça va me faire du bien.

– OK, mais tu te rappelles qu'il n'y a pas de galeries marchandes de luxe ? la taquiné-je.

– Je sais Stephen ! Si je viens, c'est pour passer du temps avec toi, je trouve qu'on ne se voit pas souvent en ce moment. Nous vivons ensemble depuis quoi ? Huit mois ? Et tu en as passé presque six à Fréjus.

– Les travaux ne se font pas tout seul, je dois être présent pour faire avancer les choses. Je veux que l'on ouvre à la fin de l'hiver et c'est bientôt là. C'est le rêve de toute une vie, c'est important pour moi, répliqué-je, agacé.

Je me retiens d'être trop agressif avec elle. En ce moment, rien ne va plus avec Vanessa. Nous avons emménagé ensemble très rapidement, c'était une erreur. Je pensais qu'avec le temps, je tomberais amoureux d'elle, mais non... Émy est toujours ancrée dans ma tête, dans mon cœur. Vanessa espère tellement plus de moi que je culpabilise à longueur de journée. Je sais qu'elle m'aime et qu'elle veut fonder une famille, mais j'en suis incapable. Elle m'a beaucoup aidé en me présentant les bonnes personnes pour réaliser mes projets, je lui suis redevable bien malgré moi. J'ai pris mes distances ces derniers mois en restant à Fréjus le plus souvent possible pensant qu'elle se détacherait de moi, mais c'est l'inverse qui s'est produit. Elle semble encore plus amoureuse et possessive. Je ne sais pas comment va finir cette histoire, mais j'ai bien peur de lui faire du mal.

Au début, ce n'était qu'une affaire de sexe entre nous, puis elle m'a dit de venir vivre avec elle, pour le côté pratique, étant donné que je passais toutes mes nuits chez elle. Je ne sais pas à quel moment ça a dérapé... Peut-être est-ce ma faute ? J'aurais dû être plus clair sur mes sentiments, mais n'étant pas dans mon état normal ces derniers mois, j'ai laissé faire.

– Très bien, mais on partira très tôt donc il faudra préparer les valises la veille au soir.

– Oui... Il faut qu'on aille faire les magasins pour te trouver des vêtements chauds, Stephen.

– J'en ai déjà, réponds-je en prenant une bière dans le frigo.

– Je sais, mais on ne peut pas dire qu'ils soient.... du dernier cri...

Je me tourne pour lui faire face en haussant les sourcils.

– Comment ça ? De toute façon, j'y vais pour bosser pas pour faire le minet de foire ! lancé-je en ayant du mal à garder mon calme.

– S'il te plaît. Ça nous sortira un peu, depuis combien de temps n'avons-nous pas fait quelque chose ensemble ? On mangera un bout dans un petit resto et on te cherchera quelques jeans et pulls.

Elle plonge son regard suppliant dans le mien, la culpabilité s'empare à nouveau de moi. Je suis conscient du fait que je l'ai totalement délaissée ces derniers mois, alors je lâche dans un soupir :

– OK, on y va, mais je te préviens, je n'y passerai pas la journée.

– Merci ! dit-elle, en me sautant au cou.

Quand nous revenons quelques heures plus tard, de cette virée shopping qui m'a paru interminable, je suis à bout de nerfs. Vanessa m'a traîné de boutique en boutique, m'a contraint à faire essayage sur essayage. Je ne suis vraiment pas fait pour ces conneries ! En plus, son portable n'a cessé de sonner et elle a passé son temps à ignorer les appels. J'ai eu beau lui demander ce qui la tracassait, elle ne m'a rien expliqué. Je laisse tomber les nombreux sacs de nos achats dans le hall d'entrée et repars en direction de la porte.

– Où vas-tu ? s'inquiète-t-elle, en me rejoignant.

– J'ai besoin de faire un tour, je vais au *St James*.

– Je viens avec toi...

– Non, la coupé-je précipitamment.

Elle me fixe sans comprendre, pose sa main sur mon bras, ce qui a le don de m'exaspérer.

– Je ne veux pas rester seule ici, Stephen... Pourquoi me rejettes-tu ? bredouille-t-elle, les yeux pleins de larmes.

– Je suis désolé Vanessa, mais j'ai besoin de faire le vide. On a passé la journée ensemble, ça ne te suffit pas ? m'énervé-je, en haussant le ton. Que veux-tu à la fin ?!

– Que tu m'aimes... tout simplement, murmure-t-elle avant de faire volte-face.

Je la regarde s'éloigner et sors rapidement pour m'engouffrer dans le vent glacial qui vient fouetter mon visage. J'ai la gorge nouée à l'idée de la faire souffrir, mais c'est plus fort que moi, je ne supporte plus sa présence. Je marche en direction de ma voiture en remontant le col de mon manteau. Il fait vraiment froid et la neige ne cesse de tomber. Rien n'est fait pour arranger mon humeur. Je prends la route, la mort dans l'âme.

J'arrive au *St James,* remarque tout de suite Greg, assis sur un tabouret devant l'immense comptoir. Je l'ignore et file m'installer au fond de la salle.

Il ne manquait plus que lui pour finir ma journée !

Depuis que je fréquente Vanessa, Greg ne rate pas une occasion de me provoquer. Il était vraiment amoureux d'elle, pour ça aussi, je m'en veux. Je lui ai fait du mal sans le vouloir.

Je commande mon whisky habituel, me perds dans mes pensées. Comment vais-je sortir de cette situation ? Il est évident que je suis toujours fou d'Émy... Plusieurs mois se sont écoulés, j'ai pourtant l'impression que c'était hier qu'elle m'a rejeté devant cette église. Je suis sûr que jamais je ne l'oublierai. Je dois remettre ma vie en ordre.

Il faut vite que je parte habiter à Fréjus, que je m'éloigne d'ici, que j'ouvre mon affaire. Je dois prendre un nouveau départ. Une fois installé, je quitterai Vanessa en douceur, je ne peux pas continuer à lui mentir sur mes sentiments.

– Qu'est-ce que tu fous là ? Tu ne peux pas te trouver un autre bar ?

– Lâche-moi Greg ! m'agacé-je, en relevant la tête pour planter mon regard dans le sien.

– Tu m'as volé ma femme et je dois supporter ta tronche où que j'aille ? Tu ne peux pas sortir définitivement de ma vie ? grogne-t-il, en me fusillant des yeux.

Je le fixe un instant, ne sachant pas comment réagir... Dois-je envoyer mon poing dans sa fichue gueule ou être plus intelligent et l'ignorer ? Je choisis la deuxième option.

– Vanessa n'a jamais été ta femme et je vais te demander de dégager de ma table rapidement.

– Sinon quoi ? me provoque-t-il.

– Putain, Greg ! C'est quoi ton problème ? Ça fait des mois et Vanessa ne t'a jamais aimé !

– Mon problème, c'est que je l'aime et que tu étais mon ami, je te faisais confiance ! s'énerve-t-il.

C'est plus que je ne peux en supporter. Je me lève et me dirige vers la sortie. Arrivé dans la rue, j'allume une cigarette et marche jusqu'à ma voiture. Je prends de grandes respirations d'air glacial pour essayer d'éteindre le feu sous-jacent qui monte en moi. Je me retiens de faire demi-tour pour aller lui démolir le portrait. Quel connard ce mec !

Je cherche mes clés dans la poche intérieure de mon blouson quand on m'attrape violemment par-derrière. Je me débats et fais basculer mon agresseur par-dessus mon épaule pour le mettre au sol. Je ne suis pas surpris de découvrir Greg, allongé sur le bitume. Je lui assène coup sur coup. Il se défend et percute ma mâchoire puis mon arcade de ses poings. Les videurs du *St James* accourent pour nous séparer. Ils relèvent Greg tandis que l'on me retient par les épaules.

– Tu as bousillé ma vie, hurle-t-il, en essuyant le sang sur son visage. Tu m'as volé Vanessa...

Je le regarde sans comprendre, je suis en état de choc, mes pensées tournent à mille à l'heure dans ma tête. Qu'est-ce que j'ai fait ? J'ai foutu en l'air les vies de deux personnes que j'aime. Vanessa et Greg n'avaient pas à faire les frais de mon mal-être. Le remord s'empare de moi, me retourne l'estomac, j'ai tout juste le temps de me dégager des bras des gorilles qui me retiennent que je me penche en avant pour vomir sur le trottoir. Je suis pitoyable, j'ai honte de ce que je suis devenu. Je me redresse, regarde Greg, les yeux emplis de regret.

– Je suis désolé, je ne voulais pas te faire de mal... je ne sais pas pourquoi je t'ai fait ça, tu ne le méritais pas...

– Allez vous faire foutre ! Toi et tes maudites excuses, s'égosille-t-il. Je ne veux plus jamais te voir, tu m'entends ? Dégage de ma vie !

Je ne sais quoi répondre, je suis anéanti. J'ai devant les yeux un homme brisé à cause de mon égoïsme. Je préfère me taire. Je sors les clés de ma voiture, m'engouffre dans l'habitacle et pars vite de cet endroit pour m'éloigner de cette scène complètement surréaliste, preuve de ma totale déchéance.

Il est presque une heure du matin quand je me gare devant la maison de Vanessa. J'habite ici depuis huit longs mois et je n'arrive toujours pas à dire *chez moi...* Ces mots m'écorchent la bouche. Je suis comme un étranger entre ces murs, comme je le suis aussi dans son lit, ses draps ou ses bras. La vie nous joue de drôles de tours parfois. J'ouvre la porte en essayant de ne pas faire trop de bruit pour ne pas la réveiller, mais c'est peine perdue. Je la trouve recroquevillée sur le canapé. Mon cœur fait une embardée dans ma poitrine. Je ne supporte pas de lui faire du mal, elle ne mérite pas ça. Je m'approche doucement, me laisse tomber à ses côtés. Elle ne bouge pas d'un millimètre et se contente de fixer la table basse.

– Je suis désolé... murmuré-je, en posant ma main sur son genou.

– Ça ne suffit plus... Tu es désolé si souvent que ce mot ne veut plus rien dire, Stephen... répond-elle, en me repoussant.

– Je ne sais pas ce qu'il m'arrive... je fais tout ce que je peux pour que tout aille bien entre nous, mais je n'y arrive pas...

– Moi, je sais très bien ce qu'il t'arrive ! rétorque-t-elle, la voix pleine de reproches.

– Je ne vois pas de quoi tu parles.

Je détourne mon regard pour éviter de croiser le sien plein d'accusations et pour cacher mon mensonge.

– Ne me prends pas pour une imbécile, Stephen ! Depuis le début, je fais mon possible pour que tu l'oublies. Je donnerais n'importe quoi pour que tu m'aimes un dixième de ce que tu l'aimes... Mais il n'y a rien à faire, elle est toujours là, entre nous deux. Elle détruit tout ce que j'essaye de bâtir, tel un fantôme, elle hante nos vies... Je ne peux plus continuer comme ça !

– Émy n'a rien à voir dans tout ça, tenté-je de me défendre.

– Arrête de te voiler la face ! Tu l'aimes toujours... peut-être même encore plus aujourd'hui... je ne peux plus lutter Stephen, je suis fatiguée, finit-elle en sanglotant.

La gorge nouée, je combats pour retenir mes larmes. Je connais mes sentiments, je sais très bien où j'en suis, mais refuse de me laisser détruire par Émy. Cela mettra peut-être un an, voire deux, mais je l'oublierai. Je prends Vanessa dans mes bras pour la consoler, dépose quelques baisers sur ses cheveux. Elle se blottit contre moi, libère ses larmes.

– Je te promets que je vais faire un effort, nous allons partir tous les deux à Fréjus pour nous changer les idées. Je tiens à toi Vanessa, laisse-moi juste un peu de temps.

Elle hoche la tête, mais je sais qu'au fond d'elle-même, elle n'y croit pas vraiment, tout comme moi. Nous repoussons l'inévitable. Je la soulève dans mes bras et me dirige vers la chambre. Nous nous allongeons l'un contre l'autre, nous endormons.

Après une nuit mouvementée, je me redresse et remarque tout de suite la place vide à mes côtés. Je file sous la douche en ignorant mon reflet dans le miroir. Ma barbe de plusieurs jours, mes yeux cernés, mes cheveux trop longs, ne font que confirmer le trou béant dans lequel je ne cesse de sombrer. Je ne parle pas de mon arcade éclatée et de mon œil au beurre noir.

J'enfile un jean, un pull gris et me rends pieds nus dans la cuisine. Je trouve Vanessa assise sur un tabouret devant le comptoir, une tasse de café dans une main, son portable dans l'autre. Elle semble soucieuse alors qu'elle fixe l'écran.

– Tout va bien ? demandé-je, inquiet.

– Oui, répond-elle, en rangeant précipitamment son téléphone dans la poche avant de son jean.

Je reste immobile, un instant, à l'observer, quelque chose ne tourne pas rond. Je secoue la tête et me sers une tasse fumante de café noir.

– Tu sais que si tu as des soucis, tu peux m'en parler, commencé-je en m'asseyant à ses côtés. J'ai remarqué que ton portable n'arrêtait pas de sonner ces derniers jours.

– Tu peux me lâcher cinq minutes ! s'énerve-t-elle, en se levant pour poser sa tasse dans l'évier.

Je reste sans voix devant cette soudaine saute d'humeur que je ne comprends pas. Son attitude me confirme qu'il y a un problème. Je me demande bien ce qu'elle me cache.

– Je veux simplement t'aid...

– Laisse tomber, Stephen ! Commence donc par t'aider toi-même ! Tu as vu la tête que tu as ? Tu cherches quoi ? Te faire tuer dans un bar ou te foutre en l'air sur la route à force de boire comme un trou ?! hurle-t-elle.

Je grimace devant ses cris perçants et me dépêche de répondre agacé :

– Tu n'es pas obligée de brailler ! Je voulais juste t'aider.

– Oui et bien occupe-toi de tes affaires ! Commence par rentrer à des heures correctes et pas à moitié saoul !

– OK, c'est bon, t'es mal lunée ! J'ai fait une erreur hier, mais si tu ne veux pas que je continue, lâche-moi un peu, balancé-je, en me levant brutalement pour jeter ma tasse dans l'évier.

Hors de moi, je me dirige dans la chambre quand j'entends sa voix déchirée par-dessus mon épaule :

– C'est ça, casse-toi ! De toute façon, c'est la seule chose que tu saches faire ! Retourne donc dans ton trou miteux faire la pute avec tes vieilles salopes.

Je me fige et me tourne pour la regarder, je n'en crois pas mes oreilles.

– C'est toi qui parles ? La femme qui se payait des gigolos pour avoir un peu d'amour ! Ou la garce qui a tout fait pour foutre en l'air la vie de sa meilleure amie ! la provoqué-je.

– Espèce de salopard ! Tu n'es qu'un enfoiré qui se sert de moi depuis des mois parce qu'il n'a pas les couilles d'aller chercher la femme qu'il aime !

Impossible de me maîtriser sous la rage qui envahit mon corps tout entier, j'envoie un coup de poing dans le mur et m'explose la main au passage. Puis j'enfile mes chaussettes et mes chaussures. J'ignore ses hurlements, ses paroles blessantes, pour éviter de lui fracasser la tête pour la faire taire. Je ne suis jamais violent avec les femmes, mais là, elle va trop loin. Je ne veux pas qu'elle me parle d'Émy et de tout ce que j'ai foutu en l'air, je ne le sais que trop bien. Chaque jour qui passe est une torture, chaque nuit un enfer. Elle n'a pas besoin de me rappeler que je suis la dernière des merdes, je le sais déjà !

– Tu n'es qu'un lâche, conclut-elle en se laissant tomber sur le lit.

– Je ne suis pas plus lâche que toi, Vanessa... nous nous sommes consolés quelque temps, mais je ne t'ai jamais parlé de mariage ou de je ne sais quoi d'autre ! Je t'aime beaucoup, tu le sais, mais...

– Non, tais-toi, s'il te plaît, ne le dis pas... ne le dis pas... m'implore-t-elle en s'effondrant sur le lit.

Je passe une main sur mon visage, soupire et m'assieds à côté d'elle pour l'enlacer. Je ne supporte pas de la voir dans cet état, ma colère s'envole aussi tôt. Je la berce un long moment, tandis qu'elle s'accroche désespérément à mes épaules.

Au bout d'un moment, je lâche les mots appropriés :

– Je pense que je vais partir tout seul, ce week-end... nous avons besoin de faire une pause. Nous ne pouvons pas continuer à nous déchirer de cette façon, Vanessa.

– Non ! s'exclame-t-elle en se redressant précipitamment. Tu ne peux pas m'abandonner, ça va aller, tout va s'arranger entre nous, me supplie-t-elle.

– Rien ne va s'arranger, à chaque jour qui passe, nous perdons un morceau de nous-mêmes. Il faut qu'on prenne du recul et ce n'est pas en nous disputant qu'on va régler les choses. Je ne sais plus où j'en suis... avoué-je.

– De toute façon, ai-je mon mot à dire ? questionne-t-elle, agacée.

– Non, je suis désolé. Je dois vraiment souffler et quelques jours seul à Fréjus vont me faire le plus grand bien.

– Je sais que tu l'aimes... mais tu l'oublieras avec le temps, toi et moi, nous serons heureux, cafouille-t-elle entre deux sanglots.

– Je ne veux plus que tu pleures, Vanessa. Profite de ces quelques jours pour te reposer et réfléchis à cette situation qui nous rend malheureux.

– Je ne veux pas qu'on se sépare, Stephen... je t'aime...

– Je sais, mais... commencé-je, avant d'être coupé par la sonnerie de son téléphone.

Elle le sort et blêmit en regardant l'écran.

– Tu ne réponds pas ? m'étonné-je.

– Non, réplique-t-elle, en l'enfouissant à nouveau au fond de sa poche.

Je la dévisage, soupçonneux, elle me cache quelque chose, c'est sûr.

– Qui essaye de te joindre depuis plusieurs jours ? Et pourquoi tu ne réponds pas ?

– Tu devrais partir pour Fréjus, plutôt que de rester là, à me poser des questions dont les réponses ne te regardent pas, m'agresse-t-elle tout à coup.

Je l'observe se lever et sortir de la chambre, stupéfait, devant ce soudain changement d'humeur.

Ne pouvant en supporter plus, je sors la valise du placard et commence à la remplir. Il faut vraiment que je parte loin d'ici, pour reprendre mes esprits. Et je suis pressé de voir l'avancée des travaux. Si l'appartement au-dessus de mon bar est prêt, je pense déménager plus vite que prévu. Vanessa m'insupporte de plus en plus, alors avant d'être définitivement fâchés, il faut que je m'en aille.

– Je pars Vanessa, dis-je en entrant dans le salon.

Elle est figée sur le canapé, les genoux remontés contre sa poitrine. Ses yeux semblent égarés tandis que des larmes roulent le long de ses joues. Voyant qu'elle ne me répond pas, je récupère mes clés, mon portefeuille, puis je sors de la maison. L'air vif me fait un bien fou, je respire à nouveau. La sensation d'étouffement, d'emprisonnement me quitte pour mon plus grand soulagement. Je balance ma valise dans le coffre de la voiture et m'installe derrière le volant. Je démarre le véhicule, en jetant un dernier coup d'œil à l'immense demeure de Vanessa et m'éloigne le cœur un peu plus léger.

Les kilomètres défilent lentement. Je me concentre sur la route, en essayant d'oublier cinq minutes mes emmerdes. Le visage d'Émy vient me hanter à plusieurs reprises, mais je le chasse en me remémorant ses dernières paroles blessantes :

« Tu n'arriveras jamais à la cheville de Nicolas. Même tes petits

rêves sont minables, Stephen. Aussi minables que toi ! »

Cette phrase m'obsède depuis des mois, nuit et jour. Émy a raison, je ne suis qu'un minable, un bon à rien. Comment aurait-elle pu être heureuse dans un bar paumé, en bord de mer ? J'ai été idiot de penser que j'étais assez bien pour elle. Je soupire, et soupire à nouveau. J'essaye de soulager ce poids qui m'écrase le corps et le cœur, ce nœud qui enserre ma gorge et semble vouloir m'étouffer à chaque instant, ce dégoût de moi-même qui me donne la nausée, me retourne l'estomac... cette fragilité nouvelle qui m'habite, qui fait trembler mes mains, qui me détruit à petit feu.

Je suis mort à l'intérieur, et si rien ne change, je ne donne pas cher de ma peau. Fatigué, je m'arrête sur une aire d'autoroute. Il me reste encore plusieurs heures de trajet, il me faut un bon café. Tandis que la machine le prépare, je jette un œil à mon portable et y découvre pas moins de sept appels manqués de Vanessa. Je n'écoute pas les messages, car je sais d'avance ce qu'ils contiennent. Je range mon téléphone dans ma veste et récupère mon café, avant de rejoindre ma voiture. Je le bois rapidement et reprends la route.

Quand, quelques heures plus tard, je me gare devant mon bar, je suis exténué, mais excité à la fois. Je suis chez moi, enfin...

L'odeur du grand large, des embruns marins, vient chatouiller mes narines. Que j'aime ces parfums de bord de mer, le bruit des vagues qui se brisent sur les rochers. Je prends de profondes respirations, j'emplis mes poumons de cette nouvelle vie qui m'attend. Je laisse mes yeux se promener sur la mer, sur le superbe spectacle qui s'offre à moi. Un instant magique qui me redonne du baume au cœur.

Après ces quelques minutes salvatrices, je récupère ma valise, ouvre la porte de mon nouveau chez moi... Je pénètre dans le bar et suis surpris par l'avancée des travaux. Le carrelage est posé, le magnifique comptoir en bois massif est à sa place, les murs sont repeints. Il ne manque pas grand-chose, pour faire de cet endroit un lieu sympathique où s'arrêter prendre un verre après une bonne journée sur la plage. J'ai l'impression de faire un bond dans le temps, de me retrouver gamin, assis à la terrasse à faire mes devoirs, alors que mes parents accueillaient les touristes dans leur petit bistrot.

Je monte à l'étage pour inspecter l'appartement et suis étonné de le trouver terminé. Il ne reste qu'un coup de ménage pour rendre les lieux habitables. La cuisine ouverte sur un immense salon me redonne le sourire. C'est exactement comme dans mes rêves. Je laisse tomber mes affaires au sol, pars dans le couloir, découvrir les trois chambres et les deux salles de bains. C'est un peu grand pour moi, mais je me suis dit, que peut-être un jour, j'aurais une femme et des enfants, même si en ce moment, cette idée m'éclate le cœur en mille morceaux... Ma famille, c'est avec Émy que je voulais la construire...

Je lâche un juron, décide de partir me promener sur la plage. Je longe les vagues qui viennent lécher le sable, en me disant que dès le lendemain, je vais devoir trouver des meubles. Pour ce soir, je dormirai à même le sol ou dans ma voiture, peu importe. Je m'occuperai de tout ça demain. Je n'ai plus envie de dormir à l'hôtel…

Je m'installe sur un rocher, laisse mon regard se promener sur la mer. Je donnerai n'importe quoi pour être avec Émy, à cet instant précis, pour lui montrer ce magnifique spectacle et partager une partie de mes rêves avec elle, mais voilà, elle n'est pas là... et je vais devoir vivre avec...

Depuis deux jours que je suis là, j'ai tout nettoyé de fond en comble, avant de faire livrer mes nouveaux meubles. Rien de bien luxueux, je n'en ai plus les moyens, j'ai tout investi dans cette affaire. Des meubles simples, comme la vie que je souhaite mener : un canapé, une table basse ainsi qu'une bibliothèque pour le salon, une table et quatre chaises en pin avec un frigo pour la cuisine, un lit deux places accompagné d'une armoire et d'une table de nuit. J'ai aussi investi dans de la vaisselle et du linge de maison pour remplir les placards. Une machine à laver dans la buanderie clôture le tout.

Rien d'extraordinaire... Mais c'est chez moi et je m'y sens bien.

J'ai décidé de rentrer aujourd'hui, pour récupérer toutes mes affaires chez Vanessa. Je ne peux plus vivre avec elle, aussi vais-je devoir mettre fin à notre aventure. Je sais qu'elle va très mal le prendre, mais ma décision est prise. Je reste deux jours à Paris, histoire de régler toutes mes affaires et je pars définitivement de cette maudite ville.

Il est midi quand je prends la route, un peu stressé, je l'avoue. J'ai peur d'une réaction excessive de la part de Vanessa, en apprenant que je la quitte. Je culpabilise atrocement de lui faire du mal, mais n'est-ce pas pire de lui mentir ? Une fois loin de sa vue, elle m'oubliera vite.

Le trajet passe à toute allure, comme si le temps ou le diable en personne avait décidé de me plonger en plein cauchemar, le plus rapidement possible. Et quand je parle de cauchemar, ce n'est rien à côté de la Vanessa que je découvre, ivre morte sur son canapé. Le salon est sens dessus dessous des cadavres de bouteilles jonchent le sol, du linge sale traîne un peu partout. Un ouragan aurait fait moins de dégâts. Qu'est-ce que c'est ce bordel ? Je suis parti quoi ? Deux jours ? Putain de merde, ma rupture s'annonce plus difficile que je ne me l'imaginais.

Je réveille Vanessa en la secouant doucement. Elle écarquille les yeux en me découvrant à ses côtés.

– Tu es... ren... rentré... cafouille-t-elle, l'haleine chargée d'alcool.

– Oui, et toi, tu es complètement déchirée ! la disputé-je.

– Pourquoi... tu ne répondais pas... à mes appels ?

– J'étais débordé, mais qu'est-ce que tu as foutu ? demandé-je en lui montrant d'un geste de la main le merdier qui jonche la pièce. Laisse tomber, je te porte dans ton lit, conclus-je en voyant sa mine déconfite et ses yeux embués de larmes.

Je la dépose dans son lit et la borde, elle s'endort dans la seconde. Je secoue la tête, agacé. Je vais encore devoir attendre pour lui avouer mes projets à court terme.

Je retourne dans le salon, commence à mettre de l'ordre. Il fait nuit quand je me décide à prendre une douche, avant de me coucher dans la chambre d'amis. Je reste un long moment à fixer le plafond, un nœud au ventre, je me demande comment je vais me dépatouiller de tout ça.

Après une nuit agitée, je me lève avec une migraine atroce alors je pars à la recherche d'un tube d'aspirine. Je farfouille un peu partout et suis coupé dans mes recherches par la sonnerie du portable de Vanessa. Je n'y prête pas attention et continue la fouille des tiroirs de la cuisine, mais quand elle retentit à nouveau, quelques minutes plus tard, inquiet, je regarde l'écran. Je ne connais pas ce numéro, mais il semblerait qu'il ait laissé plusieurs messages. Je me décide à les consulter à cause du comportement de Vanessa, ces derniers temps, je n'aimerais pas qu'elle ait des ennuis. J'écoute le premier, le deuxième, le troisième et au fil des messages, des mots que j'entends, mon univers tout entier s'effondre. Mon cœur a cessé de battre et semble vouloir s'effriter dans ma poitrine. Ma vue se brouille alors que ma respiration se fait chaotique. Mes mains s'agrippent au comptoir de la cuisine, pour me maintenir debout, tandis que mes jambes se mettent à flageoler.

Émy est à l'hôpital... Émy est à l'hôpital.... Émy est à l'hôpital...

Cette phrase tourne en boucle dans ma tête et semble ne plus vouloir la quitter. La voix de cette femme, que je suppose être sa mère, paraissait bouleversée et profondément inquiète.

Mon Dieu, faites que ce ne soit pas trop grave...

Un éclair de lucidité me traverse en réalisant que Vanessa le savait et me cachait la vérité. Alors, fou de rage, je fonce dans sa chambre et me mets à hurler pour la réveiller :

– Comment tu as pu me mentir ? Pourquoi... pourquoi tu as fait ça ? Tu es la pire des garces que je connais...

Elle s'assied, les yeux cernés, et bredouille d'une voix ensommeillée :

– De quoi tu parles ? Arrête de crier, j'ai mal à la tête...

– Tu ne sais pas de quoi je parle ? Tu veux vraiment jouer à ce petit jeu avec moi ? rétorqué-je en balançant son téléphone sur son lit.

– Tu as fouillé dans mon portable ! hurle-t-elle, les joues en feux.

– Tu étais au courant bien avant que je parte... Et tu ne m'as rien dit... Comment as-tu pu me mentir sur un sujet aussi grave ?

– De quoi tu parles ? essaye-t-elle de me mentir à nouveau.

– Je t'interdis de continuer ton petit cinéma ! hurlé-je à bout de patience. Tu n'es qu'une menteuse manipulatrice ! Tu sais que je l'aime plus que tout, comment as-tu pu me cacher le fait qu'elle soit à l'hôpital ?

Elle détourne le regard, baisse la tête. Elle semble complètement abattue par ce que je viens de lui dire. Emporté par la colère, je veux la blesser autant que je le suis, alors je rajoute d'une voix sarcastique :

– Quoi ? Tu pensais vraiment que je pouvais être amoureux de toi ? Tu n'es qu'une petite fille riche et capricieuse, qui trahit ses amis, qui ment sans aucun scrupule ! C'est terminé, tu m'entends ? Tu vas sortir de ma vie aussi vite que tu y es rentrée...

– Tu n'as pas le droit de dire ça... J'ai menti parce que je savais qu'en l'apprenant, tu foncerais à l'hôpital pour la voir et que je te perdrais ! se défend-elle en sanglotant.

– Tu as raison... j'aime Émy plus que tout... plus que toi... et tu n'aurais jamais dû me cacher ce qui se passait !

Je fais volte-face, file dans ma chambre, pour enfiler un jean et une chemise. Depuis combien de temps, n'en ai-je pas mis ? Une éternité... Je veux être un minimum présentable pour Émy. Je sais que je suis mal rasé et que l'on voit encore mon œil au beurre noir, mais je veux au moins être bien habillé. Je mets aussi une touche de parfum puis récupère ma veste, mes clés, avant de me diriger d'un pas déterminé vers la sortie.

– Tu ne peux pas y aller, Stephen ! Et moi je ne compte plus ? crie Vanessa en pleurant toutes les larmes de son corps.

– Après ce mensonge, tu ne comptes absolument plus à mes yeux...

Je sors de sa maison, en essayant de calmer les palpitations de mon cœur dues à l'angoisse de retrouver Émy, allongée sur un lit d'hôpital. Que lui arrive-t-il ? Pourquoi est-elle là-bas ? A-t-elle eu un accident ? Peut-être un malaise... est-elle malade ? Je vais devenir fou à force de me poser toutes ces questions. Je monte dans ma voiture et pars à toute allure en direction de l'hôpital mentionné par sa mère dans ses messages. Je conduis comme un automate, je ne vois pas la route défiler ni les feux ni les stops, je ne vois plus rien, seul le visage d'Émy m'obsède.

Je me gare comme un sauvage sur le trottoir, devant l'entrée, ignore les protestations des passants et déboule, comme un malade, pour tourner dans tous les sens, à la recherche d'un ascenseur. Sa mère a dit que la chambre d'Émy se trouvait au troisième étage, couloir B, chambre « 324 ». Quelques minutes plus tard, je marche dans un long couloir aux murs blancs. Je regarde chaque numéro sur les portes. 311, 312, 313, 314... Au 321, j'aperçois une femme recroquevillée sur un fauteuil. Elle lève son visage ridé et déformé par l'angoisse. Ses yeux s'agrandissent de surprise, s'éclaircissent. Elle se redresse difficilement, en s'appuyant sur ses petits bras et vient à ma rencontre. Je m'immobilise alors qu'elle me barre le passage. Cette femme est minuscule, je dois baisser la tête pour la regarder.

– C'est vous... je vous reconnais...

– Je ne comprends pas... balbutié-je mal à l'aise.

– Vous êtes ce jeune homme qui est venu faire un scandale à l'église, le jour du mariage de ma fille !

Merde, c'est la mère d'Émy. Ce n'est pas le moment de me prendre la tête avec cette histoire, j'ai d'autres soucis. Que va-t-elle me reprocher ? Va-t-elle m'obliger à quitter les lieux ? Je lui souhaite bon courage, car une armée tout entière de soldats ne m'empêcherait pas de voir sa fille !

– Écoutez, Madame, je suis désolé pour ce qui s'est passé, ce jour-là... J'aime votre fille plus que tout au monde et personne ne m'empêchera de la voir et...

– Calmez-vous, jeune homme, me coupe-t-elle en posant sa main sur mon bras. Je sais très bien que vous l'aimez, je le vois dans vos yeux... Émy a épousé un monstre, plutôt que de suivre son cœur...

– Comment ça ? Que se passe-t-il... comment va Émy ? demandé-je précipitamment, mort d'angoisse.

– Elle ne va pas bien du tout... cet homme l'a détruite aussi bien moralement que physiquement... répond-elle en essuyant les larmes qui roulent sur ses joues.

Secoué par ce que je viens d'entendre, je fais un pas en arrière, m'adosse au mur, pour lutter contre le vertige qui s'empare de moi. J'ai peur de comprendre... Comment aurait-il pu la détruire physiquement, l'aurait-il frappée ? Non...

Mon sang se met à bouillir dans mes veines, ma mâchoire et mes poings se crispent quand je lui demande :

– Qu'est-ce que ce salaud a fait à Émy ? arrivé-je à articuler entre mes dents serrées.

– Il... il l'a frappée et... je pense qu'il y a plus que ça... je ne reconnais plus ma fille, elle est brisée... Je vous en prie, je vous en supplie, aidez-la. Je ne sais plus quoi faire...

Je hoche la tête, ne pouvant sortir aucun son de ma bouche. Je regarde la porte de la chambre « 324 » et un pas après l'autre, d'une démarche chancelante, je m'en approche. J'avale difficilement ma salive, prends de grandes inspirations, en posant mes doigts tremblants sur la poignée. Je suis effrayé à l'idée de ce que je vais découvrir... Saurais-je maîtriser la colère qui monte en moi en pensant à ce que ce connard lui a fait ? Je n'en suis pas sûr, mais je tourne quand même la poignée. Mon cœur martèle dangereusement ma poitrine.

J'entrebâille la porte et découvre Émy... Mon Émy... Allongée, elle semble dormir. Je m'approche doucement, mon esprit vacille, alors que mon estomac se retourne. Mon Dieu elle est... elle est si menue sous ces draps blancs. Comment a-t-elle pu perdre autant de poids en si peu de temps ?

En m'approchant encore, je remarque tout de suite les hématomes sur ses bras, mon sang ne fait qu'un tour. Puis, mes yeux se posent sur son visage, tout mon corps n'est que douleur devant ce que je découvre. Sa lèvre est fendue, son œil droit est gonflé, cerné de noir, sa joue tout entière n'est qu'un énorme hématome... J'ai du mal à la reconnaître...

Le cœur au bord des lèvres, je retiens un sanglot, mais ne peux empêcher quelques larmes de s'échapper entre mes cils. Je crois bien que je suis mort depuis que j'ai franchi le seuil de cette chambre. Je regarde Émy plus frêle, plus livide que jamais, elle semble avoir du mal à respirer.

Je la devine fêlée à la limite de la brisure...

Ça m'est insupportable...

CHAPITRE 30

Émy

Je suis dans le brouillard. Depuis combien de temps, suis-je allongée dans ce lit ? Je ne veux pas savoir. Ici, dans cette chambre d'hôpital aux murs verdâtres, qui empeste le désinfectant et la mort, je me sens moins mal qu'entre les draps de soie de Nicolas. Je vais pourtant devoir y retourner. Je n'ai pas le choix. Les médecins ont essayé de me faire parler. Ils ont même envoyé une dame qui m'a questionnée sans relâche. Je ne sais pas exactement qui elle était. Peut-être une psychologue, ou une employée des services sociaux. Je ne me souviens pas non plus de son nom, juste de la profondeur de sa voix. Douce, calme, posée. Mais elle non plus n'a pas eu raison de mon obstination à ne rien révéler. Je lui ai menti, comme j'ai menti à tous les autres.

« Je suis tombée dans les escaliers ». « Oui, j'en suis certaine ». « Non, je ne vous cache rien ». « Je vous raconterais des choses, s'il y en avait à raconter ».

Ils ne sont pas dupes, j'en ai bien conscience. Mais tant que je n'avoue pas, ils ne peuvent rien faire. Porter plainte contre Nicolas, car c'est bien ce dont ils essayent de me convaincre, serait un suicide.

Ma mère ne quitte pas mon chevet. Je passe le plus clair de mon temps à dormir, ou à faire semblant, pour ne pas avoir à répondre encore aux mêmes questions. Je ne veux… je ne peux rien dire. Je sens parfois sa main fraîche caresser mon front, ou ses doigts serrer les miens. Je l'entends sangloter, aussi. Si cela me fend le cœur, je ne réagis jamais, garde les paupières closes, comme si j'étais assoupie. Je suis incapable de regarder son angoisse, sa douleur en face... Parce que j'ai honte qu'elle me voie ainsi, parce que je dois la protéger et qu'au contraire, je la fais souffrir, parce que j'ai déjà si mal et si peur que je ne peux survivre à plus. Je suis pleine, je déborde. Une goutte supplémentaire me noierait.

Des docteurs et des infirmières passent souvent dans ma chambre. Ils vérifient ma perfusion, la dose d'antidouleur que je reçois, la cicatrisation de ma lèvre et l'évolution de mes hématomes. Je les laisse soigner mon corps, mais ne leur donne aucun accès à ma tête ou mon cœur. J'ai l'habitude de ne rien dire, de rester murée à l'intérieur de moi-même. C'est moins difficile avec eux qu'avec mon mari, même si certains de leurs regards me déchirent. La sollicitude peut faire mal, quand on n'a pas le droit de la recevoir. La douceur, de quelque nature que ce soit, ne fait plus partie de mon quotidien depuis longtemps.

Me souvenir de cette sensation rend le vide encore plus grand, et la souffrance encore plus insupportable.

Depuis que je suis arrivée ici, je n'ai pas voulu voir mon reflet dans un miroir. Ça non plus, je ne peux pas. Pourtant, je devine à la façon dont maman me regarde que je dois être bien amochée. Et la douleur qui résulte de chaque geste que je fais, ou de chaque mot que je prononce, me le confirme également. Nul doute qu'à présent, je suis aussi laide à l'extérieur que je le suis devenue à l'intérieur, aussi démolie dedans que dehors.

J'entends la porte de ma chambre s'ouvrir. Allongée entre mes draps rêches, je garde les paupières closes et fais semblant de dormir. S'il s'agit d'un médecin ou d'une infirmière, il ou elle essayera de me réveiller. Si c'est maman, elle s'assiéra sur le fauteuil.

Quelques secondes passent, mais le silence dans ma chambre reste complet. Mon visiteur n'est donc pas un membre du personnel hospitalier. Ce qui est étrange, c'est que je n'entends pas le couinement des semelles en caoutchouc de ma mère sur le sol plastifié.

Auraient-ils encore envoyé quelqu'un pour me parler ? Si c'est ça, je n'ai aucunement l'intention de leur dire quoi que ce soit. Ni maintenant ni jamais. Qu'ils arrêtent de se fatiguer.

Mon mystérieux visiteur est tout près, je sens sa présence à côté de mon lit. J'entends sa respiration, le froissement du tissu de ses vêtements quand il bouge. Puis, le contact chaud, léger, de ses doigts contre la peau glacée de ma main me fait sursauter.

Je tourne finalement la tête pour voir de qui il s'agit et... et je tombe dans le vide.

– Stephen... lâché-je dans un murmure.

Je ne sais plus où je suis ni ce que je ressens. Une tornade de sentiments contradictoires s'empare de moi, je suis ballottée entre bonheur et colère, tel un inconsistant fétu de paille.

– Émy, dit-il d'une voix cassée.

Ce regard, qu'il pose sur moi. Ce regard...

Je mourrais dans la seconde pour avoir la chance d'emporter ce regard-là comme dernière image de la vie. Il y a tant de douceur en lui, tellement de chaleur, de tendresse que les larmes me montent aux yeux. J'essaye de me retenir, mais n'y arrive pas et me mets à sangloter. Sa présence inespérée réchauffe brusquement ce qui était devenu si froid. Même si j'ai conscience qu'il ne s'agit que d'un feu éphémère, le voir ici me fait un bien incommensurable.

– Je suis là, Émy, ne pleure pas, murmure-t-il en s'asseyant doucement sur mon lit.

Son visage, son beau visage, est porteur d'une telle souffrance quand il lève la main pour venir caresser ma joue...

Malgré la douleur que me cause ce geste brusque, je me redresse, l'attire contre moi. Je le serre dans mes bras à m'en faire mal, en pleurant comme une enfant, le visage dans le creux de son cou. Le contact de son corps contre le mien, même s'il est douloureux, apaise des blessures bien plus profondes que celles infligées par mon mari. Après quelques secondes de surprise, il m'entoure de ses bras puissants, avec une délicatesse infinie, comme s'il craignait de me briser en m'étreignant trop fort. Une larme qui ne m'appartient pas vient se perdre sur mon front.

Pour la première fois depuis des mois, je me sens en sécurité. Là, auprès de Stephen. Pendant quelques instants, je me dis même que plus rien ne pourra jamais m'arriver.

Puis, tout à coup, je me souviens. La réalité plante ses griffes noires dans mon cœur et un sentiment de honte cuisant me prend à la gorge. Je repousse Stephen, détourne la tête pour essayer de lui cacher mon visage meurtri. J'étais tellement stupéfaite de le voir ici, tellement soulagée, que j'en ai oublié tout le reste.

– Va-t'en, asséné-je.

Mais il ne bouge pas. Quand sa main vient chercher la mienne, je me retourne difficilement dans mon lit, pour faire face à la fenêtre. Je ne veux pas qu'il me voie comme ça. La douleur me fait grimacer, j'ai du mal à retenir la plainte qui monte dans ma gorge. Stephen soupire, je l'entends se frotter le visage.

– Je me suis planté sur toute la ligne, déclare-t-il à voix basse.

Je ne sais pas de quoi il me parle et je me refuse à lui poser la question. Il faut qu'il s'en aille, même si c'est bien la dernière chose que je souhaite. Je ne veux pas de sa pitié. Rien ne saurait être pire que ça, pas même les coups de mon mari.

– Comment t'as pu le laisser te faire ça, Émy ?

– Je ne vois pas de quoi tu parles. Je suis... tombée dans les escaliers.

– Arrête...

Par la fenêtre, le paysage couleur de cendre devient flou, brouillé par mes larmes silencieuses.

– Qu'est-ce que tu fais là, de toute façon ? lui demandé-je, sans pouvoir m'empêcher de prendre un ton accusateur. Tu ne devrais pas être avec Vanessa ?

– Tu sais pour Vanessa ? Comment...

– Qu'est-ce que ça change, comment je le sais ? le coupé-je.

Pendant un long moment, il garde le silence. Dans le couloir, un brancard que l'on déplace fait entendre son cliquetis métallique. Une conversation, dans la chambre d'à côté, parvient vaguement à mes oreilles, embrouillamini de mots dont je ne saisis pas le sens.

– Ma relation avec Vanessa est terminée, reprend-il finalement. C'était... c'était une erreur.

– Désolée pour toi.

– Vraiment ?

Non. Bien sûr que non. Les imaginer tous les deux me déchire le cœur.

Un nouveau silence s'abat sur la chambre, jusqu'à ce que derrière moi, Stephen, commence à s'agiter. Puis il se relève soudainement, fait bouger mon matelas.

– Je n'aurais jamais dû sortir avec elle, Émy. Jamais. Tu sais pourquoi ?

Je ne réponds pas, mais il continue quand même.

– J'ai fait ça seulement parce que j'avais trop mal, parce que je t'aimais comme un dingue, que tu étais tout ce que je voulais et que j'ai cru crever quand tu m'as laissé !

Je ferme les yeux, comme si cela allait empêcher les mots de Stephen de m'atteindre. Comment quelque chose peut-il être aussi bon et aussi douloureux en même temps ?

Il m'a vraiment aimée.

Cette vérité est à la fois un baume et un poison pour mon cœur. Un apaisement, et une torture.

Rapidement, il contourne mon lit pour venir me faire face. Je voudrais pouvoir me cacher, ne pas lui laisser voir à quel point je suis devenue laide. Mais son regard enfiévré rencontre le mien et me capture.

– Et je suis fatigué de faire semblant. Tellement fatigué... Tu veux que je te dise ?

Nous restons les yeux dans les yeux un court instant. Les siens se mettent à briller juste avant qu'il ne reprenne la parole.

– Je t'aime, Émy. Ça fait huit mois et il n'y a toujours que toi.

Il attend une réaction de ma part, c'est évident. Mais la seule chose que je suis capable de faire est de me mettre à sangloter. Cette déclaration, c'est tout ce à quoi je rêve depuis des mois. Et tout ce qui me terrifie le plus.

– Non, ne pleure pas, murmure-t-il en glissant une main dans mes cheveux. Je suis désolé...

Ne le sois pas. Moi aussi, je t'aime, Stephen... plus que tu ne le sauras jamais. Si seulement ça pouvait suffire, si seulement...

– Il faut... il faut que tu partes, dis-je entre deux sanglots.

– Pourquoi ?

– Nicolas...

– Je n'en ai rien à foutre de Nicolas ! m'interrompt-il, une étincelle de rage au fond des yeux. Dis-moi juste une chose, Émy. Une seule. Est-ce que c'est lui qui t'a fait ça ?

J'inspire doucement. Je voudrais lui dire que non, que Nicolas n'a rien à voir avec ces blessures qui couvrent mon corps et souillent mon âme. Je devrais lui mentir, comme je mens à tous les autres.

Il est penché au-dessus de moi, en appui sur mon lit, les muscles tendus. En attente. Face à lui, je n'arrive pas à nier l'évidence. Les mots refusent de franchir mes lèvres.

– Je sais que c'est très dur à dire, Émy. Alors, si dans dix secondes, tu ne m'as pas affirmé le contraire, je prendrais ça pour un oui.

Les secondes s'écoulent, je reste toujours muette. Stephen me fixe avec une telle intensité que ses prunelles semblent s'embraser.

Après dix secondes, ses mâchoires se contractent, ses mains agrippent les draps comme s'il voulait les mettre en pièces.

– Écoute-moi bien, reprend-il. C'est très important. Quand je reviendrai, tu me diras si tu veux de moi ou pas. Mais, quelle que soit ta réponse, il y a une chose qui est sûre : plus jamais je ne laisserai ton ordure de mari lever la main sur toi. Tu m'entends ? Plus jamais !

– Qu'est-ce que tu vas faire ? demandé-je alors, sentant l'inquiétude monter brusquement.

– Ce que j'aurais dû faire, il y a huit mois.

– Stephen...

Ses traits s'adoucissent un peu, il vient poser ses lèvres contre mon front. Après ce doux baiser, il sort de la pièce comme un boulet de canon et disparaît dans le couloir.

CHAPITRE 31

Stephen

Je sors de la chambre, complètement anéanti. Je m'appuie au mur le temps de reprendre mes esprits. La mère d'Émy est là, elle me fixe, inquiète, et s'approche de moi.

– Vous allez bien ? demande-t-elle en posant sa main froide sur la mienne.

Si je vais bien ? Non, bien sûr que ça ne va pas, j'ai envie de tout démolir dans ce maudit hôpital ! Je suis fou de rage, j'ai l'impression de devenir complètement incontrôlable.

– Ça va aller, merci... je... je dois y aller, commencé-je en partant avant de faire demi-tour. Dites-moi, où travaille Nicolas ?

J'écoute les explications de la mère d'Émy en ayant de plus en plus de mal à garder mon sang-froid. Puis, je la remercie et pars à grandes enjambées pour récupérer ma voiture. Je me laisse tomber derrière le volant, sens la colère grimper en moi.

– PUTAIN DE MERDE ! hurlé-je, tandis que les larmes dévalent mes joues. Je vais tuer cet enfoiré ! continué-je en démarrant le véhicule.

J'essuie mon visage d'un revers de la main, tandis que je zigzague comme un malade entre les voitures. Si je ne me tue pas avant d'arriver, j'aurai de la chance. Je me gare à l'angle de la rue de sa société. Je sens une telle pression monter en moi que je suis à deux doigts de l'explosion. Je sors de ma voiture, me précipite vers l'immeuble, le cœur battant. Je pénètre dans un immense hall d'entrée et commence à tourner en rond, comme un lion en cage. Je bouscule plusieurs personnes sur mon passage, mais n'y prête pas attention. Je ne vois plus rien, je n'entends plus rien, le diable est en moi et me guide vers l'inévitable. Je passe de couloir en couloir, je fais irruption dans plusieurs salles, interrompant des réunions. Où est ce putain de salopard ?! Je trouve enfin une double porte en bois avec son nom, gravé sur une plaque. Je l'ouvre brutalement et l'envoie cogner contre le mur.

Il est là...

Il est là, assis derrière son grand bureau en acajou, quand il relève la tête de ses dossiers, pour voir ce qui se passe, son visage se décompose. Il se lève précipitamment et essaye de décrocher son téléphone, sûrement pour appeler la sécurité. Frapper une femme innocente, c'est facile, mais affronter un homme en colère, ça l'est moins... J'attrape l'appareil, arrache les fils et le jette à travers la pièce. Il termine sa course dans une vitrine qui se brise en mille morceaux, dans un raffut inimaginable. Je ne contrôle plus rien, je suis habité et guidé par une colère monstrueuse. Je ne sais pas comment tout ceci va finir, mais ce que je sais, c'est que ce salopard ne s'en sortira pas. Je saute par-dessus le bureau, envoyant tout valser sur mon passage, attrape cet abruti par le col de sa chemise pour le plaquer contre le mur.

– Lâchez-moi, vous n'avez pas le droit de venir ici, je vais appeler la police ! crie-t-il en me défiant du regard.

– Vas-y, appelle-les, espèce de salopard et tu leur expliqueras de quelle façon tu as frappé et envoyé ta femme à l'hôpital ! grogné-je en collant mon front contre le sien.

– Émelyne est mon épouse, je n'ai pas de compte à vous rendre ! cafouille-t-il alors que je resserre l'étreinte autour de son cou.

– C'est là que tu te trompes... Émy n'est plus ta femme et tu ne l'approcheras plus jamais, si tu ne veux pas que je te tue ! murmuré-je près de son oreille d'une voix grave.

– Pour qui vous prenez-vous ? Je vais vous attaquer en justice, menace-t-il en tremblant de tous ses membres.

– Je me prends pour quelqu'un qui aime Émy plus que tout... Je ne laisserai plus jamais personne lui faire le moindre mal ! Surtout pas un lâche, complètement taré comme toi !

Il me pousse brutalement pour essayer de se dégager, je l'attrape au vol, lui expédie mon poing en pleine figure. Il titube et s'agrippe au bureau. La fureur s'empare de moi, je lui décroche un uppercut, digne d'un boxeur, qui l'envoie valdinguer à travers la pièce. En un clin d'œil, je suis de nouveau sur lui, il semble complètement sonné, je lui décoche une droite qui lui fracasse la mâchoire. Sa tête part en arrière, il s'écroule au sol. Je le regarde gisant à plat sur le dos, immobile, il me fixe de ses yeux étroits et peureux. Je ne suis plus impressionné par son attitude royale, je n'ai qu'une chose en tête le frapper, le frapper à nouveau pour soulager ma rage, ma douleur. Le frapper encore pour venger Émy et lui montrer à quel point il ne vaut rien, à quel point ce n'est qu'un misérable enfoiré...

J'entends les cris des secrétaires, mais ça ne m'empêche pas de me jeter sur lui, de le taper, encore et encore. Impossible de m'arrêter. Je vois du sang se répandre sur son visage, sa chemise blanche. Il est inconscient, mais je continue, continue. Je suis stoppé, tiré en arrière, par deux hommes, mais je me débats de toutes mes forces et me libère. Le regard d'Émy s'impose à moi, je redescends sur terre. La panique et les cris qui m'entourent me percutent de plein fouet, je réalise ce que je viens de faire. Je regarde le corps immobile de cet imbécile et le stress m'envahit. Et si je l'avais tué ? Je ne verrais plus jamais Émy...

Plusieurs personnes essayent de le réanimer, quand dans un sursaut, il se redresse, je lâche un soupir de soulagement et m'enfuis. Je dois vite partir loin de lui, parce que je ne suis pas sûre de me contrôler s'il me provoque. Je sors de l'immeuble dans un état second, marche jusqu'à ma voiture, m'écroule sur le siège conducteur et tape plusieurs fois sur le volant de rage.

Quelle merde ! Je n'aurais pas dû l'amocher comme ça ! Maintenant, il va sûrement porter plainte, avec tous les témoins présents, je suis fichu ! Je tape une nouvelle fois sur le volant et démarre pour me glisser dans la circulation. Je dois rejoindre Émy à l'hôpital, mais pas dans cet état, elle s'affolerait.

Ma chemise est éclaboussée de sang, mes mains sont égratignées, il faut que je prenne une douche, que je me change. Je dois rentrer chez Vanessa. À cette heure, j'espère qu'elle sera absente, je ne suis pas en état pour me disputer avec elle. Vingt minutes plus tard, je me gare devant l'immense demeure. Je monte les quelques marches, pénètre dans le hall d'entrée. La porte n'était pas fermée, ce qui n'est pas bon signe. Mes craintes se confirment quand Vanessa arrive vers moi, affolée en me voyant couvert de sang.

– Qu'est-ce que tu as fait pour être dans cet état, demande-t-elle en me détaillant de la tête aux pieds.

– Rien, ça ne te regarde pas, réponds-je d'une voix glaciale.

– Tant que tu seras sous mon toit, ça me regarde, crie-t-elle en me suivant.

– Je ne vais pas rester chez toi ! Je me change, récupère toutes mes affaires et je file ! Tu n'entendras plus jamais parler de moi !

J'ouvre le placard, sors un grand sac de sport, le remplis de mes vêtements, en ignorant les protestations de mon ex-compagne.

– Tu ne peux pas partir ! On est bien ensemble, tu ne peux pas tout foutre en l'air pour une femme qui se fiche de toi ! s'égosille-t-elle désespérée.

– Je t'interdis de parler d'Émy ! On s'aime plus que tu peux l'imaginer, plus rien ne se mettra sur notre route... surtout pas toi !

– Qu'est-ce que j'ai fait pour mériter ça, Stephen ? demande-t-elle en pleurant à chaudes larmes.

– Tu te le demandes réellement ? Tu as fait du mal à ta meilleure amie et quand elle avait besoin de nous, allongée sur ce lit d'hôpital, tu m'as caché la vérité ! Tu n'as pensé qu'à toi sans te soucier de ce qu'elle endurait ! Tu n'es pas une bonne personne, Vanessa…

Je file dans la salle de bains, me déshabille, puis je me glisse dans la douche pour me rincer sous l'eau froide. Il faut que je me calme. Émy est en sécurité, tout va bien.

Respire, respire…

Quelques minutes plus tard, je saute dans un jean noir, enfile un tee-shirt gris. Un coup d'œil dans le miroir m'indique que j'ai une tête à faire peur. Cet imbécile a réussi à m'en coller une. Il m'a explosé une arcade sourcilière, ce connard ! Si je ne pensais pas tant à Émy, je retournerais le finir, c'est tout ce qu'il mérite ce sac à merde ! Je récupère mes affaires, toujours en ignorant Vanessa qui me supplie, se lamente, et voyant que ça ne marche pas, en vient aux insultes. Peu m'importe, elle peut bien penser ce qu'elle veut de moi, elle est morte à mes yeux.

Je sors rapidement de la maison, balance mon sac dans le coffre de ma voiture avant de reprendre la route en direction de l'hôpital. Un moment plus tard, je suis devant la porte de sa chambre. Hésitant, je fixe la poignée, me demandant comment Émy va m'accueillir. Je prends une grande respiration et j'entre dans la pièce.

Elle est seule et semble endormie, j'avance à pas de loup, je ne veux pas la réveiller. Je prends place sur la chaise, tout près d'elle, l'observe en silence. Elle paraît si fragile, si… brisée. Mon cœur se déchire, tout ceci est de ma faute, j'aurais dû me battre pour elle et tout faire pour la récupérer. Mais j'ai baissé les bras et l'ai laissé entre les mains de ce fou furieux. Je n'ose pas imaginer tout ce qu'elle a dû endurer ces derniers mois ; rien que d'y penser, une colère noire refait surface en moi. Je la chasse rapidement, ce n'est pas le moment. Je me penche en avant pour poser mes lèvres sur sa main délicate, tressaille à son contact. Comme sa peau et son odeur m'ont manqué. Je suis raide dingue de ce petit bout de femme et ne pourrais plus vivre sans elle.

Ce doit-être ça, une âme sœur...

Émy s'agite. Sûrement un cauchemar. Je me lève, caresse son visage pour l'apaiser. Elle ouvre les yeux, sursaute, semble complètement perdue. Son regard fait le tour de la chambre, se pose à nouveau sur moi. Ses traits se décrispent.

– Tout va bien, je suis là, murmuré-je en déposant un baiser sur son front.

– Tu es blessé… qu'as-tu fait ? demande-t-elle angoissée.

– Je me suis occupé de ton salopard de mari… C'est fini, il ne t'approchera plus ! Il ne te reste qu'à porter plainte et engager le divorce.

– Oh, mon Dieu, Stephen… Tu ne sais pas à qui tu t'es attaqué ! panique-t-elle en s'agitant dans ses draps blancs.

– Je sais très bien à qui j'ai à faire, ne t'inquiète pas ! Je ne te demande qu'une chose, Émy. C'est de ne pas laisser son geste impuni ! Il doit payer pour ce qu'il t'a fait.

– Mais tu ne te rends pas compte, jamais il ne nous laissera tranquilles…

– C'est pour cette raison que tu dois porter plainte ! Ensuite, tu lanceras la procédure de divorce et nous pourrons commencer une nouvelle vie, ensemble… enfin… si tu veux encore de moi… Tu dois me le dire, Émy...

Je plonge mon regard dans le sien, effrayé à l'idée qu'elle me repousse, mais elle me sourit tendrement, caresse ma joue, du bout des doigts.

– Bien sûr que je veux de toi, Stephen… Je t'aime, souffle-t-elle en laissant échapper un sanglot.

– Ne pleure pas, Émy, tout est fini… je t'aime tellement, chuchoté-je près de son oreille.

– Mais qu'est-ce que je vais devenir ? Et ma mère ? s'inquiète-t-elle.

– Si tu es d'accord, nous allons partir tous les trois, pour recommencer notre vie ailleurs. J'ai acheté une affaire, en bord de mer, avec un grand appartement, nous pourrons vivre ensemble, le temps de trouver un logement pour ta mère, près de chez nous.

– Une affaire ?

– Oui, tu vas adorer. C'est un petit bar en face d'une immense plage, on pourrait travailler ensemble ! Tu organiserais des soirées mondaines, comme tu sais si bien le faire, nous serions heureux, Émy…

– J'ai tellement peur, Stephen…

– Tu n'as plus à avoir peur, je suis là, je m'occuperai de toi et de ta mère, tu n'as plus rien à craindre.

Je l'enlace, la serre très fort dans mes bras, avec un immense soulagement. Je n'arrive pas à croire que tout ceci est bien réel, j'ai tellement peur qu'elle m'échappe une nouvelle fois, le bonheur est si fragile.

EPILOGUE 1

Émy

Une nouvelle journée commence. Le paysage s'embrase et, comme tous les matins, je me perds dans la contemplation de ce spectacle magique. Moi qui ai vécu dans les ténèbres pendant des mois, cette chaleur et cette lumière sont mon petit miracle quotidien. J'étais si sûre de ne plus revoir l'aurore, de demeurer dans le noir pour toujours...

Alors que je suis perdue dans mes pensées, quelqu'un arrive derrière moi et m'entoure de ses bras. Je souris et me laisse aller, avec l'impression soudaine, qu'aujourd'hui, le soleil ne se lève que pour moi. Pour *nous*.

Nous restons enlacés un moment, à admirer le ciel incandescent. La mer s'agite doucement, parée d'un habit orangé, scintillant, qui lui donne, pour quelques minutes, des allures de tableau impressionniste. Un baiser dans mon cou, une étreinte aussi douce que la brise qui caresse mes cheveux, le corps chaud de Stephen contre le mien, ses bras autour de moi. Voilà les ingrédients exacts du bonheur.

– C'est beau, murmuré-je.

Cela fait plusieurs mois que j'ai la chance de pouvoir apprécier cette vue tous les matins, mais je ne m'en lasse pas.

– Oui, répond Stephen. Presque autant que toi.

– Vil flatteur...

Il s'esclaffe doucement, je me retourne pour lui faire face, abandonnant sur la table le chiffon humide que j'avais à la main.

– Il va encore faire beau et chaud, dit-il, tout sourire.

– Alors on aura beaucoup de monde, c'est parfait.

Tandis qu'il acquiesce, je le prends par le cou et me mets sur la pointe des pieds pour l'embrasser. J'ai beau faire ça très souvent, maintenant, j'ai toujours le sentiment que je n'aurai pas assez de toute une vie pour combler le besoin que j'ai de lui. Ses mains glissent de ma taille à mes fesses, et je me dis qu'il n'est pas impossible qu'il ressente la même chose.

Une sensation familière point dans le bas de mon ventre. Délicieuse et chaude. J'accentue la profondeur de notre baiser et le contact de mon corps contre le sien. La réponse est immédiate, il gémit lascivement dans ma bouche.

– Si tu continues, murmure-t-il, je t'allonge directement sur la table qui est là.

D'humeur taquine, je presse mon bassin contre la fermeture de son pantalon, en lui lançant un regard sans équivoque.

– Fais donc, le provoqué-je.

– Tu es sûre ?

J'opine.

– Tu te souviens qu'on est sur une terrasse, ou le soleil du mois d'août t'a-t-il trop tapé sur la tête, mademoiselle Bressac ?

– Nous ne sommes pas sur *une* terrasse, mais sur *notre* terrasse. Nuance. Et on fait ce qu'on veut sur *notre* terrasse.

– Même faire l'amour sur les tables ? demande-t-il, amusé.

– *Surtout* faire l'amour sur les tables... Il faut bien tester la solidité du mobilier…

– « Tester la solidité du mobilier » ?

– Hum hum.

– Tu diras ça au couple de petits vieux qui vient par là, alors. Et à la dame qui promène son chien.

– OK.

Je l'embrasse à nouveau, avec tant de sensualité que je le sens frémir. J'ai mis du temps à pouvoir apprécier le contact du corps d'un homme, même s'il s'agissait de celui de Stephen. Réapprendre la douceur, les caresses, le plaisir. J'avais oublié ce que c'était de *faire l'amour*. Après huit mois de rapports forcés, de pénétrations brutales et de douleur insupportable, le sexe ne m'inspirait plus que du dégoût, de la peur.

Nicolas avait tout démoli, tout rendu moche.

Pendant plusieurs semaines, j'ai même interdit à Stephen de me toucher. J'étais terrifiée à l'idée de ressentir, en couchant avec lui, ce que je ressentais avec mon mari. Cette répulsion maladive pour les choses du corps, cette souffrance. Il a fallu à mon homme beaucoup de patience et de délicatesse, pour me remettre sur le chemin de la sensualité. Mais il a été parfait. À l'écoute, tendre, doux... L'amant idéal. Cela vient peut-être de sa grande expérience en la matière, mais ça, j'essaye de ne pas trop y penser. Cette époque est révolue. À présent, je suis la seule et unique à pouvoir bénéficier de ses talents. Voilà tout ce qui m'importe.

Peu perturbée par le fait que nous soyons à portée de vue des passants, je glisse la main sous le Tee-shirt de Stephen et caresse le bas de son dos avec mes ongles. Le frisson qui court sur sa peau me ravit... Non seulement il a réparé ce qu'un autre avait brisé, mais en plus, il m'a redonné un appétit plus que certain pour le sexe... en tout cas, pour le sexe avec lui. Je ne peux pas me rassasier de cet homme, pas plus de son corps que de ses mots, de ses sourires. Il est ma nouvelle addiction, de jour comme de nuit.

À quelques pas, quelqu'un toussote, je repousse brutalement Stephen en constatant que le quelqu'un en question est ma mère.

– Navrée... s'excuse-t-elle, mi-amusée, mi-embarrassée.

– Non, vous tombez bien, Anne, réplique Stephen en me lançant un regard en coin. Émy était en train de me dire que nous avions peut-être un problème de mobilier et...

Je lui donne un petit coup sur le bras pour qu'il se taise, ce qui a pour effet de le faire rire.

– Quoi ? me demande-t-il, le fourbe. C'est important !

Le regard faussement mauvais que je lui lance accroît son hilarité.

– Va plutôt t'occuper de ton client, au lieu de dire des âneries, le houspillé-je en souriant.

D'un petit coup de menton, je désigne le monsieur qui vient de faire son apparition, un journal sous le bras.

– J'y vole, Madame !

Avant de partir vaquer à ses occupations, il se penche et me chuchote à l'oreille :

– On testera la solidité du mobilier ce soir, à la fermeture...

Après un haussement de sourcils entendu et un baiser planté sur mes lèvres, il s'en va travailler. Je le suis des yeux un moment, rêveuse.

Lorsque je reporte mon attention sur ma mère, son expression attendrie me fait presque monter le rose aux joues. Prise en flagrant délit d'adoration...

– Alors, tu prends tes marques ? l'interrogé-je, pour masquer ma gêne.

– Oui, l'appartement est parfait. Et cette vue...

Nos regards se perdent ensemble dans les eaux calmes de la Méditerranée. Maman vient d'emménager dans un joli studio. L'endroit n'est pas grand, mais très coquet. Et depuis la baie vitrée, qui donne sur une petite terrasse, elle a une vue imprenable sur la mer et les plages de Fréjus.

En silence, ma mère passe un bras autour de mes épaules et vient coller sa tête contre la mienne. Nous restons encore un moment à admirer la vue, puis elle reprend la parole.

– Le verdict approche, ma chérie. Tu es prête ?

– Oui. De toute façon, quoi qu'il arrive, j'ai déjà tout gagné.

Et Nicolas, lui, a tout perdu. Le scandale qui a résulté de sa mise en examen lui a beaucoup coûté. Sa société et, surtout, sa réputation. Mon avocat dit que le procès est gagné d'avance, mais je ne veux pas vendre la peau de l'ours avant de l'avoir tué. Qu'il soit condamné serait un véritable soulagement, la fin du long combat que j'ai mené contre lui et les blessures qu'il a faites à mon âme. Mais ce n'est pas uniquement par ça que passera ma guérison.

Je me retourne, observe la scène que j'ai sous les yeux.

Derrière moi, la mer. Devant moi, la jolie terrasse d'un café de plus en plus fréquenté, aussi bien par les touristes de passage que par les habitants de cette belle ville du sud. En dessous de l'enseigne *Émy's*, Stephen est occupé à servir notre premier client du matin. Il semble heureux, détendu. À sa place. Il lève la tête et me surprend en train de l'observer. Un sourire radieux et plein de promesses se dessine sur ses lèvres. Je devine le « Je t'aime » qu'il articule en silence, mon cœur se gonfle de bonheur dans ma poitrine.

Ma mère, qui n'a rien manqué de la scène, me sourit à son tour.

– Bon, je vais voir si ton amoureux transi a besoin d'un coup de main, me dit-elle.

J'acquiesce et attrape mon chiffon humide afin de terminer le nettoyage des tables. Je me sens sereine, détendue, heureuse. Et follement amoureuse.

Vivement ce soir, que je puisse parler à Stephen en tête à tête. Lui et moi, nous n'en sommes qu'au début de notre chemin. Mais j'ai d'ores et déjà la certitude qu'il sera beau.

EPILOGUE 2

Stephen

Depuis quelques jours, je trouve Émy bizarre. Elle s'isole de longues heures sur la plage. Je surprends son regard posé sur moi régulièrement, mais dès que nos yeux se croisent, elle détourne la tête. Je suis anxieux et me demande ce qui se passe...

Regrette-t-elle son choix ?

A-t-elle des soucis dont je ne suis pas au courant ?

Nous avons travaillé ensemble toute la journée, je n'ai cessé de l'observer, pour comprendre ce qui ne va pas, ce qu'elle me cache, mais rien... Je n'ai rien trouvé pour calmer mes inquiétudes. Je viens de fermer le bar, après avoir éteint les lumières, je monte à l'étage. L'appartement est plongé dans la pénombre. Mon ventre se contracte tandis qu'une angoisse profonde m'envahit. Je parcours la cuisine du regard, passe dans le salon, mais aucune trace d'Émy. Je pars alors dans le couloir d'un pas précipité, ouvre toutes les portes. Un soupir de soulagement m'échappe en la découvrant debout devant le miroir de la salle de bains. Elle fixe la glace et ne semble pas s'être aperçue de ma présence. J'observe son magnifique profil. Je suis l'homme le plus heureux du monde, ces derniers mois, je ne pensais pas cela possible. Chaque matin, je me lève le sourire aux lèvres, chaque soir, je me couche avec un sentiment de paix incroyable. J'ai trouvé ma moitié, mon âme sœur et plus rien d'autre n'a d'importance. Je me demande ce qui se passe dans sa tête pour qu'elle reste ainsi, immobile, à fixer son reflet. L'air contrarié sur son visage et la pâleur de sa peau m'inquiètent, ces derniers jours. Serait-elle malade ?

Je m'approche doucement, me positionne derrière elle, passe mes bras autour de sa taille, et croise son regard dans le miroir. Elle me sourit tendrement, entrouvre la bouche pour me dire quelque chose, puis la referme, hésitante.

– Quelque chose ne va pas Émy ? demandé-je angoissé.

– Non, tout va bien, répond-elle en baissant la tête.

Sentant qu'elle me ment, je la tourne pour lui faire face et plonge mes yeux dans les siens. Mon sourire s'efface en les découvrant remplis de larmes.

– Je veux que tu me dises la vérité, Émy... je vois bien que quelque chose ne va pas depuis quelques jours...

– Non...

– Si, je te connais assez bien pour savoir que tu caches quelque chose, dis-moi la vérité, la supplié-je. Si tu regrettes ton choix et que tu ne veux plus vivre avec moi, il faut me...

– Non ! me coupe-t-elle en posant ses mains sur mon torse. Jamais je ne regretterai mon choix, je t'aime tellement.

Nos lèvres se rencontrent, nos langues se frôlent, nos corps s'écrasent l'un contre l'autre. Je lutte pour ne pas la soulever dans mes bras et l'emporter sur le lit pour lui faire toutes les choses qui me passent par la tête. En grognant, je la repousse doucement pour que nos regards se soudent à nouveau.

– Tu ne vas pas t'en tirer si facilement, Émy... dis-moi ce qui se passe.

– Tu vas me détester, Stephen... je ne peux pas, finit-elle entre deux sanglots.

Mon cœur s'accélère dans ma poitrine en la voyant si démunie. Je la serre contre moi, la berce un long moment, attends que ses larmes se tarissent. Puis je reprends en murmurant près de son oreille :

– Émy, quoi que tu me dises, ça ne changera rien entre nous. Je t'aime plus que tout au monde ! Tu m'inquiètes vraiment, dis-moi ce qui te tracasse...

– Tu promets que tu ne m'en voudras pas ?

– Je te le promets...

Pour dire la vérité, je commence à paniquer... Sa réaction me fait peur.

– J'écoute, insisté-je.

Elle me dévisage, prend une grande respiration avant de me dire d'une voix grave :

– Tu vas être papa...

Sous le choc, je m'adosse au mur. Mes jambes flageolent dangereusement. Une joie incroyable m'envahit, un rire m'échappe en voyant l'air apeuré sur les traits d'Émy.

– Tu es enceinte ? Et tu avais peur de me le dire ?

– Nous sommes à peine installés, je... j'avais peur que ce soit trop précipité ou que tu penses que je te piégeais...

– Tu plaisantes ? Je rêve d'être père depuis si longtemps. Et puis, de toute façon, c'était dans nos projets d'avoir un enfant. C'est juste un peu plus tôt que prévu.

Je la prends dans mes bras, l'embrasse avec passion. Mon cœur déborde d'amour pour cette femme et pour cet enfant qui grandit en elle.

Moi, père ? C'est la plus belle chose qui pouvait m'arriver après Émy.

– Je suis tellement heureux, chuchoté-je près de ses lèvres.

Nous éclatons de rire ensemble, et la joie, l'amour, la bonne humeur semblent palpables dans la pièce. Tous mes rêves sont exaucés. Après des années de galère, je suis enfin heureux et en paix avec moi-même.

– Je t'aime, dis-je en la serrant plus fort dans mes bras.

– Moi aussi...

FIN

Callie J.Deroy

Née à Paris, Callie J.Deroy vit aujourd'hui à Étrépagny, en Haute-Normandie, entre Rouen et Beauvais. Les livres, c'est un peu toute sa vie, elle est tombée dedans quand elle était toute petite. Elle est l'auteure de plusieurs romans et nouvelles, dont la plupart s'impriment dans le style qu'elle affectionne tout particulièrement : la romance.

L.S.Ange

Née à Lyon, L.S.Ange a passé sa jeunesse à la campagne, dans un petit village isérois. Elle vit depuis dans le département de la Creuse. Lectrice insatiable, elle s'est lancée dans l'écriture il y a quelques années, avant d'être publiée avec sa série à succès « De toute mon âme », des épisodes qui se sont vendus à plus de 25 000 exemplaires. Les titres se sont ensuite enchaînés.

Aujourd'hui, elle se consacre à sa maison d'édition Elixyria, créée en août 2017.

Dans la même collection
Elixir of Love - Romance

Broken mind – 1 – De toute mon âme
L.S.Ange

La toute première rencontre entre Éva et Alex est des plus sulfureuses, des plus chaotiques.

Brillant, séduisant et fortuné, Alex représente tout ce qu'elle a toujours cherché chez un homme. Stripteaseuse au Loup Blanc, club prestigieux, Éva évoque tout ce qu'il déteste chez une femme.

Ainsi va-t-elle passer du rire aux larmes, du bonheur à la solitude, du rêve au cauchemar. Et pour la plonger un peu plus dans l'angoisse, de mystérieuses lettres de menaces vont faire leur apparition.

… Lorsque la Romance s'invite en Enfer !

Dans la même collection
Elixir of Love - Romance

Insanity love
L.S.Ange

Mélorine a dû affronter les affres de la vie. Une mère schizophrène, un père alcoolique, un jeune frère délinquant, son regard se porte désormais sur l'avenir, même si ce dernier est encore incertain.

Sa rencontre avec Roméo, homme d'affaires séduisant, va bouleverser son existence et l'entraîner aux frontières de la folie. A-t-elle hérité de la maladie de sa mère ou les démons de son passé refont-ils surface ? Les phénomènes étranges et terrifiants qui se produisent autour d'elle sont-ils le fruit de son imagination ou est-elle réellement la cible d'un être malveillant et dangereux ?

Effrayée, Mélorine peut-elle espérer l'aide de Roméo ou doit-elle au contraire le fuir avant qu'il ne soit trop tard ?

Dans la même collection
Elixir of Love - Romance

Deadly Rose
L.S.Ange & Charlie Genet

Dans une déferlante de désastres, l'emprise du ghetto assombrit un peu plus chaque jour la vie de Rosabella qui joue avec le feu… Et nul ne peut défier impunément les règles instaurées sur le territoire des dangereux *Young Bones* qui dominent Brownsville.

Ezra, redoutable membre de ce gang, n'a d'autre choix que d'éliminer la menace que représente cette jeune femme. Mais face à elle, tout va basculer et les entraîner tous deux en plein cauchemar, dans une folie meurtrière.

« Elle est l'infime espoir qui fait battre mon cœur dans cette cruelle existence… »

« Il est le diable incarné qui brûle mon âme et m'entraîne en enfer… »

Dans la même collection
Elixir of Love - Romance

Pâquerettes et châtiments

Callie J.Deroy

Moi, c'est Zoé.

Si le jour je suis une gentille petite fleuriste, la nuit, les choses sont quelque peu... différentes.

Je me suis donné pour mission de venger les femmes bafouées, en appuyant là où ça fait mal, que ce soit à l'aide de ma batte ou de mes idées tordues !

Mon but ultime ? Faire regretter, tôt ou tard, à mon ex de m'avoir brisé le cœur, et il faut que ce soit grandiose ! Tiens, pourquoi ne pas engager un escort boy sexy pour séduire la nouvelle copine de ce salaud ? Histoire d'aider le karma à faire son job… Mais à jouer ainsi avec le feu de la vengeance, le piège de l'amour ne va-t-il pas se refermer sur moi ?

Un ex infidèle, menteur ou manipulateur à punir ? Je suis celle qu'il vous faut !

Dans la même collection
Elixir of Love - Romance

Broken memory

Callie J.Deroy

« De ma vie d'avant, il ne me reste qu'un prénom et une carte de visite écornée, celle d'un certain psychiatre de New York, Bradford Parker Ward. Ma seule chance de combler le vide de ma mémoire défaillante est de quitter Los Angeles pour rejoindre la Grande Pomme. »

Hannah

Seth, ex-membre du S.W.A.T., est un homme sombre, meurtri par son passé. Sa rencontre avec cette fugitive amnésique va les entraîner tous deux dans un périple des plus dangereux, dans une quête de vérité captivante.

De Los Angeles à New York, l'ancien policier va devoir garder tous ses sens en éveil pour assurer la sécurité de sa jeune protégée.

Un road trip qui pourrait éveiller d'autres sens !

Dans la même collection
Elixir of Love - Romance

Egon

Callie J.Deroy

Mardi 25 février 2020, un jour comme les autres…

Et pourtant, quelque chose a changé. Qui est cet homme triste à fendre le cœur que l'on amène au foyer *Les papillons blancs* ce soir-là ? Stella, employée depuis trois ans, n'en a pas la moindre idée. Malgré tout, elle se sent très vite attirée par cet inconnu, prête à prendre tous les risques pour lui.

Derrière le chagrin qu'il porte en permanence se cache un lourd secret que Stella entend bien découvrir.

Qui est Egon ? Que dissimule-t-il ?

Mentions légales
Éditions Élixyria
Clamont
23430 Châtelus-le-Marcheix
ISBN : 978-2-37961-472-9
Collection Elixir of Love
ISSN 2607-575X
Dépôt légal Mars 2023
Imprimé en U.E.